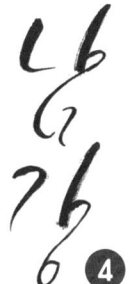

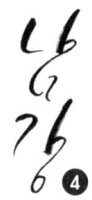

ⓒ 김계중, 2026

초판 1쇄 발행 2026년 3월 26일

지은이   김계중
펴낸이   이기봉
편집   좋은땅 편집팀
펴낸곳   도서출판 좋은땅
주소   서울특별시 마포구 양화로12길 26 지월드빌딩 (서교동 395-7)
전화   02)374-8616~7
팩스   02)374-8614
이메일   gworldbook@naver.com
홈페이지   www.g-world.co.kr

ISBN   979-11-388-5546-4 (03810)

용산리둔치

합강정

대산역

양루

김계중 장편소설

남강

4

좋은땅

목차

1. 철수의 자존심

철수는 공장에 들어가지도, 기술을 익히려 하지도 않았다.

그에게는 분명 기술이 있었다.

정미소에서 기계를 돌리고 고치던 손놀림, 오토바이 엔진을 분해하고 조립하던 솜씨는 마을 사람들 사이에서도 제법 소문이 났던 실력이었다.

그랬기에 마음만 먹으면 작은 정비공장에 취직하거나, 어디서든 먹고 살 길을 찾는 건 어려운 일이 아니었다.

그러나 철수는 그런 길을 택하지 않았다.

그저 마산의 건설 현장에 나가 하루하루 일당을 받으며, 비 오면 쉬고 날 좋으면 일하는 일용직 노동자의 삶을 살고자 했다.

그는 여전히 자신이 한때 '사장이었다'는 사실을 은연중에 간직하고 있었다.

마치 스스로에게 남은 마지막 자존심처럼, 그 시절의 기억을 붙잡고 살았다. 비록 지금은 손에 못 자국이 선명한 일용직 노동자에 불과했지만, 그의 마음 깊은 곳엔 정미소 기계를 처음 돌리던 날의 뿌듯함과 마을 사람들이 "김사장"이라 불러 주던 그 시절이 지워지지 않고 남아 있었다.

그래서 그는 종종 이렇게 말하곤 했다.

"나는 남 밑에 들어가서 일 못한다. 사장질을 해 본 사람이, 우찌 눈치

본시롱 일하겠노.”

겉으론 농담처럼 웃어넘기지만, 그 말엔 어딘가 모를 씁쓸함과 고집스러운 체념이 묻어 있었다.

조금만 마음을 열면, 그를 받아 줄 정비공장이나 기계 수리 업체도 분명 있었을 것이다.

하지만 철수는 그 문턱을 넘지 않았다.

“남한테 굽히는 거 질색이라…”

그 말은 결국, 자존심이라는 이름으로 자신의 삶을 좁혀 버린 변명에 불과했다.

숙자는 그런 남편을 안타깝게 바라봤지만, 더 이상 잔소리하지 않았다.

“저 사람은 저 사람대로 무너졌구나.”

그걸 안 뒤로는, 숙자도 남편을 다그치기보다 그저 아이들 밥이라도 거르지 않게 하루하루를 살아 내는 데 집중할 뿐이었다.

철수는 오늘도 새벽 찬 기운 속에 우두커니 일터 앞에 서 있다.

주머니 속 담배 한 개비를 꺼내 물며 자신이 한때 사장이었다는 사실을 누구도 묻지 않는데도, 혼잣말처럼 중얼거린다.

“나도… 한때 잘 나갔지. 고마 몸뚱아리 하나 있으모 묵고사는 데는 지장이 없다.”

그 말엔 자포자기와 체념이 뒤섞여 있었다.

자신이 꾸렸던 정미소가 기울고, 가세가 기울자 가족들 앞에서 위축되었고, 마음을 다잡기보다는 그저 ‘먹고는 살아야지’ 하는 생각만 남아 있었다.

철수는 기계 앞에서 다시 당당해질 자신이 없었다.

과거의 자신감은 무너졌고, 손끝의 기술은 여전히 살아 있었지만 마음은 이미 오래전에 주저앉아 버렸다.

1979년 겨울, 철수는 마산역에서 부슬비를 맞으며 창원행 시내버스 22번에 올랐다.

낡은 군용 점퍼 안으로 찬바람이 스며들었고, 종아리쯤은 이미 얼어붙은 감각처럼 무거웠다.

시내버스는 덜컹거리며 아직 논밭이 남아 있는 지귀동으로 향했다.

창원은 철수에게 아직 낯설었다.

도로 양옆으로는 공사판이 끝도 없이 펼쳐져 있었다.

펜스 너머로 삐죽 솟은 철골 구조물, 굴착기들이 벌린 입, 바람에 흙먼지가 소용돌이쳤다.

여기저기 쌓인 콘크리트 덩어리들과 휘어진 철판들이 막 태동을 시작한 괴물처럼 철수의 눈에 들어왔다.

"진짜 공장이 생기긴 생기는 기가…"

철수는 낮게 중얼거렸다.

신문에서는 이곳을 두고 '공업 한국의 심장부' '기계공업의 요람' 이런 말들을 붙였지만, 철수의 눈엔 그냥 아무것도 없는 들판 위에 굴뚝 하나 제대로 세워지지 않은 허허벌판이었다.

버스 안에서는 아저씨 둘이 수군거리고 있었다.

"저런 공장에 사람들이 억수로 뽑는다 카네. 저 들어 가모 평생 밥 걱정은 없다 안카나."

"대우든 현대든, 전부 사람 모자라 죽겠다 안하나."

창밖을 보니 '대우중공업'이라 적힌 흰 간판이 보였다.

멀리서도 보이는 공장 외벽은 회색 페인트로 마무리되고 있었고, 그 옆에서는 크레인이 철골을 하늘로 끌어올리고 있었다.

그 위로 겨울 하늘은 잿빛으로 내려앉아 있었다.

철수는 문득 스스로에게 묻는다.

"내는 이런 데 가야 하나? 기술자 밑에서 조수질이나 함시롱, 밥값이나 겨우 챙기면서 살아야 하나?"

지금 철수는 그저 마흔을 앞둔 일용직 남자였다.

아무도 그의 손재주를 기술이라 불러 주지 않았고, 과거의 사장이라는 이름도 이곳 창원에서는 그저 먼지처럼 잊힐 뿐이었다.

"내도 한때는 밑에 사람 두고 하던 시절이 있었는데. 그란데 지금은 그 밑으로 들어가서 일하라고. 더러버서 못한다. 세상 참 웃기제."

지귀동 종점에서 내린 철수는 공단 쪽으로 난 흙길을 따라 걸었다. 바짓가랑이엔 먼지가 들러붙고, 작업복 입은 청년들 무리에 섞여 그도 같이 이동했다.

그러다 그는 문득 발걸음을 멈추었다.

용접 불빛이 번쩍이는 컨테이너 작업장, 그 앞에 '조립보조 인원 모집'이라 써 붙인 종이가 펄럭이고 있었다.

철수는 그 종이를 바라보았다. 그러고는 한참을 망설이다 조용히 고개를 돌려 다시 마산행 버스를 향해 발길을 돌렸다.

창원은 젊은 도시였다. 그리고 철수는, 그 젊음의 바깥에 서 있었다.

만약 그때, 그냥 고집 꺾고 창원공단 어디든 들어갔더라면 어땠을까?

기계 옆에 서서 쇠 부딪는 소리 들으며 몇 년만 버텼더라면—지금쯤은 자식들 학비 걱정 없이 학교 보내고, 아파트 한 채 정도는 감당할 수 있는 사람이 되어 있었을지도 몰랐다.

물론 그 시절 공장 일은 살인적이었다.

임금은 쥐꼬리만 했고, 사람 대접은커녕 납품시간을 못 맞추면 밤을 새서 일을 하는 것이 일쑤였다.

용접 불똥이 튀어도, 철판에 손이 베어도 소리 한 번 제대로 못 지르고 일해야 했다.

하지만 버티는 자에겐 길이 생겼다.

기술을 익히고, 기계에 익숙해지면 조장 되고, 반장 되고, 그다음은 사무실로도 올라갈 수 있었다.

몇몇 친구들은 그렇게 공단에 뿌리내려 지금은 퇴직금으로 노후 걱정 없이 살아간다.

철수는 그저 "나는 사장 해 봤다"는 말 한마디로 자신의 손발을 묶고 말았다.

남 밑에서 일 못하겠다고 버틴 자존심 하나가, 결국 가족 모두를 고단하게 만들었다.

그 땀내 나는 공단이 자신에겐 기회였는지도 모른다는 걸 불과 몇 년 뒤에 알게 된다.

만석은 아버지의 뒷모습을 물끄러미 바라보았다.

"아버지…"

말을 걸려다 멈췄다.

괜히 말을 섞으면, 그 조용한 허무 속에 자신도 함께 빠져들 것만 같았다.

만석은 알았다.

아버지가 얼마나 자존심 세고, 얼마나 혼자 속을 끓이며 살아왔는지.

창원공단에서 일할 기회가 있었단 말도 얼마 전 술에 취한 밤, 어머니에게 흘리듯 내뱉는 걸 들었다.

그저 '사장 해 봤다'는 자존심 하나가 아버지를 노동판으로 내몰았고, 그 자존심 하나가 자식의 진로마저 흔들어 놓았다.

그렇다고 아버지를 미워할 수는 없었다.

2. 고등학생이 되는 만석 꿈이 사라졌다

만석은 책상 앞에 앉아 있었지만, 눈은 먼 산을 보고 있었다.

책은 폈지만 한 글자도 머릿속에 들어오지 않았다. 연필을 손에 쥔 채 멍하니 앉아 있는 시간이 점점 길어졌다.

"공부를 해서 뭐 하노…"

그 말이 자꾸 머릿속을 맴돌았다. 고등학교에 가지 마라 하던 아버지의 말, 정비공장에 가서 기술을 배우라던 말, 다시 돌아와선 아무 일 없었다는 듯 "고마 고등학교 가라." 하던 말까지.

세상은 자꾸 방향을 바꾸며 만석의 등을 떠밀었고, 그는 자신이 서 있는 자리가 어딘지도 모른 채 휘청거렸다.

"대학교 간 선배들, 결국 서울 가서도 공장 들어갔다 카더라."

"여기서 인문계 나와 봤자 마산에 있는 공장에서 잡일이나 하지, 서울은커녕 창원도 못 간다."

"기술 배워서 일찍 취직하면 돈이라도 벌제."

어른들의 말은 하나같이 현실적이었고, 그래서 더더욱 가슴을 눌렀다.

공부가 답이라고 믿고 싶었지만, 그 답을 증명해 줄 사람은 아무도 없었다.

책장을 넘길수록, 연필심을 깎을수록 만석은 더 깊은 허무 속으로 빠저들었다.

"열심히 해도 되는 게 없는데, 왜 해야 되는데…"

그런 마음에, 말숙이 얼굴이 떠오르면 더 괴로웠다.

그 애는 아무런 말도 하지 않았지만, 왠지 자기보다 훨씬 멀리, 훨씬 밝은 곳에 서 있을 것만 같았다.

만석은 천천히 책을 덮었다. 종이 위에 엎드려 한참을 누워 있었다. 그는 무언가를 포기하는 대신 무엇도 시작하지 못한 채, 어디론가 빠지고 있었다.

만석은 이불 속에서 눈을 떴다.

밖은 아직 어두웠고, 바람 소리가 찬방 안으로 스며들었다.

부엌에서는 할머니가 새벽에 춥다고 군불을 때는 소리가 들렸고, 동생 정미가 조용히 울고 있는 소리가 났다.

어젯밤엔 진석이가 열이 나서 또 한밤중에 한바탕 소동이 있었다.

'이게 내 인생이다. 공부는 교과서 속에 있고, 내 삶은 연탄재 위에 있다.'

만석은 그렇게 생각했다.

학교에 가면 선생님들은 꿈을 말하라고 했다.

"니 장래 희망이 뭐고?"

"아, 그런 생각은 아직 안 해 봤습미더."

그러면 선생은 고개를 절레절레 흔들며 말했다.

"그래 갖고 어데 대학 가겠노. 니는 농과나 축산과에 써라이."

꿈을 생각할 시간도, 조건도 없었다.

엄마는 집에 없었고, 아버지는 어디 공사장에 나가 있다 돌아오지 않았다.

할머니와 정미, 영미 그리고 울기만 하는 막냇동생. 그 속에 만석은 한 사람 몫으로 박혀 있었다.

어른도 아니고, 아이도 아니었다.

꿈을 꿀 나이지만, 현실은 꿈을 조롱했다.

가끔 학교 앞에 있는 작은 문방구에 가면, 진열대 한구석에 서울 대학 로고가 찍힌 공책이 놓여 있었다.

하얀색 표지에 파란 글씨로 큼직하게 쓰여 있는 'SEOUL UNIVERSITY'. 그걸 집어 들 때면 손이 떨렸다.

'이 공책에 뭐라도 적는다고 내가 대학을 가나…'

그래서 그는 사지 않았다. 차라리 사지 않으면, 부끄러워지지 않으니까.

학교를 마치고 돌아오면, 아기 기저귀를 빨고 죽을 끓이고, 정미와 나무를 날랐다.

그 와중에 책상 앞에 앉는 일이 점점 드물어졌다.

책은 그대로 있고, 연필은 어디론가 사라지고 없었다.

시간도, 의욕도, 믿음도 빠져나가고 있었다.

하늘은 늘 푸른데, 만석의 속은 까맸다.

"공부를 잘하면 뭐하노. 잘난 놈들만 잘 되는데."

그는 혼잣말처럼 중얼거렸다.

친구 중 하나는 이미 창원에 있는 공장으로 갔다. 기숙사 생활하면서 야근하고 주말에도 일을 하고 있다고 했다.

벌써 월급을 받아서 자전거도 하나 장만했다고 했다.

그 얘기를 들은 날, 만석은 밤새 잠을 이루지 못했다.

'공장 가면 돈은 벌 수 있다. 그게 전부다. 그게 전부고… 그게 다다…'

하지만… 그게 정말 다일까?

그가 버리고 있는 것은 대체 무엇일까?

아무도 그 대답은 가르쳐 주지 않았다.

그러나 만석은 결정을 내리지 못했다.

마음은 이쪽으로 기울었다가도, 다시 저쪽으로 흔들렸다.

고등학교 입학일이 다가오는데도, 그는 여전히 책상 앞에 앉아 공책만 뒤적였다.

무언가를 쓰려다 말고, 다시 지우고는, 연필을 손에 쥔 채 가만히 멍하니 있었다.

'고등학교 간다고 뭐가 달라지노.'

그렇게 생각하면 허무했고,

'그래도 안 가면 평생 공장 아니면 막일인데…'

그렇게 생각하면 두려웠다.

아버지는 아무 말도 없었다.

며칠 전엔 술에 취해 돌아와 이불만 뒤집어쓰고 누웠다.

그때 할머니가 밥상을 물리며 말했다. "니 아버지 요즘 일도 없고 속이 상해 있다이. 무다이 말 꺼내지 마라."

어머니는 식당에서 일을 계속하고 있었다.

몇 달마다 가끔 집으로 와 건네는 돈 봉투만이 그녀의 존재를 대신했다.

정미는 이제 살림을 도맡아 하는 조숙한 아이가 되어 가고 있었고, 진석이는 감기가 낫지를 않아 자꾸 열이 났다.

그 모든 것이 만석의 어깨를 눌렀다.

그는 밤마다 이불 속에서 혼잣말을 하곤 했다.

"누가 나한테 좀 말 좀 해 줬으면 좋겠다. 어떻게 해야 되는지… 어느 길이 맞는지…"

하지만 아무도 말해 주지 않았다.

학교 선생님은 "니는 가능성이 있다"고 했지만, 그 말은 현실에서는 손에 잡히지 않는 허상일 뿐이었다.

공장에서 일한다는 친구의 말을 들으며 마음이 흔들렸다.

그렇게 하루하루는 흘러가고, 겨울이 깊어졌다. 찬 바람이 유리창을 흔들고, 이불 속의 체온만이 유일한 위안이었다.

그러나 결정을 내리지 못한 만석에게는 시간조차도 죄책감이 되었다.

'나는 왜 이렇게 아무것도 못 하고 있노…'

그는 결국, 무엇도 선택하지 않은 채 어떤 날은 책상에, 어떤 날은 마루에 그저 바람을 맞으며 서 있었다.

봄이 오고 있었다. 하지만 만석은 그것조차 느끼지 못했다. 담벼락에 매화가 피어나고, 아랫집 개가 새끼를 낳고, 논두렁에 물길이 다시 열리는 그 모든 변화가 그에겐 그냥 먼 배경음처럼 흘러갔다.

친구들은 하나둘 마산상고, 마산공고, 창원기공, 마산여상으로 갈 준비를 하고 있었다.

그는 함안종고로 가게 되었다.

그건 마치 '갈 곳 없는 아이들'이 가는 마지막 구멍 같은 느낌이었다.

하지만 만석은 그 구멍 속으로 기어들어 갔다.

"공장 가라 했다가, 다시 학교 가라 했다가… 아버지는 대체 뭘 원하는 기고…"

속으로 중얼거렸지만, 이제는 누구를 탓하고 싶은 기운도 남아 있지 않았다.

문방구에서 미리 지정된 교재와 학용품을 샀다.

마산의 번듯한 학교에 간 아이들에 비해, 함안종고는 초라했다.

운동장 한쪽은 흙바닥 그대로였고, 교실 창틀은 삐걱거렸다.

학교 벽에는 "농업은 미래다!" 같은 구호가 붓글씨로 적혀 있었지만, 그걸 진심으로 믿는 사람은 아무도 없었다.

만석은 교복 상의 주머니에 연필 한 자루만 꽂은 채, 처음 등교한 날, 아무 말 없이 교문을 넘었다.

처음 보는 얼굴들이 가득했고, 선생님들은 형식적인 격려를 쏟아 냈다.

"여기서도 얼마든지 잘할 수 있다!"

"대학도 많이 간다!"

그 모든 말이, 빈 깡통 소리처럼 느껴졌다.

그리고 만석은 자책했다.

공부를 더 열심히 했더라면?

말숙이에게 한 번이라도 마음을 고백했더라면?

고민만 하다 아무것도 하지 않은 자신이, 가장 싫었다.

그렇게 함안종고 보통과의 3년이 시작되었다.

하지만 그 3년이 '인생의 전환점'이 될지, 아니면 그냥 지워져 버릴 세월의 한 줄기일지 그 누구도 알 수 없었다.

3. 만석 고등학교 가다

만석은 매일 아침 6시 반이면 눈을 떴다.

얕은 새벽안개가 아직 마당에 내려앉아 있는 시간이었다.

하루 중 가장 조용한 이 시간이, 만석에게는 그저 통학 전의 준비 시간일 뿐이었다.

백산 종점에서 7시 10분 첫차를 놓치면 지각이었다.

함안 종고는 가야읍에 있었고, 거기까지 자전거로 가는 건 꿈도 못 꿨다.

아무리 빨리 달려가더라도 한 시간 반은 족히 걸리는 거리였다.

버스를 타면 대략 한 시간. 앉아서 가는 일은 없었다.

그래도 종점이어서 일찍 타면 서서 갈 일은 없었지만, 버스 안은 늘 사람으로 가득 차고, 숨 쉬기조차 불편한 공간이었다.

겨울에는 김이 서려 창밖도 보이지 않았고, 비가 오는 날이면 진창길에서 버스가 덜컹거릴 때마다 사람들 몸이 이리저리 부딪히고, 멀미로 고개를 숙인 아이들도 있었다.

손조차 제대로 못 쓸 정도로 좁은 공간에서 만석은 그런 버스 안에서 교복 단추를 만지작거리며 "이 길이 내 인생의 어디쯤 일까"를 생각했다.

친구들은 자기들끼리 시험 얘기, 선생님 흉을 보며 깔깔거렸지만 만석은 그저 창밖만 바라보았다.

넘실대는 갈대, 비닐하우스 너머로 떠오는 아침 해. 그 풍경들이 모두 희미하고 멀게만 느껴졌다.

'이 버스를 매일 타야 한다는 것 자체가 내 현실이구나.'

그가 내릴 때쯤이면, 어깨는 이미 무겁고, 마음은 더 축 처졌다.

몸보다 더 힘든 건 매일 똑같은 하루를 또 시작해야 한다는 절망감이었다.

버스를 타고 가는 대부분은 법수중학교를 함께 졸업하고 고등학교로 진학한 동기들이었다.

얼굴이 익은 아이들이었고, 서로 이름을 부르고 장난을 치며 가끔씩 교복 자락을 휘날리며 웃기도 했다.

그와 같은 버스를 타는 또 다른 무리가 있었다. 함안여상에 다니는 여학생들은 중학교 3년 동안 한 번도 얼굴을 보지 못한 아이들도 많았다.

이따금 눈을 마주칠 때면 괜히 고개를 돌렸고, 그들도 조용히 창밖을 바라보거나 여학생들끼리만 속닥거렸다.

그리고 또 다른 무리가 있었는데 그들은 1년 먼저 또는 2년 먼저 학교에 들어왔다는 고등학교 선배들이다.

동기들은 법수중학교에서 함께 졸업한 아이들이라 얼굴은 익숙했다.

좁은 공간, 멀미 나는 비포장길도 친구들끼리라면 웃고 떠들며 견딜 만했다.

그러나 그 웃음은 오래가지 않았다.

"이 새끼, 니 1교시 마치고 화장실 뒤로 오이라."

한마디였다.

버스 맨 뒷자리에서 다리를 벌리고 앉은 3학년 선배의 말에, 순간 버스 안의 공기가 얼어붙는다.

누구도 그 말을 농담이라 생각하지 않는다.

말이 떨어진 그 순간부터, 그날 하루는 지옥이었다.

화장실 뒤로 오라는 말.

그건 주먹이 날아들고, 이유도 없이 욕을 들어 먹고 "1학년이 와그리 나대노?" 소리와 함께 얼굴이 붉어지는 시간을 뜻했다.

만석은 이해할 수 없었다.

같은 학교에 다니는 학생이고, 같은 버스를 타고 가는 사람들인데 왜 몇 학년 차이로 사람을 짓밟고 무시할 수 있는 것인지. 여자아이들도 탔지만, 그들은 또 다른 세계의 사람이었다.

시골은 좁고, 사람은 많지 않았지만, 그 안에서도 세계는 층층이 갈라져 있었다.

만석은 가끔 그런 생각을 했다.

"이 좁은 버스가 우리 사회 전부 같기도 하다."

자리를 차지한 자, 소리 높이는 자, 조용히 눈치만 보는 자. 그리고 그 모든 걸 애써 외면하고 창밖만 바라보는 자.

대학을 목표로 교과서를 붙잡고 사는 보통과 선배들은 폭력을 행사하는 이는 없었다.

그들에게는 버스 안마저도 귀중한 공부 시간이었다.

조용히 눈을 감고 수학 공식을 암기하거나, 교과서 구석에 적힌 작은 메모까지 외우려 애쓰는 모습은 만석에게도 작지만 묘한 자극을 주곤 했다.

그들은 3학년이 되면 학교 근처에서 자취를 하거나 친척 집에서 하숙을 하며 본격적으로 입시에 몰두했다.

그러나 버스 안에서 더 눈에 띄는 건 늘 다른 무리였다.

농과와 축산과에 다니는 선배들, 몸집이 크고 목소리가 우렁찬 그들은 버스에 타자마자 후배들을 쓸어 보듯 훑었다.

그 선배들은 보통과 아이들을 유난히 더 괴롭혔다.

표면적으로는 그저 시비였고, 장난처럼 보였지만, 그 안에는 무언가 날카로운 감정이 숨겨져 있었다.

만석은 늘 의문이었다.

왜 저 선배들은 유독 책을 펴 든 아이들만 보면 눈에 거슬려 하는 걸까.

어쩌면 그들 자신도 알고 있었을 것이다.

보통과 아이들이 가는 길이 자신들과는 다르다는 걸, 책상 앞에 앉아 머리를 싸매고 수학 공식을 외우는 모습, 점심시간에도 참고서를 펼쳐 놓고 혼잣말로 단어를 암기하는 모습은 그들에게는 일종의 '선 긋기'처럼 보였을지도 모른다.

"책 좀 본다고 잘난 척하네, 이 새끼."

"니는 공부해서 뭐 할 낀데. 대학 가서 연애질 할끼가?"

이런 말들은 분명한 분풀이였다.

자신들이 가지 못할 길을 걷는 후배들에 대한 질투, 그리고 어디에도 말할 수 없는 자격지심이 한데 엉켜 언제나 가장 만만한 방식으로 표출되었다.

폭력과 조롱, 그리고 집요한 위계질서. 하지만 그들은 결코 그런 감정을 스스로 인정하지 않았다. 그저 "서열이니까" "전통이니까"라는 말로 포장했을 뿐.

그들이 후배들을 주먹으로 누를 때, 사실은 자신의 불안과 패배감을 누르고 있었는지도 몰랐다.

만석은 그런 눈빛을 여러 번 봤다.

한쪽에서 피우던 담배를 끄며 무심한 얼굴을 지은 채, 교복 윗도리를 벗고 교문 밖으로 나가는 선배의 뒷모습에서 그는 문득 그런 생각이 들었다.

'저 선배들도 어쩌면 우리보다 더 외로운 길을 걷고 있는 건 아닐까?'

만석은 수업 시간마다 책상에 앉아 있으면서도, 늘 자기 자리가 아닌 듯한 이질감을 느꼈다.

교과서에 나오는 지문은 머릿속에 들어오지 않았고, 선생님의 목소리는 먼 확성기 너머처럼 흐릿했다.

"내가 왜 여 있노? 우리 형편에 대학도 못갈 낀데."

보통과라는 이름 아래 모인 아이들은 하나같이 "대학"이라는 목표를 향해 바쁘게 달려가고 있었다.

아침 첫차에서부터 영어 단어를 외우고, 쉬는 시간마다 수학 문제지를 돌려보며, 점심시간에도 공부 이야기가 이어졌다.

그 속에서 만석은 늘 뒤처지는 기분이었다.

그들이 공유하는 암묵적인 세계에 자신은 초대받지 못한 손님 같았다.

'고등학교는 오지 말고 기술을 배우라' 했던 아버지의 말이 자꾸 떠올랐다.

그 말이 더 이상 틀린 것도 아닌 것 같았다.

여기 있는 누구보다도 자신은 기계 만지는 일이 좋았고, 공부란 건 늘 '남의 것' 같았다.

하지만 기술을 배우는 길도 두려웠고, 공장에 가면 '때리면서 가르친다'는 영석이 형님의 말도 마음을 짓눌렀다.

어디에도 속하지 못하고, 어디에도 마음을 놓을 수 없었다.

교실에서는 조용한 아이, 수업 끝나면 바로 집으로 가는 아이.

누구도 그를 특별히 신경 쓰지 않았고, 그 역시 누구와도 가까워지지 않았다.

늘 책상에 앉아 창밖을 바라보며, 멀리 있는 논밭과 저수지를 보았다. 거기에 있을 때가 더 편했다.

4. 교련수업의 풍경

만석이 고등학교에 진학한 뒤, 가장 이해할 수 없었던 수업은 단연 '교련'이었다.

교련수업이 있을 때마다 교련복으로 갈아입고, 운동장에 집합하면 묘한 긴장감이 돌았다.

그 옷, 회색빛의 두툼한 교련복은 단추를 끝까지 채워야 했고, 가슴에는 군대 계급장을 흉내 낸 것이 있었는데 1학년은 줄이 하나 2학년은 줄이 두 개 3학년은 줄이 세 개로 만들어져 있었다. 만석은 그 옷을 입을 때마다 마치 자신이 군대에 끌려간 것만 같았다.

"총검술 준비! 하나, 둘, 셋, 넷!" 교련 선생은 군에서 장교를 하다가 제대를 한 사람들이라 실제로 군인들의 훈련과 비슷했다.

고함에 맞춰 나무총을 들어 총을 앞으로 찌르고, 허공을 자르며 뛰는 훈련은 그에게 아무런 의미도, 감정도 없었다. 그저 바보처럼 나무토막을 들고 왔다 갔다 하는 느낌이었다.

'왜 이걸 해야 하는 거지?'

누구도 그 이유를 설명해 주지 않았다.

총검술은 아무리 해도 이유를 찾을 수 없었다.

더구나 무더운 날씨에도 복장을 제대로 갖추지 않았다고 혼이 났고,

구령에 늦게 반응했다는 이유로 엎드려뻗쳐 벌을 받았다. 눈앞의 현실은 학교라기보단 군대였고, 교련 수업은 배움보다는 복종을 가르치는 시간 같았다.

만석은 교련 시간마다 마음속으로 되뇌었다.

'이게 교육인가. 왜 공부하러 온 학생에게 총을 쥐어 주는 건데?'

운동장에 늘어선 줄 사이에서 만석은 회색 교련복을 입은 채, 햇빛에 반사되는 나무총의 자루를 멍하니 바라보았다. 그 나무 위엔 아무 의미도 없고, 아무 감정도 실리지 않았다.

마치 그 시절을 살아가는 자신처럼.

만석은 교련 교과서에 쓰인 한 문장을 기억하고 있었다.

"유사시 국가를 위해 고등학생도 전투력으로 활용될 수 있도록 한다."

그 한 문장이 가슴 속에 박혔다. '그래, 결국 우리는… 유사시엔 총알받이로 나가라 크는 거 아이가.'

그는 교련복 소매를 쓱 걷어 보았다.

팔뚝엔 땀띠 자국과 지난 시간 엎드려뻗쳐 했던 상처 자국이 그대로 남아 있었다.

배움이 아닌 복종, 이해가 아닌 명령. 그것이 교련이었다.

어느 날 수업 후, 교실 한쪽에서 누군가 말했다.

"야, 교련이 일본에서 시작된 거 알제? 제국주의 때 학생들 군대로 보내려고 만든 거다. 우리나라에도 1.21 사태 이후 도입됐다 아이가. 그때 김신조가 청와대 들이친 거…"

만석은 조용히 그 말을 곱씹었다.

그럼 지금 우리가 배우는 건, 전쟁을 위한 준비라는 건가? 또 전쟁이

나면 우리도 총 들고 나가야 한단 말인가?

그는 혼란스러웠다. 입으로는 자유민주주의를 말하는 어른들이, 왜 학교에선 총검술을 가르치는가. 왜 교실에서 책보다 더 먼저 배워야 하는 게 '적을 찌르는 법'인가.

만석은 그날 밤, 교련복을 벗어 방구석에 던졌다.

그리고 한참을 바라보다 혼잣말을 중얼거렸다.

"나는, 공부하러 학교에 왔는데…"

그 말끝이 스스로도 허무했다. 세상은 그에게 자꾸 '전투'를 가르쳤고, 그는 점점 '사람'이 아닌 '병사'처럼 느껴졌다.

학교는 그저 '작은 군대' 같았다.

일과표처럼 짜인 수업 시간표, 우렁찬 구령, 조별 구분, 단체 행동. 무엇보다 숨 막힌 것은 그 안에 자연스레 형성된 서열이었다.

나이 한 살, 학년 한 해 위라는 이유만으로 선배는 곧 상관이었고, 후배는 말없이 복종해야 했다.

만석은 처음 고등학교에 입학했을 때 느꼈다.

그건 학교가 아니라, 사단 훈련소에 더 가까웠다.

쉬는 시간에도 편히 쉴 수 없었고, 복도에서 선배를 만나면 반사적으로 고개를 숙이며 "안녕하십니까"를 외쳐야 했다.

그렇게 인사를 건네면 다행이고, 운 나쁘면 돌아오는 건 따귀였다.

"니, 인사가 그게 뭐꼬? 장난하나 지금?"

그날은 점심을 먹고 교실로 올라가던 중이었다. 한 선배가 갑자기 어깨를 붙잡더니 정강이를 발로 찼다. 아무 이유도, 맥락도 없었다. 그냥 선배의 눈에 들지 않았다는 이유였을 뿐. 그런 일이 반복되다 보니, 후배들은 누구보다 선배의 눈치를 봤다. 말투, 눈빛, 인사의 높낮이, 심지어 걷는 속도까지. 어떤 선배는 말없이 엘보를 치고 지나갔고, 어떤 선배는 슬쩍 책상을 뒤엎으며 웃었다. 그리고 항상 마지막엔 이런 말이 덧붙었다.

"그래서 니가 지금 나한테 덤빈다는 말이가?"

만석은 점점 더 위축됐다. 학교는 더 이상 지식을 쌓는 곳이 아니었다. 권력과 폭력, 서열과 침묵을 배우는 곳이었다. 이 구조는 마치 교련 수업처럼, 질문할 수도 반항할 수도 없는 절대 명령이었다.

더 끔찍한 건, 그런 구조 속에서 후배들도 자라면 다시 선배가 된다는 사실이었다. 그리고 다시 그들 역시 복수하듯 후배를 짓누른다. 무언의 규칙이었다. 누구도 거기서 벗어나지 못했다.

만석은 그런 학교가 견디기 힘들었다. 그래도 버텼다. 하지만 하루하루가 뼈를 깎는 것 같았다.

'이게 내가 배워야 할 세상인가?' '이게 어른들이 만든 학교인가, 감옥인가?'

봄 소풍이 다가왔다. 하지만 '소풍'이라는 말은 이름뿐이었다. 만석의 기억 속 소풍은 웃고 떠들며 산길을 오르던 것이 아니라, 딱딱한 교련복에 목총을 메고, 땀 냄새와 군가 속에서 행군을 하는 날이었다.

그날 아침, 전교생이 운동장에 모였다. 모두가 회색 바탕에 검정색 개구리 무늬의 교련 복에 하얀 운동화를 신고, 목에는 뻣뻣한 흰 수건을 매고 있었다. 누구 하나 흐트러짐 없이 정렬된 모습은 차라리 군부대의 아침 점호에 가까웠다.

"차렷! 앞으로—갓!"

악대부가 '멸공의 횃불'을 연주하며 앞장섰다.

드럼의 북소리가 가슴을 울렸다. 군가에 맞춰 왼발, 오른발을 맞추며 1학년부터 3학년까지 줄줄이 행군을 시작했다.

가야읍 도로를 행군이 시작되었다.

길가에 서 있던 동네 어르신들이 손을 흔들었다. "고등학생들이 아니라 군인들이구마." "와, 멋지다 마."

하지만 만석의 마음은 무거웠다. 목총을 '우어깨 총'을 하여 걸어가는 것은 처음엔 장난감 같았지만 시간이 지날수록 어깨와 팔을 눌렀고, 걷는 발걸음은 즐거움이 아닌 규율이었다.

누군가 발을 삐끗하거나, 대열에서 삐끗 나오기라도 하면 뒤에서 따라오던 교련 선생은 곧장 소리쳤다.

"어깨 각! 정신 똑바로 차려라! 이게 소풍이지 군사훈련이가?"

그 말에 친구 재홍이는 헛웃음을 삼켰다. "그랑께, 교련 선생님… 소풍인데예."

그러나 만석은 웃지 않았다. 그는 문득, 자신이 누구인지, 무엇을 위해 이 거리를 걷고 있는지 알 수 없었다.

평범한 고등학생이 아닌, 훈련을 받는 병사처럼 길 위를 걷고 있는 자신의 모습은 학교 운동장에서 교련 수업을 받던 것과 다르지 않았다.

달라진 건 옷과 형식뿐, 그는 여전히 '지시된 대로' 움직이고, '지켜야 할 것'을 강요당하며 살아가고 있었다.

소풍은 없었다. 자유도, 웃음도, 어깨 위의 하늘도. 단지 행군만이 있었고, 그 행군 끝에 남은 건, 또 한 번의 침묵뿐이었다.

5. 보름달 아래 폭행당하다

만석은 가끔 궁금했다.

도대체 친구들은 무슨 생각으로 하루하루를 견디고 있는 걸까?

봄이든 가을이든, 소풍 날이면 교련복을 입고 행군을 나섰고, 매주 목요일이면 총검술을 익혔고, 아침 조회 시간에는 일제히 고개를 돌려 태극기를 향해 경례를 붙였다.

누구 하나 불평하지 않았다.

누구 하나 질문하지 않았다.

"왜 그래야 하는지" 묻는 이가 없었다.

말하자면, 생각이라는 것이 사라진 것 같았다.

그저 시키는 대로 했다.

정해진 시간에 교복을 입고 등교하고, 수업 종이 울리면 자리에 앉고, 수업이 끝나면 일제히 일어나 운동장으로 나가 체조를 했다.

만석은 그것을 '기계처럼 사는 것'이라고 생각했다.

아무도 그것을 이상하게 여기지 않았다.

"그게 세상이니까."

"원래 그런 거야."

친구 권섭은 그렇게 말했다.

그리고 대부분의 아이들은, 그 말에 고개를 끄덕이며 아무 말도 하지 않았다.

심지어 누군가가 선배에게 맞아도, 누군가가 교련 선생에게 모욕을 당해도, 그저 '운이 나빴다'는 식으로 넘겼다.

자율성? 그건 이미 사라진 말이었다.

감정조차 깊이 들여다보지 않았다.

"그냥 참고 살면 되지."

"어차피 다 똑같이 사는데 뭐."

이 말들이 학교 담벼락처럼 쌓여 있었고, 만석은 그 담벼락을 넘을 수 없었다.

'내가 이상한 걸까?' 가끔 그런 생각도 했다.

그래도 사람은 숨 쉴 구멍이 있어야 했다.

만석에게 그 숨구멍은 책이었다.

그것도 수업 시간에 배우는 국영수 교과서는 아닌 버스 종점 앞 문방구에서 팔던 싸구려 문고본 소설책들, 학교 도서관 구석에 먼지 덮인 철학서나 세계 문학 전집, 그런 것들이었다.

"책 보면, 그냥 딴 세상 같다."

만석은 늘 그렇게 생각했다. 교련복 입고 총검술 휘두르며 쩍 벌린 자세로 구호 외칠 땐, 자신이 마치 인간이라기보다 '국가의 부품' 같았다.

하지만 책을 펼치면, 거기엔 다른 세계가 있었다.

인간이 왜 사는지 고민하고, 사랑을 나누고, 부조리한 사회에 저항하는 사람들…

그는 주머니에 작은 공책을 넣고 다녔다.

거기엔 자기가 읽은 문장 중 마음에 남은 것들을 베껴 적었다.

때론 시도 쓰고, 이름 없는 주인공을 등장시켜 이야기를 만들기도 했다.

친구들과 몰래 돌려보며 낄낄대기도 했지만, 그 속엔 진짜 '자기'가 있었다.

가끔은 버스 안에서도 창밖을 바라보며 상상에 빠졌다.

굴곡진 논두렁 사이로 펼쳐지는 악양 들판을 보며, 그 위에 작은 오두막을 짓고 혼자 사는 작가를 떠올렸다.

어떤 날은 자신이 도시에 가서 문학청년이 된다고도 상상했다.

선배들의 주먹질이 날아드는 학교 현실과는 전혀 다른 세계.

만석은 그곳으로 마음의 망명을 떠났다.

친구들과의 짧은 수다도 버틸 수 있는 힘이 됐다.

특히 같은 반의 경돈이는 말이 잘 통했다.

경돈도 책을 좋아했고, 둘은 수업 끝나면 교정 뒤편 벤치에 앉아 서로가 쓴 글을 보여 주기도 했다.

그런 날이면 만석은 잠시, 이 세상이 아주 조금 덜 괴롭게 느껴졌다.

하지만 현실은 여전히 버거웠다.

다음 날이면 또다시 교련복을 입고 구보를 해야 했고, 선배들은 이유 없이 화장실로 불러내 주먹을 날렸다.

그러나 자신만의 언어, 자신만의 이야기, 그리고 자신만의 '다른 세계'를 만들며. 그 속에서도 만석은, 아주 작게나마 버티고 있었다.

보름달은 그날따라 유난히도 밝았다. 만석은 권섭과 영식이와 함께 탑바위 앞 둑방길을 걷고 있었다.

입시니 성적표니 교련이니 그런 것 다 잊고, 그저 여름밤의 한가로운 바람과 친구들의 웃음소리에 기대며 걷고 있었다.

"야, 이번 여름방학 땐 진짜로 우리 해수욕 한번 가 보자."

"좋지. 근데 만석이 니, 수박 훔쳐 먹다 걸린 얘기 다시 해 봐라."

"그건 말이다…"

셋은 깔깔 웃으며 백산 쪽으로 발길을 옮겼다.

둑방 옆 벼들은 어둠 속에서 바람결 따라 부드럽게 넘실거렸고, 보름 달 아래로 셋의 그림자가 길게 드리워졌다.

그 순간, 목소리가 날카롭게 그 고요를 찢었다.

"야이 새끼들, 니들 몇 학년이고?"

2학년 선배들이었다. 교복 윗도리를 벗어 어깨에 걸치고, 입에 담배 를 문 아이들이 둑방길 아래 수풀 속에서 튀어나오듯 나타났다.

만석은 순간 숨이 턱 막혔다. '도망칠까' 했지만 이미 너무 늦었다.

"1학년 맞제? 인사는 했나?"

"지금 뭐, 선배 앞에서 깔깔대고 웃는 기가?"

한 놈이 먼저 손을 뻗어 영식이의 멱살을 잡았고, 곧이어 권섭의 가슴 을 주먹으로 쳤다.

만석은 말도 못 하고 얼어붙어 서 있다가, 어느새 자신의 얼굴에 날아 든 주먹에 고꾸라졌다.

'왜 맞는지도 모른 채 맞고 있는 지금… 나는 도대체 뭐지?'

뺨이 불에 덴 것처럼 쓰라렸고, 코에서는 피가 뚝뚝 떨어졌지만 누구 도 멈추지 않았다.

그 순간, 만석은 '이러다 죽을 수도 있겠다…'는 공포스러운 생각을 했다.

그러나 참 이상한 일이었다. 죽음의 공포가 스멀스멀 다가오는데, 하늘 위의 달은 여전히 아름답고, 너무도 밝았다.

그 밝은 달빛 속에, 자신이 땅바닥에 처박혀 있다는 사실이 너무 비현실처럼 느껴졌다.

세상은 이렇게 고요하고 아름다운데, 왜 나는 이렇게 두들겨 맞고 있어야 하나.

왜 나는 늘 도망칠 곳이 없나.

왜 맞으면서도, 아무 말도 못 하고 있는 건가.

만석은 눈을 감았다.

그리고 속으로 중얼거렸다. '이 세상은 나 같은 놈 하나쯤 사라져도 달빛은 저리도 밝겠지…'

그 밤, 만석은 단지 선배에게 얼어맞은 것이 아니라 세상이 자신을 외면하고 있다는 깊은 슬픔에 자신의 존엄마저 놓아 버리는 순간을 처음으로 경험했다.

그날 밤 이후, 만석은 달빛을 제대로 바라본 적이 없다.

그전까지 그는 보름달을 좋아했다.

어릴 적 아버지 등에 업혀 외갓집에서 집으로 걸어 오던 날, 작은 손으로 하늘을 가리키며 "아부지, 달이 내 따라오네. 내 졸병인 갑다"라며 웃곤 했다.

달은 언제나 따뜻하고, 넓고, 조용했다.

하지만 지금은 아니었다.

이마가 찢어지고, 입술이 터지고, 속이 뒤집히던 그 밤 이후—그 맑디맑던 달빛은, 자신이 맞고 있을 때 아무 말도 하지 않고 내려다보기만 했던 차가운 구경꾼이었다.

그 기억은 만석의 마음 한가운데, 얇은 얼음처럼 가늘고 깊은 금 하나를 남겼다.

그리고 그 금은 서서히 번져 갔다.

그는 친구들과 함께 있을 때도 조용히 웃기만 했고, 웃음 끝엔 항상 어떤 경계심 같은 것이 어른거렸다.

무리 속에 있어도 자주 혼자라는 느낌에 빠졌다.

수업 중 창밖을 바라보다가, 교과서 속 문장이 마음에 들어와 박히는 순간 그 문장을 공책에 옮겨 적고, 의미도 모르면서 몇 번이고 되뇌는 것이 버릇처럼 되었다.

"아무도 나를 보지 않는다."

그 생각이 마음속에 뿌리처럼 내려앉기 시작했다.

말숙이의 얼굴이 떠오를 때도, 예전처럼 가슴이 뛰기보다는, "이 마음도 말해 봐야 소용없다"는 묵직한 포기로 다가왔다.

그렇게 만석은 말을 줄였고, 마음을 접었고, 속으로 생각을 깊이 접어넣는 법을 배웠다.

그해 가을, 달이 다시 창밖에 떠올랐을 때, 만석은 일부러 고개를 돌렸다.

달은 여전히 그 자리에 있었지만, 더 이상 따뜻하지 않았다.

그는 그렇게 달빛을 등지고, 세상과도 거리를 두기 시작했다.

겉으론 그저 조용하고 눈에 띄지 않는 아이처럼 보였지만, 속으로는 깊고 조용한 동굴을 하나 파고, 그 안에서 혼자만의 생각과 말들로 스스로를 덮고 있었다.

그 동굴 안에서는 아무도 그를 때릴 수 없고, 아무도 그의 울음을 볼 수 없고, 달빛조차도 들어오지 못했다.

6. 달라지는 만석

만석은 텔레비전의 주말 영화에서 《나자리노》를 보았다.

만석은 영화에 빠져들었다.

주인공은 보름달이 뜨는 밤마다 늑대로 변한다.

아무 잘못도 없지만, 저주처럼 운명처럼, 피할 수 없이 변한다.

그리고 변한 자신을 스스로 감당하지 못해 숨어 다니고, 괴로워하고, 결국엔 사랑하는 사람조차 해칠까 봐 떠난다.

만석은 숨을 죽였다.

자신과 너무도 닮았다고 느꼈다.

누구보다 말없이 조용했던 자신도 한 줄기 분노가, 절망이, 짐승처럼 도사리고 있었다.

그날, 보름달 아래서 억울하게 맞고도 아무도 도와주지 않았을 때 그는 땅을 향해 주먹을 쥐고 속으로 으르렁거렸다.

하지만 겉으론 조용히 고개를 숙였다.

"나도… 나도 언젠가 변해 버릴지도 몰라."

그는 무서웠다.

보름달을 보면 가슴이 두근거리고, 기억이 되살아난다.

그리고 그때마다 마음속에서 무언가가 스르륵 기어 올라왔다.

그것은 울음이기도 하고, 분노이기도 하고, 자신이 얼마나 아무것도 아닌 존재라는 자괴감이기도 했다.

그는 교실에서, 버스 안에서, 밥상 앞에서, 항상 얌전히 있는 아이였지만 가끔 거울 속 자기 눈빛이 낯설게 느껴질 때가 있었다.

늑대는 보름달이 떠야만 변하지만, 만석은 매일, 조금씩, 서서히 변하고 있었다.

영화가 끝나고 창밖을 보니, 하늘엔 둥근 달이 떠 있었다.

그는 무심코 하늘을 올려다보다가 고개를 푹 숙이고 걸었다.

그 눈빛 속엔 두려움도, 슬픔도, 분노도, 그리고 자신조차 알 수 없는 어둠의 그림자가 어른거리고 있었다.

만석은 그날 이후로 거울을 제대로 마주 보지 않았다.

거울 속 자신은 조용한 소년이 아니었다.

언제부터인가 눈빛에 깃든 그림자, 깊은 밤마다 자신도 모르게 꽉 쥐어지는 주먹, 그리고 보름달이 뜨는 날이면 찾아오는 이유 모를 두통에 시달린다.

그 모든 것이 그를 낯설게 만들었다.

학교에서, 선배들의 폭력은 '전통'이라는 이름으로 포장되었고, 어른들은 '원래 그런 거'라며 눈을 감았다.

심지어 교사조차 교련 수업 중 벌어지는 얼차려와 욕설을 '정신 수양'이라 불렀다.

그 세계는, 틀렸다고 말하는 사람이 틀린 사람이 되는 세계였다.

만석은 그 안에서 점점 말이 없어졌다.

욕하지 않고, 싸우지 않고, 웃지도 않고, 말숙의 이름조차 속으로만 불렀다.

입을 열면 뭔가가 터져 나올 것 같았다.

밤이면 혼잣말을 했다.

"나는 괴안타. 나는 괴안타."

그러나 문득 눈을 뜨면 베개가 젖어 있곤 했다.

억울함과 분노, 슬픔이 한 덩어리가 되어 가슴 속 어딘가에 딱딱하게 굳어 있었다.

그것은 늑대의 심장이었고, 언젠가는 자기 몸을 찢고 나올지도 모르는 것이었다.

그는 늘 조심스러웠다.

자기 안의 늑대를 깨우지 않으려 애썼다.

사정리 정미소는 이제 쓸모없는 기계들만 남은 채, 마치 폐허처럼 조용했다.

곡식 대신 먼지가 쌓이고, 기계의 웅웅거리던 소리는 사라졌다.

그러나 그 공간을 다시 채운 것은 다름 아닌 만석의 땀이었다.

"이렇게 살아선 안 되겠다."

그 문장을 스스로 입 밖에 내뱉은 건 처음이었다.

누구도 대신해 주지 않는 인생이라면, 적어도 맞고만 사는 삶은 벗어나야 했다.

그게 비록 또 다른 폭력일지라도, 그는 자신을 지킬 수 있는 힘부터 갖추고 싶었다.

정미소 한쪽 벽에 묶인 벨트는 짚단을 감아 만든 주먹 타겟이 되었다.

처음엔 손등이 터지고, 손목이 꺾였지만 그는 그만두지 않았다.

"이 주먹, 언젠가는…"

생각할수록 심장이 뜨거워졌다.

도망치듯 움츠리고만 살던 자신에게 처음으로 생긴 목표였다.

빈 고무 마대를 잘라 만든 역기에는 자갈을 담았고, 기둥 사이에는 굵은 밧줄을 걸어 줄넘기를 했다.

팔은 무거워졌고, 종아리는 타올랐으며, 몸은 땀에 젖어 천천히 변해갔다.

하지만 진짜 변화는 몸이 아니라 마음에서 일어났다.

운동을 하며 숨이 차오르면, 고등학교 첫날, 선배에게 맞던 그날이 떠올랐다.

"이 새끼, 웃지 마라."

그리고 날아들던 주먹. 비 맞는 강아지처럼 고개 숙이고 울던 밤.

그때마다 주먹을 벨트에 꽂듯 쳐 댔다.

한 방, 두 방, 세 방… 때릴수록 복수심은 가라앉지 않고, 오히려 선명해졌다.

하지만 그는 알았다. 이 감정 만으로는 끝까지 갈 수 없다는걸.

'복수도 준비된 자만이 하는 거다.'

그날 이후, 만석은 정미소로 들어가는 시간을 '출근'이라 불렀다.

운동복 대신 헌 교복을 입고, 학교보다 더 정직하게, 자신에게 집중했다.

때리는 놈을 이기기 위해서가 아니라, 두려움 없이 살아가기 위해서.

복수는 그저 출발선이었고, 그를 지탱하는 건 어쩌면 새로운 자신이 되고 싶다는 갈망이었다.

　여름방학이 끝나갈 무렵, 만석의 몸은 확실히 달라져 있었다.

　팔뚝엔 굵은 선이 잡혔고, 어깨는 벌어졌으며, 무엇보다 눈빛이 달라
졌다.

　예전엔 말을 시키면 눈을 피하던 그가, 이제는 또렷이 눈을 마주 보
았다.

　2학기 첫 등교 날, 문현에서 버스를 타는 친구 권섭이 그를 힐끗 보고
말했다.

　"야, 니 태권도 도장 다니나? 어깨가… 좀 달라졌데이?"

　만석은 웃지 않았다.

　대답도 하지 않았다.

　대신 조용히 가방을 메고, 버스 안 맨 뒷자리에 앉았다.

　예전 같으면 맨 앞에 서거나 옆구리 껴안듯 구석에 찌그러져 있었을
자리였다.

　"어라? 쟤 왜 저기 앉았노?"

　"저기 3학년 형들 앉는 자리 아이가?"

　웅성거림이 있었지만, 아무도 그를 끌어내지 않았다.

　아마도, 그날 이후로 조금씩 소문이 났는지도 몰랐다.

　'만석이, 요새 이상하다.'

　"맨날 정미소에서 지 혼자 뭐 한다 카더라."

　"운동한다 카던데… 눈빛이 예전 아이 아이라."

　그날 이후로 만석을 대놓고 괴롭히는 선배는 줄어들었다.

그가 싸움을 잘해서가 아니라, 눈빛과 자세에서 나온 '기운' 때문이었다.

주눅 들지 않은 사람은 쉽게 건드릴 수 없다.

무시당했던 만석이 자신을 무시하지 않자, 세상도 그를 조금씩 달리 보기 시작했다.

수업 중에도 달라진 점이 있었다.

교련 시간, 총검술을 할 때 예전엔 어설프게 총을 쥐고 손을 벌벌 떨었지만, 이젠 자세가 정직했고, 동작이 단단했다.

교련 선생도 어느 날 말했다.

"만석이, 요새 정신 좀 들었네."

누가 보든 말든, 그는 운동장에서 줄넘기를 했고, 점심시간엔 교실 구석에서 팔굽혀펴기를 했다.

누가 웃어도 신경 쓰지 않았다. 이미 그는 '누가'보다 '내가'라는 기준을 세운 사람이었으니까.

만석은 교과서를 펼쳐 놓고도 한 글자도 눈에 들어오지 않았다.

예전 같으면 공책 한 줄을 채우기 위해 얼마나 오랫동안 사전을 들춰가며 단어를 외우고, 시험지를 붙잡고 몇 날 밤을 새웠던가.

하지만 지금은 달랐다.

책장을 넘기며 한숨을 쉬는 일은 이제 습관처럼 되어 버렸다.

중학교 때 그렇게 애써 왔던 이유는, 어쩌면 정말로 세상이 노력에 보상해 줄 거라 믿었기 때문이었다.

그러나 고등학교에 들어와 보니 세상은 너무나 조용했다.

노력은 말없이 무시당했고, 성실함은 조롱당했고, 무엇보다 그 모든 노력은 '가난'이라는 단어 앞에서 무력해졌다.

"대학? 누가 보내 줄 낀데 부모님이 형편도 되도 않는데."

누군가가 던진 그 한마디는, 만석의 마음 어딘가를 아주 조용히 무너뜨렸다.

선배들의 괴롭힘은 또 하나의 이유였다.

공부를 하고 있으면, "이 자슥이 오데서 폼 잡노." 책을 빼앗기고, 머리를 꾹꾹 눌리는 일도 잦았다.

자신을 지킬 힘도, 공부를 계속할 명분도, 어느새 사라지고 없었다.

그래서 그는 공부를 포기했다. '어차피 못 가는 대학, 뭣 하러 머리 싸매고 있노.'

그렇게 스스로를 설득했다.

그런데 이상한 건, 공부를 놓으니 스트레스도 사라졌다는 거였다. 무기력은 생각보다 고요했고, 포기는 생각보다 따뜻했다.

아무것도 바라지 않으니, 상처받을 일도 없었다.

하지만 그 고요한 무기력 속에서, 만석은 자신이 서서히 사라지고 있다는 걸 알지 못했다.

단지 시간만이 지나가고 있었고, 자신이 어떤 사람인지조차 잊히고 있었다.

7. 처음으로 수필을 써 본 만석

공부는 내려놓았지만, 만석은 완전히 삶을 포기한 건 아니었다.

어느 날, 이종사촌 형네 집 안방 장롱 밑에 먼지 낀 전집 하나가 눈에 들어왔다. 《세계문학전집》, 《한국단편소설선》. 노란색 바탕에 금박 글씨, 모서리는 헤어지고 책은 바래 있었다.

누가 봐도 방치된 책이었다.

"이모 이거 내가 가가서 봐도 됩미꺼?"

"엿장수 줄라 캔는데 니 가가라."

그날 만석은 보자기 하나 들고, 책을 20권쯤 꾹꾹 싸서 집으로 돌아왔다.

그는 방 한쪽에 앉아, 모파상의 〈여자의 일생〉, 현진건의 〈운수 좋은 날〉, 어니스트 헤밍웨이의 〈노인과 바다〉를 따라 읽었다.

책 속 인물들은 모두 자기가 된 것 같았다.

아니, 자신보다 더 험한 삶을 살고도 꿋꿋하게 살아 내는 모습은 그에게 낯설고도 따뜻한 위로였다.

책을 읽는 동안엔 세상과의 단절도, 공부를 포기한 죄책감도 모두 사라졌다.

종종 마음에 꽂히는 문장이 있으면 연습장에 옮겨 적었다.

자기 글처럼 다시 읽어 보며, 마음을 다독였다.

학교에서 돌아오면, 밥 먹고 이불 속에 누워 한 권씩 꺼내 읽는 것이 유일한 낙이었다.

어떤 날은 연습장에 만년필로 따라 써 보기도 했다.

그의 현실은 여전히 구질구질 했지만, 책 속 세계에서 만큼은 마음껏 울고 웃고, 살아 있었다.

어느 날 국어 시간에 작문을 하는 시간이 있었다.

국어 선생님이 칠판에 두 글자를 큼직하게 적었다.

작문.

"오늘은 다들 글 한번 써 보자. 주제는 자유다. 기억나는 일, 하고 싶은 말, 아무거나 괜찮다."

교탁 앞에서 몇몇 아이들이 킥킥댔다.

"우짜노, 난 쓸 게 없다."

"가악중에 글을 쓰라쿠모 우찌 쓰노?"

교실엔 이내 연필 소리가 들리기 시작했지만, 책상 위엔 멍하니 손만 올려놓고 있는 아이들이 더 많았다.

암기 위주의 공부와 시험에 나오지 않는 것은 아예 공부를 하지 않는 것이 그때의 분위기였다.

그때는 대학 입시가 학력고사를 보았고, 주관식도 없었고 논술고사 역시 없었으니 작문을 한다는 것은 생뚱맞은 수업이었다.

만석은 가만히 공책을 펼쳤다. 그리고 펜을 잡고 천천히 한 줄을 써 내려갔다.

"그날 밤은 달이 참 밝았다."

그 한 줄을 시작으로, 그의 기억 속에서 오래도록 바스락거리던 복숭아밭의 서리 장면이 살아났다.

친구들과 몰래 철조망을 넘었던 일, 긴장감에 숨소리조차 죽이며 복숭아 한 봉지를 따던 밤, 손바닥에 배인 복숭아 진 냄새, 그리고 달빛 아래서 복숭아를 베어 물었을 때 입안 가득 번졌던 그 단맛과 죄책감. 그건 단순한 장난이 아니었다.

'금기'와 '자유', 그리고 첫 번째 반항과 떨림.

그 모든 감정이 열일곱 살 소년의 문장으로 어설프지만 진실하게 적혔다.

펜은 멈출 줄 몰랐다.

한 시간이라는 시간이 순식간에 흘러갔다.

"자, 언자 다 썼제? 공책 앞으로 내라!"

만석은 끝까지 쓰지 못한 원고를 들고 잠시 머뭇거렸다.

종이 끝엔 비어 있는 여백과, 그 여백만큼이나 넘치고 있는 그의 감정이 남아 있었다.

그날 쓴 글은 아무 상도 받지 못했고, 선생님에게 불려 가 칭찬 한마디 듣지도 못했다.

하지만 만석에게 그건 첫 번째 글이었다.

자신의 기억과 마음을 처음으로 꺼내어, 세상과 나누려 한 첫 고백이었다.

그날 이후, 만석은 틈만 나면 머릿속 장면을 글로 옮기기 시작했다.

때론 복숭아밭, 때론 학교 운동장, 또는 자신이 두들겨 맞았던 보름달

밤까지.

그가 알게 된 건 하나였다.

"말할 수 없는 것을, 쓸 수는 있다."

그리고 그것이 그의 무기력했던 세계에 첫 균열을 내기 시작한 날이었다.

만석은 단 한 번도 글을 대회에 내거나, 친구에게 보여 준 적이 없었다.

글을 쓰는 건 그에게 표현이 아니라 피난이었다.

누군가에게 보이기 위한 것이 아니라, 자기 자신을 붙들기 위한 버릇 같은 것이었다.

학교에서 백일장 공고가 붙을 때면, 친구들은 그를 툭 치며 말했다.

"야, 니 글 좀 쓴다 아이가. 내 봐라."

그럴 때면 만석은 웃기만 했다.

대신, 종이와 펜을 들고 혼자 다 쓰고, 다 쓴 원고는 접어서 교과서 사이에 껴 두거나, 가끔은 뒷산에 올라가 바람 속에 흩어지게 찢어 버리기도 했다.

그가 글을 쓰는 순간은 누군가의 인정을 바라는 시간이 아니었다.

어디에도 말하지 못한 마음의 언저리를 조심스레 매만지는 일, 그리고 그렇게 써 내린 문장들이라도 누가 읽으면 그 마음이 훔쳐지는 것 같고, 상처가 드러나는 것 같아 두려웠다.

"쓸수록 더 깊이 숨고 싶다." 그것이 만석이 깨달은 글쓰기의 모순이었다.

글을 쓰는 손은 날카롭고 조용했고, 그가 쓰는 문장들은 아무도 보지 못한 채 그의 내면 속으로만 깊숙이 쌓여 갔다.

그건 어쩌면, 세상과 대화하려는 작은 시도이자, 동시에 세상으로부터 자신을 지키는 울타리였는지도 몰랐다.

그렇게 1학년의 혼란스러운 시간들이 지나갔다.

몸도 마음도 얼어맞으며 버틴 시간이었다.

만석이는 어느새 2학년이 되었다.

같은 버스를 타고, 같은 교문을 지나, 같은 교실로 들어가지만 그의 눈빛은 작년과는 달랐다.

비슷한 교복을 입고 있는 자신이지만, 이제는 선배가 되어 누군가의 위에 선다는 생각이 이상하게도 낯설고 불편했다.

1학년 때는 그저 '버티는' 데 급급했다면, 이제는 '자기 자리를 찾고 싶다'는 생각이 조금씩 자라나고 있었다.

교실 한 켠에서 혼자 책을 읽던 아이, 버스 창문에 기대어 고개를 흔들던 그 아이가, 이제는 종종 친구들에게 말을 걸고, 체육시간에는 앞에 나가 농구 공을 받기도 했다.

무엇보다 달라진 것은, 그가 더 이상 두려움 속에 몸을 움츠리지 않는다는 점이었다.

1학년 내내 운동하며 단련한 몸은 자신을 지키는 최소한의 방패가 되어 주었고, 밤마다 틈틈이 쓴 글들은 언젠가는 말로 꺼내지 못할 진심을 대신해 주었다.

물론 세상은 여전히 거칠고 학교는 군대식이었다.

3학년 축산과, 농과 아이들은 여전히 호령하고 윽박 질렀다.

하지만 만석은 알게 되었다.

자신을 지키는 법을, 자신을 잃지 않는 법을. 그는 여전히 조용했다. 하지만 그 조용함 속에 숨어 있던 작고 단단한 자존감이 이제는 조금씩, 아주 조금씩 싹을 틔우고 있었다.

8. 고등학교 입학한 말숙이

말숙이는 마산 제일여자고등학교 정문 앞에서 잠시 멈춰 섰다.

빼곡히 들어선 여학생들 틈, 다들 교복 치마를 곧게 펴고, 새 가방들고 매고 있었다.

"이야… 진짜 많다."

말숙이는 작게 중얼거렸다.

한 반에 55명, 한 학년에 열 개 반, 게다가 야간부 학생들까지 더하면 족히 700명은 넘는 숫자였다.

법수면 독산리에서야 여학생이라 해 봐야 반에 열댓 명, 그마저도 다 얼굴을 알던 친구들이었는데.

지금 이곳은 전혀 다른 세계였다.

창원, 의령, 함안, 고성… 마산 인근의 머리 좋다는 아이들이 모두 한데 모인 여고.

복도마다 넘쳐나는 웃음소리, 누군가는 서울말을 섞었고, 누군가는 화장실 거울 앞에서 머리카락을 틀어 넘기며 교복을 고쳐 입었다.

"자, 1학년 4반! 4반은 이쪽으로 오세요~!"

선도부 언니가 외쳤다.

말숙이는 긴장된 마음으로 발걸음을 옮겼다.

새 운동화가 딱딱한 복도를 처음 밟는 소리에 가슴이 더 쿵쾅거렸다.

4반 교실 안, 책상이 바둑판처럼 빽빽했다.

자리 맡으려고 벌써 책을 올려놓은 아이들도 보였다.

말숙이는 창가 끝자리에 조용히 앉았다.

'이 안에서, 나는 어떤 사람이 될까.'

문득, 법수면에서의 봉헌 얼굴이 떠올랐다.

그가 원서를 넣었다던 함안종고. 아직도 책을 펴면 눈이 아프다던, 그러면서도 자신을 따라가고 싶다던 봉헌.

'봉헌이는 잘하고 있을까…'

그녀는 창밖을 내다봤다.

멀리, 멀리법수면에서 불어올 것 같은 바람이 불었다. 그러나 이제, 그녀는 스스로의 길을 걸어야 했다.

말숙은 마산의 봄 안에서, 자신의 이름을 다시 새기고 있었다.

처음엔 모든 게 낯설었다.

쉬는 시간마다 웅성거리는 아이들 틈에서, 말숙은 말없이 교과서를 넘기곤 했다.

마산 성호동 할머니 댁에서 학교까지는 13번 시내버스를 타고 30분.

매일 아침 다듬어 묶은 머리칼에 바람이 스쳐 지나갔고, 교문 앞에 서면 심장이 조금씩 더 요동쳤다.

그렇게 조용히 일주일쯤 지났을까.

말숙의 옆자리에 앉은 아이가 먼저 말을 걸어왔다.

"니, 성호동 산다캤나? 내도 마산 사람인데… 니는 어디 중학교 나왔노?"

그 아이의 이름은 조미자.

목소리가 또랑또랑하고, 얼굴이 까무잡잡한 게 야무져 보였다.

말숙은 조심스럽게 대답했다.

"법수중 나왔다. 함안 쪽…"

"그가 오데고?"

"함안에 법수라 쿠는데 있다."

"맞나 근데 니 공부 좀 했나 보네? 제일여고 왔는 거 본께."

말숙은 말없이 웃었다.

그 웃음이 계기가 되어, 조미자와는 점점 가까워졌다.

3월이 지나 가면서 친구가 한둘 더 생겼다.

쉬는 시간에는 수학 문제를 같이 풀어 보기도 했고, 점심시간에는 도시락 반찬을 나눠 먹기도 했다.

그러나 말숙은 여전히 조용한 편이었다.

누가 먼저 말을 걸어야 비로소 대화가 시작됐다.

속으로는 수많은 생각이 오갔지만, 밖으로 표현하는 데 익숙하지 않았다.

그런 말숙의 성격을 미자는 잘 받아 주었다.

"말숙아, 니는 말이 너무 없어가 쪼매이 답답하다."

"답답케 해서 미안타."

"아니다. 그래도 말을 마이 안 한께네 니가 한마디 하면 꼭 기억에 남는다."

하교 시간, 학교 계단을 내려오는 발걸음이 점점 가벼워졌다.

교복 치마 끝이 봄바람에 나부끼고, 가슴속엔 아직은 조심스럽지만, 분명히 '소속감'이라는 것이 피어오르고 있었다.

말숙은 하루를 마치고 돌아오는 길, 가방 속에 봉헌에게 받았던 편지를 한 번 더 꺼내 보았다.

가끔씩은 그 글씨를 보며, 자신이 누군가에게는 '닿을 수 없는 별'처럼 느껴질 수도 있다는 걸 깨달았다.

그러나 지금은, 자신의 세계를 넓혀야 할 때였다.

마산이라는 도시에서, 그리고 제일여고라는 이 교실에서, 말숙은 천천히, 그러나 확실하게 뿌리를 내리고 있었다.

4월의 바람이 아직 차가운 어느 날 오후, 말숙은 조용히 창가 자리에 앉아 노트를 펼쳤다.

칠판 앞에는 선생님의 목소리가 메아리쳤지만, 말숙의 시선은 교과서 속 한 문장에 오래 머물러 있었다.

"1학년 1학기 중간고사, 이제 보름밖에 안 남았습니다."

담임 선생님의 말에 교실 여기저기서 탄식과 한숨이 새어 나왔다.

"아이 씨, 시험이라니 진짜 가혹하다."

"내는 진짜 집에 가서 자고 싶다…"

"아직 책 한 장도 안 폈다 아이가…"

말숙은 말없이 가방에서 연습장을 꺼냈다.

이미 지난 주부터 계획표를 만들어 복습을 시작했지만, 마음이 놓이지 않았다.

이곳은 시골 중학교와는 달랐다.

같은 반 55명 아이들 중에는 중학교 때부터 학원에 다닌 친구도 많았고, 과외 선생에게 공부를 하는 학생들도 있다.

진도가 나가지 않은 수학 문제집에 미리 줄 쳐 놓은 아이들도 있었다.

말숙은 다짐했다.

"나도 할 수 있다. 아니, 무조건 해야 한다."

밤이면 할머니 댁 조그만 방 안에 앉아, 스탠드 불빛 아래 문제를 풀었다.

창밖에서 들려오는 트럭 지나가는 소음, 할머니의 작은 기침 소리, 그리고 종이 넘기는 자신의 손소리만이 방 안을 채웠다.

"말숙아, 눈 아프다. 그만하고 자라."

할머니의 말에도 말숙은 고개를 젓는다.

"할매 쪼매만 더하고 잘꾸마 다해 간다."

며칠 후, 조미자와 함께 도서실에서 자리를 잡았다.

"야, 니 진짜 공부 열심히 한다. 내는 슬슬 지쳐 가는데."

"시험 잘 봐야지. 시골서 올라왔는데… 이번 시험 실수하면 다시는 못 따라갈지도 모린다."

"걱정 마라. 니는 그리 열심히 하는데 잘할 끼다."

조미자는 씩 웃으며 과자 봉지를 내밀었다.

"자, 뇌에 당 보충해라."

시험 전날 밤, 말숙은 책상 위에 연필 한 자루와 지우개를 놓고 이불을 덮었다.

눈을 감았지만, 마음은 계속 교실에 앉아 문제를 푸는 상상을 하고 있었다.

'봉헌이는 지금 뭐 하고 있을까… 공부하고 있을까?'

잠시 생각이 스쳐 갔지만, 곧 다시 수학 공식과 영단어가 머릿속을 가득 채웠다.

내일. 첫 번째 시험.

이제는 시작이다. 말숙은 결코 지지 않을 것이다.

"말숙이, 니는 32등이다. 봤제?"

교실 구석에서 누군가 툭 던진 말이 말숙의 귓가를 찢듯이 스쳐 갔다.

칠판 앞 성적순 번호표에는 선명히 '32'라는 숫자가 적혀 있었다.

그 아래 '이말숙'이라는 이름도.

말숙은 입술을 깨물었다.

숨이 턱 막혀 오는 것 같았다.

머릿속이 하얘졌다.

말숙은 초등학교 때부터 중학교 시절까지 단 한 번도 3등 밑으로 내려가 본 적이 없었다.

중학교 1학년 때부터 줄곧 상위권이었다.

함안에서는 공부 좀 한다는 소리를 늘 들었다.

선생님도, 부모도, 동네 어른들도 그랬다.

"이 집 말숙이는 대학까지 갈 끼다."

"말숙이는 공부가 체질이데이, 니는."

"앗따 저거 삼촌들 머리 닮아가 억수로 똑똑타이."

하지만 지금…

마산의 제일여고에서 그녀는 55명 중 32등. 간신히 반 중간을 넘긴 셈이었다.

9. 뒤로 밀리는 수모를 겪는 말숙

말숙은 성적표를 받아 든 손을 떨며 꼭 움켜쥐었다.

'32등'—그 숫자가 눈앞에서 날아다니는 파리처럼 귀찮고, 얄밉고, 지워 버리고 싶었다.

한참을 바라보다가, 말숙은 믿지 못하겠다는 듯 고개를 절레절레 흔들었다.

"내가… 32등? 내 이름 맞나?"

눈을 몇 번이고 비비고, 번호를 다시 확인해도 바뀌는 건 없었다.

그녀의 이름은 또렷이 찍혀 있었고, 그 옆에는 선명하게 32라는 숫자가 박혀 있었다.

말숙의 마음은 하루 종일 복잡하게 소용돌이쳤다.

수업 시간에도 선생님의 목소리는 귀에 들어오지 않았다.

주변 친구들의 속삭임 하나하나가 다 자신을 흉보는 것처럼 느껴졌다.

"진짜 그 애가 시골에서 잘했댄다매."

"근데 결과는 그저 그러네."

"공부 머리가 다가 아니라니까."

귓속에 맴도는 수근거림은, 실제가 아니었을 수도 있다.

그러나 말숙에게는 그 모든 말이 전부 현실 같았다.

저녁, 성호동 자신의 방에 앉은 말숙은 책가방도 풀지 않은 채 멍하니 앉아 있었다.

자존심, 아니 자존감이 무너지고 있었다.

중학교 내내 늘 1등 아니면 2등, 시험 전날에도 스스로를 '공부 천재' 라고 생각하며 잠들던 자신이, 이제는 반 중위권에도 못 미치는 존재가 된 것이다.

"이게 현실인가?"

속으로 중얼거리며, 말숙은 책가방을 열었다.

책이며 문제집이 우르르 쏟아졌고, 그중 하나가 바닥에 툭 떨어졌다.

중학교 졸업 앨범이었다.

사진 속의 말숙은 누구보다 밝고 당당했다.

그 웃음은, 지금의 혼란과는 거리가 멀었다.

그 순간 말숙의 두 눈에 불이 켜졌다.

'이대로 질 수는 없다. 절대 안 된다.'

고등학교에 와서 처음 며칠 동안 말숙은 눈을 크게 뜨고 주위를 둘러봐야 했다.

제일여고는 단지 큰 학교가 아니었다.

그곳은 마치 도시 아이들만의, 따로 구축된 세계 같았다.

말숙이 알지 못했던 규칙과 속도가 있었고, 그녀가 익숙했던 공부 방식은 이곳에서는 낡은 방식처럼 느껴졌다.

"야, 오늘 독서실 자리 미리 맡아 놨나?"

"수학 학원에서 이번 시험 범위 특강 해 준다카더라."

"과외 쌤이 문제집 따로 뽑아 줬는데 완전 빡세다 아이가."

아이들은 서로 학원 이야기를 하며 웃고, 자랑처럼 정보들을 쏟아냈다.

말숙은 그 속에서 한마디도 끼어들지 못했다.

그녀는 집에서 혼자 책을 펴고 공부했을 뿐, 과외도, 학원도, 심지어 독서실이 뭔지도 몰랐다.

처음 듣는 단어들이었다.

'독서실? 그게 도서관이랑 뭐가 다르노? 과외? 그거는 공부 못 하는 애들이 따로 받는 거 아이가?'

하지만 이곳에서는 전혀 달랐다.

잘하는 아이들이 더 잘하기 위해 돈을 들이고 시간을 쏟아붓는 곳이었다.

말숙은 교과서와 학교 수업만으로는 도저히 따라갈 수 없다는 걸 깨달았다.

수업 중, 선생님이 던진 질문에 누군가가 막힘없이 대답했다.

그 문제는 말숙이 어젯밤에 한참을 붙들고 있다가 결국 포기한 것이었다.

'하… 내가… 모자란 기가?'

처음으로 그런 생각이 뇌리를 스쳤다.

자신감 많던 말숙이, 스스로에게 의문을 품었다.

밤늦게 성호동 방으로 돌아와, 책상 앞에 앉아도 글자들이 눈에 들어오지 않았다.

'내가 공부 못하는 게 아니라, 이 아이들이 나보다 유리한 출발선에서

시작한 거다.'

머리로는 그렇게 이해했지만, 가슴은 답답하고 자존심은 찢어질 듯했다.

"하지만…"

말숙은 조용히 책을 펼쳤다.

'그래도 내가 할 수 있는 걸 한다. 여기서 밀리면 안 된다.'

칠흑 같은 밤, 조용한 방 안에서 책장 넘기는 소리가 유일한 소리로 울려 퍼졌다.

그 소리는 작았지만, 말숙의 결심은 조용히 불붙고 있었다.

말숙은 책상에 앉아 다시 한번 수학 문제를 풀어 보았다.

그러나 식의 중간쯤 가면 손이 멈췄다.

수업 시간에는 분명히 알았다고 생각한 공식이 머릿속에서 흐릿하게 사라졌다.

그녀는 조용히 책을 덮었다.

눈앞에 펼쳐진 수학 참고서와 문제집, 그리고 빨간 펜의 흔적들이 너무도 차가워 보였다.

말숙은 처음으로, 정말 뼛속 깊이 느꼈다.

'나는… 안 되는 거 같다. 이대로는 절대 못 따라간다.'

며칠을 망설였다.

할머니에게 말을 꺼내는 건, 단지 돈 때문이 아니었다.

자신이 혼자서도 잘 해낼 거라고 으스댔던 말이 부끄러웠고, 스스로를 강한 아이로 만들어 온 자존심도 그녀의 입을 무겁게 만들었다.

그러나 결국, 말숙은 그날 저녁학교에서 받은 성적표를 손에 쥔 채 성호동 할머니 집 문을 열었다.

"할매…"

"왔나, 인자 야간 자습 끝났제?"

할머니는 반가운 얼굴로 마루에 앉아 말숙을 맞이했다.

그러나 말숙은 묵묵히 신발을 벗고 들어와, 말없이 성적표를 내밀었다.

"이게 머고…?"

할머니는 성적표를 내려다보며 조용히 중얼거렸다.

중간쯤에 적힌 '32등'이라는 숫자가 눈에 들어왔다.

말숙은 고개를 숙인 채, 천천히 말을 꺼냈다.

"할매… 나 과외 좀 받을 수 있것나…?"

순간, 할머니는 말숙의 얼굴을 바라봤다.

그 눈빛에는 놀람과 걱정, 그리고 조용한 이해가 섞여 있었다.

"과외라카모, 돈 드는 거 아이가."

말숙은 고개를 끄덕였다.

"아는데… 이래 가지고는, 도회지 가서나 도저히 못 따라가것다이이. 아 들은 다 학원 다니고, 과외받고… 내 혼자 쌔가빠지 해도, 아에 그 아 들 하고 시작점이 다르다. 내만 바보 되는 기분이다이."

말숙은 입술을 꾹 다물며 울음을 참았다.

"혼자서 공부하는 거… 더는 못하겠다. 나 애나로 억수로 노력했다 아 이가. 진짜루."

할머니는 말없이 말숙의 손을 잡았다.

그 작고 마른 손에서 느껴지는 따뜻한 온기가, 말숙의 가슴을 파고들 었다.

"그래. 내 뭐라도 해 보자. 손자 딸래미가 공부하겠다 카는데, 못 도와 줄 거 있것나."

그 말에 말숙은 고개를 푹 숙이며 작게, 그러나 확실하게 울었다.

그 눈물은 자존심을 꺾은 굴욕이 아니라, 다시 시작하는 용기의 눈물이었다.

말숙은 할머니와 함께 성호동 근처에서 대학생 과외를 구하기 위해 수소문을 시작했다.

구멍가게, 약국, 교회, 심지어 다방에까지 얼굴을 들이밀며 물어보았다.

"혹시 공부 잘하는 대학생, 과외 좀 해 주는 사람 아는기요?"

며칠 뒤, 연락처 몇 개가 손에 들어왔다.

하지만 막상 만나 본 학생들은 하나같이 실망스러웠다.

수학 문제를 풀다가 중간 계산에서 실수하는가 하면, 영어 문장을 읽을 때도 말숙보다 어색했다.

한 명은 답을 가르쳐 주기보다는, 문제지를 보며 "음… 이건 니가 한 번 해 봐라?"라는 말만 반복했다.

'차라리 내가 가르치겠다…'

말숙은 속으로 혀를 찼다.

서울에서 복학을 앞둔 대학생들은 수준이 다르다고 했다.

특히 SKY 같은 학교 출신이면 수업 하나에 한 달 과외비가 담임 선생님 월급만큼 나간다고 했다.

말숙은 눈을 의심했다.

"옴마야! 한 달에 십만 원? 아니, 이십만 원 넘는다꼬?"

할머니는 아무 말 없이 고개만 끄덕였다.

그 돈이면 할머니가 방세를 받는 돈 전부 합친 것 보다 많은 돈이었다.

더군다나 서울에서 공부하고 군 복무까지 마친 남학생들의 '이름값'은 그만큼 비쌌다.

그리고 또 수요도 많았다.

'그만큼 과외를 받으려는 애들이 많다는 거것지…'

말숙은 순간 서글퍼졌다.

자신은 열심히 한다고 했지만, 마산 애들은 태어날 때부터 다른 줄에 서 있었다는 생각이 들었다.

그 아이들은 비싼 참고서에, 학원에, 비공개 기출문제까지 손에 쥐고 있었다.

말숙은 조용히 창밖을 바라보았다.

봄이지나고 여름이 오고 있었지만, 그녀의 마음은 여전히 찬바람이 불고 있었다.

그날 밤, 말숙은 책상에 앉아 문제집을 펼쳤다.

아직 과외 선생님은 구하지 못했지만, 그녀의 눈빛은 다시 살아났다.

'돈 없고, 빽 없어도… 나는 내 식으로 이겨 낸다. 비싸고 잘난 과외 없어도… 결국은 나다. 내가 해야 산다.'

말숙은 다시 연필을 들었다.

밤은 길었고, 도시의 불빛은 찬란했지만 그녀의 마음속에는 작고 단단한 불빛 하나가 꺼지지 않고 타오르고 있었다.

10. 아무리 열심히 해도 안 되는 말숙

말숙은 결국 과외를 포기했다. 할머니의 근심 어린 눈빛도, 비싼 과외비 앞에선 무기력했다.

그녀는 스스로 결심했다.

"괜한 기대는 하지 말자. 누가 나를 대신해서 공부해 주지는 않으깨네."

그날부터 말숙의 일상은 달라졌다.

학교 수업이 끝나면 곧장 집으로 가지 않았다.

가방을 맨 채 걸어서 마산 경찰서 맞은편 상가에 있는 독서실로 향했다.

2층에 자리한 그 독서실은 항상 조용했고, 창문 너머로는 늘 같은 풍경만 흘렀다.

처음에는 익숙하지 않았다.

책상마다 고개를 푹 숙인 낯선 얼굴들, 자잘한 기침 소리, 간혹 들리는 볼펜 딸깍이는 소리.

그런 것들 속에 말숙은 혼자 앉아 문제집을 펼쳤다.

시간은 무겁고, 지식은 느렸다.

하지만 그녀는 매일 그 자리에 있었다. 샤프심이 떨어질 때까지 쓰고, 손가락에 연필 자국이 남을 때까지 외우고 또 외웠다.

주말에도 말숙은 독서실로 향했다.

그곳에서는 아무도 그녀에게 묻지 않았다.

"몇 등 했나?" "학원 어디 다니노?"

그저 조용히, 자기 공부만 하는 공간이었다.

가끔은 창밖으로 노을이 지는 걸 보며 숨을 돌렸다.

'지금 저기 어딘가에… 봉헌이는 뭘 하고 있을까?'

스치듯 떠오르는 얼굴 하나, 하지만 이내 마음을 고쳐 잡고 책장으로 돌아왔다.

시간이 흐르자 독서실의 일상도 말숙에게 스며들었다.

서로 이름도 모르는 학생들 사이에서도, 같은 시간에 밥을 먹고, 같은 시간에 자리를 지키며 말숙은 묵묵히 싸우고 있었다.

그것은 누구를 위한 공부가 아니었다.

어느 고등학교 1학년, 그 이름 없는 시골 소녀가 자신의 자리를 지키기 위한 치열한 싸움이었다.

그 여름, 말숙은 한 번도 독서실에서 먼저 일어난 적이 없었다.

그 어떤 과외 선생보다, 그 어떤 학원보다 그녀 자신이 가장 혹독한 스승이었다.

1학년 1학기말 시험 날짜가 드디어 발표되었다.

칠판에 적힌 숫자들은 마치 전쟁 개시일 같았다.

말숙은 그것을 보고 돌아오는 버스 안에서부터 마음이 다급해졌다.

이제 남은 시간은 정확히 12일, 이전 시험에서 겪었던 그 참담한 충격을 다시는 되풀이하지 않겠다고, 그녀는 스스로 다짐하고 또 다짐했다.

그날 밤부터 말숙은 잠을 줄이기 시작했다.

하루에 겨우 세 시간. 가슴팍에 책을 안고 그대로 쓰러지듯 잠이 들고, 해도 뜨기 전, 아직 성호동이 고요한 새벽 어귀에서 다시 책상 앞에 앉았다.

눈은 따가웠고, 머릿속은 자주 하얘졌다.

하지만 책상 위 전과와 문제집에는 점점 더 많은 줄과 낙서가 남아갔다.

말숙은 포기하지 않았다.

그녀에게 공부는 이제 자존심 이상의 것이었다.

이 도시에서, 이 학교에서, 누구도 나를 깔보지 못하게 하겠다는 것이 말숙의 밤을 지탱하는 힘이었다.

할머니는 그런 말숙을 안쓰럽게 바라보다 새벽 찬물 대신 따뜻한 물을 데워 주고, 아침밥에 김과 달걀을 꼭 올려 주었다.

"말숙아, 너무 무리하모 큰일 난다…공부도 좋지만, 몸 아프면 다 소용없다이."

말숙은 고개를 끄덕였지만, 눈빛은 여전히 책 위에 있었다.

"할매 걱정 마라 처음에 이리 바짝 해야 도시 가서나들 따라 간다."

"그래도 니 너무 잠도 안 자고 하모, 몸에 이상 생긴다이."

"할매 걱정 마라 내가 할 수 있는 기 이것 뿐이 없는데 우짜 끼고."

할머니는 과외를 못 붙여 주어서 미안함이 앞선다.

"안 되모 서울에 공부하는 선상을 붙여 주까?"

"안 된다 선상님 월급만큼 돈을 주어야 하는데 우찌 붙이노? 그라고 한두 달 하고 말 것도 아인데 고마 내가 알아서 해 볼꾸마."

"그래도 잠은 좀 자면서 공부해라."

"할매 잘 거 다 자고 마산 가서나들 우찌 따라 가노."

할머니는 말숙이 등을 쓰다듬으며 "우짜든둥 몸 상하모 안 된다이."

시간은 무자비하게 흘러갔고, 시험은 하루하루 다가왔다.

밤마다 독서실은 불빛으로 가득 찼고, 말숙의 자리 앞에는 조그만 도시락 통과 연습장, 그리고 그녀 특유의 반듯하게 정리된 필기장이 쌓여 갔다.

그해 여름이 오기 전, 말숙은 이미 자신의 겨울을 지나고 있었다.

그 누구에게도 보이지 않는 전쟁을, 그녀는 조용히, 그러나 치열하게 싸우고 있었다.

1학기 말 고사가 끝났다.

마지막 시험지를 낸 뒤, 말숙은 망연자실한 얼굴로 하늘을 올려다봤다.

어지럽고, 피곤하고, 무엇보다 불안했다.

온몸을 짓누르는 건 잠이 아니라, 기다림이었다.

그리고 며칠 후, 성적표가 나왔다. 종이를 받아 든 순간, 손끝이 떨렸다. 가슴 한쪽에서는 희망이, 다른 한쪽에서는 두려움이 일렁였다.

28등.

55명 중 28등. 처음 본 시험에서 32등.

죽기 살기로 공부한 끝에 겨우 4등 오른 성적표. 말숙은 복도 끝으로 천천히 걸어가 햇살 한 줄기 드리운 계단 끝에 쪼그려 앉았다.

그리고 아무 말 없이, 한없이 울었다.

그동안 쌓였던 긴장, 스스로를 향한 질책, 도시 아이들의 무심한 웃음, 밤새워 펴 놓은 책들, 노트마다 잔뜩 눌러 쓴 글씨들…

모든 것이 눈물과 함께 터져 나왔다.

"나는… 정말… 와 이리 모자라노?"

말숙은 스스로를 자책했다.

하지만 그 누구도 몰랐다. 그의 10여 일 밤을 거의 한숨도 안 자고 버틴 소녀의 고집과 절박을. 그녀가 눈에 피멍이 들도록 책상 앞에 앉아 있었던 것을.

늦은 오후, 말숙은 교실로 돌아와 성적표를 가방 깊숙이 찔러 넣었다.

어쩐지 친구들의 눈빛이 다 자기를 향해 오는 것 같아 고개를 들 수가 없었다.

웃고 떠드는 아이들 사이에서 말숙은 또렷하게 느꼈다.

자신이 여전히 외롭다는 것을.

깊은 밤, 성호동 할머니 댁의 외딴방. 전등은 꺼진 채, 이불 속에 말숙은 조용히 몸을 웅크리고 있었다.

눈꺼풀은 무겁고 목은 따갑게 말랐지만, 마음속은 한기처럼 싸늘했다.

흐느낌을 참으려 이를 악물었지만 결국은 입술이 먼저 떨렸고, 그 떨림이 온몸으로 번지더니 끝내 울음이 터지고 말았다.

이불을 뒤집어쓴 채, 숨죽여 우는 소리는 밤공기 속에서도 깊숙이 스며들어 갔다.

눈물은 베개를 적셨고, 말숙의 마음은 그보다 더 무겁게 가라앉았다.

"아무리 해도 안 된다… 내는 우찌 해야 되노…"

그 말은 스스로에게 던진 절규였다.

누구에게도 털어놓을 수 없는 말, 가족에게도, 친구에게도, 그동안 참고 또 참으며 달려 왔지만 세상은 그녀보다 몇 걸음 더 앞서 있었다.

학원, 과외, 독서실, 정보… 말숙은 늘 뒤늦게 알았고, 늘 혼자였다.

지금 그녀는 마치 커다란 벽 앞에 서 있는 것 같았다. 벽 너머의 세상은 손을 뻗어도 닿지 않고, 벽은 너무 높아 오를 엄두조차 나지 않았다.

시험이 끝나고 성적표를 받아 든 날 이후, 말숙은 하루하루를 허공에 매달린 듯 버텼다.

밥을 먹어도 맛을 느끼지 못했고, 수업 시간에는 칠판 글씨가 눈에 들어오지 않았다.

밤이면 베개가 젖었고, 아침이면 붓기로 부은 눈을 숨기려 얼굴을 돌렸다.

그러던 어느 날, 학교의 마지막 종이 울린 후 말숙은 조용히 옥상으로 향했다.

문을 열고 나가자, 바람이 얼굴을 스쳤다.

옥상, 마산 시내가 내려다 보였다. 붉은 지붕들과 복잡하게 얽힌 전깃줄, 멀리 보이는 돝섬 바다 너머로 해가 기울고 있었다.

말숙은 난간 앞으로 다가가 두 손을 철제에 얹었다. 차가운 금속 감촉이 손끝을 파고들었다.

가슴이 쿵쾅거렸다.

"여기서 떨어지면, 모든 게 끝나것지…"

눈물이 흘러내렸다.

떨리는 몸을 붙잡고 말숙은 눈을 감았다.

그 순간, 문득 할머니의 얼굴이 떠올랐다.

차진 김치전에 밥을 수북이 얹어 주던 그 주름진 손. 성호동 마당에서 감을 따다 웃던 얼굴.

그리고… 가족들. 비록 마음을 표현하는 데 서툴렀지만 자신을 묵묵히 지켜봐 주던 재일이 오빠, 공부하라고 몰래 용돈을 쥐여 준 새 언니 그리고 이름을 부를 때마다 따뜻했던 봉헌의 목소리까지…

말숙은 난간에서 몸을 떼고 바닥에 털썩 주저앉았다.

두 손으로 얼굴을 감싼 채 엉엉 울었다.

그리고 오랫동안 울고 난 후, 말숙은 조용히 일어섰다.

눈은 부었고 무릎은 풀렸지만 그녀의 등은 조금 펴져 있었다.

"죽을 각오로 공부를 하자. 이대로 포기하면… 정말 끝이다. 내는, 끝까지 가 볼란다."

그 다짐은 거창하지도, 드라마틱하지도 않았지만 말숙에게는 생명과 같은 한 줄기였다.

그날 이후, 말숙은 더 이상 혼란 속에서만 머물지 않았다. 울음 대신 펜을 들었고, 포기 대신 단어장을 펼쳤다.

그녀는 아직 작고 어린 소녀였지만, 그 결심만큼은 어른 누구보다 단단했다.

11. 더욱 단단해지고 있는 말숙

여름방학이 시작되자, 말숙의 하루는 더 간단해졌다.

간단하고 단순하지만, 숨 막히도록 무거운 하루였다.

아침 7시, 할머니가 차려 준 국이며 반찬을 허겁지겁 먹고 말숙은 책가방 대신 손에 연습장과 참고서를 들고 성호동 골목을 빠져나갔다.

햇살은 뜨거웠고, 길 위의 아지랑이는 마치 책 속 글자가 날아가는 것처럼 일렁였다.

말숙은 더위도 모른 채 독서실로 향했다.

그곳만이 자신이 붙잡을 수 있는 유일한 탈출구처럼 느껴졌기 때문이었다.

창문 하나 없는 좁은 독서실, 사각사각 연필 소리, 교과서 넘기는 바스락 소리, 그리고 가끔 들려오는 누군가의 한숨. 그 속에서 말숙은 책을 파고들었다.

처음에는 한 줄 읽으면 세 줄을 잊었고, 문제를 풀다 보면 멍해지는 순간이 반복되었다.

그러나 멈출 수 없었다.

어떤 날은 책상 앞에서 졸다가 턱이 '꽝' 하고 부딪히기도 했고, 어떤 날은 복사한 문제지를 들고 가방에 넣은 걸 잊고 다시 찾아 나섰다.

그렇게 매일, 작고 단조로운 실패와 싸우며 말숙은 하루를 보내고 있었다.

점심은 김밥 한 줄, 간식은 싸 온 보리차 한 병, 하루의 마지막은 해가 지고, 독서실 창밖이 어두워질 때쯤이었다.

책을 덮고, 말숙은 오늘 하루 자신이 얼마나 집중했는지 되새겼다.

"오늘은 어제보다 낫다… 내일은 더 낫게."

그렇게 매일 독서실을 오가는 말숙의 발걸음엔 여전히 불안과 외로움이 깃들어 있었지만, 그 속엔 분명히 희미한 빛도 자라고 있었다.

여름은 뜨거웠고, 그 뜨거운 열기만큼이나 말숙의 마음도 어느새 조금씩 단단해지고 있었다.

독서실 복도는 좁고 조용했다.

말숙은 잠시 머리를 식히려 화장실을 다녀오던 길이었다.

자판기 앞을 지나칠 때쯤, 누군가 익숙한 얼굴이 스치듯 지나쳤다.

"말숙아!"

말숙이 고개를 돌리자, 그 자리에 서 있는 건 중학교 때 특별반에서 함께 공부했던 용권이었다.

"어? 용권이 맞쩨?"

"맞다! 와, 여서 다 보네."

말숙은 순간 반가움과 놀람이 뒤섞인 표정으로 웃었다.

용권은 중학교 시절, 늘 조용하고 차분했지만 수업 시간에 만큼은 누구보다 눈빛이 반짝이던 아이였다.

말숙과는 특별반에서 함께 시험 준비를 하며 문제집을 나눠 보기도 했던 기억이 있었다.

"니 여 독서실 댕기나?"

"하모, 방학이니까 여서 버티고 있지 뭐… 니는?"

"나도. 사실 여기 몇 번 왔다 갔다 했는데 오늘 처음 보네."

"내는 오전에 좀 일찍 오고, 저녁까지 있다 가거든."

잠시 어색한 침묵이 흘렀다.

그러다 용권이 먼저 말을 꺼냈다.

"니… 요즘 공부 어떤노?"

말숙은 쓸쓸한 웃음을 지었다.

"음… 마이 힘들다. 촌에 중학교 하고는 완전 다르더라. 다들 잘하는 애들만 모여 있으깨네."

"내도. 촌에서는 좀 한다 소리 들었는데 여서는 바보 빙시 된 거 같다. 근데, 니는 잘할 낀데?"

말숙은 고개를 저었다.

"아이다. 그냥 죽기 살기로 하는 기지. 나도 울면서 책 집어던진 적이 한두 번이 아이다."

용권이 작게 웃었다.

"아이고야 니도 사람이구나. 내는 맨날 고마 그만두고 싶다는 생각한다."

말숙도 따라 웃었다. 서로의 무게를 이해해 줄 누군가가 있다는 것만으로도 그 순간 마음 한 켠이 가벼워졌다.

"우리 가끔 여서 보자. 서로 자극도 좀 되고."

"그래. 진짜 오랜만에 누군가랑 웃어 본다."

두 사람은 짧은 대화를 마치고 각자의 자리로 돌아갔다.

그날, 말숙은 책상 앞에 앉아도 잠시 동안은 마음속에 따뜻한 기운이 머물러 있는 걸 느꼈다.

용권이는 시골 중학교 시절, 늘 칭찬을 한 몸에 받던 아이였다. 공부면 공부, 운동이면 운동, 심지어 선생님들의 '장래 희망' 이야기에도 자주 이름이 오르내리던 학생이었다.

말숙조차 "용권이는 서울대 갈 끼다"라며 속으로 인정하던 친구였다.

하지만 도시에 와서 만난 용권은 달랐다.

살이 빠지고, 눈 밑이 퀭했다.

예전처럼 반듯하고 당당한 기운보다는 조금은 지쳐 보이는 어깨가 먼저 눈에 띄었다.

말숙이 조심스럽게 물었다.

"니… 괘안나?"

용권은 쓴 웃음을 지으며 말했다.

"죽을 맛이다. 시골에서는 내만큼 하는 놈이 드물었는데, 여서는 그냥 '그저 그런 놈'이더라."

그 말에 말숙은 말없이 고개를 끄덕였다.

용권이는 다시 이야기한다.

"우리 반에서 만날 반에서 1등만 하는 놈이 있는데, 그 아는 학원만 4개 다닌다 카더라. 수학은 벌써 고등 과정 끝냈고, 영어는 미국에서 살다 왔다고 선생님 발음이 잘못 되었다고 지적질 하더라."

"우와…"

"내가 고개를 푹 숙이고 앉아 있는데, 어느 날 그놈이 묻더라. '니 시골에서 전교 몇 등 했노?' 그래서 전교 1등이었다 했더니, 피식 웃더라. '그 동네에 중학교 몇 개나 있노?' 하면서."

말숙은 순간 속이 쿵 내려앉는 기분이었다.

그게 꼭 자기 얘기처럼 느껴졌기 때문이다.

"어쩔 땐 진짜 공부를 그만두고 싶다. 근데 시골서 나 믿고 있는 사람들 생각하면, 내가 포기하는 게 너무 창피해서… 그냥 또 버틴다."

말숙은 말없이 책상 위 연필을 굴렸다.

용권의 그 말이 그대로 가슴에 꽂혔다.

"우리 진짜, 여기서 버티자. 마산 애들만 사람이고, 우리 시골 애들은 우습나."

"그래… 니 말 진짜 맞다."

"냉중에… 진짜 잘 돼서, 걔들 앞에서 당당히 고개 들 수 있으면 좋것다."

"응… 진짜 그날이 왔으면 좋겠다."

말숙은 그날 밤, 독서실에 불이 꺼지는 순간까지 자리를 떠나지 않았다.

그리고 다시 다짐했다.

'시작이 시골이라서 밀리는 건 아니다. 그건… 단지 시작일 뿐이다.'

말숙은 긴 여름방학 내내 시골에 내려가지 않으려고 했다.

마음 한편에는 독서실에 남아 공부만 하겠다는 결심이 있었고, 또 한편으로는 시골의 눈길들이 두려웠다.

"말숙이는, 그래도 공부 잘하제?"

"얼라 때부터 똑띠였는데 비미 알아서 안 할까이."

그런 말들을 듣는 게 부담이었다.

그러나… 언니와 오빠가 그립기도 했고, 무엇보다 한 곳만 바라보고 있는 독서실이 너무 숨이 막히기도 했다.

"하루만. 진짜 딱 하루만 바람 씨고 다시 공부하자."

그렇게 작정하고, 말숙은 합성동 시외버스 터미널로 향했다.

뜨거운 아스팔트 위를 걸으며 작은 가방을 들고 매표소로 향하는데 멀리서 익숙한 뒷 모습이 눈에 들어왔다.

용권이…?

정말 뜻밖이었다.

서로 아무 약속도 하지 않았고, 독서실에서 인사 한 번 하고 흩어진 뒤로 처음이었다.

용권이도 말숙을 발견하고 멋쩍게 웃었다.

"말숙이 니도 내려가나?"

"응… 하루만. 니도?"

"나도. 내일 다시 올라 올라꼬."

둘은 동시에 웃었다.

우연이라는 이름을 하고 있었지만, 어쩌면 서로가 같은 시간, 같은 마음으로 움직였는지도 몰랐다.

버스에 올라 빈자리에 나란히 앉았다.

창밖으로 느리게 지나가는 도시 풍경을 보며, 둘은 한참을 말없이 앉아 있었다.

그러다 용권이 먼저 입을 열었다.

"가악중에 이래 토끼는 것도 좋다이. 머리 식히고, 다시 올라와서 죽기 살기로 하지 뭐."

말숙이는 고개를 끄덕였다.

"그래 하루는 마음 좀 쉬어도 안 되것나. 쇠가 빠지게 공부 해 봤자 성적도 안 올라가고."

버스는 도심을 벗어나 점점 푸른 논밭이 펼쳐지는 시골로 향하고 있었다.

그리고 두 사람의 마음은 그 푸름처럼 잠시나마 평온해졌다.

버스는 산인 고개를 지나고 있었다.

용권이는 잠시 망설이다가 조심스레 말을 꺼냈다.

"시민극장에서 그 〈글로리아〉 영화 한다쿠던데… 우리 영화 보러 갈래?"

말숙은 순간 멈칫했다.

마음속 어디선가 '안 돼'라고 말하는 목소리가 있었지만, 답답한 일상과 시들어가는 마음을 달래고 싶었다.

잠시 망설이던 말숙이 조용히 말했다.

"…그래, 가자."

용권이 얼굴에 작은 미소가 번졌다.

그 미소를 본 말숙은 오랜만에 어깨에 걸쳐졌던 무게가 조금은 가벼워지는 걸 느꼈다.

12. 말숙이의 극장 앞의 굴욕

법수에서 올라와 며칠 뒤 시민극장 앞 낡은 간판 아래, 〈글로리아 (GLORIA)〉란 제목이 크게 쓰여 있었다.

둘은 나란히 표를 끊고, 조심스럽게 시민극장 입구로 향했다.

빨간 띠를 두른 검표원이 눈을 흘기며 말했다.

"학생증 내 봐라."

용권이가 어리둥절한 표정으로 물었다.

"와예? 우리 학생 맞는데예."

검표원은 눈썹을 찡그리며 턱을 치켜들었다.

"이 영화는 15세 이상만 볼 수 있다. 너거 몇 학년이고?"

"고등학교 1학년인데예."

"그라모 더 봐야 된다. 만 15세 넘어야 들어갈 수 있다."

용권이는 당당히 주머니에서 학생증을 꺼내 보였다.

검표원이 훑어보고 고개를 끄덕였다.

"됐고… 여학생 니는 와 안 보여 주노. 내 봐라."

말숙은 순간 굳어 버렸다.

사실, 그녀의 주민등록상 생년월일은 실제보다 한 해 늦게 되어 있었다.

호적을 늦게 올린 탓에, 아직 '만 14세'였다.

"지는… 학생증 안 가지고 왔는데예…"

검표원의 얼굴이 일그러졌다.

"뭐라꼬? 그라모 몇 년생이고?"

"지예… 육십사년생예…"

검표원이 의심 가득한 눈으로 바라보며 되물었다.

"그라모 띠는? 무슨 띠고?"

"응… 응…"

말숙은 띠가 생각나지 않았다.

놀라고 당황해서 아무 말도 떠오르지 않았다.

그 모습에 검표원이 고함을 질렀다.

"이 자슥 봐라. 오데서 거짓말 하노. 안 된다. 니는 못 들어간다. 학생주임 선생들 단속 나오모 우리만 걸리가 벌금 낸다. 나가라."

옆에서 용권이가 당황해서 애원했다.

"아저씨, 지하고 같은 학년인데예. 함 봐주이소."

그러나 검표원은 더는 들어 주지 않았다.

"안 된다. 다른 사람들 기다린다. 너거는 집에 가라. 대가리 쇠똥도 안 벗긴 것들이 오데서 연애질이고. 어픈 집에 안 가나!"

말숙은 얼굴이 화끈 달아올랐다.

머리끝까지 부끄럽고 화가 났다.

자신이 뭔가 나쁜 짓이라도 한 것 같았고, 옆에 있는 용권이에게조차 미안했다.

자신이 너무 어린애 같아 보였다.

둘은 말없이 시민극장을 떠났다.

버스 정류장까지 가는 길, 말숙은 고개를 들 수가 없었다.

어떤 말도 꺼낼 수가 없었다.

그러자 용권이가 먼저 입을 열었다.

"내가 미안타… 괜히 영화 보자 했는갑다."

말숙은 작게 고개를 저으며 말했다.

"아이다… 고맙데이. 내… 그냥, 내 자신이 좀 싫어가…"

말숙은 눈을 꼭 감았다.

오늘, 시민극장 앞에서 겪은 이 굴욕감과 속상함이 그녀의 자존심 깊은 곳에 작게, 그러나 확실한 흉터로 남았다.

영화 〈글로리아〉는 뉴욕의 음침한 골목을 배경으로, 마피아에게 가족을 모두 잃고 홀로 남은 어린 소년을 지켜 내는 한 여성의 이야기였다.

총성과 추격, 배신과 위협이 교차하는 범죄 스릴러였지만, 정작 영화의 중심은 폭력이 아닌 모성에 가까운 보호 본능이었다.

'글로리아'는 차가운 얼굴을 한 여성이었지만, 소년 앞에서만큼은 자신의 삶 전체를 던질 듯한 결연한 용기를 보여 주었다.

그때의 영화 등급은 '15세 이상 관람가'였지만, 지금 생각하면 그리 자극적인 장면도 없었고, 선정성이나 잔혹함이 두드러지지도 않았다.

그러나 1970년대 후반, 시골에서 갓 올라온 고등학교 1학년 말숙과 용권에게 그 숫자 '15'는 너무나 큰 벽이었다.

단지 호적상의 나이가 한 해 어리다는 이유로 말숙은 영화관 문턱을 넘지 못했다.

영화 속 글로리아가 지키려 했던 그 어린 소년처럼, 그날 말숙 역시 도시의 한 극장 앞에서 무언가에 쫓겨난 아이였다.

몇 년 지난 뒤, 말숙은 주말의 명화에서 그 영화를 보게 되었다.

그녀는 조용히 중얼거렸다.

"이 영화… 그땐 와 못 봤을꼬…?"

그러곤 눈을 감았다.

그날의 부끄러움과 씁쓸함, 그리고 처음으로 어른들의 세상 앞에서 느꼈던 작고 슬픈 패배감이 문득 가슴 깊이 다시 밀려왔다.

13. 고등학생이 된 봉헌

봉헌은 드디어 고등학교 1학년이 되었다.

함안종합고등학교, 흔히 '함안종고'라 불리는 그 학교에 입학한 것이다.

인문계 진학을 고집했던 그 겨울의 불안과 결심, 그리고 집안의 반대에도 불구하고 기어이 원서를 냈던 순간이, 이제는 먼 옛날처럼 느껴졌다.

하지만 현실은 만만치 않았다.

봉헌이 사는 법수면 이무리에서 학교까지 가는 길은 간단치 않았다.

아침마다 석무까지 걸어가야 했는데, 그것만 해도 30분이 넘게 걸렸다.

마을을 빠져나와 논둑길을 따라 굽이굽이 걸어야 했다.

바람이 세차게 불고 서리가 발끝을 스며드는 날이면, 등굣길은 고행 그 자체였다.

석무에 도착하면 백산에서 출발한 시외버스를 타야 했다.

하지만 그 버스는 이미 만원이었고, 석무에 도착할 즈음이면 입석조차 여유가 없었다.

특히 장날이면 사정은 더 심각했다.

장 보러 나가는 사람들과 물건을 실은 사람들로 버스는 미어터졌고, 봉헌이 손을 흔들어도 기사는 못 본 척, 그대로 지나쳐 버리기 일쑤였다.

그럴 때면 봉헌은 도로변에 서서 버스가 멀어지는 방향을 한참이나 바라보다가, 어깨를 축 늘어뜨린 채 발길을 돌리곤 했다.

대부분 버스들은 아무리 비좁아도 학생들이 등교하는 시간이라 정차를 하는데 도저히 탈 자리가 없으면 버스가 그냥 통과하는 일이 있어서 봉헌은 자전거 타고 석무까지 와서 혹시 버스가 그냥 통과하면 자전거를 타고 학교를 가야만 했다.

이무리에서 석무 정류장까지는 걸어도 30분이 넘는 거리지만, 자전거를 타면 절반으로 줄었다.

버스가 그냥 지나치면 그럴 땐 봉헌도 어쩔 수 없었다.

주저앉아 있을 시간은 없었다.

가방끈을 다시 묶고, 손에 장갑을 끼운 채, 자전거에 올라탔다.

석무에서 학교까지는 또 자전거로 한 시간 이상 걸렸다.

멀쩡한 도로도 아니고, 구불구불한 시골길과 자갈길이었다.

땀이 이마를 타고 흘러내려 목까지 적셨지만, 봉헌은 입술을 꾹 다문 채 페달을 밟았다.

'그래도 학교는 가야지. 빠질 수는 없다.'

자전거를 의지한 등굣길은 봉헌에게는 곧 자신과의 싸움이었다.

같은 동네에 사는 순덕이는 함안여상을 다녔다.

봉헌이처럼 석무까지 걸어 나와 버스를 타야 했기 때문에, 아침 등굣길에 마주치는 일이 잦았다.

일부러 피하려 해도 피할 수 없었고, 말을 붙이려 해도 말이 잘 나오지 않았다.

간혹, 봉헌이 먼저 길을 나서면 순덕이가 뒤따라 걸었다.

반대로, 순덕이가 먼저 길을 나선 날이면 봉헌이 몇 걸음 뒤에서 따라 갔다.

아무 말 없이 걷는 그 몇 분의 시간이, 이상하게도 길고 조심스러웠다.

바람에 나부끼는 순덕의 머릿결이 봉헌의 시야를 가릴 듯 가깝고도 멀었다.

그럴 때면 봉헌은 괜히 자전거 핸들을 세게 잡거나, 발걸음을 늦춰 속도를 조절했다.

순덕도 가끔 뒤를 돌아보곤 했지만, 눈이 마주치면 금세 시선을 피했다.

말 한마디 없이 걷는 그 길 위에서, 두 사람은 아무렇지 않은 척을 했지만, 어딘가엔 감정의 미묘한 실금이 맺혀 있었다.

그게 설움인지, 미련인지, 혹은 아직 남은 감정인지 봉헌도 알 수 없었다.

그저 같은 방향으로 향하는 두 사람의 그림자만이, 길게 늘어지며 아침 햇살 아래 나란히 걸어가고 있었다.

봉헌이 하굣길에 순덕이와 같은 버스를 타고 석무에서 내렸다.

해 질 무렵 버스의 먼지가 가라앉고, 사람들은 제 갈 길로 흩어졌다.

봉헌이는 자전거 핸들을 고쳐 잡으며 순덕이를 힐끗 보더니, 말없이 다가가 입을 열었다.

"순덕아, 가방 실어 주꾸마. 이리 도라."

순덕이는 눈을 동그랗게 뜨며 고개를 저었다.

"괘안타. 안 무겁다."

하지만 봉헌이는 손을 내밀며 물러서지 않았다.

"그래도 주라. 너거 집에 내라 주꾸마."

순덕은 망설이다가, 결국 가방을 봉헌이에게 건넸다.

마지못해 내미는 손끝엔 조심스러움이 묻어났고, 봉헌이 그걸 받아 자전거 뒷받침 위에 조심스레 올렸다.

고무줄을 꺼내어 순덕이 가방을 자전거 짐받이에 단단히 고정시키며 손을 움직이던 봉헌은 잠시 시선을 옆으로 돌렸다.

순덕은 교복 치마 아래에서 가지런한 다리를 모으고 서 있었다.

교복 조끼 아래로 살짝 드러나는 굴곡과 어깨선, 그리고 예전보다 더 길고 곧게 자란 머리카락이 바람에 가볍게 흩날렸다.

중학교 2학년 봄, 그날은 잊을 수 없는 날이었다.

둘이 함께 학교를 빠지고 동네 뒷산 깊숙이 들어갔던 날.

철없는 장난처럼 시작되었던 하루가, 돌이킬 수 없는 기억으로 남았다.

아무도 없는 산속, 따스한 햇볕과 나뭇잎 사이로 내리쬐던 햇살 아래, 순덕과 봉헌은 어린 나이에 감당하기엔 너무 빠른 경계를 넘었다.

그날 이후, 순덕은 달라졌다.

봉헌을 바라보는 눈빛도, 말투도, 행동 하나하나에도 은근한 소유욕이 서려 있었다.

그녀는 매일 봉헌을 기다렸고, 사소한 일에도 질투했고, 친구들과 웃고 있는 봉헌을 보면 시선을 피하지 않았다.

처음엔 미안함이었다.

하지만 시간이 지날수록 봉헌의 마음에는 두려움이 생겼고, 차츰 그 두려움은 피로와 부담으로 바뀌었다.

순덕은 무서운 아이가 아니었다.

다만, 너무 마음이 깊었고 너무 일찍 어른이 되어 버린 아이였다.

봉헌은 그런 순덕을 이해하면서도, 그녀의 감정을 감당할 자신이 없었다.

그래서 도망쳤고, 피했고, 외면했다.

그러나 지금, 같은 버스를 타고, 같은 정류장에서 내려, 그녀의 가방을 자전거에 실어 주고 있는 이 순간. 그 모든 기억과 감정이 봉헌의 가슴 속에서 파도처럼 밀려왔다.

그리고 순덕은, 여전히 봉헌에게 웃고 있었다.

예전보다 더 여성스러워진 얼굴로. 순간 봉헌은 자신에게 물었다.

'나는 지금도 도망치는 중인가… 아미모, 아직도 그날을 잊지 못하는 기가…'

자전거 페달을 밟으며 앞으로 나아가는 발끝이 조금 무거워졌다.

순덕은 조용히 뒤따라오고 있었다.

불쑥 가까워지면 괜히 마음이 복잡해질까 봐 일부러 말을 아꼈던 순덕이였다.

하지만 지금, 가까이서 바라본 순덕은 말숙이보다도 눈에 들어왔다.

봉헌은 순간적으로 눈을 돌렸지만, 마음속에선 무언가가 일렁이고 있었다.

'이 자석아, 니 뭐 하노…'

스스로를 다그치려 했지만, 자전거 핸들을 꼭 쥔 손끝에 어느새 힘이 들어갔다.

순덕은 아무것도 모른 채 조용히 말했다.

"요새, 니 학교 재미있나?"

봉헌은 잠시 머뭇거리다가, 말없이 고개만 끄덕였다.

목구멍까지 차오른 말은 끝내 입 밖으로 나가지 못했다.

봄바람이 지나가며 두 사람 사이의 짧은 정적을 부드럽게 감싸안았다.

14. 법수면 인무리의 5.18

봉헌은 5월 18일은 일요일이라 비닐하우스 수박을 따는 일을 하고 있었다.

허리춤에 흙먼지가 묻은 채 수박밭에서 돌아와, 허겁지겁 저녁을 마치고는 마루 한 켠에 주저앉았다.

땀에 젖은 속옷이 달라붙었지만 씻을 엄두도 내지 못한 채, 텔레비전 소리에 몸을 맡긴다.

화면에는 거칠게 흔들리는 카메라 화면과 함께, 연기 자욱한 거리, 돌을 던지는 학생들, 방패와 곤봉을 든 전경들, 그리고 불타는 버스가 차례로 흘러나왔다.

"광주에서 폭동이 발생하였습니다. 무장한 시민들이 도청을 점거하고, 계엄군과 대치 중입니다."

화면 아래 자막이

"계엄령 확대 발효, 주요 도시에 통금 확대"라고 흐른다.

봉헌은 숟가락을 놓고 멍하니 화면을 바라보았다.

머리로는

'아, 또 데모 한다다꼬 저러는 거것지.'

생각하지만, 어딘지 모르게 묘한 불안이 배 속에서 스멀거린다.

"니 광주가 어딘지는 아나?"

아버지가 담배를 입에 문 채로 물었다.

"예, 전라도 아이미꺼."

봉헌은 대충 얼버무렸다.

아버지는 한숨을 쉬었다.

"거서 큰일 났다쿠네."

봉헌은 다시 화면을 바라보았다.

"폭동이라꼬 하던데예…"

그러고는 말을 이었다.

"폭동이 뭐꼬?"

"지도 잘 모르는데예. 데모 같은 거 아이꺼에."

봉헌은 어깨를 으쓱였다.

화면 속에서 달아나는 사람들 뒤로 탱크가 굴러가고, 군인들이 총을 겨누고 있었다.

누군가는 울고, 누군가는 피를 흘렸다.

그 모습이 눈에 밟혔다.

집 안은 조용했지만, 텔레비전에서는 확성기 소리와 총성 같은 효과음이 요란했다.

아버지는 젓가락을 내려놓으며 중얼거렸다.

"나라가 이래서 무섭다… 말조심해야 된다이. 아무리 궁금해도 티비 나오는 대로만 알고 있거라."

봉헌은 고개를 끄덕였지만, 마음은 뒤숭숭했다.

왜 사람들을 '폭도'라 부르지? 저 사람들이 총이라도 들었나? 도청 앞에서 손을 들고 서 있는 여자의 모습이 떠올랐다.

두려움보다 더 커 보이는 건, 무언가 절실하고 억울한 눈빛이었다.

그날 밤 봉헌은 이불을 뒤집어쓰고 한참을 눈을 감지 못했다.

눈앞에서는 총에 쫓겨 달아나는 사람들의 모습과, "질서를 회복 중입니다."라는 앵커의 말이 겹쳤다.

마음속 어딘가엔 여전히 '폭동'이라는 단어가 낯설게 맴돌았다.

'정말 사람들이 총을 들었단 말인가… 왜?'

하지만 곧, 수박밭에서의 고단함이 그의 생각을 덮었다.

지금은 데모나 정치보다도, 내일 아침 일찍 일어나 수박 따러 가야 한다는 현실이 더 무거웠다.

그날 밤, 봉헌은 바람결에 흔들리는 창호지 너머로 어슴푸레한 달빛을 바라보다가 조용히 혼잣말을 중얼거렸다.

"데모도, 공부도, 다 남 일이구나."

19일 월요일 아침, 봉헌은 인무리에서 자전거를 타고 석무까지 나왔다.

버스는 그날따라 한산했다.

버스 안 라디오에서는

"전국 대학교에 휴교령이 내려졌습니다."라는 방송이 반복되고 있었다.

그러나 고등학교는 여전히 정상수업이었다.

함안종고 정문 앞에 들어서자 평소와 달리 교문에 교련 선생님이 무표정한 얼굴로 학생들의 복장과 가방을 훑어보았다.

봉헌도 가슴이 쿵 내려앉는 느낌으로 그 앞을 지나쳤다.

아무것도 잘못한 것이 없는데도, 그 시선은 사람을 작게 만들었다.

교실에 들어서니 공기가 묘하게 무거웠다.

친구들끼리 속닥이는 소리만이 흘렀다.

"니 들었나? 광주에서 난리 났다 카더라."

"헬기서 총 쏘고, 애기 엄마도 맞았다 카던데…"

"그거 유언비어 아이가. 그런 소리 했다가 잡혀가면 총 맞아 디진다이."

책상에 앉아 가방을 내려놓은 봉헌은 숨을 깊게 들이켰다.

아이들의 목소리는 작았지만 진동처럼 교실 안을 감돌았다.

창가 쪽에 앉은 영학이는 고개를 숙인 채 연필을 돌리고 있었고, 뒤쪽에서 항상 수다를 떨던 두 명은 오늘따라 말이 없었다.

모두들 무언가를 알고 있었지만, 말하면 안 되는 시대라는 걸 알고 있었다.

"니 어제 뉴스 봤제?"

재홍이가 작게 속삭였다.

봉헌은 고개를 끄덕였다.

"봤다. 무슨 일이 일어나는 긴지… 모르것다."

그 순간 교실 문이 벌컥 열리고 담임 선생님이 들어왔다.

선생님의 얼굴은 잔뜩 굳어 있었고, 한동안 말없이 교탁 앞에 섰다.

칠판 위에는 그저 날짜만 적혀 있을 뿐이었다.

"애들아, 오늘은 조용히 수업만 하자. 쓸떼없는 소리 하고 다니지 마라. 알것제? 지금은… 말조심, 행동 조심 해야 할 때다."

아이들은 고개를 끄덕였지만, 어딘가 공허한 눈빛이었다.

책상 위 공책은 펴졌지만, 펜은 움직이지 않았다.

누구도 마음을 글씨에 옮길 수 없었다.

봉헌은 창밖을 바라보았다.

고요한 운동장 위로 바람만이 지나가고 있었다.

그 바람 속에, 그는 무언가 무너지고 있다는 예감을 느꼈다.

세상은 더 이상 어제의 세상이 아니었다.

말도, 표정도, 숨 쉬는 방식조차 조심스러워진 시간. 그것이 1980년 5월의 월요일이었다.

집에 돌아온 봉헌은 저녁을 먹고 마당에 혼자 나와 앉았다. 해는 지고 있었고, 수박 넝쿨 사이로 벌레 우는 소리가 퍼졌다.

평소 같으면 아버지는 동네 점빵에 나가 이웃들과 소주 한잔을 기울이며 시시껄렁한 농담을 주고받고 있었을 것이다.

그러나 그날따라 마을은 이상할 만큼 조용했다.

어머니는 마루 끝에 앉아 조용히 바느질을 하고 있었고, 아버지는 방안에서 텔레비전 뉴스에만 집중하고 있었다.

화면에서는 군인이 총을 든 모습과 함께 군인이 돌에 맞아 피가 흐르는 장면을 반복적으로 보여 주고 있다.

그리고 '계엄령 강화', '광주 폭도 진압 중'이라는 자막이 반복되었다.

앵커의 목소리는 건조하고 단호했다.

"계엄령하에서는 삼인 이상 모이는 행위를 금지합니다. 불법 집회는 반국가행위로 간주되며, 유언비어 유포 시 강력한 처벌이 따릅니다."

아버지가 중얼거리듯 말했다.

"이제는 말도 마음대로 못 씨부리것네. 참 무섭다, 무서버…"

봉헌은 마당에서 그 말을 듣고도 가만히 있었다.

아버지의 말 한마디에도 눈치를 봐야 하는 분위기였다.

동네 점빵도 문을 일찍 닫았고, 평소 늦도록 남아 수다를 떨던 어른들도 모두 각자 집으로 들어간 지 오래였다.

아이들의 웃음소리도, 라디오에서 흘러나오던 트로트도 들리지 않았다.

"야, 봉헌아. 무다이 밖에 오래 있지 마래이."

어머니의 말에 봉헌은 고개를 끄덕이고 조용히 방으로 들어갔다.

방 안은 어둡고 눅눅했다.

책상 앞에 앉았지만, 글씨는 눈에 들어오지 않았다.

종이에 펜을 얹어 놓고도 손이 움직이지 않았다.

'무신 일이꼬? 누가 잘못한 기고? 와 그걸 말할 수도 없는 기고?'

그날 밤 봉헌은 아무 말도, 아무 질문도 하지 못한 채 조용히 이불을 뒤집어쓰고 누웠다.

달빛은 창문을 비추었고, 고요한 어둠 속에서 세상은 더욱 멀게만 느껴졌다.

광주의 이야기는 봉헌에게 그저 텔레비전 속 먼 도시의 일처럼 느껴졌다.

법수면 인무리, 이 조용한 시골 마을에서는 눈에 띌 만한 아무 일도 일어나지 않았기 때문이다.

논에는 모내기가 시작되었고 들녘에는 뻐꾸기 울음소리가 퍼졌으며, 어른들은 새참 들고 논두렁을 오르내렸고, 아이들은 뒷산에서 뛰어다녔다.

하늘은 여전히 맑았고, 마을회관 스피커에서는 "내일 보건소에서 예

방접종 하니 애들 보내이소." 하는 소리가 울려 퍼졌다.

그 평온한 일상 속에서 "광주"는 오직 텔레비전 뉴스 속 단어일 뿐이었다.

사람들은 그저 "거서 큰일 났다카더라"는 말만 툭 내뱉고는 곧 다른 이야기를 꺼냈다.

새로 지은 마루가 썩 잘 빠졌다는 둥, 올해는 수박 값이 좋다는 둥, 그런 이야기들.

봉헌도 마찬가지였다.

학교에서는 친구들이 수군거렸지만, 누구 하나 크게 말하지 않았다.

계엄령 아래에서 "유언비어 유포 시 총살"이라는 소문으로 아이들의 입을 굳게 막아 버렸다. 말을 아끼는 게 살아남는 법이라는 걸 아이들도 어렴풋이 알고 있었다.

그리고 집으로 돌아오면 그 억눌린 분위기는 더 짙어졌다. 아버지는 동네 점빵에도 나가지 않았다. 술 한잔 기울이며 나라 욕 한번 시원하게 퍼붓던 어른들도 마치 누가 시켜서라도 입을 닫은 듯했다.

그래서 봉헌은 생각했다. "아무 일도 없는 우리 동네, 그저 조용해서 다행이다." 그 말은 위로였고, 동시에 모른 척하겠다는 다짐이었다.

그날 이후 봉헌은 더는 텔레비전 뉴스에서 눈을 떼지 않았고, 소리 없이 지나가는 마을의 하루하루 속에, 어딘가 모르게 무거워진 공기를 느끼기 시작했다.

그러나 광주는 여전히 머나먼 다른 동네, 다른 사람들의 일이었다. 인무리에서는, 아무 일도 일어나지 않았기 때문이다.

그렇게 5.18은 지나갔다.

광주에서 무슨 일이 있었는지는 아무도 제대로 몰랐다. 텔레비전은 "폭도", "북한의 사주", "계엄군의 질서 확립" 따위의 말만 되풀이했고, 사람들은 처음엔 궁금해했지만, 곧 조용히 입을 닫았다.

누가 정권을 잡던, 민주화가 되든 안 되든 법수면 인무리의 사람들은 논에 물 대고, 밭에 씨 뿌리고, 수박하우스에서 일을 하고, 소죽을 끓이고, 새참을 나르는 일상을 반복할 뿐이었다.

버스가 다니는 길은 아직도 비포장이었다.

비가 오면 질퍽한 진창이 되고, 비가 그치면 먼지가 인다.

라디오도 잘 잡히지 않았고 골짜기 마을에서 세상의 소식이라곤 텔레비전에 나오는 뉴스뿐이었다.

그것도 안테나를 몇 번이나 돌려야만 제대로 보였다.

도시에서는 "민주화"라는 말이 거리마다 울려 퍼졌지만, 이곳 사람들에게는 생소한 말이었다. 당장 소 먹일 풀 걱정, 수박 옆순 치는 걱정이 더 급한 문제였다.

"어제 뉴스 봤나? 또 대학생들이 데모한다 카데." 하고 혀를 끌끌 차면 그게 전부였다.

정부는 매일같이 "안정", "경제 성장", "국가 보위"를 외쳤고, 마을 어른들 중 누구도 그 말을 반박할 정보가 없었다.

반박한다 한들, 누구에게? 무엇으로? 그저 그렇게 시간은 흘렀고 논둑길을 따라 모내기한 모가 자라났고 봉헌도 다시 학교로 향하고 있었다.

이무리는 그저 조용히, 묵묵히, 그해 여름을 지나가고 있었다.

15. 사정리 앞 탑바위 절

탑바위 절은 1946년 창건 된 절로 지금은 불양암이지만 그 당시에는 금강암이라고 했다.

사정리 사람들은 금강암보다 그냥 탑바위 절이라 불렀다.

탑바위 절은 산속 깊은 곳이 아닌, 강변 절벽 위에 위태롭게 앉아 있었다.

웅장하지도 않고, 대중적인 절도 아니었지만, 그 고요한 자태엔 왠지 모를 신령함이 감돌았다.

기왓장 몇 장을 얹은 조그만 대웅전 하나, 방이 하나인 요사채, 폭이 겨우 2~3미터 쯤 되는 자그마한 마당이 전부였다.

하지만 그 좁은 공간이 마치 하늘과 맞닿아 있는 듯한 기분을 주었다.

절 아래로는 남강이 잔잔히 흘렀다.

절벽 밑 물가엔, 바닥엔 양철로 붙이고 송판으로 만든 배 한 척이 조용히 매어 있었다.

탑바위 절은 1997년 법수면 인무리와 정곡면 백곡리를 이어주는 백곡교가 개설되기 전에는 강을 건너는 유일한 수단이 바로 그 낡은 배였다.

스님은 매일 새벽, 법복을 단정히 여미고 강가로 내려가 노를 저었다.

물안개가 피어오르는 강 위를, 천천히. 그렇게 그는 절로 출근하듯 하루를 시작했다.

탑바위 절이 자리한 곳은 절벽이라 비가 오지 않는 건기에도, 그곳만큼은 생각보다 깊었다.

사정리 사람들조차 남강을 건널 일이 있을 때면, 그 절벽 아래 깊은 물가를 피해서 의령장에 갈 때나, 건너편 논밭을 보러 갈 때 그리고 겨울철 나무를 하러 갈 때도 그들은 늘 물이 얕고 잔잔한 상류 쪽으로 우회했다.

아이들도 절벽 아래 강은 함부로 뛰어들지 않았다.

사실 그곳에서 아이들이 멱을 감다가 물에 빠져 죽은 아이들도 몇 년마다 생기는 곳이기도 했다.

만석이네 집 맞은편에 금강암에 스님이 살고 있었다.

출퇴근을 하는 스님이라니, 만석에게는 이상한 풍경이었다.

그의 아내와 세 살배기 딸은 사정리 마을에 함께 살고 있었고, 딸아이는 손가락을 너무 빨아 항상 반창고를 감고 다녔다.

어느 날 마당에서 있는 아이를 보며 영미가 말했다.

"손가락에 뭐 감고 댕기노?"

"저 가서나 계속 빨아 가꼬 살이 벗겨졌다 카더라."

새로 이사 온 지 얼마 되지 않았던 그 가족에 대한 말들은 동네 여기저기서 퍼져 나갔다.

"중이 마누라도 있고 자석도 있고 참 요상타."

"아메도 신도를 우찌 해가 같이 사는가베."

"그랑깨 절은 의령에 있는데 와 사정에 집을 사가 들어오노?"

"그라모 우리 동네 살고 있으모 의령에 소문이 안 나것나."

그저 스님이라는 이유만으로, 그의 삶은 늘 호기심과 뒷말의 대상이 되었다.

그 작은 절, 그 작고 낡은 배, 그리고 매일 오가는 그 길. 그 속엔 말로 설명할 수 없는 묵직한 사연이 있을 것만 같았다.

광명이는 스님이 궁금하여 만석에게 물어본다.

"만석아 너거 집 앞에 새로 이사 온 사람이 중이라미?"

"하아 머리를 빡빡 밀었는데 마누라도 있고 자석도 있더라."

"스님이 장개가도 되나?"

"뭐, 대처승이라 안카나."

"대처승이 뭐꼬?"

"내도 잘 모른다 결혼해도 되는 종파도 있다카데."

만석은 그런 이야기들을 귀동냥으로만 들었을 뿐 정확히 무슨 뜻인지는 몰랐다.

그저 어린 마음에 절에 가는 스님이 강을 건너 배 타고 돌아가는 모습을 보면 어딘가 멋있게 느껴졌을 뿐이다.

"만석아, 니 혹시… 스님 돼 보고 싶단 생각 해 본 적 있나?"

광명이가 불쑥 물었다.

만석은 잠시 걸음을 멈추고, 강 건너 절벽 위에 자리한 탑바위 절을 올려다보았다.

"음… 어떤 때는 고마 그리 사는 것도 좋것다 생각해 본다."

그는 천천히 입을 열었다.

"혼자서 조용하게 사는 것도 괜찮겠다 싶긴 하데."

광명은 킥 하고 웃었다.

"중 되모 여자도 못 만나는 줄 알았더마는 … 저리 장개가모 중 해도 괴안 것 다이."

만석도 웃으며 말했다.

"하모, 절도 사고 마누라도 보고, 딸도 낳고… 괴안타이."

그는 다시 탑바위 절을 바라보며 말을 이었다.

"그래도, 저 스님은 매일 강 건너다니는 거 보모 마누라랑 딸은 집에 두고, 절에선 다시 중 생활을 하는 거 아이가."

"직이네."

만석이 조용히 말했다.

"맹아, 우리도 나중에… 어디 혼자 숨어서 살고 싶을 때가 올랑가."

광명은 가만히 고개를 끄덕였다.

"그라모 꼭 저 가서 살자. 탑바위 절 옆에 헛간 하나 우다 가."

"탑바구 돌삐 널지가 죽어모 우짤라꼬. 치아라."

"니는 그라모 우짤라꼬?"

"내는 굴묵 뒤 구디이 파가 그서 살란다."

"굴묵 뒤 살삐이 뭐 하러 구디이 와 파노? 그냥 편안히 방에 있지."

"맞네. 그래도 탑바구 옆에는 안 된다. 더 멀리 도망가야지."

"다음에 도망갈 일 있으모 우리 둘이 가자이."

"안 할란다. 도망가는데 와 혼자 가지   꾼되가 가노. 가도 예쁜 가서 나 하나 데불고 갈란다."

두 소년은 그렇게 그 시절, 아무것도 모르면서도 무언가를 조금은 느껴 버린 듯한 눈빛으로 절벽 아래 흐르는 강물을 바라보았다.

16. 탑바위 절의 석가탄신일 풍경

1981년 5월 11일, 월요일. 달력엔 붉은 글씨로 부처님 오신 날이라 적혀 있었다.

월요일이 휴일이라니 드문 일이었다.

학교가 쉬니, 광명이와 만석은 아침부터 들떴다.

"만석아, 올 부처님 오신 날 인데 탑바구 절에 한번 가 볼래?"

"그라까. 혹시 아나 여학생들도 올랑가 모린다."

햇살이 따사롭고, 바람도 기분 좋게 불었다.

강 건너 탑바위 절을 가려면 남강을 건너가야 했는데, 다행히 아직 우기가 시작되지 않아 강물은 정강이 정도로 깊지 않았다.

교련복 윗도리를 입고 신발을 손에 들고 바지를 걷어 올리며 두 소년은 첨벙첨벙 물을 건넜다.

건너편 버스가 다니는 도로에 접어들자 아카시아꽃이 만발해 있었다.

흰 꽃송이들이 가지마다 쏟아져 내릴 듯 피어 있었고 바람이 스치면 달콤한 향이 온몸을 감쌌다.

"벌시로 아카시아꽃이 마이 핀네."

만석은 그 자리에 서서 숨을 깊이 들이쉬었다.

"조금만 더 가모 탑바위 절 나온다."

광명이의 말에 둘은 발걸음을 재촉했다.

절이 가까워지자, 스피커에서는 염불이 흘러나오고 있었다.

작고 낡은 절에서는 어김없이 불경 소리가 울려 퍼졌지만, 그 평온한 소리와는 다르게 강가 쪽에서는 고함소리가 터져 나왔다.

"야! 배 가지고 안 오나!"

만석과 광명은 고개를 돌렸다.

절벽 아래, 강가에 선 대처승이 잔뜩 흥분한 얼굴로 누군가를 향해 소리를 지르고 있었다.

강 중간에 50여미터쯤 떨어진 남강 한가운데에 세 명의 청년들이 스님의 작은 배를 타고 있었다.

그들은 스님의 고함을 비웃듯 소리쳤다.

"쪼매만 타고 갖다 내야 깨예~"

강물 위를 타고 웃음소리가 흘러왔다.

그들은 스님의 배로 유유히 뱃놀이를 즐기고 있었다.

스님은 얼굴이 벌겋게 달아올라 다시 소리쳤다.

"이 자석들아! 당장 가지고 안 오나!"

하지만 청년들은 대꾸만 하고, 여전히 노를 저으며 배 위를 어슬렁거렸다.

고요한 남강 위에 퍼지는 소란함.

대웅전에서 울리는 염불 소리와는 너무도 대조적인 풍경이었다.

"이 새끼들아! 올이 부처님 오신 날이다, 고마 애 미고 갔고 온나."

그러나 청년들은 계속 배를 타고 있었다.

"예이씨 새끼들 올 부처님이고 뭐고 없다."

그 말과 함께 스님은 망설임 없이 옷도 벗지 않고 강물 속으로 뛰어들었다.

5월 초, 아직 물은 차디찼지만 스님은 주저하지 않았다.

포승처럼 엉켜 버린 노여움으로 그를 강으로 밀어 넣었다.

그제야 청년들은 당황한 듯 배를 남강 한가운데에 그대로 버리고 깊지 않은 물속을 허겁지겁 뛰어가기 시작했다.

"도망가라! 중이 돌게이다."

그들은 벌벌 떨며 물을 튀기고, 맞은편 함안 쪽으로 뛰어갔다.

남강 한복판에는 배 한 척이 청년들이 뛰어가는 물살에 출렁이고 있었다.

그리고 강가에서는 젖은 법의를 휘날리며 분노에 찬 스님이 거친 숨을 몰아쉬고 있었다.

만석과 광명은 절벽 아래 그 광경을 멍하니 바라보았다.

"옴마야, 우리가 지금 뭐 보고 있노?"

광명이가 입을 벌리고 말했다.

만석도 눈을 떼지 못한 채 중얼거렸다.

"앗따… 저 스님 성질 한번 화끈하네."

둘은 그저 염불 소리 들으며 절 구경이나 하고 돌아갈 셈이었는데,

강물 한복판에서 벌어진 스님의 분노와 청년들의 도망극은 그들의 상상 너머였다.

"저래가 우찌 부처님 오신 날 행사 할라쿠는고…"

광명이가 작게 혀를 찼다.

멀찍이서 보고 있던 다른 마을 아이들도 웅성거렸다.

"우와 무서버라. 고마 우리도 집에 가자."

스님은 물에 흠뻑 젖은 법복을 질질 끌며 배를 몰고 절 쪽으로 돌아왔다.

절벽을 오른 스님은 요사채로 들어가 옷을 갈아입었다.

밖에서는 스피커에서 염불이 다시 조용히 흘러나오고 있었다.

언뜻 보기엔 아무 일도 없었던 듯, 오전의 그 난리는 조용히 봉인된 채 작은 대웅전 마당에 향내가 피어올랐다.

스님은 이내 다른 법의를 차려입고 부처님 오신 날 법회를 시작했다.

법당 앞에는 촛불과 연등이 정갈하게 켜졌고, 동네 할매들 몇 분이 고개를 숙인 채 조용히 염불을 따라 중얼거렸다.

그 뒤로 스님은 어느 날 조용히 사정리를 떠났다.

무슨 인사도 없었다.

탑바위 절 문도 굳게 잠긴 채, 강 건너 절벽 위에 홀로 남겨졌다.

사람들은 뒷말을 삼켰다.

"아무래도 그날 그 난리 때문인갑다."

"부처님 오신 날에 고함을 지르고, 물에 뛰어들고… 아이고 참말로…"

그러나 진짜 이유는 따로 있었다.

여름이 되면 남강은 미친 듯이 불어났다.

장마가 시작되면, 그 고요하던 강물은 순식간에 흙탕물이 차 오르고, 뚝방이 넘어 올 정도로 위협적인 물살 앞에 작은 배는 감히 띄울 엄두도 못 냈다.

그렇게 오도가도 못한 채 스님은 보름 넘게 절에서 갇힌 적도 있었다.

여름철 우기가 되면 출퇴근이 가능한 절이 아니었다.

그리고 혼자 떨어져 있다는 건, 생각보다 힘든 일이었을 것이다.

스님이라 해도 사람이었고, 더군다나 그의 아내는 스님보다 한참 어린 대학생 시절에 만난 인연이었다.

그는 마흔 살, 아내는 겨우 스무 살을 갓 넘긴 때였다.

세간의 눈을 피해 조용히 혼인했고, 한동안은 혼인 사실을 숨긴 채 도심 사찰의 한구석에서 조용히 수행을 이어 갔다.

도심의 사찰에서 지내는 동안, 스님은 한 달에 겨우 한두 번 집으로 내려올 수 있었다.

그 시간마저도 길어야 반나절.

그곳엔 갓 돌을 지난 딸과, 아직 스물 몇의 젊디젊은 아내가 있었다.

아내는 처음엔 남편인 그를 존경했다.

머리를 깎고 불경을 외는 삶이, 어쩐지 세속의 남자들과는 달라 보였고, 세상 어디에도 속하지 않은 듯한 그 고요함에 끌렸었다.

그러나 세상은 그녀에게 '아내'라는 이름만 주고 남편은 곁에 없었다.

밤이면 울어 대는 아이를 달래며 아내는 불 꺼진 방 안에서 홀로 무거운 적막과 싸워야 했다.

스님도 불안했다.

머리로는 모든 것이 덧없다 말했지만 속세의 미련은 그를 놓아 주지 않았다.

젊은 아내가 혹여 마음이 흔들리지 않을까, 곁에 있는 누군가에게 기대지는 않을까.

그 불안은 염불로도, 참선으로도 지워지지 않았다.

절에서 돌아오는 길, 늘 마음이 급했다.

"괜찮나. 오늘은 무슨 일이 있었나."

들창문을 열고 아내와 아이의 모습이 보이면 그제야 한숨을 놓을 수 있었다.

하지만 그런 생활이 반복될수록 스님은 더는 자신을 속일 수 없었다.

결국, 그는 스스로에게 묻기 시작했다.

"나는 지금 누구인가. 스님인가, 남편인가."

그래서 그는 결심했다.

도심의 사찰을 떠나, 마을과 가까운 곳에 조용히 개인 사찰을 마련해 비록 편견을 안고 살아야 하더라도 가족 곁을 지키며 살기로. 그가 남강을 건너 구입한 탑바위 절은 그렇게 태어났다.

신도는 많이 없었지만 매일 아침 배를 저어 강을 건너고 해가 기울면 다시 돌아오는, 조용하고 지극한 나날들이었다.

그가 사정리를 떠난 것은 무엇보다도, 그날 부처님 오신 날에 벌어진 일이 결정타 였을 것이다.

스님도 체면이 있었고, 절에 찾아오던 몇 안 되는 신도들도 더는 그곳으로 발길을 돌리지 않았다.

그렇게 탑바위 절은 더 이상 불빛도, 향내도, 염불 소리도 들리지 않는 고요한 절벽 위의 빈집이 되었다.

지금은 대한불교 조계종 제12교구 본사인 해인사의 말사로, 비구니 스님들이 수행하는 조용한 참선 도량으로 변모 되어 있다.

17. 광명이 순자를 집으로 데리고 오다

마산에서 함안종고로 다니는 아이들이 있었다.

그 학생들은 공부를 잘해서 함안으로 오는 것은 아니었다.

그 아이들은 마산에 있는 고등학교 들어갈 성적이 안 되어 시골 학교로 오는 아이들이었다.

그래서 함안종고로 오는 걸 반가워하거나 자랑스러워하는 이는 없었다.

"절마는 중학교 때 좀 놀았단다."

"저 새끼는 지지리도 공부 못한다."

소문은 금세 퍼졌고, 그 애들 표정은 늘 구름이 낀 듯 어두웠다.

만석은 처음엔 그런 아이들이 무섭기도 하고 낯설었다.

한 명은 반에서 담배를 피우다 걸렸고, 또 한 명은 교문 앞에서 상급생과 주먹다짐을 했다.

하지만 시간이 지나면서 그들과 친하게 지내게 된다.

그들도 똑같은 학생이었고, 그들도 어디선가 억눌려 쫓겨나듯 이곳까지 밀려온 존재라는 것을 알았다.

함안종고로 오는 마산 아이들에겐 대개 '문제아'라는 꼬리표가 항상 붙어 다녔다.

하지만 그것은 진실의 절반일 뿐이었다.

어떤 아이는 부모가 이혼하고 혼자 외할머니와 살았고, 또 다른 아이는 도시에서 매일 싸움과 무시 속에 지쳐 있었다.

만석은 그들을 보며 어쩐지 묘한 동질감을 느꼈다.

그도 어딘가 밀려온 자였고, 이 학교에서 누구보다 조용히, 조심스럽게 버티고 있었다.

마산에서 통학하는 아이들 중 명기가 있었다.

2학년 봄, 명기는 두 명씩 앉는 책상에 만석과 둘이 붙어 있었다.

서로 이야기도 많이 해서 나중에는 집안 사정도 속속들이 아는 친구가 되었다.

어느 날, 점심시간이 끝나갈 무렵, 명기가 슬쩍 다가와 입을 뗐다.

"야, 우리 먼 친척 가서나가 한 명 있는데… 이 아, 오데 갈 데 없다. 너거 집에 좀 대불고 있으모 안 되나?"

만석은 엉겁결에 고개를 저었다.

"우리 집 안에는 동상들도 있고 해서 안 되는데…"

명기는 주위를 두리번거리더니 낮은 목소리로 말했다.

"그 가서나, 니 따무도 된다. 내도 몇 번 했다."

"뭐… 뭐? 그게 무신 소리고. 진짜가?"

명기의 입꼬리가 씰룩이며 올라갔다.

"하모. 니 안 해 봤제? 해 봐라."

만석은 귀까지 붉어졌다.

그러면서도 괜히 호기롭게 말했다.

"알것다. 내가 데리고 갈꾸마."

그날 이후 며칠 동안 만석은 묘한 긴장 속에 있었다.

명기의 말이 진짜인지, 그 '가서나'가 어떤 애인지, 그럼에도 어쩐지 가슴 한 켠이 뜨거웠다.

만석이네 집은 아이들로 북적였다.

그가 장남이었고, 밑으로만 동생이 넷이었다.

게다가 할머니도 함께 사셨다. 그러니 무슨 일을 계획하더라도, '말을 어떻게 꺼내야 하나' 하는 고민이 먼저였다.

반면 광명이는 달랐다.

막내였고, 아버지도 일찍 돌아가셨기에 형제들은 전부 도시 공장에서 일을 하고 있어서 어머니와 단둘이 사는 집이었다.

말 한마디만 잘하면, 뭐든 해 볼 수 있는 환경이었다.

그날 오후, 만석은 학교 화장실 뒤로 광명을 불러냈다.

"맹아, 니 이리 온나."

광명이 고개를 들었다.

"와?"

"우리 반에 명기라는 아 있거든?"

"맞나? 난 잘 모린다."

"니는 몰라도 된다. 그 아가 친척 애석아가 있는데, 우리보다 한 살 아래라 쿠네."

광명이가 눈을 찡그렸다.

"그래서? 우짜라꼬?"

만석이 목소리를 낮췄다.

"그 가서나, 따무도 된단다."

광명이 화들짝 놀랐다.

"뭐? 따무도 된다꼬?"

"하모. 명기 그 새끼도 몇 번 했다 카더라."

말문이 막힌 광명은 한동안 아무 말도 못 하다가, 멋쩍은 듯 이마를 긁적였다.

"진짜가… 그라모… 우리 집에 데꼬 갈꾸마."

광명의 목소리는 평소보다 낮았고, 눈은 바닥을 보고 있었다.

얼굴은 붉어졌지만, 어딘가 들뜬 기색도 감추지 못했다.

만석은 조용히 웃었다.

명기의 말에 반쯤 믿음이 가기도 했고, 반쯤은 장난 같기도 했다.

"알겠다. 명기한테는 내가 데꼬 간다 쿠깨."

그리고는 괜히 멋을 부리듯, 눈을 찡긋하며 광명에게 속삭였다.

"맹아, 우리 아다라시(あたらしい) 깨는 기가."

그 말에 광명은 입을 다물지 못하고 쳐다봤다.

"이야 나도 언자 총각 딱지 때는 기가."

입을 연 채 얼떨떨해진 얼굴, 그러다 둘 다 한참을 킥킥대며 웃었다.

그 웃음 속엔 어른들이 알 수 없는, 소년들만의 은밀한 기대와 경험하지 못한 것에 대한 불안이 뒤섞여 있었다.

'아다라시(新しい)'은 일본어로 '새롭다'는 뜻이다.

그러나 이 마을 소년들 사이에서는, 첫 경험이라는 뜻으로 주로 여자들과 처음 하는 것을 뜻하는 말로 '그 가서나 아다 깼나'라고 하면 그녀와 관계를 했는가라고 하는 일종의 은어처럼 쓰이고 있었다.

그 말 한마디에 광명의 머릿속엔 별별 상상이 다 맴돌았다.

'그 애석아 오모 참말로 해도 되나? 따무도 된다쿠모, 그 가서나 하고 같이 살아야 되는 거 아이가?'

하지만 둘 다 정작 아무것도 모르면서도, 어른 흉내를 내는 듯 그저 낄낄대며 한여름 해질녘 좁은 골목을 나란히 걸어갔다.

흙먼지가 발에 차오르고, 모기들이 슬며시 다가오기 시작했다.

광명은 마지막에 한 번 더 물었다.

"그란데 진짜, 명기 말이 진짜로 맞을까?"

만석은 어깨를 으쓱했다.

"모른다. 와 보모 알것지. 맹아! 우짰든둥 우리는 아다 깨는 기 목적이다이."

다음 날, 명기는 정말로 순자를 데리고 왔다.

학교가 끝나고 나자, 만석과 광명은 미리 약속해 둔 대로 함안 버스터미널 앞 슈퍼 간판 밑에서 기다리고 있었다.

어쩐지 그날따라 교복 안의 속옷이 덜 마른 듯 땀이 베고, 손바닥엔 알 수 없는 습기가 맺혔다.

"야, 오나 보다… 저기 명기 아이가?"

만석이 말했다.

광명이 고개를 들었다.

멀리서 명기가 걸어오고 있었고, 그 옆에 여자애 하나가 발끝만 보며 조심조심 뒤따르고 있었다.

그 아이가 순자였다.

단발머리에 하늘색 체크무늬 블라우스, 책가방 대신 작은 가방을 어깨에 걸치고 있었다.

선글라스를 낀 것도 아니고, 화장을 한 것도 아니었지만 어쩐지 눈길이 자꾸만 그 아이에게 쏠렸다.

순자는 걸음걸이부터 달랐다.

조심스럽고, 그러면서도 어딘가 당당한 기색이 느껴졌다.

"아이고야 진짜로 데불고 온다이."

광명은 입을 다물지 못한 채 중얼거렸다.

만석도 가슴이 쿵쾅거렸다.

순자는 그동안 둘이 상상했던 '가서나'보다 조용했고, 예뻤다.

명기가 둘 앞에 서며 말했다.

"너거들한테 말했던 순자다. 인사해라."

순자는 눈을 살짝 들었다가, 금방 다시 숙이며 말했다.

"오빠들 안녕."

목소리가 생각보다 작았다.

그 순간, 만석은 자신도 모르게 허리를 굽혔다.

"안녕하시미꺼."

광명도 따라했다.

서툰 인사, 하지만 그 속엔 무언가 진지한 기운이 감돌았다.

명기는 대수롭지 않게 말했다.

"순자가 아직 아침도 안 뭇다."

그 말에 만석이 눈이 동그래졌다.

"맞나? 그라모 맹아! 빨리 집에 가서 옴마한테 밥 해 도라 캐라."

광명은 순간 당황했다.

자기 집에 순자를 데려간다는 사실도 아직 실감이 안 나는데, 밥까지 먹여야 한다니 마음이 더 복잡해졌다.

그때는 시골 읍내에 식당이란 게 없었다. 아니, 있었는지도 모르지만 학생들이 감히 밥을 사 먹는 문화는 아니었다.

기껏해야 길모퉁이 빵집에서 단팥빵이나 우유 하나 사 먹는 게 전부였다.

만석이 주위를 둘러보다가 말했다.

"그라모… 건널목 빵집 가까?"

광명은 고개를 저었다.

"아이다. 버스 시간 다 되었다. 고마 집에 가서 밥 미깨."

"진짜 데꼬 갈 끼가?"

만석이 웃으며 말했다.

광명은 대답 대신, 조심스레 순자 쪽으로 몸을 돌렸다.

"가자. 우리 집에."

순자는 말없이 고개를 끄덕였다.

한 손에 들고 있던 작은 가방을 두 손으로 꼭 쥐고 있었다.

세 사람은 터미널 골목을 빠져나왔다.

낮 햇살이 점점 뜨거워지고 있었지만, 순자의 뒷모습은 어딘가 더 작아 보였다.

광명은 가는 길 내내 몇 번이나 입을 열까 말까 망설였고, 만석은 그런 광명의 뒷모습을 바라보며 이상한 기분에 사로잡혔다.

이 모든 것이 철없던 장난인지, 자신들만의 비밀 놀음인지, 아니면 어른이 되어 가는 과정의 시작인지, 만석은 그걸 알 수 없었다.

18. 잠만 자는 순자

    광명이 집에 순자가 간 날 첫날은 배고픈 아이에게 먼저 밥을 먹여야 했기에 아무 일도 일어나지 않았다.

    순자를 데리고 온 다음 날 아침. 광명이 엄마는 평소와 다름없이 이른 새벽에 일어나 집안일을 챙기고, 광명에게 밥을 지어 먹였다.

    아무 말도 없이 순자의 방 쪽을 바라보던 광명이 엄마는 한마디 했다.

    "저 애서아는 누고?"

    "친구 친척 애서아 인데 오갈 데가 없다 쿠네. 좀 있다가 갈 끼다."

    "그라모 깨아 온나. 밥 묵구로."

    광명은 고개를 흔들며 말했다.

    "안 그래도 밥 무로 가자 했더만은 안 일난다."

    "그래도 물이나 한잔 묵이라 캐라. 빈속에 있으모 몸 배린다이."

    "고마 나두자. 억수로 된 가베."

    광명은 책가방을 들고 학교로 향했고, 집안엔 순자와 광명이 엄마 둘만 남았다.

    순자는 방 한 켠 이불 속에 파묻힌 채, 여전히 아무 말이 없었다.

    밤새 잠을 못 잤는지, 얼굴은 창백했고 숨소리만 조용히 들렸다.

    점심때가 되어 광명이 엄마는 괜히 방문 앞에서 한참을 서성이다가,

조심스레 문을 열었다.

"야야, 일나라. 밥 무야지."

순자는 눈을 반쯤 떴지만 다시 고개를 돌려 버렸다.

광명이 엄마는 더 재촉하지 않았다.

문을 닫고 돌아서며 혼잣말처럼 중얼거렸다.

"낯선 집이라서 얼굴 가리나?"

저녁 무렵이 되어서 광명이 엄마는 다시 방문을 두드렸다.

이번엔 억지로 순자를 흔들어 깨웠다.

순자는 아무 말도 없이, 말없이 밥상 앞에 앉았다.

눈은 행하고 입은 다물려 있었다.

"니 죽이라도 끼리 주까?"

"아이미더."

간신히 밥 몇 숟가락을 넘긴 순자는, 말없이 자리로 돌아가 다시 누워
버렸다.

그날 하루 종일, 순자는 단 한마디 말도 하지 않았다.

광명이가 학교에서 돌아왔을 때에도, 순자는 여전히 이불 속에 누워
있었다.

햇빛은 이미 방 안을 떠나 어스름한 저녁으로 바뀌었지만, 순자는 일
어나지 않았다.

광명은 슬며시 방문을 열고 들어갔다.

그리고 말없이 순자의 등을 바라보았다.

그 순간, 순자가 낮게 중얼거렸다.

"집에 가고 싶다…"

광명은 아무 말도 하지 못했다.

순자의 등은 말라 있었고, 그 목소리는 이 세상 어디에도 마음 붙일 곳 없는 사람의 외로움이 묻어나 있었다.

입소문은 마을 아이들 사이에서 삽시간에 퍼졌고, 동네 구멍가게 옆에서 놀던 녀석들까지 한두 명씩 슬쩍 광명이 집 쪽으로 기웃대기 시작했다.

누구는 슬리퍼를 질질 끌고 왔고, 누구는 손에 막대 사탕을 들고 와선 대문 틈으로 고개를 내밀었다.

"야, 광명이 집에 가서나 왔다미?"

"맞다. 학교도 안 댕기는 가서나라 카데."

"그 가서나 잘 준 단다… 맹이도 할라꼬 델꼬 왔다 아이가."

태봉이가 침을 꿀꺽 삼키며 물었다.

"진짜가? 맹이는 어제 했는가?"

"안 했것나. 옴마하고 둘이 있는데. 사부제기 가서나 자는 방에 가서 하모 되지."

"우와… 맹이 새끼 부럽다 씨바…"

들뜬 속삭임은 점점 수위를 높였다.

"우리는 운제 아다라시 깨노."

"있어 봐라. 오늘 저녁에 우리 순서 정해 갔고 싹다 했 뻬자."

말끝마다 낄낄거리는 웃음과 헛기침이 섞였지만, 그 웃음은 어딘가 불안정하고 공허했다.

조금 전까지 빙 둘러 앉아 있던 아이들 중, 단 한 명도 진짜 여자를 가까이서 대면해 본 이는 없었다.

그들의 '가서나'에 대한 대화는 결국, 허기에 가까운 몽상과도 같았다.

"참말가?"

"하모. 맹이는 어제 했었께. 그다음은 만석이가 하모 되것네. 그 가서나 데불고 오는 데 일 등 공신 아이가."

이 말에 모두의 시선이 만석을 향했다.

만석은 어색하게 웃었지만, 속은 편치 않았다.

그가 순자를 데려온 것도, 뭔가를 바란 것도 아니었다.

그저 명기의 부탁이었고, 자신이 해 줄 수 있는 일이었을 뿐이었다.

그런데 이젠 그 모든 것이 이상한 방향으로 흘러가고 있는 듯했다.

중근이 장난기 어린 표정으로 팔꿈치로 만석의 옆구리를 툭 쳤다.

"야, 만석아. 니 진짜로 할 끼가?"

만석은 고개를 돌렸다.

보름달이 떠오르기 시작한 저녁 하늘이 붉게 물들고 있었다.

그는 문득, 어릴 적 읽은 어떤 소설의 한 장면이 떠올랐다.

배고픈 아이들이 먹지 못한 음식을 두고 허공에 입맛을 다시던 장면.

지금 이 마당에 모인 아이들도 어쩌면 그때의 아이들과 닮아 있었다.

결핍은 배가 아닌 마음에 있었고, 그들은 그것을 웃음과 허세로 가리고 있을 뿐이었다.

그 순간, 만석은 자신이 이들과 같으면서도 다르다는 것을 느꼈다.

그날 저녁, 장난처럼 떠들던 아이들의 농담이 현실이 되리라고는, 만석 자신도 생각하지 못했다.

"니 1번이다. 니가 먼저 하모 된다."

친구들의 조용한 말이었지만, 그 속엔 묘한 진지함이 섞여 있었다.

농담이라고 하기엔 분위기가 너무 무거웠고, 진담이라기엔 모두가 어설펐다.

순자는 아무 말이 없었다.

그저 조용히 광명의 방 안, 홑이불 하나 깔린 좁은 방구석에 앉아 있었다.

손끝을 맞잡고 고개를 숙인 채, 세상을 향한 문을 닫아 버린 사람처럼. 만석은 마당가에 혼자 서서 깊은숨을 내쉬었다.

가슴이 벌렁거렸다.

설렘이나 기대와는 다른 감정이었다.

뭔가 커다란 잘못을 저지르게 될지도 모른다는 불안함, 자신이 전혀 알지 못하는 어떤 세계로 한 걸음을 내딛는 두려움.

그는 얼마 전 읽었던 소설 속 한 장면을 떠올렸다.

황홀하다고 적혀 있었지만, 그 어떤 장면보다 난해했고, 뜨거운 감정은 구체적인 형상 없이 흘러갔다.

그땐 그저 문장을 따라갔을 뿐, 그 의미를 알지 못했다.

방문을 열었다.

순자가 고개를 들었다.

눈빛엔 아무것도 없었다.

기대도, 거부도, 공포도 없이… 그냥 비어 있었다.

만석은 무거운 발걸음으로 방 안으로 들어갔다.

그 순간, 자신이 어디에 있고, 무엇을 하려 하는지 스스로에게 물었다.

진심으로 이 아이를 원하는 건가? 아니면, 친구들 앞에서 체면을 지키기 위해서인가?

그는 숨을 크게 쉬고, 털썩 바닥에 앉았다. 순자의 손이 자신보다 더 작고, 더 차갑다는 걸 느꼈다.

"니… 춥나?"

작게 물었지만, 순자는 대답하지 않았다.

그저 창문 밖으로 멀어져 가는 달빛을 바라보며, 그대로 고개를 떨궜다.

19. 촌뜨기들의 사랑 연습

방 안은 적막했다.

만석은 마루에 발을 들여놓고도 한참을 그 자리에 서 있었다.

숨소리조차 조심스러웠다.

문을 닫아야 하나, 불은 꺼야 하나, 말을 먼저 해야 하나…무엇 하나 명확한 게 없었다.

그는 조심스레 방 안으로 들어갔지만, 발자국 소리가(발소리가) 유난히 크게 들렸다.

심장이 미친 듯이 뛰었다. 순자의 뒤통수가 가까워질수록 그 심장은 더 크게 울렸다.

'불을 끌까…?'

하지만 손은 전등 스위치로 가지 못했다.

'말이라도… 뭐를 해야 되는 거 아이가…?'

그는 바닥에 천천히 앉았다.

하지만 손도, 발도 어정쩡했다.

무엇을 해야 할지 전혀 알 수 없었다.

그저 소설 속 어딘가에서 읽은 말들과, 친구들이 떠들어 댄 조잡한 말들이 머릿속에서 엉켜 버렸다.

'먼저 손을 잡아야 하나… 아니면 입을 맞춰야 하나…'

하지만 그는 단 한 걸음도 더 가지 못했다.

한참을 그렇게 있다가, 순자가 천천히 몸을 돌렸다.

표정은 없었다.

눈빛도, 그저 무기력한 눈으로 만석을 바라볼 뿐이었다.

그 눈빛이 더 무거웠다.

무언의 질문이었고, 동시에 말 없는 체념처럼 느껴졌다.

만석은 입술을 깨물었다.

그 순간, 어쩌면 자신이 뭘 원하는지도 몰랐다는 사실을 깨달았다.

순간적으로 자리에서 일어나 버렸다.

"에이씨, 우찌 하는지 알아야 뭐를 해 보지."

만석은 방문을 열고 마당으로 나왔다.

어두운 하늘엔 별이 떠 있었고, 먼 곳에서 개 짖는 소리만 간간이 들릴 뿐이었다.

그는 곧장 대문을 열고 골목에 서 있는 아이들에게 갔다.

머릿속은 복잡했다.

무언가를 해야 한다는 압박감과, 도무지 무엇을 어떻게 해야 하는지 모른다는 막막함이 뒤엉켜 있었다.

문득 광명이가 생각이 났다.

"맹아, 니 어지 우찌 했노?"

만석은 들뜬 목소리로 물었다.

"우찌하는지 알아야 하지. 세리 넘가 삐리가 했삔나?"

맹이는 잠시 멈칫하더니, 얼굴을 붉히며 고개를 숙였다.

"…사실은, 어제 안 했다. 나도 우찌 해야 되는지 몰라 갖고, 그리고 옴마가 옆방에 있는데, 가서나 고함 지르모 우짜 끼고."

만석은 풀이 죽은 듯 주저앉으며 욕을 내뱉었다.

"빙시야, 그것도 못하모 우짜노."

"개새끼야, 니는 와 못하노?"

"주는 것도 못 처먹고… 아이고, 우리 둘이 고마 죽자, 죽어!"

둘은 한동안 아무 말도 없이 웃는 건지 우는 건지 모를 표정으로 앉아 있었다.

같이 따라온 태봉이, 중근, 호진이도 마당 구석에서 그 대화를 듣고 있었다.

"야, 니가 해라."

"아이다, 니가 먼저 해라."

"내도 모른다. 그 가서나 고함치모 우짜 끼고."

아이들은 누구 하나 먼저 나서지 못했다.

그들은 성에 대해 말은 많이 했지만, 정작 아무것도 몰랐고, 무엇보다도 누군가를 '대상'으로 여긴다는 게 낯설고 두려웠다.

그만큼 그들은 순박했고, 세상의 이면을 아직 모르던 시골의 소년들이었다.

순자는 광명이 집에 온 뒤 열흘이 넘도록 다른 곳으로 가질 않았다.

처음 이틀은 다들 신기한 구경거리처럼 관심을 보였지만, 그 이후로는 슬금슬금 입을 다물기 시작했다.

광명이 엄마는 몇 번 물끄러미 순자를 쳐다보더니, 어느 날 저녁밥을 다 차려 주고 나서 이렇게 말했다.

"맹아… 저 아는 와 저거 집에 안 가노? 니 하고 우떤 사이고?"

밥숟가락을 내려놓은 광명은 머리를 긁적이며 대답했다.

"나도 잘 모른다. 만석이가 델꼬 오자 캐가 델고 왔지. 집에는 아마 갈데가 없는 갑심더."

그날 저녁도 순자는 별다른 말 없이 밥상을 물리고 방 안으로 들어갔다.

전등불이 꺼지고 방문이 닫히는 소리. 그녀는 언제나처럼 불도 켜지 않은 방에서 조용히 누웠다.

무엇을 하는지, 자는 건지, 울고 있는 건지, 아무도 몰랐다.

낮 동안에도 마찬가지였다.

순자는 이불을 뒤집어쓰고 잠만 잤다.

광명이가 학교에 가 있는 동안에도, 광명이 엄마가 텃밭에 나간 동안에도, 순자는 침묵으로 집 안에 머물렀다.

아이들은 더 이상 순자 이야기를 꺼내지 않았다.

누구도 진짜로 '그 일'을 했다는 증거도 없었고, 순자 스스로 말 한마디 꺼내지 않았기 때문이었다.

어느 순간부터 순자는 그냥 그 집에 '있는 사람'이 되어 버렸다.

그 이상도, 이하도 아닌 채.

광명이는 말 못할 어색함과 의문 속에 지냈다.

밤이면, 맞은편 방에 불 꺼진 채 누워 있는 순자의 그림자를 떠올리며 괜히 뒤척였다.

'그 아는… 도대체 와 여 있노? 내 하고 살라꼬 그라나?'

광명이는 마루 끝에 쪼그려 앉아 있었다.

저녁놀 진 노을빛이 부엌 슬레이트 지붕 위로 슬며시 미끄러지던 시간.

굴뚝엔 연기가 희미하게 올라가고 있었고, 방 안에서는 아무 소리도 들리지 않았다.

항상 그랬듯, 침묵 속에, 혼자서. 광명이는 혼잣말처럼 중얼거렸다.

"참말로 내 하고 살라꼬 그라나? 진짜로?"

그 말이 입에서 튀어나오자마자 광명이는 얼굴이 확 달아올랐다.

고개를 푹 숙이고 자신의 무릎을 내려다봤다.

'내 하고… 산다꼬? 미친거 아이가.'

아직 18살, 사랑이라는 게 뭔지도 모르고 여자를 어찌 대해야 하는지도 모르는 나이.

그저 같은 지붕 아래, 낯선 여자아이가 몇 날 며칠을 말없이 있는 것만으로도 가슴이 쿵쿵 뛰었다.

순자의 방 안 불빛은 여전히 꺼져 있었다.

어느 날 오후였다.

햇살이 따사롭게 마당에 비치던 그 시간, 순자가 느닷없이 광명이에게 말을 건넸다.

"오빠, 돈 있으면… 천 원만 주라."

광명이는 순간 멍해졌다.

"돈은 와?"

"고마 주 봐라."

그 말은 너무 담백해서 오히려 무거웠다.

광명이는 지갑도, 저금통도 없었다.

하지만 그날 저녁, 어머니께 거짓말을 했다.

"옴마, 참고서 사야 되는데 천 원만 주이소."

어머니는 아무 말 없이 방 한쪽에 숨겨 둔 지갑을 꺼내 건넸다.

광명이는 그 천 원짜리를 접어 주머니에 넣고, 그날 밤, 아무 말 없이 순자에게 내밀었다.

순자는 고개를 끄덕이고, 조용히 그 돈을 받아 방 안으로 들어갔다.

그게 마지막이었다.

다음 날 학교를 마치고 돌아온 광명이는 문을 열자마자 방을 향해 소리쳤다.

"순자야— 밥 묵자!"

하지만 아무런 대답이 없었다.

방문을 열어 보니 이불은 접혀 있었고, 방 안에는 사람이 없었다.

"옴마, 순자 오데 갔는데?"

"몰라, 몰라 방안에 안 있나? 아까 점심때 까지도 있었는데 오데 갔노?"

집 안을 샅샅이 뒤졌지만 순자의 흔적은 어디에도 없었다.

20. 말없이 사라진 순자

며칠 뒤, 만석이는 명기에게 조심스레 물었다.

"야야… 순자 오데 갔는지 아나?"

명기는 어깨를 으쓱하며 말했다.

"내도 모른다. 우리 집에도 연락 안 왔다."

만석이는 더 묻지 못했다.

입에 맴도는 말들이 무겁게 땅으로 가라앉았다.

그날 밤, 광명이는 혼자 마당 끝에 쪼그려 앉아 별이 가득한 하늘을 바라보았다.

순자는 진짜 무엇이었을까? 누구였을까?

순자의 이름은 광명이의 기억 속에서 그렇게 사라졌다.

열흘쯤 머물다 간 그림자처럼, 하지만 그녀가 떠난 후에도, 광명이의 마음 한구석에는 설명할 수 없는 허전함이 남아 있었다.

그로부터 몇 달이 지난 뒤였다.

만석은 명기와 우연히 이야기를 하다가 그녀의 이름을 다시 듣게 되었다.

"그… 순자 가서나 알제?"

"순자가 와?"

"결국 다시 그 자리로 돌아갔다 카더라."

만석은 처음엔 무슨 말인지 이해하지 못했다.

그녀는 국민학교도 졸업하지 못한 채 처음으로 세상에 발을 디딘 곳이 술집이었다.

열다섯이 되자 업주는 손님을 받으라고 했다.

처음엔 설거지와 청소만 하던 아이에게 이제는 '진짜 일'을 하라는 것이다.

그녀는 싫다고 했다.

하지만 업주는 말했다.

"네가 먹은 밥이 얼만데? 이불값, 술값, 쌀값, 담배값, 전기세, 다 네 빚이다. 안 갚고는 못 나간다."

그녀는 어느 날 밤 그 술집에서 도망쳤다.

옷도, 신발도, 아무것도 없이 맨몸으로 명기 집으로 갔었다.

그리고 다시 버스에 몸을 실었다.

그렇게 도착한 곳이 함안이었다.

농담처럼, 장난처럼 그녀를 광명이네 집으로 보냈던 것이다.

순자는 낮이면 하루 종일 자고 밤이면 불 꺼진 방 안에서 홀로 있었다.

아무것도 하지 않던 시간이 그녀에겐 오히려 너무나 소중했던 것인지도 모른다.

하지만 얼마 지나지 않아 그 평온조차 그녀의 것이 아니었다.

그녀는 지긋지긋한 현실에서 도망쳤다.

잠시, 숨은 것이었다.

그리고 그 숨은 시간 동안 마음속으로는 이미 알고 있었다.

어차피 그 빚은 갚아야 한다.

그곳으로 다시 돌아가야 한다.

그녀는 스스로 버스에 몸을 실었다.

업소 주인이 끌고 간 것도 아니고, 누가 억지로 잡아간 것도 아니었다.

"어차피 이 생활 끝낼려면… 진 빚을 다 갚고 나서야 끝날 끼다."

그녀는 그렇게 중얼거리며 마산의 터미널에 도착했고, 스스로 신포동 그 골목 안으로 들어갔다.

어릴 적부터 벗어날 수 없었던 굴레였다.

국민학교도 채 다니지 못한 아이에게 세상은 다른 길을 보여 주지 않았다.

열다섯부터 시작된 술병과 화장, 그리고 언젠가부터 자연스러워진 남자의 손길.

그게 그녀가 살아온 전부였다.

함안에서의 며칠은 언젠가 꾸었지만 까맣게 잊고 있었던 꿈 같았다.

아무도 요구하지 않고, 아무것도 하지 않아도 되는 시간이었으니.

하지만 그녀는 안다. 꿈은 현실이 아니란 걸.

그래서 스스로 다시 그곳으로 돌아간 것이다.

고개를 푹 숙이고, 바닥만 보며 문을 열고 들어간 그 순간, 그녀는 다시 술집에서 몸 파는 삶으로 돌아간 것이다.

그 뒤로 순자의 소식은 다시는 듣지 못했다.

명기도, 그저 고개만 저었을 뿐이었다.

"나도 모린다. 오데 갔는고… 그때 이후로 못 봤다."

광명이도, 만석이도 순자를 잊을 수 없었다.

잊혀지지 않는 젊은 날의 한 장면이었다.

너무도 선명했기에 오히려 아득한, 달빛과 허기로 얼룩졌던 시절의 한 페이지였다.

누구는 단지 어린 여자아이 하나 왔다 갔다 말했지만, 그들에게 순자는 어설픈 사내가 되었던 자신들 앞에 세상이라는 이름으로 잠시 내려 앉았던 한 그림자였다.

그날 밤, 순자의 빈자리를 본 광명은 문득 그런 생각을 했다.

'순자 오데 가도 밥도 잘 묵고 잘 살아서모 좋것다.'

만석에게도 순자는 오래도록 기억에 남았다.

그 시절엔 다들 어떻게든 살아 내는 법을 배우고 있었던 것이다.

청년이 된 광명은 어머니를 보려 사정으로 내려왔다가 가야에서 마산행 버스를 기다리고 있었다.

여름 끝자락이라 해는 길었지만, 바람은 어딘가 가을 냄새를 품고 있었다.

그는 가야 버스 정류장 매표소 옆 나무 벤치에 앉아 종이컵 커피를 마시고 있었다. 텁텁한 단맛이 입안에 돌던 그때, 낡은 여행 가방을 든 여자가 터미널 문을 밀고 들어왔다.

하얗게 바랜 남방셔츠, 한쪽 어깨로만 걸친 누런 손가방, 조금은 바닥을 끌며 걷는 슬리퍼 소리.

광명은 무심코 고개를 들었다.

그 여자의 뒷모습은 어쩐지 익숙했다.

희미하게, 먼지가 쌓인 오래된 사진을 꺼내 보는 느낌.

'순자…?'

그 이름이 가슴속에서 불쑥 튀어나왔다.

말리지도 못하고, 불러내지도 못한 채 오랫동안 가라앉아 있던 기억 하나가 벼락처럼 되살아났다.

그 순자가 돌아보면, 혹시라도 "오빠, 돈 있으모 천 원만 주라." 하던 목소리가 들릴 것 같았다.

하지만 여자는 고개를 돌리지 않았다.

그저 버스표를 한 장 손에 쥐고는 천천히 대합실 벤치 쪽으로 걸어 갔다.

광명은 그 자리에 멈춰 앉아, 오래전 자신의 집에서 밥을 먹고 잠만 자던 순자의 얼굴을 떠올렸다.

낮에는 잠만 자고, 저녁이면 불을 끄고 혼자 방 안으로 들어가던 소녀.

그땐 몰랐다.

세상이 얼마나 그녀를 밀어냈는지, 그녀가 얼마나 멀리 도망쳐야 했 는지를.

순자를 닮은 그 그녀는 다른 버스에 올랐고, 잠시 후 버스는 출발 했다.

창 너머 스치는 모습은 이내 풍경에 녹아 사라졌다.

광명은 그제야 찬 커피를 한 모금 마셨다.

그리고 속으로 중얼거렸다.

'순자야, 잘 살고 있제? 그때 우리, 참… 몰랐었다.'

1980년 만석은 고등학교에 입학하고 난 뒤 새로운 친구들을 접하게 된다.

특히 마산에서 통학하는 아이들이나 가야의 친구들은 곧잘 여자 이야기를 꺼냈다.

"어제 한번 했다 아이가."

그 말들은 마치 전리품 자랑하듯, 영웅담처럼 떠벌렸다.

처음엔 만석도 '그런가 보다' 했다.

세상 물정 모르던 아이들이 그걸 멋이라고, 성장이자 남자다움이라 배워 가고 있었다.

어른들이, 형들이, 선배들이 먼저 보여 준 방식이었으니까.

그러다 1학년 여름. 같은 반이었던 아이 하나가 여럿이서 여학생을 덮쳤다는 소문과 함께 교도소에 끌려갔다.

'여자에게 잘못하면 인생을 망치는구나.'

그 사건 이후, 교실 안 공기는 눈에 띄게 달라졌다.

처음엔 "운이 없었다", "절마는 걸렸고 우리는 안 걸렸을 뿐"이라는 말들이 돌았다.

하지만 곧 누군가 조심스럽게 말했다.

"진짜 좆대가리 잘못 놀리모 인생 조진다이."

"교도소에서 몇 년 있으면 어떻게 되노, 취직도 결혼도 다 끝난 거 아이가."

그 말은 마치 돌멩이처럼 모두의 가슴에 '퍽' 하고 박혔다.

만석은 생각했다.

'그게 잘못이라는 걸, 왜 그때까지 아무도 안 말했을까.'

어른들도, 선생도, 동네 형들도…

그 누구도 여자를 존중하라는 말을 하지 않았다.

오히려 술기운에, 분위기에 휩쓸려 뭔가를 '해야' 한다는 어처구니없는 강박을 남자아이들은 배웠던 것이다.

21. 80년대 뿌리 깊은 남존여비

산인면 송정리에서 학교를 다니는 아이들 가운데, 유독 눈에 띄는 아이가 하나 있었다.

이름은 조진네. 반 아이들 사이에서는 그냥 "조진네"라고 불렸다.

성인지 이름인지 헷갈릴 정도로 어울리는 별명이었다.

진네는 늘 뚜꺼운 안경을 코끝에 걸치고 다녔다.

마치 돋보기처럼 두툼한 유리알 너머로 작게 줄어든 눈이 있었고, 어딘지 모르게 꺼벙한 표정이 늘 따라다녔다.

누가 봐도 '공부 잘하게 생긴' 모범생 같은 얼굴이었다.

선생님들도 그저 안경만 보고, "조진네는 조용하니 공부는 잘하겠지." 하고 지나갔다.

그러나 실상은 달랐다.

어느 날 수업 끝나고 복도 창가에 기대앉아 있던 만석은 조진네에게 물었다.

"야, 니 안경 도수 높은 거 끼고 있음시롱. 와 공부는 못하노?"

진네는 안경을 올려 잡고 만석을 빤히 보더니 대수롭지 않다는 듯 말했다.

"내는 어두운 데서 무협지 보다 눈 나빠졌다 아이가. 공부하다가 그런 거 아이다."

"맞나… 내는 니 처음 봤을 때 공부 억수로 잘하는 줄 알았데이. 폼은 참말로 멋지거마는."

진네는 코를 홀쩍이며 웃었다.

"무협지 재미 좋다. 장풍에, 검객에, 원수 갚는 이야기… 공부보다 백 배는 낫다 아이가."

그 말에 만석은 웃음이 터졌다.

그날 이후, 조진네는 만석은 그냥 '안경 낀 무협지 광'이었다.

조진네는 평소에도 엉뚱한 소리를 잘 늘어놓는 편이었다.

그 말이 진짜인지, 지어낸 건지는 아무도 몰랐다.

그렇다 보니 반 친구들도 그냥 웃어넘기는 일이 많았다.

하지만 그날따라 조진네가 꺼낸 이야기는, 만석으로서는 듣는 순간 머릿속이 멍해질 만큼 충격이었다.

"야 만석아, 어제 우리 동네 머슴마 몇 명이 짚동새 본부 만들어 놓고, 우리 동기 하나 끌고 가가 줄빵 놓았다 아이가."

만석은 눈을 크게 떴다.

"뭐? 같은 동기를 그랬다꼬?"

조진네는 고개를 끄덕이며, 콧속에 맺힌 콧물을 킁 해 가며 말끝을 이었다.

"하아, 내 차례가 되가 내가 하고 난께, 그 가서나가 내 보고 지금 배란기라꼬, 임신할지도 모른다 카더라."

만석은 숨을 꺾듯 삼키며 물었다.

"너거 언자 우짜 끼고. 좆되었다."

조진네는 말없이 어깨를 으쓱이다가, 쓴웃음을 지으며 중얼거렸다.

"하씨, 같이 한 친구들 전부 모아가, 임신되모 좆된다고 말한깨네. 농과 댕기는 친구 하나가 '사루비아'라는 약. 그거 묵으면 된다끄 카더라."

"참말가? 그런 약도 있나?"

"하아, 약방 가모 뭐시라 카던데, 여자들 생리 안 되모 묵는 약인데, 그거 무모 생리를 잘하게 해 준다 쿠더라. 그거 무모 생리가 되삐가 임신이 안 된다 쿠네."

"옴마야… 그런 약도 있는가베…"

"나도 처음 들었다. 올 지가 약방 가서 '사루비아' 그거 구해 온다꼬 캤다."

조진네는 마치 무협지의 한 장면이라도 말하듯, 아무렇지도 않게 툭툭 말을 던졌지만, 만석의 머릿속은 복잡해졌다.

조진네는 여전히 꺼벙한 얼굴로 책상에 턱을 괴고 있었지만, 만석은 그날 이후로 조진네를 보는 눈이 조금 달라졌다.

뚜꺼운 안경 너머로, 만석은 자신이 알지 못하는 더 어두운 세상을 훔쳐보고 있었는지도 몰랐다.

조진네는 그것뿐만이 아니었다.

가끔은 쉬는 시간이나 운동장 귀퉁이에서, 마치 무협지 한 장면을 읊듯 여자를 겁탈했다는 이야기를 술술 늘어놓았다.

얼굴엔 아무렇지도 않은 꺼벙한 표정, 손끝으론 안경을 밀어 올리며, 너무도 생생하고 디테일한 이야기들을 들려줬다.

"만석아, 저번엔 논두렁 너머 밭두둑에서, 일하는 가서나 하나를 기습해 갖고…"

그럴 때면 곁에 있던 아이들은 숨을 죽이고 그의 입만 바라봤다.

웃기는 이야기처럼 킥킥대는 녀석도 있었고, 얼굴이 벌개져 말없이 고개를 돌리는 아이도 있었다.

만석은… 그 중간 어딘가쯤 있었다.

처음엔 그 말들이 다 진짜인 줄 알았다.

마치 조진네는 어른들의 세계, 어두운 비밀을 먼저 겪고 온 것처럼 보였다.

하지만 시간이 흐르며 문득문득 의심이 들었다. 정말일까? 그 꺼벙한 조진네가? 그렇게 쉽게, 그렇게 많이?

오히려 조진네가 떠벌리던 이야기들은 거짓과 진실, 허풍과 착란이 뒤섞인 잡탕국 같았다.

그렇지만 만석에게는 그런 말 한마디 한마디가 자극적이고, 또 위험하게 각인되었다.

그 나이의 아이들은 그렇게, 서로의 말과 상상 속에서 '어른의 세계'를 어설프게 배워 갔다.

1980년대.

그리 멀지 않은 과거이지만, 지금 돌아보면 마치 조선 시대의 유풍이 그늘처럼 드리워져 있던 시절이었다.

경제는 급성장하고 있었고 도시엔 네온사인이 반짝였지만, 시골의 삶은 여전히 낡은 관습 속에 묶여 있었다.

그중에서도 유독 짙게 남아 있던 것은 유교적 남존여비[男尊女卑] 사상이었다.

남자는 곧 가문의 기둥이었고, 여자는 그 기둥에 기댄 그림자쯤으로 여겨졌다.

태어날 때부터 "딸 낳았다"는 말은 축하가 아닌 위로에 가까웠다.

학교 진학부터 가사 분담, 식사 자리의 순서까지, 일상의 크고 작은 모든 일 속에 '남자가 먼저'라는 규칙이 자연스럽게 박혀 있었다.

그런 분위기 속에서 여자아이들이 겪는 고통은 누구의 주목도 받지 못했다.

말해 봐야 "그럴 수도 있지"라며 덮어 버리기 일쑤였다.

더 심각한 것은, 여자에게 해를 가한 남자조차도 제대로 된 처벌은커녕 마을의 묵인 속에 다시 일상으로 돌아간다는 점이었다.

"그 집 딸이 먼지 꼬리를 친 기지."

"행실이 더러번께 당하지."

이런 말들이 마치 진실처럼 퍼졌다.

피해자는 침묵했고, 가해자는 웃으며 밭을 매고 소를 몰았다.

이야기를 꺼내는 이런 이야기를 꺼내는 일은 지금도 조심스럽다. 그러나 기억은 사라지지 않는다.

강제로 욕을 보이고, 억지로 침묵을 강요당한 여자들의 얼굴이 내 안에 남아 있다.

그 시절엔 그것이 죄라는 인식조차 없이 행해졌고, 마을은 그저 '그런 일도 있다'며 덮어 버렸다.

지금 생각해 보면, 그건 단지 개인의 악행이 아니라 한 시대 전체가 공범이었다는 뜻이다.

만석이 고등학교 1학년이던 겨울방학 때 일이다.

눈은 내리지 않았지만, 매서운 찬바람이 강을 넘어 불어오고, 들판은 푸석하게 마른 볏짚들로 덮여 있었다.

백산 종점에서 내려 사정리까지 걸어오는 도로엔 허연 성에가 뿌옇게 앉아 있었다.

그날도 어둠은 일찍 찾아왔다.

만석보다 두 살 위, 마산에 있는 여상에 다니던 누나였다.

버스는 저녁 여섯 시쯤에 도착했다.

그녀는 책가방을 메고 차에서 내렸고, 어둑한 농로를 따라 사정리로 걸어가는 길이었다.

그러나 그날, 그 길엔 다섯 명이 숨어 있었다.

그들은 말을 걸었고, 그녀는 무심히 지나치려 했다.

마을 입구에 있는 당산나무는 동네에서 많이 떨어져 있었고 어둠은 깊었으며, 주변엔 비닐하우스들뿐이었다.

"보소 학생 잠깐 이야기 좀 하자."

"무섭구로 와 이라미꺼?"

그녀를 입을 막고 인근 비닐하우스로 끌고 가 다섯 명이 욕을 보였다.

낄낄거리는 소리, 조용한 싸움, 그리고 비닐하우스 안의 침묵. 그녀는 무사히 집에 돌아왔지만, 얼굴이 창백했고 말이 없었다.

그리고 잠시 후, 부엌에서 어머니에게 낮은 목소리로 말했다.

"엄마… 비닐하우스에서… 용덕 애들한테…"

순간, 마당이 얼어붙은 듯 고요해졌다.

그날 밤, 사정리의 청년들이 마을회관에 모였다.

"우리 동네 아가 당했다."

"뭐라꼬."

"용덕면 애들이라 카더라."

말이 끝나기도 전에, 청년들은 군화 끈을 조이고 바람막이를 걸쳤다.

그들은 강을 건넜다.

자전거를 끌고, 어떤 이는 경운기에 몸을 싣고, 또 어떤 이는 달려갔다.

용덕면. 이름만 들어도 마주치기 껄끄러웠던 동네.

그곳까지 가서 밤새 골목과 가게를 돌며 다섯을 찾았다.

마침내 한 마을 창고 뒤편에서, 떨고 있던 녀석들을 붙잡았다.

주먹이 오가기도 했다.

그러나 누군가는 외쳤다.

"여기서 이러면 우리도 똑같은 놈 된다! 지서로 데불고 가자."

그들은 녀석들을 경운기에 태워 의령 경찰서로 인계했다.

그 후로 마을은 며칠 동안 조용했다.

어른들은 담배만 피웠고, 아이들은 말을 아꼈다.

그녀는 학교를 계속 다녔지만, 눈을 맞추는 일이 줄어들었다.

계절이 바뀌어도 그 겨울의 흔적은 오래 남았다.

만석은 그 일을 잊지 못했다.

그날 밤, 어른도 아이도, 이웃도 마을도 모두 한 여학생의 편이 되어 분노했던 시간.

그건 비록 무섭고, 부끄럽고, 참담한 일이었지만… 한편으론 마을이 아직 인간다웠다는 마지막 증거 같기도 했다.

그날 이후, 마을은 조용히 일상을 되찾은 듯 보였다.

용덕면의 다섯 아이들은 경찰서에 넘겨졌고, 얼마간의 소동 끝에 사건은 잊혀졌다.

신문 한 줄 나오지 않았고, 방송은 애초에 관심조차 없었다.

그러나 정작 가장 깊은 흔적은, 그 소녀의 삶 위에 새겨지고 있었다.

그녀의 이름은 ○○였다.

여상 3학년에 다니던 성실한 아이였다.

친구들과 잘 어울렸고, 방학이면 논두렁을 따라 어린 동생 손을 잡고 수박밭까지 걸어 다니던 누이였다.

그런 그녀가 그날 이후, 한순간에 변했다.

처음엔 친구들이 멀어졌다.

"불쌍하다…", "그 일 알제?" 하는 속삭임은 그녀의 등 뒤에서 자주 들려왔다.

누군가는 "그런 일 당한 애랑 있으면 나도 이상하게 보일까 봐…"라는 말을 하기도 했다.

그녀는 점점 말이 없어졌다.

점점 어깨를 웅크렸다. 고개는 항상 숙여 있었다.

졸업은 겨우 했지만, 취직은 생각할 수도 없었다.

마산에 있는 숙모 댁에 올라가 식당 서빙을 했고, 몇 번의 직장을 전전하다 다시 마을로 돌아왔을 땐 이미 나이는 스물아홉이 넘고 있었다.

시집을 가겠다는 이야기는 한 번도 꺼낸 적 없었다.

몇몇 중매 이야기가 돌았지만, "그 애가… 옛날에 좀…"이라는 말에 끝이 났다.

시간은 흘렀고, 그녀는 점점 마을 가장자리에 스며들 듯 존재했다.

그러나 사람들은 말하지 않았다.

아무도 그녀에게 잘못이 있다고 말하지 않았다.

하지만 아무도 그녀를 도우려 하지도 않았다.

그녀는 매일 새벽 일찍 일어나 노인들 반찬을 만들어 배달했고, 동사무소 앞 공터에서 쪼그려 앉아 폐지를 분류했다.

가끔 사정리로 돌아온 만석은 버스에서 그녀를 멀리서 본 적이 있었다.

검은 두건을 쓰고, 허리를 굽힌 채 강둑 옆을 걷고 있는 모습.

한 번은 말을 걸어 볼까 망설였지만, 그냥 버스 창에 이마를 기댄 채 그대로 지나쳤다.

그에 비해, 그날 밤 용덕면에서 잡혀간 다섯 남자애들은 어디선가 잘 살고 있을 것이다.

하나는 아버지 농장을 물려받았다 했고, 하나는 중소기업 과장이 되어 읍내에서 차를 끌고 다닌다 했다.

결혼도 하고 아이도 낳고, 제사엔 가족을 데리고 웃으며 나타난다고 했다.

그들에게 그날은 '어릴 적 실수'쯤이었을지 모른다.

하지만 그녀에게 그날은, 인생 전체를 틀어 놓은 문 하나였다.

지금도 사람들은 그녀를 보면 조용히 눈을 피했다.

그리고 아무 일 없었다는 듯 살아간다.

가해자는 웃고, 피해자는 숨는 삶. 그것이 질서였고, 그 시대의 냉혹

한 도리였다.

만석은 종종 스스로에게 묻곤 했다.

왜 그녀만 그렇게 살아야 했을까?

왜 그녀가 죄인처럼 살아야 했을까?

그 질문엔 대답이 없었다.

지금도 없다.

다만, 어쩌면 지금 우리가 살아가는 이 사회 어딘가에서도 또 다른 그녀가, 그렇게 하루하루를 견디고 있을지도 모른다는 생각이 들 뿐이었다.

22. 민수와 순덕의 첫 만남

순덕은 교복 치맛자락을 살짝 걷어쥐고, 먼지를 피해 조심스레 걸었다.

가야읍 버스 정류소까지 가는 길은 함안여상에서 제법 먼 거리였지만, 그 길목에서 매일 마주치는 어떤 남학생이 있었다.

처음엔 우연처럼, 나중엔 인사처럼, 그리고 어느 순간부터는 서로의 눈빛이 말을 건넸다.

그 남학생은 인근 함안종고 교복이었고 이름표 색깔을 봐서는 1학년 학생이었다.

함안종고는 흰색, 노랑, 빨간색의 이름표로 학년이 구분되었는데, 입학을 하면 졸업했던 선배의 이름표 색깔 흰색 달고 있는 것을 보면 그 아이는 이제 막 고등학교에 입학한 신입생이었다.

순덕은 처음엔 그저 무심히 스쳐 지나갔지만, 한 달쯤 지나자 이름표에 적힌 글씨가 자연스레 눈에 들어왔다.

정갈한 필체로 적혀 있는 이름, "정민수". 낯설면서도 익숙한 이름이었다.

그날 이후, 순덕은 버스 정류장까지 걷는 길이 예전보다 짧게 느껴지기 시작했다.

민수가 앞서 가면 발걸음을 조금 더 빠르게, 민수가 뒤따라오면 일부러 걸음을 늦추기도 했다.

어느 날, 정류장에서 버스를 기다리던 순덕에게 민수가 용기 내어 말을 걸었다.

"누나, 함안여상이지예?"

순덕은 그 '누나'라는 말에 살짝 웃으며 고개를 끄덕였다.

순덕은 성숙에 보여서 민수는 3학년쯤 되는 줄 알았다.

"응. 너는 함안종고 다니나 보네."

"예. 이번에 입학했어예."

"이름이… 민수네?"

민수는 놀란 듯 웃었다.

"어, 우찌 알았지예?"

"이름표에 써 있네. 내도 눈은 있다이."

둘 다 웃었다.

그 순간, 봄 햇살처럼 부드러운 공기가 둘 사이를 감쌌다.

민수는 말수가 적었지만 진지한 눈빛을 가졌고, 순덕은 그 눈빛에서 자주 봉헌을 떠올렸다가 다시 애써 잊곤 했다.

이름 하나를 알게 된 것뿐인데, 그날 이후로 둘 사이엔 이름을 부를 수 있는 거리가 생겼다.

'민수야.', '누나.', '같이 가자.'

짧은 말들이 오가며 조금씩 마음도 움직이기 시작했다.

며칠 뒤, 민수는 버스 정류장 근처에서 조심스럽게 말을 건넸다.

"누야 이번 주 토요일, 시간 됩미꺼… 혹시…"

그는 말끝을 흐리며 고개를 숙였다가 다시 들었다.

"가야장 옆에 기찻길 옆 건널목 빵집 알지예? 거서… 우리, 잠깐만 보모 안 되예?"

순덕은 순간 당황스러웠지만, 괜히 얼굴이 화끈해졌다.

빵집이라니, 데이트 같은 건가? 싶다가도 '그냥 친구로 보는 걸 수도 있지'라고 스스로 눌러 앉혔다.

"그… 니 뭐, 빵 묵고 싶나?" 순덕이 일부러 장난스럽게 묻자 민수는 수줍게 웃으며 고개를 끄덕였다.

"누야 하고 이야기 좀 하고 싶어서예… 요즘, 좀 답답해서예."

그 말에 순덕은 고개를 끄덕였다.

"그래, 그라모 토요일 학교 마치모 보자."

약속한 토요일, 순덕은 평소 입던 교복 대신 하늘색 블라우스에 단정한 치마를 가방에 넣고 학교로 왔다.

아이들이 가고 난 교실에서 머리도 평소보다 조금 더 가지런히 빗고, 거울 앞에서 몇 번이고 표정을 연습했다.

설렘인지, 긴장인지 모를 감정이 심장을 두근거리게 했다.

빵집 앞에 먼저 도착해 기다리고 있던 민수는 순덕의 모습을 보자 잠시 말을 잊었다.

"누야 교복 안 입고 사복 입은 깨네, 억수로 이쁘네예…"

그 말에 순덕은 민망해져 고개를 돌리며 웃었다.

"올 동상 본다꼬 깔롱 좀 직있다 아이가. 들어가서 빵 묵자. 말만 하지 말고."

둘은 앉아서 단팥빵과 크림빵을 하나씩 골라 먹으며 학교 이야기, 선생님 이야기, 버스 타다 생긴 웃긴 일들까지 한참을 이야기했다.

민수는 함안중학교 나왔고 집도 가야에 있었다.

그는 친구들 사이에서 느끼는 위축감, 공부에 대한 압박, 중학교부터 형처럼 따르던 선배가 자퇴한 이야기 등을 조심스레 꺼냈다.

"누야랑 이렇게 이야기한께네 답답한 기 숨이 좀 쉬어지는 기분 입미더."

민수의 그 한마디에 순덕은 갑자기 코끝이 찡해졌다.

자신도 그렇다.

누구에게도 쉽게 말하지 못했던 마음속 무게를 가끔 누군가, 다정하게 말을 걸어 주는 것만으로도 세상이 조금 덜 무서워지는 날이 있었다.

그날, 둘은 손끝 하나 닿지 않았지만 그보다 더 가까운 마음을 나누었다.

작고 따뜻한 빵집 안에서 서툴고도 조심스러운 인연 하나가 조용히 시작되고 있었다.

그날 이후에도 순덕과 민수는 등하굣길에서 자주 마주쳤고, 가끔은 버스를 기다리며 사람들이 보지 않는 골목길에서 나란히 서서 이야기를 나누곤 했다.

민수는 여전히 순덕을 '누나'라 부르며 따랐고, 순덕은 처음엔 그 호칭이 어색했지만 점점 익숙해져 버렸다.

하지만 마음 한편에선 점점 불편한 감정이 자라나기 시작했다.

자신도 사실은 고등학교 1학년, 민수와 같은 나이라는 사실을 말을 하지 않았다.

처음엔 그냥 타이밍을 놓쳤을 뿐이었다.

'말해야지, 오늘은 꼭 이야기해야지' 마음먹고 나서도 막상 마주하면 민수가 웃으며 "누야, 올 수업 어땠는데예?" 하고 묻는 순간, 또다시 입을 꾹 다물게 되었다.

말을 꺼내면 민수가 실망할까 봐 두려웠다.

혹시 민수가 '누나'가 아니면 더 이상 이렇게 따뜻하게 다가오지 않을까 봐.

어느 날, 건널목 빵집에서 민수가 진지한 눈빛으로 물었다.

"누야는, 호적에 몇 년생 되어 있습미꺼?"

순덕은 그 질문에 가슴이 철렁 내려앉았다.

"음… 나는… 그냥."

갑자기 묻는 바람에 몇 년생으로 되어 있다고 대답을 해야 하는데 순간 순덕은 머리가 하얘졌다.

목이 탁 막혔다.

민수의 눈빛은 장난기가 아니라 진심이었다.

어쩌면, 오래전부터 그도 어렴풋이 눈치채고 있었는지도 몰랐다.

그저 '누나'라고 부르고 싶어서가 아니라 확신하고 싶었던 걸지도 모른다.

내가 믿고 있는 사람이 진짜 그 나이인지, 혹은… 아닌지.

하지만 갑자기 튀어나온 질문 앞에 순덕의 머릿속은 하얘졌고, 정확한 숫자조차 떠오르지 않았다.

'진짜가 64년생이 깨네 3학년은 두 살 우에모 호적은… 아씨, 와 이리 복잡하노.'

"호적은 좀 늦게 되어 있다." 애써 웃어 보이며 말을 돌리려 했지만 민수는 미묘하게 표정을 굳혔다.

"그라모… 63예요? 아이모 62입미꺼?"

"민수야, 그게 뭐시 그리 중요하노."

"중요해서 묻는 기라. 내는 누야가… 아니, 니가 뭔가 숨기고 있는 기분이 든다."

사실 어디에 사는 누구라고 이야기하면 손바닥만 한 동네에서 모르는 사람이 없는 시골 읍내였다.

당연히 법수중학교 출신 아이들에게 물어보았을 것이고 누구라고 물어보면 금방 알 수 있었다.

"민수야…"

순덕은 그제야 고개를 푹 숙였다.

"미안타. 사실은… 나도 고1이다. 니 하고 같은 나이다. 니가 먼지 누야 하는 소리를 해삐가 말을 못했다."

민수는 한동안 아무 말이 없었다.

입술을 꾹 다문 채, 시선을 돌렸다.

바람이 빵집 창문을 두드리고 있었다.

순덕은 조심스레 덧붙였다.

"처음에는 장난처럼 시작했다이. 근데 어느 순간, 니가 나를 그렇게 불러 주는 게 내한테는… 이상하게 억수로 마음이 따시더라."

민수는 한참을 침묵하다가 작게, 아주 작게 웃었다.

"…니 이름은, 순덕이 참말가?"

"하모."

"그라모 됐다."

그 말에, 순덕은 눈물이 날 뻔했다.

민수의 눈빛은 여전히 따뜻했고 그 순간, 처음부터 다시 시작할 수 있을 것 같은 희망이 스쳤다.

애써 웃으며 대답했지만 민수는 고개를 갸웃했다.

"그래도 억수로 처녀맨치로 보이가. 고2는 될 끼다 생각했는데."

"하하, 그래? 고맙다."

순덕은 시선을 피하며 빵 부스러기를 괜히 손끝으로 모았다.

집으로 돌아오는 길, 순덕은 혼잣말처럼 중얼거렸다.

"일찍이 말해야 했는데… 진짜 진작에 말해야 되는데. 가리늦가 이기 무신 꼴이고…"

23. 달라진 순덕과 당황하는 봉헌

순덕은 이제 완전히 달라져 있었다.

민수를 만나기 시작한 이후, 봉헌의 존재는 그녀의 마음에서 조용히, 그러나 철저히 지워져 가고 있었다.

그날도 여느 때처럼 버스에서 내렸다.

예전 같으면 자전거를 타고 가는 봉헌을 보면 작게 미소를 지으며 가방을 건네주었을 것이다.

하지만 오늘의 순덕은 봉헌이 다가와 "가방 실어 줄꾸마, 이리 도라." 라고 말을 건네자 차가운 표정으로 고개를 저었다.

"아이다. 고마 내가 들고 갈 끼다."

봉헌은 당황했다.

잠깐, 눈빛이 흔들렸지만 곧 아무렇지 않은 척 웃으며 말했다.

"그래도 무거울 낀데, 이리 주라."

"와 이라노! 된다 안 카나."

순덕은 단호했다.

그 말투 속엔, 분명한 거리감이 있었다.

더 이상 자전거 뒤에 가방을 싣지 않는다는 것은 순덕이 마음에도 이젠 자리를 내줄 여백이 없다는 뜻이었다.

봉헌은 말없이 자전거를 타고 앞서 나아갔다.

뒤도 돌아보지 않았다.

그의 손등엔 바람이 스쳤고 가슴 한 켠이 서늘했다.

순덕이의 집착에서 도망치듯 살아왔던 봉헌이었다.

중학교 2학년, 산속에서의 그날 이후 그녀의 눈빛과 말투, 다가오는 기척조차 그는 버겁고, 무서웠고, 한편으로는 감당할 자신이 없었다.

그래서 그는 피했고, 일부러 외면했고, 자전거를 멀리 돌아가기도 했었다.

하지만 이제는 상황이 완전 바뀌었다.

순덕이의 눈빛은 더 이상 그를 향해 있지 않았다.

가방을 건네지 않겠다는 말 한마디에, 그녀는 분명하게 선을 그었다.

봉헌은 자신이 자유로워졌다는 것을 이제 알았다.

그녀의 시선도, 감정도, 더는 자신을 향하지 않는다는 것을.

그런데도 마음은 묘했다.

마치… 닭 쫓던 개가 지붕을 멍하니 바라보는 것처럼.

'내가 뭘 잃은 기분이지?' 스스로에게 물었지만 답은 나오지 않았다.

집착에서 벗어나고 싶어 했던 마음이 이젠 그 집착조차 그리워질 줄은 몰랐다.

그녀가 쫓아오지 않으니 이제는 자신이 뒤를 돌아보게 되었다.

봉헌은 자전거 핸들 위에 놓인 손을 내려다보다 혼잣말처럼 중얼거렸다.

"기분이 와 이런노? 이상하네… 참말로 이상하네."

지금 이 기분이, 서운함인지, 미련인지, 혹은 조금 늦은 감정의 시작인지 봉헌은 자신도 알 수 없었다.

봉헌은 중학교 2학년 그날 이후, 단 한 번도 여자를 사귀지 못했다.

순덕과의 일은 그에게 큰 충격이었다.

그녀의 집착, 두려움, 그리고 그로 인해 생긴 회피. 봉헌은 그것을 '여자라는 존재 자체'에 대한 오해로 키워 버렸다.

순덕이 그랬으니, 다른 여자들도 다를 바 없을 거라 여겼다.

어리석게도 그는, 여자란 다 자신에게 휘둘릴 수 있는 존재라고 착각했다.

말 한마디, 눈빛 하나면 마음을 빼앗을 수 있으리라 믿었다.

그러나 세상은 그리 만만하지 않았고, 여자들은 바보가 아니었다.

고등학교에 들어오면서 몇몇 여자들에게 말을 걸어 보기도 했지만 그의 허세 섞인 말투와 가벼운 태도는 오히려 반감을 샀다.

그럴 때마다 그는 괜히 쿨한 척 웃으며 말하곤 했다.

"에이, 뭐… 내 하고 될 인연이 아닌갑다."

그러나 혼자 집으로 돌아가는 길, 그는 어쩐지 깊은 허기를 느꼈다.

마음속 어딘가가 비어 있는 듯한 허전함, 누군가 곁에 있어 주길 바랐지만, 막상 손을 내밀면 다들 그 손을 뿌리치고 돌아서는 느낌이었다.

봉헌은 석무에서 버스에 내려 혼자 자전거를 타고 논둑길을 달리다가 문득 멈춰 서서 들녘을 바라보았다.

햇살은 부드럽게 익어 가고 있었고, 논물에 비친 하늘은 한없이 맑기만 했다.

그런 풍경 속에서도 그의 머릿속은 복잡했다.

천천히 혼잣말이 흘러나왔다.

"내가 뭘 잘못한 기가… 아니모, 순덕이가 한을 품어서 내한테 여자가 붙지 않는 기가…"

그는 가만히 고개를 저었다.

"순덕이도, 내를 본체만체하고… 뭐씨 이런노…"

중학교 1학년 여름, 엄마가 동네 무당에게 점을 보고 와서는

"헌아 니 여자 조심해야 한다 쿠더라."

"옴마 언자 14살 얼라한데 할 이바구가."

"무당 아짐애가 그리쿤다. 그래도 만사 조심해라이."

"그 아짐애 노망 난나? 14살짜리 얼라 보고 벌시로 여자 조심하라 쿠모 우짜노."

그때는 웃어넘겼다.

그런데 지금 와서 곱씹어 보니, 이상하게 그 말이 가슴에 비수처럼 꽂혔다.

순덕이, 자기를 좋아한다고 했던 그 아이.

하지만 봉헌은 어린 마음에 가볍게 넘겼고, 심지어 친구들 앞에서 그 아이를 놀림감처럼 다룬 기억도 있다.

그날 이후, 순덕이의 집착 때문에 봉헌은 피해 다녔다.

그 뒤로 이상하게 일이 안 풀렸다.

여자는 가까이 오지 않았고, 다가가면 어김없이 멀어졌다.

"내가 뭘 잘못했는지는 모르겠는데… 어째 이리 맘이 허하노…"

봉헌은 그렇게 중얼거리며, 자전거 페달을 다시 밟기 시작했다.

그 속도는 점점 느려지고, 바람은 그의 등 뒤를 조용히 스쳐 지나갔다.

시간이 지날수록 봉헌은 점점 더 자기 안으로 숨어들었다.

겉으론 아무렇지 않은 척 웃고, 떠들고, 친구들 사이에 섞였지만 여자 앞에만 서면 이상하게 위축되고, 어떤 벽이 생긴 듯 선뜻 다가가지 못했다.

그 벽 너머에는 언제나 순덕이 있었다.

그날의 기억이 있었고, 자신을 바라보던 그녀의 눈빛이 있었다.

봉헌은 알 수 없었다.

그때의 자신이 철없었던 건지, 지금의 자신이 비겁한 건지, 다만 확실한 건 그 사건 이후로, 그는 사랑이라는 것을 한 발짝도 더 나아가지 못하고 있었다.

24. 마산으로 데이트간 민수와 순덕

　순덕이와 민수는 나이를 속인 것을 고백한 후 두 사람은 이전보다 더 가까워졌다.

　학교 끝나고 종종 빵집에서 이야기를 나누었다.

　어느 토요일 오후, 민수가 마산에 같이 나가자고 제안했다.

　"마산 중앙극장에 〈병태와 영자〉 한다 카던데, 보러 갈래?"

　"맞나? 친구들이 그 영화 재밌다 카던데. 함 가 보까?"

　둘은 극장 앞 인파를 가르며 조심스레 걸었다.

　대형 포스터에는 병태와 영자의 애틋한 장면이 담긴 그림이 걸려 있었고, 순덕은 포스터 앞에 멈춰 서서 한참을 바라봤다.

　민수는 그런 순덕 옆에 조용히 서 있었다.

　"이 영화 보면 눈물 난다 카더라."

　"맞나 내는 슬픈 영화는 싫은데."

　극장 안, 불이 꺼지고 스크린이 밝아지자 두 사람은 어깨를 나란히 붙인 채 영화를 보기 시작했다.

　병태와 영자의 안타까운 사랑 이야기에 관객석 여기저기서 훌쩍이는 소리가 들렸다.

　순덕도 자신도 모르게 눈시울이 붉어졌고, 민수는 손등으로 몰래 눈을 닦았다.

영화가 끝난 뒤, 조명이 켜지고 관객들이 하나둘 나가기 시작했다.

둘은 말없이 나와 거리를 걷다가, 민수가 조심스레 입을 열었다.

"우리 음악다방에 한번 가 볼래?"

순덕은 걸음을 멈추며 민수를 바라봤다.

"고등학생이 그 가가 걸리모 큰일 난다."

민수는 어깨를 으쓱였다.

"뭐 걸릴까이. 전번에도 갔는데 괜찮더라."

순덕의 눈빛이 가늘게 가라앉았다.

"니, 누하고 갔는데? 설마… 가서나 하고 간 것은 아이제?"

민수는 순간 자신이 실수했다는 걸 눈치챘다.

말끝을 얼버무리며 급히 대답했다.

"아… 우리 반에 석태하고 같이 왔다 아이가. 공부하다가 심심해서 음악 좀 듣고 사이다 한잔 마시고 나왔다이가."

순덕은 민수를 지그시 바라봤지만 더 묻지 않았다.

그저 씁쓸한 미소를 지으며 말했다.

"그래, 니는 그런 거 좋아하는가베. 내는 음악다방 한 번도 안 가 봤다."

민수는 손을 내밀었다.

"그라모 내하고 한번 가 보자. 음악 신청도 하고 씨븐 커피도 무 보고."

순덕은 잠시 망설이다가 결심한 듯 "알았다. 그 대신, 쪼매만 있다가 나오자. 선상들한데 걸리가 학교 연락 가구로 하지 말고."

둘은 그렇게 다시 발걸음을 옮겼다.

중앙극장에서 내려와 창동의 오래된 건물 2층 황실 음악다방의 문을 조심스레 열었다.

턴테이블 위에 LP판이 돌아가며 지직거리는 소리와 함께 음악이 흘러나왔다.

창가 자리에 앉은 연인들, 조용히 흐르던 양희은의 〈이루어질 수 없는 사랑〉이 그들의 가슴을 적시고 있다.

그날, 순덕은 처음으로 음악다방이라는 공간에서 민수와 마주 앉아 커피를 마셨고, 민수는 두 손으로 컵을 감싸 쥐며 자주 순덕의 눈을 바라보았다.

창동 거리는 여전히 붐볐지만, 그 다방 안만큼은 마치 그들 둘만의 세상이었다.

두 사람이 음악다방 창가에 앉아 따뜻한 커피를 마시고 있을 무렵, 스피커에서 조용히 흘러나오던 노래가 끝나고, DJ가 익숙한 목소리로 말을 이어 갔다.

"다음 곡은, 손님 한 분의 신청곡입니다. 남녀 두 분이 함께 와 주셨네요. 신청하신 곡, 대학가요제 은상을 받은 그룹 샤프의 〈연극이 끝난 후〉를 띄워 드립니다."

민수가 얼굴을 붉히며 고개를 돌렸다.

"아, 저 노래 우리 말고 누가 또 신청했는갑다?"

순덕은 웃으며 고개를 끄덕였다.

창가 자리에 앉은 두 사람은 따뜻한 커피를 앞에 두고 바람이 들지 않는 그 실내의 공기를 오롯이 즐겼다.

하지만 평온한 시간은 오래가지 않았다.

문이 열리는 소리에 민수는 고개를 돌렸고, 순덕도 무심히 시선을 던졌다.

　문 안으로 들어오는 두 사람 중, 짧게 자른 머리에 검은색 코트를 입은 한 남자는 마산고등학교의 생활지도 담당, '김상윤 선생'이었다.

　순간, 음악다방 안의 학생들 사이에 긴장감이 돌았다.

　교복 상의 단추를 채우던 학생, 책상 아래로 고개를 숙이는 아이들, 그리고 자리에서 벌떡 일어나려는 누군가.

　김상윤 선생은 날카로운 눈매로 안을 훑더니 민수 쪽을 향해 걸어왔다.

　"학생. 니, 오데 학교고?"

　"예, 함안종고입미더."

　민수는 자리에서 벌떡 일어나 고개를 숙였다.

　"함안종고? 니 고등학생은 여 들어오고 안 되는 거 모리나?"

　"죄……죄송합미더."

　선생의 시선이 순덕에게 옮겨졌다.

　"니는?"

　"함안여상인데예."

　"그래, 함안서 음악다방 온다꼬 욕봤다. 학생들이 이 시간에, 다방에서 둘이서 뭐 하는데?"

　민수는 더 이상 무슨 말을 할 수 없었다.

　순덕도 차가 식어가는 걸 가만히 바라보다 조용히 일어섰다.

　"둘 다 학교명, 반, 이름 불러."

　김상윤 선생은 뒷주머니에서 수첩을 꺼냈다.

　"내가 내일 함안종고랑 여상으로 공문 보낸다. 이름 정확히 안 적으모 두 학교 다 조사해서 찾는다이."

민수는 떨리는 목소리로 이름을 말했고, 순덕이도 조용히 이름을 말했다.

음악다방의 스피커에선 계은숙의 〈기다리는 여심〉이 잔잔히 흘러나오고 있었다.

순덕은 민수의 손을 스치며 나지막이 말했다.

"언자 우짜 끼고 내가 오지 말자 안 했나."

순덕은 난처한 얼굴로 말하자, 민수가 가볍게 한숨을 내쉬며 손을 내저었다.

"괴안타. 뭐 큰 죄도 지은 것도 아이고, 밤에 비디오 본 것도 아인데 뭐…"

민수의 말은 태연했지만, 목소리 끝은 어딘가 가늘게 떨렸다.

두 사람은 합성동 버스 터미널에서 나란히 앉아 백산 가는 막차를 기다리고 있었다.

버스는 여전히 오지 않았고, 두 사람은 어색한 침묵 속에서 각자의 마음을 정리하려 애썼다.

그때 마치 누가 틀어 둔 녹음기처럼, 민수의 말이 순덕의 머릿속을 맴돌았다.

"밤에 비디오 본 것도 아인데 뭐…"

그 시절, 음악다방은 단순한 '음악감상실'이 아니었다.

낮에는 연인들의 아지트였고, 밤에는 몰래 야한 일본 비디오나, 청소년관람불가 영화 테이프를 은밀하게 상영하는 장소로 바뀌곤 했다.

그러다 보니, 관할 마산 시내 남녀여고의 생활지도 선생들이 가끔 불시에 단속을 나오기도 했다.

학생증을 검사하고, 사복을 입은 채 앉아 있는 학생들을 하나하나 불러내어 학교와 학년을 확인했다.

선생에게 걸리는 건 단순한 훈계나 벌점으로 끝나지 않았다.

생활기록부에 기재되거나, 담임에게 소환되는 경우도 허다했다.

특히나 여학생이 남학생과 함께 있다는 이유로 더 심하게 혼나는 경우도 있었기에, 순덕은 마음 한구석이 껄끄러웠다.

"민수야, 우리… 다음부터는 다방에는 오지 말자."

민수는 고개를 끄덕였다.

"응. 내는 그냥… 같이 있는 게 좋아서 그런 기다."

그 말에 순덕은 고개를 돌려 버스 오는 쪽을 바라보았다.

그 순간, 멀리서 버스는 정류장 안으로 들어왔다.

버스를 타기 직전, 민수가 작게 말했다.

"다음엔… 영화 말고, 그냥 산책이나 하자."

순덕은 웃었다.

"그래. 길 걷는 것도 괴안타."

학교 정문을 들어서는 순간, 민수는 마치 모두가 자신들을 보고 있는 것 같은 착각에 사로잡혔다.

친구들의 웃음소리조차 귓가에선 속삭임처럼 들렸고, 선생님과 눈이 마주칠 때마다 가슴이 철렁 내려앉았다.

순덕은 복도 끝에서 다가오는 교무주임 선생을 보는 순간, 숨이 턱 막히는 듯했다.

"혹시 벌시로 다 아는 거 아이가?"

심장은 쿵쾅거리고, 입술은 바싹 말랐다.

함안종고에 있는 민수도 마찬가지였다.

아침 조회 시간에 담임이 교칙 위반에 대해 말만 꺼내도, 자신들을 지목할 것 같은 불안에 다리를 떠는 걸 애써 숨겨야 했다.

평소처럼 장난을 치던 친구들의 행동조차, 민수의 눈엔 수군거림처럼 느껴졌고, 칠판에 적힌 날짜 '월요일'이라는 글자조차 더디게 지나가는 시간처럼 무겁게 다가왔다.

순덕은 점심시간에도 불안하여 밥을 겨우 삼켰다.

한 입 한 입, 목으로 넘길 때마다 그날 음악다방의 선명한 조명과 민수가 내뱉은 말 한마디, "전에 온 적 있다 아이가…"가 뇌리에서 되감기듯 떠올랐다.

'혹시 그때, 누군가 본 것은 아이가. 혹시 담임선생님께 전화라도 간 것은 아이가. 혹시, 오늘 불려 가서 부모님 모시고 오이라 카는 거 아이가'.

그날 이후 학교는 평소와 같았지만, 순덕과 민수의 마음은 유리창처럼 금이 간 채 조용히 흔들리고 있었다.

아무 일도 일어나지 않기를 바라며, 하루하루를 버티는 나날이었다.

마산고 생활지도부 정 선생은 음악다방에서 민수와 순덕이를 보았을 때, 분명 화가 치밀었다. 규정상 학생이 다방에 출입하는 것은 명백한 교칙 위반이었고, 보고 후 조치하는 것이 원칙이었다.

하지만 한참을 지켜본 끝에 정 선생은 말없이 다방을 나왔다.

그날 밤, 그는 자신의 노트를 펴고 조용히 두 학생 이름을 적었다가 다시 지워 버렸다.

"시골에서 온 애들… 마산 애들이랑은 좀 다르지…"

그는 혼잣말처럼 중얼거리며 한숨을 쉬었다.

정 선생은 알고 있었다.

마산까지 버스를 타고 오느라 한 시간 이상이 걸리는 학생들, 주말이면 집안일 거들고, 평일엔 도시 아이들보다 훨씬 더 빠르게 어른이 되어야 하는 시골 아이들의 마음을.

그 다방에서 민수는 그저 다정한 말 몇 마디와 음악 한 곡에 설레어 세상에서 가장 특별한 하루를 보내고 있을 뿐이었다.

월요일 아침, 정 선생은 함안종고까지 직접 가는 일은 하지 않았다.

학교 간 거리도 멀었고, 무엇보다 그날 다방에서 보았던 민수와 순덕이 눈빛이 잊히지 않았다. 눈앞의 세상이 처음 펼쳐지는 듯한, 아직 세상의 잣대를 모르는 순수함.

정 선생은 교무실 창밖으로 피어오르는 여름 연기를 보며 조용히 커피를 한 모금 마셨다.

그리고 다시는 그 이야기를 꺼내지 않았다.

그날 이후 민수도, 순덕도 더 이상 음악다방에 가지 않았다.

그 작은 해프닝은 아무에게도 알려지지 않았고, 청춘의 기억 속에만 조용히 묻혀 있었다.

25. 말산리 고분에서

　민수와 순덕이는 학교 수업이 끝난 늦은 오후, 슬쩍 눈치를 보고 건널목 빵집 앞에서 마주쳤다.

　"배고프제? 단팥빵 하나 무울래?"

　민수가 종이봉투에 담긴 따끈한 빵을 건네자, 순덕은 조용히 고개를 끄덕이며 받아 들었다.

　둘은 말없이 빵을 씹으며 눈을 맞추지 않았다.

　빵집 안에 오래 있을 수 없어, 함께 자리를 털고 나왔다.

　"말산리 쪽, 왕릉 한번 가 볼래?"

　민수가 조심스럽게 물었다.

　"왕릉? 거는 사람 없제?"

　"거의 없다. 한적하니, 걸어댕기기 괜찮을 끼다."

　둘은 나란히 걷기 시작했다.

　6월 햇살은 서서히 기울고 있었고, 들판 너머로 산그늘이 길게 드리워졌다.

　말산리로 가는 좁은 흙길을 따라 걷다 보면, 점점 주변의 소음이 사라지고 자연의 소리만이 들려왔다.

　새소리, 바람에 흔들리는 풀잎 소리, 그리고 조심스레 걷는 발소리.

왕릉 근처는 조용하고 고요했다.

고개 너머로 드문드문 보이는 능과 낮은 풀밭이 한눈에 들어왔다.

그때만 해도 말산리 고분군은 정비가 되지 않아 몇 곳을 제외하고 아라가야의 능들은 그의 평지처럼 보였다.

멀리서 보이던 3.1 독립운동 동상을 가까이에서 보는 것은 처음이었다.

관광객도 없고, 동네 아이들도 찾지 않는 곳이라 둘만의 비밀 같은 시간이 흘러갔다.

순덕은 조용히 입을 열었다.

"민수야, 니는… 이런 데 혼자 와 본 적 있나?"

"혼자는… 없지. 오늘이 처음이다."

"맞나 나도 우리 학교에서 산능선이 다 보이거든 그래도 올 처음 와 본다."

잠시 침묵이 흘렀지만 어색하지 않았다.

바람이 불어오자 순덕의 머리카락이 민수의 어깨를 스쳤고, 민수는 가볍게 숨을 들이켰다.

둘은 왕릉 주변에 잔디밭에 나란히 걸었다.

초여름 햇살이 능선을 타고 부드럽게 내려앉았고, 멀리서 들려오는 꾀꼬리 소리만이 고요를 깨뜨릴 뿐이었다.

민수는 조심스레 주머니에서 손수건을 꺼내 돌 위에 펼쳐 놓았다.

순덕은 앉으며

"이래 안 해도 되는데… 고맙다이."

순덕이 쑥스러운 듯 눈길을 돌리며 말했다.

"고맙기는… 괘안타."

민수의 목소리는 낮고 부드러웠다.

순덕의 옆모습은 햇살에 반짝였고, 민수는 조용히 그녀의 손등을 내려다보았다.

잠시 망설이던 민수는 조심스레 손을 내밀었다.

그의 손끝이 순덕의 손등에 닿는 순간, 그녀는 깜짝 놀라듯 움찔했지만, 곧 다시 가만히 있었다. 민수는 아무 말 없이, 순덕의 손을 살며시 감쌌다.

손끝에 전해지는 따뜻함과 떨림. 아무 말이 없어도, 두 사람 사이에 흐르는 마음은 분명히 느껴졌다. 민수는 조금 더 손을 꼭 잡았다.

"순덕아…"

그 말 이후 더는 말이 이어지지 않았다.

말보다는 고요 속에서 맞잡은 손의 온기가, 그날을 오래도록 기억하게 만들었다.

그들은 이제 처음으로 서로 손을 잡았다.

서툴렀지만, 진심이 담긴 손길이었다.

민수의 손은 땀이 살짝 배어 있었고, 순덕의 손은 생각보다 작고 차가웠다.

하지만 그 온도 차마저도 설레고, 낯설고, 따뜻했다.

말없이 손을 마주 잡은 채 둘은 한참 동안 그렇게 앉아 있었다.

멀리서 들려오는 바람 소리, 왕릉 숲 사이를 가르며 지나가는 새소리, 그리고 두 사람의 심장 소리만이 세상을 채우고 있었다.

순덕은 민수의 손을 보며 조용히 속으로 말했다.

'이 손이 언제까지 나를 잡아 줄 수 있을까…'

민수는 또 다른 생각에 잠겼다.

'이 손을, 쉽게 놓지 말아야지.'

처음으로 서로의 손을 잡은 그날, 왕릉의 적막 속에서 두 사람은 말 대신 마음을 건넸다.

그 손 하나로, 누군가의 하루가, 계절이, 청춘이 조용히 바뀌기 시작했다.

민수가 고개를 돌려 순덕을 바라보았다.

그 눈빛은 무겁지도, 가볍지도 않았다.

말을 꺼내기 전, 잠시 머뭇거리는 사이, 순덕이 먼저 입을 열었다.

"니 참… 사람이 어지네."

그 말은 짧았지만, 그 속엔 복잡한 감정이 섞여 있었다.

민수와 처음 만났을 때, 자신이 실제로는 같은 학년이라는 사실을 숨긴 죄책감. 중학교 시절 봉헌과 얽힌 기억이 가끔 머릿속을 어지럽히던 날들.

그리고 지금 이 순간, 이 조용한 왕릉에서, 두 사람만의 시간이 깨지지 않기를 바라는 간절함.

순덕의 말을 들은 민수는 조용히 웃었다.

햇살에 눈이 반쯤 가려진 얼굴, 웃는 입가에 살짝 힘이 들어갔다.

"내가 뭐시 어지노."

민수가 말했다.

"알고 보모 내 그런 놈 아이다. 성질도 좀 드럽고, 잘 삐지고…"

말끝을 흐리며 순덕의 손을 더 꼭 잡았다. 그러고는 잠시 숨을 고르듯 말을 이었다.

"그래도, 내 있다 아이가 니만 바라볼 끼다."

그 말은 고백이라기보다는 맹세처럼 들렸다.

어린 소년이지만, 그 순간만큼은 어떤 어른보다 단단해 보였다.

순덕은 눈을 내리깔았다.

뺨이 붉게 물들었고, 손끝은 조금 떨렸다.

하지만 손은 놓지 않았다.

바람이 왕릉 언덕의 키 작은 풀들을 건드리고 지나갔다.

둘 사이로 조용히 지나가는 그 바람조차도 무언가 말을 걸어오는 듯했다.

"민수야."

순덕이 다시 입을 열었다.

"내는… 니 앞에서, 진짜 내 모습 다 보여 줄 자신은 없다. 그래도 오늘만큼은… 거짓말 안 하고 있을 끼다."

민수는 순덕의 말에 말없이 고개를 끄덕였다.

서로의 눈빛이 마주치는 순간, 어떤 말도 더 필요하지 않았다.

그날, 말산리 왕릉 언덕에서 그들은 처음으로 누군가의 진심에 귀를 기울였다.

그리고 아무도 없는 하늘 아래서 서툴지만 진심을 다한 사랑이 조용히 움트기 시작했다.

푸르른 풀밭 위로 부는 바람은 조용했고, 햇살은 두 사람 사이를 부드럽게 감쌌다.

그런 순간, 순덕이 먼저 입을 열었다.

"여 참 좋네. 우리 다음부터는 빵집에 가지 말고, 뺀또 싸 갖고 와가 여기서 놀자."

말끝에 살짝 기대 섞인 웃음이 배어 있었다.

민수는 눈썹을 살짝 찡그리며 말했다.

"귀찮구로… 뭐 하러 뺀또를 싸 올 끼고?"

순덕은 혀를 끌끌 찼다.

"하여튼 머슴마는… 뺀또는 내가 싸 올꾸마. 니는 고마 오모 된다."

그 말에 민수는 웃음을 터뜨리며 고개를 끄덕였다.

"알것다. 사실 옴마한데 뺀또 싸 도라 카모 꼬치꼬치 물어 샀는다. 지금 1학년이 공부한다꼬 하모 옴마가 놀래서 기절할지 모린다. 그라고 뺀또 한번 싸모 다음부터 만날 토요일마다 학교에 남아서 공부해야 된다이."

잠시 정적이 흘렀다.

순덕이 땅바닥에 시선을 두고 말을 이었다.

"다음 주부터는 우리 집에 모심기 한다꼬 바쁘다. 쪼매 한가하모 우리 만나자."

민수는 그 말을 듣고는 눈에 띄게 어깨가 축 처졌다.

그의 눈동자엔 실망이 고스란히 담겼다.

"다음 토요일에 또 볼라 했는데…"

민수가 조용히 말하자, 순덕은 그제야 그의 표정을 살폈다.

"아이고, 니 실망하는기가. 모심기야 며칠 안 걸린다. 모심기 끝나모 쪼매 시간 날 끼다."

민수는 마지못해 고개를 끄덕였지만, 말없이 풀밭을 뜯어 손끝으로 말아 댔다.

그의 이런 모습이 귀엽기도 하고 안쓰럽기도 해서, 순덕은 장난스럽게 그의 어깨를 툭 쳤다.

"야, 니 삐진나?"

"안 삐졌다."

"삐졌다 아이가~"

"진짜 안 삐졌다. 안 카나."

"니가 잘 삐진다미."

"아이다 그것은 기냥 했말이고."

그러면서도 민수의 입꼬리는 살짝 올라갔다.

왕릉 언덕 위, 그들만의 작은 약속이 그렇게 하나둘씩 쌓여 갔다.

어린 두 사람의 서툰 마음은, 봄볕처럼 천천히 서로에게 스며들고 있었다.

그 이후로, 순덕은 가야읍 정류장으로 가는 길목에서 민수와 간혹 마주치긴 했지만, 둘 사이엔 더 이상 길게 눈을 마주치거나 인사를 건넬 여유가 없었다.

처음엔 당연히 곧 다시 만날 수 있으리라 여겼다.

모내기만 끝나면, 날씨만 좀 선선해지면, 그렇게 작은 핑계들이 몇 번 겹치고 흘러가며 두 사람의 발걸음은 같은 방향으로 향하지 않았다.

유난히 무더웠던 여름, 민수는 연거푸 농사일이며 집안일로 토요일마다 부모님을 도와야 했고, 순덕도 외가 일이니, 학교 행사니, 작디작은 집안 사정으로 토요일을 자주 빼앗기곤 했다.

처음 두 주는 '다음 주엔 보겠지' 했고, 한 달이 지나선 '등굣길에 만나모 만나자 해 볼까' 하다 망설였고, 9월이 되었을 땐 서로의 마음속에 조용한 안부만 맴돌았다.

결국, 10월이 되어서야 서늘한 바람 속에서 문득 민수는 왕릉 언덕을 떠올렸다.

그 돌 위에서 손을 맞잡던 순간, 그녀의 웃음, 그리고 "여서 놀자"던 그 말이 마치 오래전 일처럼 아득하게 느껴졌다.

민수는 그제야 알았다. 아무것도 아닌 일들이 서로를 멀어지게도 한다는 것을.

그리고 순덕도, 민수가 걷던 골목 어귀를 스쳐 지나갈 때마다 마음속 깊은 곳에서 그 이름을 조용히 불러보곤 했다.

"민수야…"

그 가을, 두 사람은 아직 마음속에 서로를 품고 있었지만 아무 말도 하지 못한 채, 시간만이 조용히 흐르고 있었다.

26. 고3인 만석이

만석은 어느새 고등학교 3학년이 되어 있었다. 함안의 봄볕은 따뜻했지만, 그의 마음은 그다지 느긋하지 않았다. 교실 안엔 벌써부터 입시의 긴장감이 돌았고, 친구들은 쉬는 시간마다 진학 얘기로 분주했다.

"나는 부산대 갈란다."

"나는 마산교대로 지원할 끼다."

"봐라 니는 서울 쪽 생각 안 해 봤나?"

서로의 목표를 말하며 웃기도 하고, 때로는 조용히 시무룩해지기도 했다.

만석은 교실 창가 자리에 앉아 흐릿한 먼 산을 바라보았다.

자신은 어디로 가게 될까.

인문계에 다니고 있는 자신도 언젠가는 저 먼 도시, 낯선 학교에 앉아 새로운 책을 펼치고 있을까?

그러나 만석은 알고 있었다.

자신이 친구들처럼 대학에 갈 수 있는 형편이 아니라는 것을.

아버지는 건설 현장에서 일용직 노동자로, 매일 새벽 어스름에 도시락을 들고 집을 나섰고, 어머니는 식당에서 종일 서서 일을 했다.

손에 물 마를 날 없는 삶이었다.

그런 부모 아래서 대학이라는 말은 너무 멀고 낯설었다.

그저 텔레비전 속 주인공이나, 교실 앞에서 진학지도를 해 주는 선생님의 말 속에만 존재하는 세계 같았다.

친구들이 어느 대학교를 갈지 이야기하며 웃을 때면, 만석은 조용히 고개를 숙이고 책장을 넘겼다.

그도 꿈이 없던 것은 아니었다.

하지만 그 꿈을 말하는 순간, 현실이 더 아프게 다가올 뿐이었다.

그에게 대학은, 손을 뻗으면 닿을 듯하면서도 끝내 잡히지 않는 연기 같은 것이었다.

남의 이야기, 그저 그런 이야기였다.

어느 날, 어머니가 식당 일을 하루 쉬고 사정리 집으로 돌아왔다.

평소 같으면 아침부터 저녁 늦게까지 식당에서 허리를 굽힌 채 일하고 있을 시간이었다.

"만석아."

어머니가 부드럽게 불렀다.

"니 아무 걱정 말고 대학 가라. 내가 남의 집에 꾸정물 통에 손 담그며 사는 기, 다 너거 잘 되라꼬 하는 긴데…"

말끝이 떨렸고, 눈가에 잔주름이 더 깊어졌다.

만석은 눈을 피하며 대답했다.

"옴마, 고마 고등학교 마치고 바로 취직하모 된다. 괴안타 형편을 뻔히 아는데 내 욕심내모 되는가."

그 말에 어머니는 손등으로 앞치마 자락을 쓱 문지르며 단호하게 말했다.

"아이다. 니는 아무 생각도 하지 말고, 열심히 공부나 해라. 돈은 내가 알아서 할 긴께, 니는 기죽지 말고 공부만 해라."

말을 마치고는 허공을 잠시 바라보다가 조용히 자리에서 일어났다.

그 짧은 순간, 만석은 어머니의 손등에 깊게 파인 주름과, 그 아래 숨어 있는 뜨거운 마음을 본 듯했다.

입시 공부를 제대로 해 보겠다고 마음을 먹는 순간, 가장 먼저 떠오른 건 책이 아니라 밥이었다.

가야읍에서 통학하는 학생들은 제외한 대부분은 자취를 하거나, 친척 집에 얹혀살면서 공부를 하는 형편이었다.

그 시절, 함안에는 하숙이라는 문화조차 제대로 뿌리내리지 못하고 있었다.

하숙집 간판 하나 없던 읍내에서, 학생들은 누구든지 각자의 생존법을 마련해야 했다.

만석에게도 마찬가지였다.

공부는 책상 앞에 앉아 하는 게 아니라, 잠자리와 밥을 지어야 가능한 일이었다.

자취를 하자니 돈이 문제였고, 친척에게 얹혀살자니 가야에는 친척집이 없었다.

"나는 우찌 해야 되노…?"

그는 혼잣말처럼 중얼거리며 읍내 좁은 골목을 걸었다.

다른 친구들은 할머니가 자취방에서 밥을 해 준다, 누구는 친척 집에 있다고 하였지만 만석은 아직 아무 대책이 없었다.

만석이 대학을 꿈꾸기 시작하던 그 무렵, 현실은 늘 벽처럼 앞을 가로막고 있었다.

공부는 책상 앞에서 하지만, 그 책상 하나를 놓을 방조차 마련하기 어려운 형편이었다.

그런 아들의 마음을 가장 먼저 알아차린 건, 역시 어머니였다.

며칠 밤을 뜬눈으로 뒤척이던 어머니는 어느 날 무거운 말 한마디를 꺼냈다.

"만석아, 니 외가 쪽에, 가야에 절 있는 거 알제? 관음사라고… 아라공원 안에 있는데…"

만석은 가만히 고개를 끄덕였다.

한 번쯤 따라간 적이 있었다.

그곳은 바람결조차 조용히 흐르던, 이상하게 마음이 가라앉는 절이었다.

"거 육촌 오빠가 주지 스님으로 계신다. 내가 그분께 한번 부탁할라칸다."

말이 떨어지기도 전에 어머니의 눈가엔 이슬이 맺혔다.

며칠 뒤, 어머니는 관음사를 찾아가 정중히 사정을 전했고, 스님은 잠시 말없이 듣고만 있다가 조용히 고개를 끄덕였다.

"여긴 새벽이 빠르다 아이가. 감당할 수 있을랑가 모르것다… 그래도 대학 공부한다 카이, 절에 있거라."

그날 이후, 만석은 관음사 뒤편 작은 요사채에 자리를 얻게 되었다.

스님과 절에 일을 돕는 거사님들이 함께 지내는 공간, 법당의 종소리와 목탁 소리에 하루를 여는 생활이 시작되었다.

아침이면 절 마당에 울리는 목탁 소리와 함께 하루가 시작되었다.

법당에서는 새벽예불이 열리고, 만석은 눈을 비비며 일어났다.

이른 시간에 맞춰 간단히 정리한 뒤, 두 개의 도시락을 들고 읍내 고등학교로 향했다.

하나는 점심용, 하나는 저녁까지 버티기 위한 것이었다.

하루 종일 수업과 자율학습을 마치고, 교실 불이 꺼지는 밤 11시가 되어서야 다시 절로 돌아갈 수 있었다.

관음사는 읍내 중심에서 한참 떨어진 아라공원 내, 어두운 산자락 끝에 자리 잡고 있었다.

늦은 밤, 그는 조용히 책가방을 메고 가로등도 없는 길을 걸었다.

발밑에서는 마른 낙엽이 바스락거렸고, 숲속 어딘가에서 들리는 정체모를 울음소리에 가끔씩 멈춰서 숨을 죽였다.

가로등도, 인적도 없는 그 길은 때때로 만석을 두렵게 했다.

산짐승이 튀어나올까, 아니면 어둠 속에 무언가 숨어 있진 않을까.

하지만 그런 생각보다 더 무서운 것은, 혹시 이 길이 헛된 걸음이 되지는 않을까 하는 마음속의 불안이었다.

'나는 지금 어디로 가고 있는 걸까. 정말 이 길 끝엔 대학이라는 곳이 있는 걸까…'

숨을 깊게 들이마시고 다시 걷기 시작하면, 관음사 대웅전의 불빛이 희미하게 보인다.

그 불빛을 보는 순간, 그는 마음속에서 작은 안도감을 느꼈다.

고등학교 3학년을 맞이한 만석의 하루는 이전과는 전혀 다른 리듬으로 흘러갔다.

뜻하지 않게 관음사 요사채에서 생활하게 되면서, 그는 절의 규율과 예법을 하나하나 익혀야 했다.

새벽예불의 목탁 소리에 잠을 깨고, 법당에 모여 스님들과 함께 조용히 앉아 절을 하는 일상은 낯설면서도 묘한 안정감을 주었다.

"합장하고 삼배드릴 때는 마음을 모아야 한다."

스님이 조용히 가르쳐 주셨다.

학교에서 공부하는 동안에는 여느 학생과 다름없이 교과서에 집중했지만, 절에서 돌아오면 몸과 마음을 다스리는 또 다른 수업이 기다리고 있었다.

청소와 사중 일손 돕기는 물론이고, 예불 시간에 맞춰 움직이는 규율은 엄격했다.

"처음에는 너무 힘들었다. 학교 공부도 버거운데 절 생활까지….'

만석은 친구 권섭에게 한숨을 내쉬며 털어놓았다.

"우짜끼고 절에 있으모 절에 맞는 예법을 익히야지. 로마 가모 로마법을 따라라 안 하드나."

권섭은 웃으며 고개를 끄덕였다.

"그래, 맞다 그 자리의 법을 따르는 게 맞는 기지. 니는 잘 해낼 기다."

만석도 어깨를 펴며 다시 마음을 다잡았다.

"맞다, 이젠 이곳이 내 삶의 일부라 생각하고, 묵묵히 걸어가야제."

시간이 흐르면서 만석은 절의 고요한 분위기 속에서 자신을 돌아보고, 불안과 걱정을 잠시 내려놓을 수 있었다.

　그곳에서 만난 스님들의 말씀과 조용한 예불 소리는 그에게 작은 위로이자 큰 힘이 되었다.

　3학년이라는 무거운 시간 속에서, 만석은 절이라는 공간에서 배우는 것들이 자신만의 버팀목이 될 거라는 믿음을 품기 시작했다.

27. 궁유 지서의 우순경과 종식이

1982년 4월 27일 고3인 만석이가 절에서 학교를 다닌 지 겨우 한 달쯤 되었다.

그날 아침, 하늘에서는 주적주적 비가 내리고 있었다.

만석은 빗방울에 얼굴을 적시며 관음사에서 학교로 향했다.

회성의원 앞에 사람들이 모여 있는 모습을 보고는 고개를 갸우뚱했다.

'우짠 일로 아직부터 병원 앞에 사람들이 마이 모이 있노?'

의아한 마음을 품은 채 발걸음을 재촉했다.

학교에 도착하자마자 소문이 학생들 사이에서 빠르게 퍼지고 있었다.

"엊저녁 의령 궁유에 난리가 났다."

"와 무슨 일인데?"

"궁유 지서에서 순경 하나가 사람을 60명 넘게 직있다 안 카나. 다친 사람하고 치모 90명이 넘는다쿠네."

만석은 믿기 어려운 이야기에 눈을 크게 떴다.

"무시라 참말가."

주위 친구들도 놀라움을 감추지 못하며 조심스레 이야기를 나누었다.

그날 하루 종일 학교 분위기는 무겁고 불안했다.

교사들도 학생들을 달래려 애썼지만, 모두가 한마음으로 그 충격적인 사건을 걱정했다.

만석은 마음속으로 그날의 소식을 되새기며, 세상에 대한 두려움과 동시에 앞으로 자신이 걸어갈 길에 대해 다시금 생각했다.

"내가 살고 있는 이 세상은 참으로 어두운 곳이구나…"

그런 생각이 깊게 자리 잡았다.

의령 궁유면은 법수면 인무리 나루터에서 배를 타고 건너가면 닿을 만큼 가까운 곳이었다.

하지만 그곳은 의령에서도 첩첩산중에 자리 잡아, 바깥세상과는 한참 동떨어진 듯한 고요한 마을이었다.

그런 곳에서 그처럼 끔찍한 사건이 벌어졌다는 사실은 믿기 어려웠다.

다행히 만석의 일가친척들은 그곳에 살고 있지 않아 피해를 입지 않았지만, 친구들 사이에서는 슬픔이 깊었다.

"내 고모가 그 일로 세상베릿다이."

"내 이모부도 그날 밤에…"

"내 친구 중에도…."

사람들마다 저마다의 상처와 아픔을 안고 있었다.

만석은 친구들의 말을 듣고 마음 한 켠이 무거워졌다.

함안종고에는 의령 정곡면 유곡리 친구들은 나룻배를 타고 통학을 했었고 궁유 친구들은 자취를 하거나 친척 집에 있는 경우가 있었다.

그날 아침, 교실에는 묘한 긴장감이 흘렀다.

"우리 반에는 궁유 사는 친구 없나?"

"있다 아이가, 종식이. 그 친구 아메 궁유 일구로?"

"맞다, 맞다. 그란데 종식이는 아직 학교 안 왔네."

"종석이 저거, 집에는 피해가 없는가?"

"모린다. 종석이가 와야 알 수 있을 긴데…"

아이들의 대화는 한결같이 걱정과 불안으로 가득 차 있었다.

누군가의 친척이, 또 누군가의 이웃이 그날 밤 피해를 입었을지도 모른다는 불확실함이, 교실 공기를 잔뜩 무겁게 짓눌렀다.

창밖에는 여전히 가늘게 빗방울이 떨어지고 있었다.

만석은 책상 위에 팔을 괜히 기대며 창밖을 보았다.

빗소리가 잔잔히 들리는데, 그 소리마저 어쩐지 마음을 서늘하게 만들었다.

그 순간, 복도 끝에서 운동화 끌리는 소리와 함께 누군가의 발소리가 점점 가까워졌다.

모두의 시선이 문 쪽으로 향했다.

'혹시… 종식인가?'

누가 먼저랄 것도 없이, 교실 안은 조용해졌다.

들어온 건 종식이가 아니라 담임선생님이었다.

그는 젖은 우산을 복도에 털고, 무겁게 교실 안으로 들어왔다.

"종식이는… 할머니가 돌아가셔서 어제 집으로 갔다."

짧지만 묵직한 한마디였다.

순간, 교실 안은 술렁이기 시작했다.

"혹시… 종식이도?"

"그라모, 종식 저거 집도 피해를 입은 거 아이가…"

아이들 목소리는 점점 작아졌지만, 표정에는 걱정과 충격이 고스란히 묻어났다.

만석은 가슴이 철렁 내려앉는 느낌을 받았다.

궁유면이라는 곳이, 배 타고 건너가면 바로 닿는 지척의 마을이라는 사실이 그제야 더 실감 났다.

평소 같이 웃고 떠들던 친구가, 단 하루 만에 생사를 알 수 없는 현실이 믿기지 않았다.

창밖에서는 여전히 빗줄기가 길게 늘어지고 있었고, 그 빗소리는 마치 세상 모든 것을 애도하듯 잿빛 교실을 감싸고 있었다.

며칠이 흘렀다.

TV 방송이며 라디오, 신문까지 온통 궁유 우 순경 사건 이야기뿐이었다.

우범근 그 이름 세 글자가 하루에도 수십 번씩 사람들 입에 오르내렸다.

며칠이 지나고 그제야 종식의 소식을 조금이나마 전해 들을 수 있었다.

그날 밤, 우 순경이 평촌리 한 상갓집에 불쑥 들어와, 다소 불안정한 표정으로 "비상이 걸렸다"는 알 수 없는 말을 내뱉었다고 했다.

사람들은 처음에는 무슨 일인지 이해하지 못했지만, 우 순경은 그저 문상한다는 핑계로 부의금 3천 원을 내고 상가에 자리를 잡았다.

조용히 앉아 문상객들과 술잔을 나누는 듯 보였지만, 그 속에는 이미 폭발할 준비가 된 긴장이 숨 쉬고 있었다.

그러나 상가 안의 평화는 오래가지 않았다.

예전부터 악명 높았던 우순경의 술버릇이 또다시 터진 것이다.

아무 이유 없이 욕설이 쏟아지기 시작했고, 상주의 이종사촌이 결국 참다못해 목소리를 높였다.

"경찰이면 경찰이지, 상갓집에서 버릇없이 이게 무슨 짓이고!"

그 한마디에 종식의 눈이 벌겋게 뒤집혔다.

얼굴 근육이 경련처럼 떨리더니, 그는 갑자기 허리에 차고 있던 총을 꺼냈다.

주변 사람들은 도망칠 새도 없이 공포에 얼어붙었다.

그 순간, 방 안의 공기는 숨조차 쉬기 어려울 만큼 무겁게 내려앉았다.

총성이 울렸다.

초상집 안에서만 12명이 쓰러졌다.

놀라움과 공포, 피와 술 냄새가 뒤섞인 방 안은 순식간에 아수라장이 되었다.

외부에서는 소리와 불빛에 놀란 이웃들이 불을 끄고 문단속을 하였지만, 우순경은 이미 마을로 나가, 불이 켜진 집을 향해 무차별로 총을 쏘아 댔다.

그 한밤중의 악몽은 단 한 마을에서만 스물세 명의 목숨을 앗아갔다.

그런 혼란 속에서도, 종식은 살아남았다.

그는 방 안의 숨겨진 다락으로 몸을 피했고, 문틈 사이로 흘러드는 불빛과 총소리를 들으며 하루가 다 가도록 숨죽였다.

손바닥은 땀으로 젖었고, 가슴은 미친 듯이 뛰었다.

귀에 맴도는 총성과 비명소리, 먼발치에서 들려오는 발소리, 사람들의 절규가 섞여 그의 감각을 마비시켰다.

다락에서 종식은 무엇을 느꼈을까?

살아 있다는 사실이 안도였을까, 아니면 죄책과 공포로 더 깊은 절망 속으로 떨어지는 순간이었을까?

그는 움직이지 않고, 숨을 죽이며 밤을 견뎌야 했다.

창밖에는 봄비가 부슬부슬 내렸지만, 그 비는 아무 위로도 되지 않았다.

단지 세상의 모든 것들이 잿빛으로 변한 듯, 그의 마음을 차갑게 적셨다.

다음 날, 상가에는 죽음과 파괴가 남긴 잔혹한 흔적만이 남았다.

벽과 바닥, 곳곳에 피가 얼룩졌고, 살아남은 사람들은 말없이 서로를 바라볼 뿐이었다.

아무도 종식이 다락에 숨어 있었던 사실을 알지 못했다.

살아남은 그의 몸은 차갑게 굳어 있었지만, 마음속에서는 아직도 그 밤의 울림이 사라지지 않고 있었다.

그날 이후, 종식에게 살아 있다는 것과 죽어도 끝나지 않는 기억은 한 몸처럼 붙어 다녔다. 다락에서 홀로 맞이한 그 긴 밤은, 이후 수십 년의 병원 생활에서도 한순간도 지워지지 않았다.

살아 있음과 죽음, 죄책과 공포가 얽힌 그 밤은, 종식의 영혼 깊숙이 뿌리내린 상처가 되었다.

종식이가 근 한 달 만에 다시 학교에 왔다.

그러나 어느 누구도 어떤 상황이 있었는지 물어보지 못하고 있었다.

등교하고 며칠이 지나자 종식이는 "만석아 니 내 하고 올 밤에 자취방에 같이 자자."

종식이가 그 말을 꺼냈을 때, 만석은 잠깐 망설였다.

그동안 종식이는 예전보다 말수가 줄었고, 쉬는 시간에도 혼자 책상에 앉아 멍하니 창밖만 바라보는 날이 많았다.

사람들이 묻지 않는 건, 궁금하지 않아서가 아니라 차마 물을 수 없어서였다.

"알것다, 같이 자자."

만석은 일부러 아무렇지 않은 듯 웃으며 대답했다.

종식이 눈가가 살짝 풀리며, 오랜만에 미소 비슷한 게 번졌다.

그날 저녁, 만석은 도시락 두 개를 챙겨 종식이 자취방으로 향했다.

학교 옆 당산동 좁은 골목 끝, 허름한 함석지붕 아래 한 칸짜리 자취방은 습기가 가득했고, 문을 열자 곰팡이 냄새가 은근히 풍겼다.

방 안 한쪽에는 접이식 책상과 깔린 이불이 있었고, 벽에는 아직 치우지 못한 부의금 봉투 몇 개와 상갓집에서 쓰던 조기(弔旗)가 구겨진 채 놓여 있었다.

둘은 말없이 밥을 먹었다.

숟가락 부딪히는 소리만 방 안에 울렸고, 밖에서는 봄비가 처마를 두드렸다.

한참 후, 종식이가 낮게 말했다.

"만석아… 그날, 다 들리더라. 총소리… 사람들이 울부짖는 소리… 근데, 나는 꼼짝 못 하고 다락에 숨어 있었데이. 발 하나만 잘못 디뎠어도…"

그 말 뒤로는 긴 침묵이 흘렀다.

만석은 괜히 이불을 만지작거리며 "됐데이. 고마 언자 학교 다니모 된다이. 잊어라, 힘든 거." 하고 중얼거렸다.

하지만 둘 다, 그런 일은 쉽게 잊히지 않는다는 걸 알고 있었다.

28. 종식이가 겪은 지옥

종식이의 입에서 나온 이야기는, 마치 숨겨져 있던 뚜껑이 열리듯 거침없이 쏟아졌다.

만석은 처음에는 믿기 힘들었다.

그러나 종식의 얼굴에는 담담함만이 남아 있었다.

그 표정에서 고통도 분노도 희미하게 가라앉아 있었기에, 차마 말을 끊거나 질문할 엄두조차 나지 않았다.

"1982년 4월 26일… 그날 낮부터 뭔 일이 꼬이기 시작한 기다."

종식이는 천천히, 그러나 끊기지 않는 목소리로 말을 이어 갔다.

"우 순경은 낮 12시쯤 집으로 들어와 점심을 먹고, 낮잠을 잤다. 그때까지만 해도 별일 없다이. 동거녀가 그의 몸에 붙은 파리를 잡으려고 손바닥으로 그의 가슴을 친다 카더라. 그거 때문에 둘이 말다툼이 시작되었뻤다."

그 목소리에는 놀람이나 경악보다는, 오래된 기억을 하나하나 짚어 가는 사람만이 가진 차분함이 담겨 있었다.

"화를 미처 식히지 못한 채, 우범곤은 오후 4시경 지서로 갔다. 그런데 오후 7시 30분쯤 술에 취한 채 다시 집으로 돌아왔다 카더라."

종식의 눈빛이 잠시 흔들렸지만, 곧 다시 초점이 맞춰졌다.

"그는 만취한 상태에서 코피가 날 정도로 동거녀를 주먹으로 패빗다. 같은 집에서 살고 있던 동거녀의 친척 언니가 뛰어들어 말리자, 그녀 뺨마저 닥치는 대로 때렸다고 카더라."

방 안의 공기가 무거워지는 듯했다.

만석은 아무 말도 하지 않고, 다만 종식의 이야기에 귀를 기울였다.

"시끌벅적한 소리에 동네 사람들이 몰려들었고, 사람들이 동거녀를 두둔하자, 우범곤은 다시 집을 나갔다."

종식의 목소리에는 오래된 상처가 묻어 있었다.

"그 이후… 모든 게 꼬이기 시작했다. 경찰이면서, 인간이 되어야 할 존재가 스스로 통제할 수 없는 폭력으로 변해 버린 기라. 그라고, 지서로 가서 지서에 배속된 방위병들과 소주를 퍼마시던 우범곤은 동거녀의 남동생이 와서 '경찰 이모 다가' 하고 한마디 했다카더라. 그 말에 폭발해삐가, 카빈총 장전하고… 그때부터 총알이 날아다니기 시작한 기라."

만석은 무심코 손가락을 쥐었다 폈다.

종식이 목소리는 낮지만, 내용은 숨 막힐 만큼 생생했다.

지서를 나와 대구에서 표구사를 하는 26세 남자에게 발포, 이를 시작으로 궁류면 토곡리 재래시장으로 달려가 조준 사격. 장을 보러 온 마을 주민 3명을 총살하고, 우체국 여자 교환원들이 차례로 총에 맞은 얘기, 종식이 말이 거기까지 오자, 만석이도 속이 부글부글 끓었다.

"야… 교환원까지 쏴 죽인 기모, 이거 완전 미리 계획하고 한 거 아이가?"

"그랑깨 그렇다 카더라. 그때는 동네 전화를 아무리 돌리도 교환원이 없으면 연결이 안 되는데…"

"그래가, 신고도 못 하게 할라꼬고 먼지 우체국을 들린 기네."

"맞다. 근데 희한한 기, 그 교환원 누나 한 분이 총 맞고도 숨이 붙어 있었데이. 죽기 전에 이장네 집 전화하고 의령우체국하고 연결해 놨다 카더라."

만석은 그 말 듣고 숨이 턱 막혔다.

"와… 그거 아이모 더 많이 죽었을 낀데…"

"그라모. 그분 덕분에 경찰이 그나마 빨리 알았다 카이. 근데도 그날 밤에만 수십 명이 죽었다."

둘 다 한동안 아무 말도 못 하고 고개만 떨궜다.

밖에서는 장마철도 아닌데 비가 질기게 내리고 있었고, 방 안에는 축축한 흙냄새가 감돌았다.

그리고 운계리에서 수류탄이 터져 피비린내가 골목을 뒤덮은 얘기까지…

"그날 밤, 그 총소리가 계속 울렸다."

종식의 목소리는 낮지만 무겁게 떨렸다.

"다락에 있는데 총소리가 점점 멀리 들리더라. 사람들의 비명, 창문을 두드리는 소리, 그리고 불길하게 울려 퍼지는 총성…"

그는 잠시 말을 멈추고, 손가락을 무릎 위에서 떨며 다락을 떠올렸다.

"그란데, 나는 다락에 숨어 있었데이. 몸이 차갑게 굳고, 심장이 미친 듯이 뛰고… 발끝부터 머리끝까지 온몸이 얼어붙는 기라. 숨을 쉬는 것도 크게 못 쉬었다. 한 번 잘못 쉬었으면, 발칵되어 끝이었을 끼다."

종식은 눈을 감았다.

그때의 감각이 아직도 그의 몸 안에 생생하게 남아 있었다.

"발소리가 방문 앞까지 다가왔다. 나는 숨을 죽이고, 심장 소리가 천장에 울릴까 봐 몸을 움츠렸다. 발자국이 다가왔다, 멀어졌다, 다시 다가왔다… 그라고 기냥 지나갔비더라."

그는 손으로 얼굴을 감싸며 잠시 고개를 떨구었다.

"그때 숨 한 번 잘못 쉬었으면… 내는 살아 있지도 못했을 기라. 살아 있다는 게 이렇게 무겁고, 이렇게 두려운 일인 줄, 그때 처음 알았데이."

종식의 목소리에는 공포뿐 아니라, 살아남았다는 죄책감이 묻어 있었다.

"다락 속에서 나는 아무것도 할 수 없었고, 들리지 않는 듯 몸을 숨기면서도, 마음은 미친 듯이 뛰고… 밤이 길어질수록 더 이상 시간이 흐르는지도 모르겠더라. 세상이 다 멈춰 버린 것 같았데이. 그 공포 속에서… 나는 제우 숨만 쉬며 있었다이."

그의 말은 단순한 기억이 아니었다.

그것은 살아남은 자의 고백이었고, 다락에서 느낀 공포와 절망, 그리고 그 속에서 살아 있음을 붙잡은 의지가 겹겹이 담긴 목소리였다.

만석은 그 말을 듣는 동안, 한동안 숨조차 고르기 힘들었다.

다락 위에서의 순간이 얼마나 오래도록 종식의 삶을 흔들었을지, 감히 짐작조차 할 수 없었다.

종식의 얼굴은 울지도 웃지도 않는, 그냥 모든 걸 비워 버린 듯한 표정이었다.

마지막으로 그는 아주 낮게 말했다.

"그 사람, 마지막엔 자기도 수류탄을 터뜨려 죽었다. 그란데… 내가 산 게 참…"

그 말끝은 흐려졌지만, 만석은 그 뒤의 마음을 짐작할 수 있었다.

종식의 마지막 말이 공기 속에 가라앉자, 방 안은 잠시 아무 소리도 없었다.

밖에서는 비가 지붕을 두드리는 소리가 일정한 박자로 이어지고 있었지만, 그 소리마저 멀게만 느껴졌다.

만석은 무슨 말을 해야 할지 몰랐다.

위로라는 게 괜히 입에서 나왔다간 상처를 더 긁어 놓을 것 같았다.

그저 종식이의 말 사이사이에 스며든 무게만 느껴질 뿐이었다.

"그날 이후로, 비 오는 날만 되모… 그날 냄새가 난다, 만석아. 화약 냄새 피비린내 그리고 사람들의 비명소리…"

종식은 창문 밖을 바라봤다.

어두운 골목 위로 가로등 불빛이 빗물에 번져 있었다.

"피비린내에, 화약 타는 냄새… 아무리 씻어도 안 지워진다이."

만석은 조심스레 물었다.

"니… 꿈에 아직도 그날이 나오나?"

종식은 고개를 끄덕였다.

"총소리가 들리고, 문이 덜컥 열리는 순간에 눈이 번쩍 떠진다. 자다가도 심장이 쿵쿵 뛰고… 아무 소리 안 나는 밤이 더 무섭다. 그땐, 언제 또… 뭐가 올지 모르거든."

만석은 말없이 이불을 덮어 줬다.

둘은 한참 동안 아무 말도 하지 않았다.

빗소리가 방 안을 메우고, 멀리서 기차 지나가는 소리가 희미하게 들렸다.

종식은 학교 교실에 앉아 있어도, 눈은 칠판을 보는데 마음은 늘 딴 곳을 헤매고 있었다.

칠판 위 분필 가루가 허공에 흩날리는 모습이, 어느새 그날 새벽 다락 속에서 들던 희미한 먼지 냄새와 겹쳤다.

일가족이 하루 밤새 모두 사라진 그 비극 앞에서, 아직 열여덟 고3 학생이 감당하기에는 세상이 너무 버거웠다.

책상 위에 교과서를 펼쳐도 글자가 하나하나 박혀 들어오지 않았다.

자음과 모음이 아니라, 그날 밤 들었던 총성의 "탕" 소리와 사람들의 비명소리만이 머릿속에 박혀 울렸다.

쉬는 시간마다 아이들은 시험 이야기, 대학 이야기로 떠들었지만, 종식의 귀에는 먼 소리처럼 들렸다.

창밖으로 불어오는 봄바람이 교실 안으로 스며들어도, 그에게는 여전히 싸늘한 새벽 공기가 가슴을 감싸고 있었다.

만석은 그런 종식을 보고 말없이 가방 속에 과자 하나를 꺼내 밀어 주었다.

아무 말도 건네지 않았지만, 종식은 그게 그날 하루 버틸 힘이 된다는 걸 알고 있었다.

"만석아… 오늘 밤도, 니 우리 집에 자고 가모 안 되나?"

그 목소리엔 사정하는 기운이 섞여 있었고, 눈빛은 이미 오래 잠 못 잔 사람의 그것이었다.

만석은 대답 대신 고개를 끄덕였다.

그 당시, '외상후 스트레스'니 '트라우마 치료'니 하는 것은 없었다.

그저 "시간이 약이다" 혹은 "마음을 단디 무라" 하는 말이 전부였다.

하지만 만석은 알았다.

종식이에게는 시간이 아니라, 함께 있어 줄 누군가가 약이라는 걸.

밤이 되면 집 안의 모든 소리—마루가 삐걱대는 소리, 바람이 창호지를 스치는 소리—가 그날의 총성과 겹쳐 들렸다.

그래서 그날 이후, 두 친구는 학교에서도, 좁은 자취방에서도 함께 붙어 지냈다.

만석은 그저 친구로서 옆에 있었고, 종식은 그 옆에서 겨우 숨을 고를 수 있었다.

그러나 종식은 시간이 갈수록 예전의 그 조용하고 웃음 많던 친구가 아니었다.

처음엔 그저 멍하니 창밖만 바라보는 시간이 길어졌지만, 어느 날부터는 수업 도중 갑자기 책상을 '쾅' 치며 고함을 지르기도 했다.

"그만 좀 해라 안 카나!"

아무도 그를 건드린 적이 없는데, 마치 누군가와 심하게 싸우는 듯 소리를 질렀다.

그러다 몇 분 후엔 자리에서 벌떡 일어나, 잘못했다고 무릎을 꿇고 펑펑 울어 버렸다.

교실은 순식간에 조용해졌고, 담임도 난처한 표정으로 다가와 어깨를 토닥였지만, 종식의 눈은 어딘가 먼 곳을 향하고 있었다.

그 표정은 마치 지금 이 자리에 있지 않고, 다시 그날 새벽의 다락 속으로 숨어 들어간 사람 같았다.

만석은 속으로 '이거 큰일 났다'는 생각이 들었지만, 그저 "시간이 약이다"라며, 종식이 스스로 회복하기를 바라야 했다.

담임선생님은 며칠간 깊이 고민했다.

교무실에서도 종식 이야기가 자주 나왔다.

"애가 너무 심리 상태가 불안정해서, 수업 분위기가 매번 깨지 삐는데 우째야 되노? 그렇다고 내쫓가삐일 수도 없고…."

선생님의 한숨이 교무실 공기를 무겁게 눌렀다.

당시는 '외상 후 스트레스'를 치료하는 '심리 치료' 같은 것은 전혀 몰랐고, 그저 '마음이 약해졌다'거나 '정신이 좀 나갔다'는 식으로 단순하게 여겨지던 때였다.

만약 지금 같은 시대였다면 어땠을까.

학부형들이 들고일어나 "수업 방해한다", "우리 아들 대학 가야 하는데 피해 준다"며 난리가 났을 것이다.

학부모 단체 채팅방이 있었다면, 그 안은 아마 종식 이야기로 들끓었을 테고, 교육청에 민원도 쏟아졌을 것이다.

하지만 1980년대 농촌 학교에는 그런 공식적인 압박은 없었다.

그 대신, 선생님들 마음속에 '다른 아이들도 지켜야 한다'는 무거운 책임감과 '종식이를 어떻게든 살려야 한다'는 의무감이 한꺼번에 얽혀 있었다.

담임의 얼굴에는 그 두 가지 마음이 서로 부딪히는 표정이 오래도록 지워지지 않았다.

29. 종식이의 지울 수 없는 상처

결국 담임은 결단을 내렸다.

점심시간이 지난 후, 교실은 여전히 아이들의 소란스러운 웃음과 발걸음 소리로 채워져 있었지만, 종식은 책상에 머리를 묻고 꼼짝도 하지 않았다.

창문으로 들어오는 봄바람은 따뜻하고 산뜻했지만, 그의 마음속은 여전히 흐릿한 안개 속에 갇힌 듯했다.

담임은 한참 동안 말문을 열지 못했다.

책상 위 서류 더미를 바라보다가, 연필로 종이 끝을 톡톡 두드리며 잠시 숨을 고른 뒤, 조심스럽게 입을 열었다.

"종식아… 니 지금 힘든 거, 선생님이 다 안다."

종식은 고개를 떨군 채 아무 말도 하지 않았다.

담임은 잠시 창밖을 바라보았다.

바람에 흔들리는 교정의 장미가 햇살에 반짝이고 있었다.

그 순간, 말 한마디가 얼마나 큰 힘이 될 수 있는지, 선생님은 너무나 잘 알고 있었다.

"그란데 말이다, 니 혼자 견디기에는 너무 큰 일인 기라."

담임의 목소리는 부드러우면서도 단호했다.

"지금 니가 겪고 있는 일들은 절대 니 잘못이 아이다."

종식의 눈가가 살짝 떨렸지만, 여전히 말은 나오지 않았다.

어린 마음에, 말로 설명할 수 없는 공포와 혼란이 뒤섞여 있었다.

"니 먼 친척한테 연락할 끼다. 거서 니 좀 도와줄 수 있을 끼다."

그의 손이 잠시 멈췄다가 전화기를 들며 덧붙였다.

"병원에 가서 마음 치료를 좀 받는 기 어떻것노?"

그 말에 종식의 어깨가 움찔거렸다.

'병원'이라는 단어가 머릿속에서 무겁게 울렸다.

그 시절 '정신병원'이란 말은 단순한 장소가 아니었다.

그것은 낙인이었고, 동네 어디서든 소문이 퍼지면 평생 따라다닐 꼬리표였다.

하지만 담임의 표정은 흔들리지 않았다.

"니만 생각하는 기 아이다, 종식아. 니도 마음의 병을 고쳐야 되고…다른 친구들도 공부를 해야 안 되것나."

담임의 눈빛은 엄격하면서도 따뜻했다.

말은 차갑지 않았지만, 그 안에는 분명한 결심이 담겨 있었다.

종식은 고개를 떨군 채 한참 동안 아무 말도 할 수 없었다.

마음 한구석에서는 '도망치고 싶다'는 생각이 스쳐 갔지만, 다른 한쪽에서는 담임의 말이 이상하게도 안심이 되었다.

며칠 뒤, 먼 친척이 와 종식을 데리러 왔다.

학교 앞 좁은 골목길에서, 종식은 작은 손을 꽉 쥐고 조용히 서 있었다.

교실 창문 너머로 그 모습을 바라보던 만석은 마음이 허전했다.

친구를 위한 길이라 믿으면서도, 그 길이 더 외롭고 차가운 곳으로 이어질까 두려웠다.

종식이 떠난 뒤, 교실은 평소보다 더 고요했다.

남은 아이들은 장난을 치거나 교실 구석에서 속삭였지만, 만석은 아무것도 들리지 않았다.

창밖으로 스치는 바람 소리만이 귀를 간질였다.

그 바람은 종식을 데려가는 먼 친척의 차를 따라가듯 지나가고 있었다.

만석은 앉은 채로 창문을 바라보았다.

친구를 위해 결정을 내린 담임의 마음, 그리고 그 결정을 받아들여야 하는 종식의 무거운 마음을 떠올리며, 자신의 가슴 속에도 알 수 없는 공허함이 자리 잡았다.

'괴안것지…' 속으로 되뇌었지만, 그 말이 입 밖으로 나오진 않았다.

따스한 햇살과 바람 속에서도, 마음 한쪽이 비어 있는 듯한 허전함은 쉽게 사라지지 않았다.

그날 이후, 만석은 종식이 어디서 어떻게 지낼지 상상하며 긴 시간을 보내야 했다.

그 상상 속에는 두려움과 희망이 섞여 있었지만, 무엇보다 친구를 잃는다는 사실이 현실로 다가오는 무게가 있었다.

그리고 학교의 하루는 계속 흘러갔다. 아이들은 뛰어놀고, 교실에는 웃음소리가 울려 퍼졌지만, 만석과 종식의 이야기는 그 모든 소리 위에 은은히 남아 있었다.

종식은 그 뒤로 수십 년 동안 여러 정신병원을 전전했다.

봄이 와도, 여름이 가도, 세상은 변해 갔지만 그의 마음은 그날 밤, 그 다락 앞에 멈춰 있었다.

고향의 흙냄새와 갈대 향기는 이미 오래전 기억 속에서 흐릿해졌지만, 마음 한 켠에는 그날의 두려움과 고통이 그대로 살아 있었다.

병실의 창문 너머로 보이는 산과 들은 때때로 그리움으로 다가왔다.

고향 마을과 닮아 있었지만, 그곳에서 그는 자유도 평안도 찾지 못했다.

창문 너머로 스쳐 가는 햇살은 따사로웠지만, 그 빛은 병실 벽에 막혀 먼 거리에서만 반짝였다.

종식에게 삶은 더 이상 새로운 시작이나 희망을 의미하지 않았다.

삶은 단지 하루하루를 버티는 일, 그 이상도 이하도 아니었다.

밤이 되면 그의 꿈속에는 총소리와 비명소리가 찾아왔다.

그날 밤 기억이 뇌리를 떠나지 않았고, 그때 죽지 않고 살아남은 사실이 또다시 가슴을 짓눌렀다.

아침이면 눈을 뜨고, 병실의 하얀 천장과 창틀을 바라보며 그는 스스로에게 속삭였다.

"그날… 내가 와 살아남았노?."

그 말은 입술을 떠나지 않았다.

때로는 속삭임이 울음으로 번졌고, 때로는 혼잣말처럼 중얼거리며 병실 구석에 기대어 있었다.

살아 있음은 종식에게 구원이 아니라 형벌이었다.

그리고 그 형벌은 세월이 흘러도 조금도 가벼워지지 않았다.

병원 생활은 반복의 연속이었다.

아침이면 간호사의 발소리가 병동 복도를 울렸고, 점심이 지나면 약 냄새가 병실을 가득 채웠다.

사람들은 종식을 스쳐 지나갔지만, 그의 눈빛 속에서는 언제나 거리를 두고 있었다.

누군가 다가오면 곧바로 몸을 움츠리고, 누군가 말을 걸면 쉽게 답하지 못했다.

그는 사람과 세상과 시간을 모두 한 발짝 떨어진 채 바라보았다.

때로는 창밖의 나뭇가지가 바람에 흔들리는 모습을 보면서, 종식은 고개를 돌리고 천장을 바라보았다.

어린 시절 찰비계곡에서 뛰어놀던 기억이 스쳐 갔다.

만석과 함께 웃고 떠들던 날들, 담임 선생님의 걱정스러운 눈빛, 떠나던 종식의 발걸음… 그 모든 순간이 하나의 거대한 그림처럼 마음속에 남아, 병실의 하얀 벽에 잔상을 드리웠다.

하지만 그 기억들은 따스함보다는 아픈 무게로 남았다.

자유롭게 뛰어놀던 아이의 몸과 마음은 이미 멀리 사라졌고, 남은 것은 시간과 고통뿐이었다.

종식은 그 고통을 견디며 살아가야 했다.

살아 있다는 사실 자체가 형벌이었기에, 그는 자신에게 매일 같은 질문을 던지며 잠들었다.

"와… 내가 살아남았노?."

그 물음은 병실의 공기처럼, 창밖 바람처럼, 세월처럼 조금도 멈추지 않았다.

하루하루가 지나도, 그 질문은 그의 마음을 짓누르며 계속되었다.

살아 있음은 구원이 아니었고, 살아 있음 자체가 끝없는 죄책이자 상처였다.

종식에게 세상은 멀리서 바라보는 풍경이었고, 그는 그 풍경 속에서 결코 자유를 얻지 못한 채, 평생을 떠돌아야 했다.

만석은 성인이 된 뒤, 단 한 번 종식을 찾아 정신병원에 갔었다.

1982년 4월 26일처럼, 봄비가 부슬부슬 내리던 날이었다.

흐린 하늘 사이로 떨어지는 빗방울이 창문 유리를 두드리는 소리가 마치 오래전 잊힌 시간의 메아리처럼 느껴졌다.

병원 앞마당의 나무들이 새잎을 틔우고 있었지만, 그 푸른 빛 속에도 어쩐지 스산한 기운이 감돌았다.

삶과 죽음, 희망과 상실이 한데 뒤엉킨 병원의 공기가 만석의 폐 속까지 스며드는 듯했다.

접수처에서 면회증을 받아 들고 병동 문을 열자, 문 안쪽에서 들려오는 발소리가 음산하게 울렸다.

메마른 회색 복도와 벽에 붙은 안내문, 멀리서 들려오는 낮은 중얼거림이 마음을 무겁게 짓눌렀다.

문이 활짝 열리자, 종식이 서 있었다.

한참을 멍하니 나를 바라보던 그의 눈이, 갑자기 환하게 빛났다.

"만석아! 니가 왔뿟네! 니 진짜 내 보러 왔나!"

그 목소리는 고등학교 시절, 3층 교실 창밖에서 들리던 종식의 웃음소리와 꼭 같았다.

그러나 그 웃음 뒤에는 수십 년간 쌓인 고독과 상처가 섞여 있었다.

만석은 말없이 손을 내밀었다.

종식은 두 손으로 만석의 손을 덥석 감쌌다.

손바닥이 땀에 젖어 있었지만, 그 온기는 오래된 추억 속 따스한 온기와 겹쳐져 가슴 깊숙이 스며들었다.

둘은 병원 옥상 정원 벤치에 나란히 앉았다.

작은 정원은 푸른 잔디와 화분 속 꽃들로 꾸며져 있었지만, 그 평온한 풍경에도 불구하고 마음속 공허함은 쉽게 가시지 않았다.

처음에는 종식이 기쁨과 흥분으로 과거를 떠올리며 떠들어 댔다.

"기억나제? 고3 체육 시간에 농구하다 니가 넘어짓다 아이가. 그때 니 표정이 진짜 우습었는데."

"그라고 소풍 갔을 때, 니 하고 숨어가 쇠주 한잔 했다 아이가. 니도 기억나제."

그러나 이야기는 어느 순간 엉뚱한 쪽으로 흘렀다.

그의 표정이 갑자기 어두워지고, 목소리가 떨리며 눈시울이 붉어졌다.

"그날 밤 안 있나."

그 한마디에 모든 공기가 무겁게 가라앉았다.

총소리, 마당까지 다가온 발자국, 다락에서 숨죽이며 기다리던 날의 공포가 그의 얼굴을 스쳤다.

잠시 숨을 고르며 웃어 보였지만, 웃음 속에는 고통과 혼란이 그대로 담겨 있었다.

만석은 그의 웃음을 따라 웃었지만, 그 웃음이 오래 머물지 못할 것을 본능적으로 알았다.

면회 시간이 끝나고 병원 문을 나서며, 만석은 문득 뒤를 돌아보았다.

종식은 병실 창가에 서서 두 손을 흔들고 있었다.

유리창 너머로 바라보이는 그의 얼굴은 여전히 그 시절 내 옆자리에 앉아 있던 친구였지만, 동시에 너무 먼 곳에 가 있는 사람이기도 했다.

한때 함께 뛰놀던 시간들은 기억 속에서만 살아 있었고, 지금 그는 기억 속의 사람이자, 현실 속에서 닿을 수 없는 존재였다.

그 후로 종식을 다시는 만나지 못했다.

이제는 그가 살아 있는지, 아니면 세상을 떠났는지조차 알 수 없다.

가끔 꿈속에서만 병원 정원 벤치에 나란히 앉아 있는 우리를 본다.

종식은 언제나 그때처럼 묻는다.

"만석아, 니는 괴안체?"

만석은 항상 그 질문 앞에서 한참 머뭇거린다.

꼭 대답해야 하는데, 이상하게도 한마디도 나오지 않는다.

그저 고개만 끄덕이며, 깨어날 때까지 그 순간 속에 머문다.

꿈속의 병원 정원은 현실보다 더 생생하다.

벤치에 앉아 손을 맞잡고, 지나간 시간과 잃어버린 우정을 떠올리며, 그들은 말없이 서로를 바라본다.

그 순간, 종식의 웃음과 고통, 나의 안타까움과 죄책감이 한데 얽히며, 시간의 경계는 흐려진다.

그리고 만석은 다시 한번 깨닫는다.

아무리 세월이 흘러도, 어떤 상처는 결코 사라지지 않는다는 사실을.

30. 악바리 말숙이 도시에 적응하기 시작한다

시민 극장 앞에서 영화를 보지 못하고 쫓겨난 일이 있고 난 뒤, 말숙은 마치 병든 사람처럼 조용해졌다.

며칠 전부터, 용권이는 독서실에 모습을 보이지 않았다.

처음엔 단순히 사정이 있겠거니 생각했다.

감기에 걸렸거나, 잠깐 쉴 수도 있지 않느냐며 스스로를 다독였다.

그러나 일주일이 지나고, 또 그다음 주가 되어도 그의 그림자는 보이지 않았다.

독서실은 남학생과 여학생이 층을 달리해 공부하는 구조였다.

계단을 중심으로 위층엔 여학생들, 아래층엔 남학생들. 가끔 화장실이나 커피 자판기 앞에서 스치듯 얼굴을 볼 수 있었지만, 그것만으로도 말숙에겐 하루의 작은 기대가 되곤 했다.

하지만 이제는 그런 순간조차 없었다.

쉬는 시간마다 계단 아래로 무심히 눈을 돌려 보아도, 낯익은 그림자는 더 이상 올라오지 않았다.

그 자리에, 그 공기 속에 늘 존재하던 용권이의 기척이 깨끗이 사라진 듯했다.

말숙은 그날 이후, 더는 용권이의 소식을 궁금해하지 않기로 마음먹었다.

아니, 마음속 한편에선 여전히 그를 떠올리고 있었지만, 그 생각마저 사치처럼 느껴졌다.

'이래 가꼬는 안 된다.'

그녀는 스스로를 다그쳤다.

시골에서 중학교를 마치고, 어렵사리 도시의 고등학교로 진학한 건 오로지 공부 하나 믿고서였다.

도시 아이들은 말투부터 다르고, 입고 다니는 옷이며 필통 하나까지도 전부 반짝거렸다.

그 속에서 말숙은 언제나 한 걸음쯤 뒤에 서 있는 기분이었다.

그럴수록 그녀는 이를 악물었다.

'공부만이 살길이다'라는 말은 말숙에겐 진부한 문장이 아니라, 살아남기 위한 절박한 진리였다.

그래서 용권이의 빈자리도, 극장 앞에서 겪은 수치스러움도, 모두 지우기로 했다.

이제는 계단 아래를 슬쩍 내려다보지도 않았다.

쉬는 시간에도 자리에서 일어나지 않았다.

커피 자판기 앞에서 누군가 귓속말을 해도, 흘러들었다.

밤 늦게까지 독서실에 앉아 문제집을 풀고, 다음 날 새벽 자명종이 울리기도 전에 일어나 학교를 향했다.

피곤에 절어 눈이 따끔거릴 때면, 그럴수록 더욱 이를 악물었다.

'촌에서 올라온 내가, 이래 주저앉을 수는 없다.'

어느 날 밤, 창문에 비친 자신의 얼굴을 바라보며 말숙은 속삭였다.

"이제는 흔들리지 말자."

그 말이 입술을 타고 나오는 순간, 그녀는 어쩐지 조금 어른이 된 듯한 기분이 들었다.

누군가를 그리워하는 감정도, 함께 웃던 순간도, 모두 다 뒤로 하고 앞으로 나아가야만 했다.

그날 이후로, 말숙의 책상엔 더 이상 낙서도, 손 편지도, 무심히 그려 놓은 얼굴도 남지 않았다.

남은 건 빼곡한 문제 풀이와, 조용히 타들어 가는 샤프심뿐이었다.

이제 말숙의 마음속에 '봉헌'이라는 이름은 더 이상 떠오르지 않았다.

아무리 눈을 감고 기억을 더듬어도, 그의 얼굴은 흐릿하게만 떠올랐다.

한때는 가슴 한 켠을 휘저었던 이름이었고, 자신도 모르게 창밖을 바라보게 만들던 사람이었지만—지금은 아니다.

지금의 말숙에겐 그럴 여유조차 없었다.

그녀는 오로지 책상과 문제집, 그리고 시간과 싸우고 있었다.

제일여고에 처음 입학했을 때, 말숙은 처음으로 '자신이 특별한 존재가 아닐 수도 있다'는 것을 깨달았다.

시골 중학교에선 늘 전교 5등 안이었고, 선생님들도 그녀의 이름을 기억했다.

시험지만 보면 풀리는 문제들이었고, 주위에 그다지 경쟁자도 없었다.

하지만 이곳에선 달랐다.

'제일여고'라는 이름 아래 모인 아이들은 모두 각자의 학급에서, 중학교에서, 전교에서 상위권을 하던 애들이었다.

첫 중간고사 성적표를 받아 들었을 때, 말숙은 한참을 멍하니 서 있었다.

32등.

그것은 말숙의 인생에서 처음 마주한 '패배'였고, 동시에 새로운 각성의 순간이었다.

'이래 가꼬는 안 된다.' '촌에서 왔다고 밀릴 수는 없다.'

말숙은 악바리처럼 책상에 달라붙었다.

식사 시간도 줄이고, 쉬는 시간에도 문제지를 풀었다.

고개를 숙이고 공부할 때면 주변의 말소리도, 웃음도, 심지어 창밖의 햇살도 보이지 않았다.

밤 11시가 넘어서 독서실 문이 닫히는 그 마지막 종소리가 울릴 때까지, 말숙은 항상 자리를 지켰다.

가끔은 손끝이 저리고, 눈이 시렸지만 멈추지 않았다.

그녀는 알고 있었다.

공부에서 마산 아이들과 비슷한 수준이 되기 위해서는 지금이 시간을 절대 흘려보내선 안 된다는 것을 알고 있었다.

누군가는 이런 말을 했다. "공부는 절대 배신하지 않는다"고.

그 말이 진심인지는 알 수 없었다.

하지만 말숙은 믿기로 했다.

누구에게도 기대지 않고, 아무 감정에도 흔들리지 않고,

자신의 힘으로 올라가겠다고 다짐했다.

봉헌도, 용권도, 지금의 말숙에겐 모두 지난 페이지였다.

그녀는 그저 한 장 한 장, 자신의 책을 채워 가고 있었다.

1학년 2학기 학기 말 교사 시험이 끝나고, 말숙은 서서히 주목받기 시작했다.

아직은 반에서 15등에 머물러 있었지만, 학기 초에 비하면 크게 달라진 위치였다.

그동안의 노력과 밤낮없는 공부가 조금씩 결실을 보이기 시작한 것이다.

성적표를 받아 든 순간, 그녀의 심장은 조심스레 뛰었다.

'이제야 조금씩 보이기 시작하는구나.'

아직 상위권에는 닿지 못했지만, 그만큼 성장했다는 사실이 그녀에게는 크나큰 위안이었다.

"15등이라…" 말숙은 속으로 중얼거렸다.

'여기서 멈추면 안 된다. 더 올라야 한다.'

말숙에게는 겨울방학이 더욱 중요했다.

누군가가 "방학 때가 진짜 승부처다."라고 말했을 때, 그녀는 그 말을 한 치도 의심하지 않았다.

그녀는 방학 기간 내내 독서실에서 살다시피 하며 공부에 몰두했다.

아침 일찍부터 저녁 늦게까지 책상에 앉아 문제집을 풀고, 단어장을 외웠다.

피곤에 눈이 감길 때면, '이 시간만 지나면'이라며 스스로를 다독였다.

"겨울방학 끝나면, 반드시 내가 달라질 끼다."

성호동 할머니는 요즘 부쩍 공부에 빠져 지친 말숙이를 바라보며 마음 한 켠이 아려왔다.

하루 종일 책상에 앉아 있는 손녀가 너무 안쓰러웠다.

"야야, 잠도 좀 잠시롱 공부해라이."

할머니는 말숙의 어깨를 토닥이며 걱정스러운 목소리를 냈다.

말숙은 고개를 들며 작게 대답했다.

"할매, 잘 거 다자고, 운제 공부하노."

하지만 할머니는 쉽게 마음을 놓지 못했다.

"니 그리삿다가 몸 상하모 우짤라꼬 그라노. 밥도 좀 챙기 묵고, 공부도 체력이 있어야 하는 거 아이가."

말숙은 잠시 눈을 감았다가, 다시 힘주어 말했다.

"할매, 알것다. 언자 쪼매만 더하모 마산 가서나들 따라잡 것다."

할머니는 말숙의 다짐을 듣고도 여전히 걱정스러운 표정이었다.

"그라모 밥은 꼭 챙겨 묵어라, 공부는 몸 건강해야 오래 간다이. 알제?"

말숙은 고개를 끄덕이며 미소를 지었다.

"응, 할매. 고맙다. 내가 잘할게."

그날 밤, 할머니는 말숙이가 잠든 방을 살짝 들여다보며 한숨을 내쉬었다.

작은 몸으로 큰 꿈을 품은 손녀가, 무사히 그 길을 걸어가기를 바라는 마음이었다.

31. 말숙이 상위권으로 진입하다

할머니는 늘 말숙이를 생각하며 작은 정성 하나라도 챙기려 애썼다.

"이거, 니 좋아하는 쇠괴기다. 1년에 한두 번뿌이 귀경하는데, 올은 힘 내라꼬 뽑아 주꾸마."

소고기는 평소에 쉽게 먹지 못하는 귀한 음식이었다.

그렇기에 할머니가 이렇게 마음 써 준 날이면 더욱 힘이 났다.

"할매, 고맙다. 이거 묵고 나모 공부도 더 잘될 끼다."

부엌에서는 할머니가 정성스럽게 불판을 달구고, 연탄불 위에 고기를 올렸다.

고기가 익는 동안 퍼지는 고소한 냄새에 말숙의 입가에도 미소가 번 졌다.

"이래야 힘도 나고, 공부도 잘되지."

할머니는 말숙이 잘 먹는 모습을 흐뭇하게 바라보며 속으로 다짐했다.

'저리 나부데는데, 우짜든 중 꼭 잘 돼야 할 낀데.'

할머니는 말숙이가 고기를 먹고 있는 모습을 보며 "말숙아, 공부도 하 는 것은 좋은데, 너무 조아 붙이지 말고 우떤 때는 마음도 쉬야 주어야 된다이." 하고 말했다.

할머니의 눈빛에는 깊은 걱정과 사랑이 담겨 있었다.

말숙은 잠시 고개를 숙였다가 천천히 올려다보았다.

"할매… 나도 공부하는 기 힘들다. 그란데… 학생이 공부 말고 뭐 할 줄 아는 게 뭐 있것노."

"하모, 그래도 너무 조아 붙이지 마라. 바깥에 상처는 약 바르모 되지만도 속에 난 상처는 약도 없다이."

할머니는 말숙의 머리를 살며시 쓰다듬었다.

"그란데 니 그것은 알아라이, 네가 쎄기 후차 뛰어가다가 니가 넘어질 수 있다이. 그때는 할매가 여기 있으깨네 할매한대 지대모 된다."

"할매… 내 참말로 무서불 때가 있다. 혼자 남가질까 싶고… 마산 가서나들 못 따라잡을까 겁난다."

할머니는 깊은숨을 내쉬며 말했다.

"그럴 때마다 네 마음에 이 말을 꼭 새기라이. '나는 혼자가 아이다.' 니 옆에는 할매가 있다는 것을 명심해라이. 할매가 언제나 니 하고 있다는 거를 잊지 마라이."

말숙은 눈물을 꾹 참으며 고개를 끄덕였다.

"알것다, 할매."

할머니는 웃으며 말했다.

"그라모, 내 손녀가 바로 그런 아이란 걸 할매는 믿는다이. 힘들 땐 이고기 먹고 힘내고, 힘이 다 떨어질 땐 언제든지 할매 품으로 오이라이."

말숙은 부드럽게 웃으며 말했다.

2학년 겨울방학이 시작되자, 말숙이는 마치 기다렸다는 듯이 더욱더 공부에 몰입했다.

성호동 독서실의 불은 새벽까지 꺼지지 않았고, 그 안엔 늘 말숙의 그림자가 있었다.

누구보다 일찍 오고, 누구보다 늦게까지 남아 있는 학생. 그녀였다.

처음엔 중간도 못 따라가던 수학 문제도, 한 문장 읽을 때마다 사전을 뒤지던 영어 지문도 이제는 척척 풀어내는 자신감으로 바뀌어 있었다.

말숙은 문제를 풀며 미소를 지었다. '이제는 나도 할 수 있다.'

복잡한 함수 문제를 마치 퍼즐 맞추듯 해결하고, 길고 난해 한 영어 문장을 읽고도 의미를 자연스럽게 받아들이는 자신이 스스로도 놀라울 정도였다.

그녀는 마음속으로 생각했다. '겨울방학이 끝날 때쯤엔 반드시 상위권에 들어갈 거다. 그라모, 나도 마산 가서나들한데 뒤지지 않을 수 있다.'

책상 위에는 빼곡히 채워진 문제집, 밑줄과 메모가 가득한 영어 단어장, 그리고 조용히 피어나는 한 소녀의 의지와 꿈이 자리하고 있었다.

그 겨울, 말숙은 또 한 번 자신을 넘어서는 중이었다.

어느 날 저녁, 독서실 화장실 앞에서 문을 나서던 말숙은 익숙하면서도 한동안 잊고 지냈던 얼굴을 마주쳤다.

"말숙아!" 낯익은 목소리. 용권이었다.

말숙은 잠시 멈칫했지만, 마음속엔 예전과 같은 떨림이나 설렘은 전혀 없었다.

그저 짧게 고개를 끄덕이며 눈인사만 하고 스쳐 지나가려 했다.

그러자 용권이가 먼저 말을 걸었다.

"아, 니 요새 잘 안 보이더만은?"

말숙은 담담하게 대답했다.

"계속 여기서 공부하고 있었다. 할매 집서 가찻고 해서."

용권이는 멋쩍게 웃으며 말했다.

"나는 다른 독서실에 당기다가, 고마 다시 여기로 왔다. 공부가 영 안 되가."

사실 용권이는 말숙이가 공부에 방해될까 봐 다른 독서실에 갔었다.

그곳에서 열심히 공부하였으나 결과는 별로 좋지 않았다.

그래서 같은 시골 출신의 말숙이는 공부를 어떻게 하고 있는지 궁금하기도 하고 그녀가 보고 싶어 성호동 독서실로 다시 오게 되었다.

"와 다른데 계속 댕기지 와이리 다시 왔노."

"그서 공부하나 여서 공부하나 또 같다 아이가."

용권이는 말숙이에게 자신의 진심을 내비치며 "내 마산에 와서 공부한다꼬 엄청시리 고생하고 있다. 이노무 손들 우찌 공부하는고 도저히 따라갈 수 없다이."

"맞제 내도 처음 통지표 보고 억수로 놀랬다. 그래가 독서실에 살다시피 해서 겨우 중간은 벗어나고 있다이."

용권이는 놀라는 표정으로 "우와 니 대단타. 참말로 악바리내. 내는 아무리 해도 마산에 있는 손들 못 따라가것더라."

용권이는 말숙에게 "니도 촌에서 공부 좀 한단 소리 듣고 올라왔을 끼다." 말했다.

"맞다 아이가. 와 본깨 진짜 장난 아이더라."

용권이는 고개를 절레절레 흔들었다.

"내도 진짜 엄청시리 고생하고 있다."

말숙도 공감하는 듯 미소 지으며 말했다.

"그랑깨… 악바리 안 되모, 마산 아 들 못 따라간다이."

순간 둘 사이에 짧은 침묵이 흘렀지만, 예전의 묘한 감정선은 없었다.

말숙은 예의 정도로 고개를 끄덕이고 말했다.

"그럼, 먼저 간다이. 공부하자."

그러고는 다시 자신의 자리로 조용히 걸어갔다.

용권은 그 뒷모습을 한참 바라보다가 중얼거렸다.

"진짜, 좀 다르네. 말숙이 근처 간깨 찬바람이 일난다."

용권이는 말숙을 화장실 앞에서 마주친 그 순간, 어쩐지 마음이 들뜨고 있었다.

함께 다방에 앉아 커피를 마시거나, 영화관 앞에서 둘이 쭈뼛거리며 표를 사는 그런 장면들이 떠올랐다.

'이번엔 다르겠지. 같이 잘 지내봐야것다.' 용권이는 그렇게 기대하고 있었다.

그러나 말숙은 전혀 예전의 말숙이 아니었다.

그녀의 눈빛엔 흔들림이 없었고, 말투는 단정했고, 무엇보다 '스쳐 지나가려는' 태도는 분명했다.

"그라모, 먼지 간다. 공부하자."

말숙은 짧게 인사하듯 말을 남기고 돌아섰다.

단 한 번도 그날의 영화관 일을 꺼내지도 않았고, 미소조차 억지로 흘리지 않았다.

용권이는 그 뒷모습을 멍하니 바라보았다.

말숙의 어깨엔 어딘지 모를 결기가 서려 있었고, 다시는 예전으로 돌아가지 않겠다는 단단한 의지가 느껴졌다.

천천히 돌아서며, 용권이는 입속으로 중얼거렸다.

"그래… 니는 지금 다른 세계를 보고 있는 기라… 나는 아직 그 자리에 있는데."

그 순간, 가슴 어딘가가 서늘하게 식어 갔다.

그가 꿈꿨던 '다시 예전으로'라는 기대는, 말숙의 한 마디와 눈빛에 조용히 꺾이고 말았다.

그날 이후, 용권이는 다시는 먼저 그녀에게 말을 걸지 않았다.

말숙은 이미 그보다 앞서 나가고 있었고, 그는 그것을 뼈저리게 느끼고 있었다.

32. 촌놈들의 바캉스 계획

1981년 여름, 텔레비전에서는 연일 대학가요제와 강변가요제 예선이 중계되었고, 흰 셔츠에 통기타를 맨 청년들이 바닷가에서 텐트를 치고 밤새도록 노래하고 웃는 모습이 인기였다. 봉헌은 텔레비전 화면에 넋이 나간 채, 눈을 떼지 못하고 있었다.

화면 속에서는 대학생들이 바닷가에 텐트를 치고 기타를 치며 웃고 떠들고 있었다.

파도 소리와 함께 흘러나오는 통기타 선율, 그리고 바닷바람에 날리는 긴 머리의 여대생들 모습이 너무도 자유로워 보였다.

"우와… 저 보레. 대학생들 노는 거 억수로 직이네…"

봉헌이 감탄하듯 중얼거리자, 옆에서 같이 화면을 보던 영학이 콧소리를 섞으며 말했다.

"우리도 만날 강에서 멱만 감지 말고, 바닷물에 한번 담가 보자. 텐트도 치고 고기도 굽고 함시롱."

기복이는 벌떡 일어나 흥분한 목소리로 외쳤다.

"우리도 행님 기타 하나 훔치가… 아 아니 빌리 갖고, 밤에 모닥불도 피우고 노래도 하고 하자! 데레비멘치로!"

영철은 기가 막힌 듯 코웃음을 쳤다.

"모닥불이고 뭐고, 니들 멕지 대학생 흉내 내다가 가래이 째진다이. 고마, 냄비 하나 들고 가서 라면이나 끼리 묵자. 그게 더 우리 수준에 맞다이."

네 사람은 그렇게 한바탕 웃었다.

하지만 그 웃음 너머엔, 텔레비전 속 청춘의 낭만을 따라잡고 싶은 뜨거운 욕망이 배어 있었다. 지금은 고등학생일지언정, 그들도 분명 청춘이었다.

흉내라도 내 보고 싶었다.

"봉헌아, 니 기타 칠 줄 아나?"

"웅? 나? 쪼매 친다. '로망스'는 한 곡 댄다."

"됐다마! 그걸로 됐다! 우리끼리 함 가자. 얼라들맨치로 맨날 강에서 이리 삿치 말고, 진짜 바닷물에 몸 한번 담가 보자."

그러다 영철이 다시 짓궂은 목소리로 말했다.

"혹시 아나? 쭉쭉빵빵 비키니 입은 애석아들 하고 놀지도 모린다 아이가. 으하하하!"

그들은 한참을 웃었고, 그 웃음 끝엔 어쩐지 눈부신 여름 바다 한 자락이 아른거렸다. 그들은 가 본 적 없는 세계를 동경하고 있었다.

영학이 먼저 입을 열었다.

"그라모 우리 가까운 데로 갈까? 멀리 갔다가는 땡볕에 짐 들고 고생만 할 끼다."

그러자 봉헌이 발끈했다.

"뭐라 삿노! 이왕지 가는 긴데, 애석아들 많은 데로 가야지. 동네 앞바다에 발 담그러 가는 것도 아이고."

기복이가 눈을 반짝이며 맞장구쳤다.

"맞다, 맞다! 어짜피 갈 끼모 좀 멋진 데로 가자. 데레비에 나오는 그런 데. 해운대 어떤노? 여자들도 좋나 많고!"

하지만 영철은 고개를 갸웃하며 현실을 짚었다.

"해운대? 거기 텐트 치는 거 금지 아이가? 거까지 갈라쿠모 버스를 몇 번 갈아타야 되는데, 짐도 많고…"

봉헌이 한숨을 쉬며 고민에 빠졌다.

그들은 직접 텐트를 이고 다녀야 했고, 석유 버너며 고기며 라면, 심지어 통기타까지 짊어지고 가야 하는 처지였다.

영학이 지도를 펴며 말했다.

"해운대는 좀 무리고… 그라모, 남해 상주 해수욕장은 어떤노? 사람도 많고, 바닷물도 칼끗고, 텐트 치도 별시리 뭐라 안 하는 데다."

"진짜가? 오오, 좋네. 운제년에 사진에 본 적 있다. 모래도 하얗고 산도 가참고!"

기복이는 벌써 신이 난 듯 가방에 넣을 것들을 떠올리기 시작했다.

그러자 영철이 현실적인 계산을 다시 내놨다.

"마산까지 시외버스 타고, 거기서 또 남해 가는 버스 갈아타고, 또 거기서 상주 해수욕장까지 들어가는 버스 한 번 더 탄다꼬… 한 번 삐끗하면 해 질 때 도착할 끼다."

봉헌은 "그래도 괴안타. 그게 여행이다, 자석들아. 동네 앞 강가에서 괴기 구워 묵는 거 말고, 진짜로, 청춘영화 한 장면 찍는 기라."

네 명은 그렇게 눈빛을 마주쳤다. 마산에서 남해까지, 상주 해수욕장

까지의 먼 여정을 부담스러워하면서도, 왠지 모를 기대감에 가슴이 설
다. 그 여름, 그들은 단지 바다를 보러 가는 게 아니었다. 그들만의 '청춘
흉내'를, 진짜 청춘처럼 한번 꾸며 보고 싶었던 것이다.

"그라모 우리… 경운기 끄시고 가자 마!"

봉헌이 말하자, 처음엔 다들 웃었지만 이내 진지해졌다.

"야, 애나로 괴안타."

영학이 먼저 고개를 끄덕였다.

"어차피 우리 네 명 다 경운기 운전할 줄 안다 아이가. 번갈아 가믄
되지."

"차비도 안 들고, 짐도 한가득 실을 수 있고!"

영철은 눈을 반짝이며 손가락을 꼽았다.

"첫째, 네 명 차비 한 푼도 안 들고. 둘째, 기름 말 통 두 통이모 갔다
오고도 남고. 셋째, 텐트든 쌀이든 기타든 고기든 뭐든 다 실을 수 있다!
넷째, 시간은… 우리 방학이 아이가, 남는 게 시간이다!"

기복이는 벌떡 일어나 웃으며 말했다.

"마, 기냥 경운기 타고 전국 일주도 할 판이네!"

"우리는 시골 청춘이다, 자석들아. 법수 촌놈들, 바다로 나가자!"

다음 날 새벽. 봉헌이 집 앞 마당에 경운기를 꺼내 놓고 시동을 걸었
다. 덜커덩, 덜컹덜컹, 시끄러운 엔진 소리가 동네 골목을 흔들었다. 사
람들이 대문 틈으로 얼굴을 내밀며 "저 손들 뭐하노?" 하는 얼굴로 구경
했다.

텃밭에서 따온 오이랑, 집에서 싸 온 김치, 큰 솥, 기름, 기타, 군용담

요, 텐트, 쌀, 라면, 고기, 냄비… 짐칸에 차곡차곡 실어 올렸다.

마치 보물 싣듯 하나하나 조심스레.

봉헌이 운전대에 앉았고, 영학은 조수석 아닌 조수 박스에 기복이랑 영철은 짐 사이에 드러누웠다.

덜커덩— 경운기가 천천히 골목을 빠져나갔다.

동네 사람들의 시선과 웃음 섞인 수군거림을 뒤로 한 채.

"야야, 우리 지금 진짜로 출발하는 기가?"

"캬— 이게 바로 청춘 아이가!"

경운기는 연기와 소음을 뿜으며 천천히, 그러나 우직하게 남해 상주 해수욕장을 향해 길을 나섰다.

33. 해수욕장으로 경운기는 달린다

그들은 거리가 얼마나 되는지도 제대로 알지 못한 채, 그저 바다 하나만 바라보며 무작정 출발했다.

"주물리서 남해까지 얼마나 걸리노?"

영학이 물었을 때, 봉헌은 대수롭지 않다는 듯 말했다.

"뭐, 아침에 출발하모 저녁때는 도착하것지. 느그들 걱정이 너무 많다."

사실 그 누구도 정확한 거리를 몰랐다.

지금처럼 스마트폰도, 내비게이션도 없던 시절이었다.

도로 표지판은 간간이 나왔지만, 경운기로 가는 길엔 도움이 되지 않았다.

게다가 경운기는 고속도로에 진입할 수조차 없으니, 국도와 시골길만 타고 가야 했다.

시속 10킬로미터.

150킬로미터를 그 속도로 간다고 계산하면 15시간.

그때서야 복이가 조심스럽게 말했다.

"야… 혹시, 이거 오늘 안에 도착 못 하는 거 아이가?"

"와?"

"150킬로라 카더라. 경운기로 가모 하루 꼬박 걸릴 수도 있다이."

그 말에 잠깐 경운기 안은 정적이 흘렀다.

덜컹, 덜컹. 엔진만이 진실을 말하고 있었다.

영철이 슬그머니 고개를 내밀며 중얼거렸다.

"우리가 바다 보기도 전에, 궁디이가 먼저 박살나것다. 허리도 좀 아
프다. 머슴마는 허리가 생명인 기라."

그러나 그들의 얼굴에는 실망보다는 묘한 기대와 웃음이 떠올랐다.

"마, 하루 걸리면 어떻노? 방학 아이가! 가다가 어둡사리 지모 아무데
나 텐트치고 자모 되지."

봉헌이 소리쳤다.

"중간에 참외나 수박이라도 하나 얻어묵고. 세월이 좀 묵나 가는 데까
지 가 보자."

영학이 고개를 끄덕이며 말했다.

"우와 이기 바로… 진짜 여행이다."

그렇게, 네 명의 고등학생은 느리지만 우직하게 덜컹이는 경운기 위
에서, 햇살을 온몸으로 맞고 바람에 머리를 휘날리며 남해 바다를 향해
가고 있었다.

그들에게는 목적지도 중요했지만, 어쩌면 더 소중한 건 '지금 이 순간
을 함께하는 것'이었다.

함안을 벗어나 의령 땅으로 들어서자, 풍경은 낯설고 도로는 점점 좁
아졌다.

봉헌이 경운기 핸들을 움켜쥔 채 헛기침을 했다.

"흠… 여기서부터는 진짜 모르는 길이다. 야들아."

영철이 옆에서 색연필로 표시한 지도를 펴 들고 고개를 갸웃거렸다.

"이 길이 맞나? 지도에서는 직선인데, 와 길이 꼬불꼬불하노?"

기복이가 뒤에서 짐을 정리하며 중얼거렸다.

"마, 지도가 잘못됐는 기라. 지도 그린 놈 불러라. 쐬리 때리 삐구로."

지도가 아무리 있어도, 산 넘고 들 건너는 이 국도 길은 실제와 너무 달랐다.

게다가 이따금씩 갈림길이 나올 때마다, 이게 남해 방향인지, 산청 쪽인지 도무지 감이 오질 않았다.

"야, 저 아재 계시네! 물어보자!"

봉헌이 경운기를 도로 한편에 세우고, 길가 밭일을 하던 어른에게 소리를 질렀다.

"아재! 혹시 이 길 진주로 가는 길 맞습미꺼?"

어저씨는 삽을 내려놓고 모자를 벗으며 웃었다.

"어이구야, 이 자슥들아. 니들 어디서 왔노?"

"함안서 왔심더. 남해 상주 해수욕장으로 가는 길인데예."

아저씨는 경운기를 한번 훑어보더니 배꼽을 잡고 웃었다.

"허허허, 경운기 타고 놀로 가는 아들은 첨 본다이. 요새 누가 바다를 경운기 타고 가노? 하이고, 세상 참…"

"차비도 안 들고 살살 가 보지예."

기복이가 자랑하듯 덧붙였다.

"진주 갈라쿠모 … 요 갈림길에서 우회전 하지 말고, 죽 가다가 '지수' 지나가서 '문산' 쪽으로 빠지라. 그라모 진주 가는 큰길 나온다."

"감사합미더, 아재!"

경운기가 다시 덜컹거리며 출발하자, 노인은 손을 흔들며 한마디 더 던졌다.

"조심해서 가그라! 느그들, 대학은 꼭 가야 된다이!"

네 명 모두 경운기 위에서 동시에 고개를 숙여 인사를 했다.

길은 여전히 멀었지만, 그들의 가슴은 이상하게도 가벼웠다.

세상의 낯선 풍경 속에서도, 어른들의 따뜻한 웃음과 말 한마디가 여정의 피로를 조금은 덜어 주고 있었다.

"야 야, 저 아재 우리보고 대학 가라 카는데 우리 이래가 갈 수 있나?"

영학이 말했다.

봉헌은 미소 지으며 대답했다.

"어른들은 맵지 그리샀는다 대학 안 가모 어떤노."

"보래이 고마 놀로 가는데 얄구진 소리 하지 마라. 놀로 가는 맛 떨어진다이."

영철이 웃으며 받아쳤다.

경운기는 다시 진주를 향해 천천히, 달리고 있었다.

진주 시내에 들어서자 네 사람은 갑자기 말이 없어졌다.

도로는 넓어졌고, 사방으로 갈래 길이 뻗어 있었다.

간판은 많고, 신호는 복잡하고, 차들은 끊임없이 오갔다.

경운기를 모는 봉헌은 이마에 땀이 송골송골 맺혔다.

뒤에서는 시내버스가 연신 빵빵거리며 압박을 주고 있었다.

"야야, 왜 저리 빵빵거리는 기고… 나도 빨리 가고 싶다꼬!"

"마, 침착해라! 길 잘못 들모 산청으로 갔 삔다이!"

영학이 다급하게 지도책을 다시 폈다.

"이봐라, 어서 '경상대' 방면으로 꺾어야 될 끼다… 근데 이기 어디고?"

기복이는 주변을 두리번거리며 간판을 살폈다.

"저쪽에 '시장' 있다 아이가? 거기로 가믄 안 되는 기가?"

봉헌은 헷갈린다는 표정으로 브레이크를 잡았다.

그러자 뒤차에서 창문을 내린 아저씨가 소리쳤다.

"경운기가 시내 한복판에서 뭐 하노! 어서 비키라! 자석들아."

"죄송합니다에! 지금 비낍미더!"

봉헌은 급히 우회전을 하려다, 앞에 횡단보도를 건너는 사람들을 보고 또 급브레이크를 잡았다.

영철이 손으로 얼굴을 감싸며 중얼거렸다.

"진짜 도시 무섭다… 경운기는 도로 위 벌거숭이인 기라…"

도시의 빠른 리듬에 네 사람은 완전히 압도당한 느낌이었다.

평소 익숙하던 좁은 농로와는 차원이 달랐다.

봉헌은 깊은 한숨을 내쉬며 말했다.

"이래 가꼬 언제 남해 가노… 진주서 밤새는 거 아이가?"

하지만 네 사람은 곧 정신을 가다듬고, 인도를 걷던 아저씨 한 명에게 다시 길을 물었다.

아저씨는 경운기를 빤히 보더니, "너거 이거 타고 남해까지 갈 끼가? 젊어서 좋다. 그래도 니들 참 기특하네. 저 신호 지나서 왼쪽으로 꺾어라. 그라모 사천 지나서 남해 가는 길 나온다."

봉헌은 허리를 숙여 크게 인사했다.

"고맙심더, 아재!"

잠시 후, 경운기는 다시 출발했다.

시내의 혼란은 여전히 무서웠지만, 어른들의 말 한마디가 나침반처럼 마음을 조금씩 가라앉혔다.

네 사람의 여정은 다시 남쪽을 향해 나아가기 시작했다.

34. 삼천포로 간 촌놈들

진주 시내를 빠져나와 한숨 돌린 네 사람은 경운기를 타고 국도를 따라 남쪽으로 향하고 있었다.

지도책 위에 색연필로 그어 둔 선을 믿고 달렸지만, 어느새 길은 낯설어졌고 풍경도 점점 바닷바람이 묻어나는 듯한 느낌으로 바뀌고 있었다.

영학이 조수석에서 지도를 들여다보다가 고개를 갸웃했다.

"야, 이 길… 하동으로 가는 길 아인데?"

"뭐라꼬? 지도에는 남해 쪽이라 돼 있더마는."

봉헌이 핸들을 부여잡은 채 되물었다.

"가만 있어 봐라… 지금 우리가 가고 있는 길, 삼천포 쪽 아이가?"

영철이 경운기 뒤편 짐칸에서 몸을 내밀며 물었다.

기복이가 손을 이마에 올리며 햇빛을 가렸다.

"맞네… 표지판에 '사천 → 삼천포'라고 써 있더라. 이거 큰일 났다. 우리 남해 가야 하는데…"

잠시 경운기가 갓길에 멈춰 섰다.

봉헌은 엔진을 끄고 지도를 다시 펼쳐 펼쳤다.

"아, 진짜네… 여서 하동 쪽으로 꺾어야 남해로 빠지는 긴데. 우린 그 갈림길을 지나치 삤다. 좇되었다이."

영학은 머리를 긁적이며 중얼거렸다.

"이래서 촌놈이 시내 나오모 빙시 되는 기라."

기복이는 땀을 훔치며 웃었다.

"어차피 방학이고, 시간은 많은데 뭐… 삼천포까지 갔다가 거서 남해 넘어가는 길이 또 있지 않것나?"

봉헌이 한숨을 쉬며 고개를 끄덕였다.

"그래, 언자 다시 되돌아갈 수도 없고… 일단 삼천포까지 가 보자. 가는 김에 바다도 함 보고."

네 사람은 다시 경운기를 출발시켰다.

삼천포 방향 도로를 한참 달리던 네 사람은 마침내 바다 냄새가 짙게 풍겨오는 삼천포 시내에 들어섰다.

복이가 먼저 고개를 빼고 환호했다.

"야야! 바다다! 드디어 바다에 왔다!"

그러자 영철이 웃으며 말했다.

"그라모 여가 그 삼천포 맞제?"

그러더니 괜히 심각한 표정을 지으며 말을 이어 갔다.

"잘 나가다가 삼천포로 빠진다, 그 말 아나?"

봉헌이 헛웃음을 터뜨렸다.

"야, 지금 우리가 딱 그짝이다. 남해 가다가 길 잘못 들어서 이리 왔다 아이가."

영학도 맞장구를 쳤다.

"뭐, 공부하다가 딴소리 하모 선생님이 꼭 그리카시더라. '이놈아, 또 삼천포로 빠지네!' 여서 그 말 안 들은 놈 없을 끼다."

기복이가 웃음을 참지 못하며 말했다.

"근데 솔직히 지금 이 기분은 나쁘지 않다. 계획이 삼천포로 빠져도 바다 본께 다 용서된다이!"

바닷바람에 뺨을 스치며 불어오는 소금기 가득한 공기 속에서, 그들은 잠시 남해로 가야 한다는 원래 계획을 잊고 눈앞에 펼쳐진 삼천포의 바다에 눈을 뗄 수 없었다.

그날, '삼천포로 빠진다'는 말은 그들에게 단지 실수나 엇나감이 아니라, 예상 밖의 즐거움을 만나는 여정이기도 하다는 걸 알려 주었다.

해가 긴 여름이었지만, 벌써 저녁노을이 진하게 번져 가고 있었다.

붉은 햇살이 논둑과 바닷가 마을 지붕들을 물들이며, 하루가 저물고 있다는 신호를 보내고 있었다.

네 명의 고등학생들은 경운기 위에서 온몸으로 피로를 느끼고 있었다.

번갈아 가며 운전을 했지만, 땡볕 아래에서 장시간 노출된 탓에 얼굴은 벌겋게 익고, 팔이며 목덜미는 소금기 어린 땀에 절어 있었다.

기복이가 지친 목소리로 말했다.

"야, 고마 아무 데나 세아라… 진짜 죽것다…"

그러자 봉헌이 고개를 절레절레 흔들며 말했다.

"아이다, 그래도 여까지 왔는데 바다 보이는 가서 텐트 치자. 아무 데나 서면 뭐 하노."

운전대를 잡고 있던 영철은 앞을 응시하며 말없이 고개를 끄덕이고는 계속 달렸다.

다른 친구들이 지쳐 눈을 반쯤 감고 있을 때, 저 멀리 언덕 너머로 푸르스름한 바다 빛이 언뜻 비쳤다.

영학이 먼저 소리쳤다.

"바다다! 야야, 저기다! 저쪽 언덕만 넘으면 바다다!"

순간, 모두가 자리에서 벌떡 일어나듯 고개를 들었다.

지친 얼굴에도 다시 생기가 돌았다.

녹초가 되었던 몸은 여전히 무거웠지만, 바다를 향한 마음은 그 어떤 에너지보다 강했다.

그들은 그렇게, 아직 이름도 모르는 어느 바닷가 마을 언덕을 향해, 덜커덩거리는 경운기와 함께 느릿느릿 걸음을 옮기고 있었다.

언덕을 넘자, 마침내 바다가 시야에 가득 들어왔다.

거센 파도가 철썩이며 밀려오고, 저 멀리 실안 해변 모래사장 끝자락에는 몇몇 가족 단위의 여행객들이 텐트를 치고 저녁을 준비하고 있었다.

"야야, 드디어 바다다!"

영학이 먼저 경운기에서 뛰어내려 모래사장을 맨발로 내달렸다.

기복이도 소리 지르며 뒤따라갔다.

봉헌과 영철은 경운기를 멈춰 세우고, 짐칸에 실어 둔 텐트를 내리기 시작했다.

"언자 진짜 휴가가 시작이다."

봉헌이 웃으며 말했다.

바닷바람은 시원했고, 해는 붉게 타오르다 이내 수평선 너머로 천천히 사라졌다.

네 명은 힘을 합쳐 텐트를 쳤다. 낡은 군용 텐트였지만, 그들에겐 최고의 숙소였다.

"야, 그래도 잘 친네. 비 오면 모 좀 새긴 하것다이."

영철이 낄낄거리며 말하자, 기복이가 웃으며 대꾸했다.

"비가 와도 좋다. 학교보다 여기가 백배는 낫다."

그들은 휘발유 버너에 불을 붙이고 양은 냄비에 물을 끓여 라면을 끓였다.

정어리 통조림에 김치 한 통, 그리고 어머니가 싸 준 고추장과 된장이 반찬이 되었다.

바닷가에 앉아 바람을 맞으며 먹는 라면은 꿀맛이었다.

라면을 다 먹고 나서 봉헌이 통기타를 꺼냈다.

불씨 하나 없이, 그들은 별빛 아래에서 기타 소리에 몸을 맡겼다.

"봉헌아, '회상' 한번 쳐 봐라."

"아이다, '사랑으로' 먼저 하자. 니 그거 부르모 직이는데."

기타 줄을 튕기는 소리에 맞춰 노래가 시작되었고, 누군가는 박수를 치고, 누군가는 따라 불렀다.

웃음과 노래가 어둠 속 바닷바람을 타고 퍼져 나갔다.

그날 밤, 경운기에 싣고 온 장작으로 모닥불을 피우고 밤새 웃고 떠들며 놀았다. 각자의 자리에서 누워 밤하늘을 바라보며 기복이가 중얼거렸다. "직이는데 여다가 애석아만 있으모 울메나 좋것노." 봉헌은 조용히 말했다. "빨리 상주로 가자. 거는 서울서 마이 온다 카더라. 사근사근한 서울 가서나 하고 말 한번 섞어 보모 좋것다이." 파도 소리는 끊이지 않았고, 별빛 아래 그들의 첫 바닷가 여행은 마치 한 편의 영화처럼 기억될 밤이었다.

그날 밤, 해변 모래밭 위에 네 친구는 경운기에 실어 온 장작을 꺼내 정성스레 쌓았다.

봉헌이 성냥불을 긋자, 마른 솔가지에 불씨가 옮겨붙었고 곧 붉은 불길이 타올랐다.

장작 타는 소리, 파도 부서지는 소리, 그리고 소년들의 웃음소리가 어우러져 해변 가득 울려 퍼졌다.

"야야, 이거 완전 대학생들 캠핑 부럽지 않다."

기복이가 소리쳤고, 영학이 과자 봉지를 입에 물고 손을 흔들며 맞장구쳤다.

라면을 끓여 또 나눠 먹고, 통기타를 돌려가며 '회상', '비와 당신', '잊혀진 계절' 같은 노래를 불렀다.

가사는 제대로 모르면서도, 어깨를 흔들고 발을 구르며 밤공기를 온몸으로 느꼈다.

별이 총총 박힌 하늘 아래, 네 사람은 모닥불을 가운데 두고 다리를 뻗은 채 누워 있었다.

따뜻한 모래와 바닷바람, 그리고 적당히 피로한 몸이 이상하리만치 편안하게 느껴졌다.

기복이가 먼저 말을 꺼냈다.

"직이는데… 여다가 애석아만 있으모 울메나 좋것노…"

누구도 대놓고 말은 안 했지만, 각자 마음속엔 누군가 그리운 얼굴이 하나쯤은 떠오르고 있었다.

봉헌은 모닥불 불빛을 바라보다가 조용히 중얼거렸다.

"빨리 상주로 가자… 거는 서울서 마이 온다 카더라.

사근사근한 서울 가서나 하고 말 한 번 섞어 보모… 좋것다이…"

영학이 고개를 돌려 물었다.

"서울 가서나가 니는 좋더나?"

"좋다. 말하는 거부터 다르다 아이가."

기복이가 킥킥 웃으며 말했다.

"봉헌 니 요새 외롭제?"

봉헌은 웃지도 않고, 멍하니 하늘만 바라보았다. 잠깐의 정적이 흘렀고, 네 사람은 각자의 생각에 잠겼다.

모닥불은 어느새 작아졌지만, 소년들의 마음속엔 크고 환한 불꽃이 피어오르고 있었다.

파도 소리는 여전히 끊이지 않았고, 바람은 염분 섞인 냄새를 코끝에 밀어 넣었다.

그 밤, 별빛과 모닥불, 그리고 소년들의 설렘은 가난하지만 순수했던 여름 한가운데, 영원히 지워지지 않을 장면으로 새겨졌다.

35. 남해대교를 건너다

밤새도록 기타 치고 노래 부르며 웃고 떠들던 네 소년은, 결국 새벽녘이 되어서야 모래밭에 몸을 뉘었다.

모닥불은 이미 꺼졌고, 텐트 안은 습기와 피곤함으로 눅눅해져 있었다.

그러나 해는 그들의 게으름을 허락하지 않았다.

바다 위로 붉게 솟아오른 해가 텐트를 비추자, 텐트 안은 순식간에 찜질방이 되어 버렸다.

기복이가 땀에 젖은 얼굴로 툴툴거리며 말했다.

"아이씨… 해가 와 이리 뜨겁노. 고마 더 자다가는 오징어멘쿠로 꾸버지것다이."

영학이도 뻗은 다리를 꿈틀거리며 이불을 걷어찼다.

"일나자. 어편 상주로 달나자 쪼매이 더 있으모 더버 못 간다."

그들은 텐트 밖으로 나와, 이불과 옷가지들을 하나씩 털고 정리하기 시작했다.

모래가 잔뜩 묻은 수건과 구겨진 과자 봉지, 밤새 마신 음료수와 소주병도 주워 모았다.

한편, 영철과 봉헌은 작은 버너에 물을 올려 아침 준비를 하고 있었다.

냄비에 쌀을 넣고 밥을 하고 난 뒤 어제 남은 삼겹살 몇 점과 김치를 넣어서 김치찌개를 하였다.

봉헌이 먼저 투덜댔다.

"영철아, 해장하구로 물 좀 더 여라. 속이 씨리다."

영철은 힐끗 째려보며 말했다.

"내가 비미 알아서 할까이. 니 잘하모 니가 해라, 자석아."

봉헌이 웃으며 손을 들었다.

"아이다, 그냥 한마디 했꾸마는. 이 자석이 생리 기간이가, 와 이리 날카롭노."

영학이가 코를 킁킁거리며 끼어들었다.

"아직 밥 멀었나, 배고프다. 엉가이 해라, 아침부터 지랄 말고."

봉헌은 찌푸린 얼굴로 웃으며 김칫국을 그릇에 나눠 담았다. 그 국물 냄새에 배고픈 아이들이 하나둘 자리에 앉았다.

기복이가 국을 한술 뜨며 말했다.

"이야, 냄새 장난 아이다. 역시 술 묵고 나서 해장은 김칫국이다."

영학이도 혀를 차며 말했다.

"어제 묵던 소주 있나? 안주가 이리 좋은데 해장술 해야지."

영철이 입을 삐죽이며 말했다.

"없다, 밑 빠진 술독아지가 엄청시리 퍼마시더만은."

기복이는 아쉽다는 듯이 말했다.

"쪼매 아쉽네."

봉헌이 국그릇을 내려놓으며 말했다.

"자석아, 아침에 해장술 찾으면 페인이다. 그라고 낮술치아모 지 애비도 못알아 본다 안 카더나."

영철이도 고개를 끄덕이며 덧붙였다.

"맞다, 무다이. 술 먹고 경운기 끌고 가다가 끌빠비모 우짜 끼고. 낮에는 묵지 말자."

말끝에 네 사람은 동시에 피식 웃었다.

파도 소리는 여전히 잔잔했고, 햇살은 눈부시게 바다를 감싸 안고 있었다.

그들만의 여름, 그들만의 자유가 그렇게 한 그릇의 김칫국과 함께 시작되고 있었다.

네 사람은 모랫바닥에 앉아, 서로 다른 그릇에 나눠 담긴 김칫국과 밥을 허겁지겁 먹기 시작했다.

뜨거운 국물이 목구멍을 타고 내려가자 어제의 피로가 조금씩 풀리는 것 같았다.

그 순간, 바닷가 저편에서 파도를 피해 걷고 있는 여자아이들 몇 명이 보였다.

기복이의 눈이 번쩍 뜨였다.

"야야, 봉헌아. 혹시 저 중에 가서나도 있나 봐 봐라."

봉헌은 흘끗 돌아보았지만, 눈길을 오래 두지는 않았다.

그는 입가에 라면 국물을 묻힌 채, 조용히 말했다.

"상주로 가야 이쁜 가서나를 본다. 여는 별로다."

그리고 그는 다시 고개를 숙이고, 밥을 먹기 시작한다.

아침 7시에 실안 해변에서 출발한 경운기는 여전히 거북이 걸음으로 국도를 기고 있었다.

도로 옆으로는 해무가 아직 걷히지 않아, 길가 논밭이 뿌옇게 일렁였다.

사천을 지나 다시 남해로 향하는 그 길은, 예상보다도 훨씬 길고 더뎠다.

봉헌은 운전대를 잡은 채로 연신 하품을 하더니, 결국 입을 열었다.

"아이고, 배 고프다. 여서 라면 묵고 가자."

영철이가 "우리 남해대교 건너가서 밥 해 묵자."

옆에서 영학이가 말렸다.

"여서 너무 멀다. 지금 라면 끼리 묵고, 남해대교 건너서 늦은 점심 해 묵자. 굶고 가다가는 진짜 배고파 디진다이."

아이들은 고개를 끄덕였고, 도로 옆 공터에 경운기를 세웠다.

기복이는 짐칸에서 휘발유 버너와 라면 봉지를 꺼냈고, 영철은 물통을 꺼내 냄비에 물을 붓고 불을 붙였다.

잠시 후, 보글보글 끓는 물에 라면과 김치 조금을 넣자 금세 국물 냄새가 코끝을 간질였다.

"이야, 맛있것다이."

봉헌이 젓가락을 들며 웃었다.

그들은 도로 옆 풀숲에 아무 데나 깔고 앉아, 서로 젓가락이 엉키도록 라면을 후루룩 소리 내어 먹었다.

햇살은 벌써 머리 위로 올라와 있었고, 지나가던 트럭 운전사도 창문을 내리고 그들을 힐끗 보며 웃고 지나갔다.

"마, 이거야말로 꿀맛이다. 둘이 묵다가 하나 죽어도 모르것다이."

기복이는 땀을 훔치며 국물을 들이켰다.

봉헌은 웃으며 젓가락을 내려놓았다.

"그래도 좀 있으모 남해대교 건넌다 아이가."

영철이 라면 국물까지 비우고는 손등으로 입을 훔치며 말했다.

"남해대교? 나는 처음 가 본다."

그러자 영학이가, "아, 기복이 니 늦게 전학 와서 모르제. 우리는 국민학교 6학년 때 봄에 버스 타고 수학여행 왔다 아이가. 남해대교 다리가 엄청시리 크다이. 니 보모 기절할 끼다."

영학의 말에 기복이는 눈이 휘둥그레졌다.

"진짜가?"

"하모, 바다 위에 다리가 쫘악~ 놓이 있는데, 걸어가 보모 다리 울렁울렁 함시롬 너무 높아가 밑에 보모 어지러버서 오금이 저린다. 진짜 장난 아이다."

영학은 두 팔을 크게 벌리며 그 크기를 묘사했다.

기복이는 상상만으로도 온몸에 소름이 돋는 듯 몸을 웅크렸다.

"그라모 우리 지금 글로 경운기 끌고 가는 기가?"

"하모. 남해 갈라 쿠모 그 다리 안 건너 모 못 간다 아이가."

영철이 장난스레 말하자, 봉헌이 웃음을 터뜨렸다.

"자석들아, 괜히 겁먹지 마라. 다리 밑으로 바다가 보이가 더 멋진 기다. 기복이 니 좋아할 끼다. 바다 내미에 바람이 쫘악~ 불어오모 기분이 확 풀린다 아이가."

봉헌의 말에 기복이는 살짝 긴장된 웃음을 지어 보였다.

"마, 쌔가빠지 가 보자."

영학이 외치자, 다시 경운기가 부르르 시동을 걸었다.

고소한 라면 냄새는 여전히 짐칸에 배어 있었고, 바닷바람이 불어 오기 시작했다.

경운기의 느린 속도만큼, 그들의 마음도 느긋하고 평화로웠다.

남해대교는 아직 보이지 않았지만, 머지않아 그 거대한 다리 위에 자신들이 서 있을 거라는 생각에 아이들의 얼굴엔 다시 설렘이 번지고 있었다.

드디어였다.

산길을 몇 번이나 돌고 돌아 고개를 하나 넘자, 멀리서 희미하게 남해대교의 붉은 아치가 눈에 들어왔다.

"어! 보인다! 남해대교다!"

누구랄 것도 없이 네 명 모두가 동시에 외쳤다.

기복이는 손으로 이마 위를 가리며 앞을 내다봤고, 봉헌은 흥분한 목소리로 말했다. "우와, 진짜다! 초등학교 때 수학여행 와서 보던 그 다리 아이가!" 영학은 연신 머리를 흔들며 감탄했고, 영철은 경운기의 핸들을 더 힘주어 움켜쥐었다.

점점 가까워질수록 다리는 거대한 몸집을 드러냈고, 붉은 철제 구조물은 하늘과 바다 사이를 우뚝 가르며 솟아 있었다. 그들은 입을 다물지 못한 채 고개를 내밀고 다리 위를 바라보았다.

"우와 진짜 직이네! 고상한 보람이 있다이."

기복이는 감탄을 연발하며 말했다.

마침내 경운기는 드르륵거리는 소리를 내며 남해대교 위로 진입했다.

"야야, 다 올라왔다!"

봉헌이 외치자 영철이는, "너거 다리 밑 보지 마라. 겁난다이." 말했다.

그러면서도 정작 본인은 경운기 좌우로 고개를 내밀며 밑을 보고 있었다.

다리 밑으로는 푸른 바다가 끝도 없이 펼쳐져 있었다.

바람은 얼굴을 세차게 때렸고, 햇살은 파도 위를 반짝이며 춤추고 있었다.

"우와… 바다 위로 날아가는 거 같다이."

영학이 중얼거렸다.

경운기는 느릿느릿 다리 위를 기어갔지만, 그 순간만큼은 누구도 그 속도에 불평하지 않았다. 오히려 그 느림이 감사했다.

한 발 한 발 바다 위를 걷는 듯한 느낌에, 그들은 진심으로 설레고 있었다.

그들은 그날, 남해대교 위에서 처음으로 청춘이라는 단어의 무게를 가슴으로 느꼈다.

그리고 경운기의 그림자는 긴 다리 위로 길게, 또렷하게 드리워졌다.

36. 상주 해수욕장 도착했다

남해대교를 무사히 건넌 네 사람은, 다리를 건넜다는 벅찬 감동도 잠시, 금세 밀려오는 허기 앞에 현실로 돌아왔다.

"야, 언자 오데로 갈 끼고?"

기복이가 경운기에서 내려 뻗은 허리를 펴며 물었다.

"다리 밑에 가서 밥 묵고 가자. 배창수가 아파 디지것다."

영학이 배를 쓸어내리며 투덜거렸다.

"저 선착장 밑으로 내려가 보자. 남해대교 옆 충렬사 한데로 가모 그늘도 있고 물도 있으깨네 밥 해 묵기 딱 좋을 끼다."

봉헌의 말에 다들 고개를 끄덕였다.

경운기는 천천히 선착장 옆 공터로 내려갔다.

바닷바람이 솔솔 불어오고, 파도는 낮게 출렁이며 갯내음을 퍼뜨리고 있었다.

그늘진 자리를 찾아 짐을 내리고, 그들은 각자의 역할을 나누어 밥을 준비했다.

영철은 버너를 설치하고, 봉헌은 쌀을 씻어 냄비에 담았다.

기복이는 텐트 가방에서 김치와 멸치볶음, 그리고 어머니가 싸 준 반찬통을 꺼냈고, 영학은 작은 양동이에 물을 떠 와 쌀과 채소를 씻었다.

"기복이 니 여 수학여행 안 와서 모를 낀데, 이순신 장군이 여서 죽었다 아이가."

기복이가 쓱 고개를 돌리며 받아쳤다.

"나도 안다 명량해전. 니가 내로 영 알로 보네."

봉헌이 코웃음을 쳤다.

"니 명량이 여인 줄은 알았나?"

기복이가 눈을 껌뻑이며 말끝을 흐렸다.

"…그것은 몰랐지. 그란데, 이순신 장군이 전사한 데는 국민학생도 안다. 이 자석아."

영철이 옆에서 웃음을 터뜨렸다.

"야야, 니들 둘 다 반피다. 명량은 전라도고, 여는 노량해협이 이순신 장군 마지막 싸움터다."

"맞다, 노량해전! 그래 노량! 그거 말할라꼬 했는데 니들이 자꾸 명량 한깨네 헷갈릴다 아이가."

기복이는 어정쩡한 변명으로 체면을 세우려 했고, 봉헌은 팔짱을 끼고 고개를 끄덕였다.

"그래도 니, 노량하고 명량도 구분 못 하고 큰소리치는 거는 쪼매 우습데이~"

기복이가 밥을 다 먹고 나자, 봉헌이 입을 열었다.

"기복아, 우리는 초등학교 때 충렬사 가서 묵념했다. 니도 밥 무선깨네, 장군님께 가서 절 한번 해라."

기복이가 밥풀 떼며 코웃음을 쳤다.

"너거는 5년 전에 묵념하고 했다 쿠나? 전시네 가서 같이 묵념 하

자. 장군님도 우리 네 명 다 모인 거 보모 기분 좋아하실 끼다.”

영학이가 손뼉을 탁 쳤다.

“맞다, 잘 되게 해도라꼬 가서 기도하자. 도회지 가고 싶은 놈, 군대 안 끌려가고 싶은 놈, 대학 붙고 싶은 놈, 각자 소원 하나씩 빌자.”

영철이가 픽 웃었다.

“마, 니는 벌시로 군대 걱정하나? 장군님이 군인인데 군대 안 가게 해 도라 쿠모 잘도 들어 주것다 자석아.”

봉헌이가 진지하게 말했다.

“너거들 장난하는 거맨치로 말하지 마라. 내는 진짜로 장군님 억수로 존경한다이. 우리나라에서 최고로 진짜 사나이 아이가. 지금으로 치모 별 네 개짜리 사성 장군이 전장에서 전사한 사람 아이가. 아메 역사적으 로 처음 일 끼다.”

기복이는 고개를 끄덕이며 조용히 말했다.

“알았다. 놀러 왔어도, 여는 그런 곳 아이다. 가자, 고마 장난 그만치 고 진짜 묵념하러 가자.”

그들은 조용히 일어나 충렬사로 향했다.

네 명의 발걸음은 장난기 가득하던 경운기 여행과는 다르게, 조금 무 겁고 조심스러웠다.

경운기를 충렬사 앞 공터에 세운 네 명은 말없이 참배로를 따라 천천 히 걸어 들어갔다.

짙은 소나무 숲 사이로 난 길, 돌계단, 그리고 고요히 서 있는 전각. 바 람이 잎을 스치는 소리 외엔 아무것도 들리지 않았다.

그들은 어느새 신발을 벗고, 마룻바닥에 무릎을 꿇었다.

기복이가 조심스럽게 말했다.

"자… 눈 감고, 고마 절하자."

네 명은 나란히 이마를 숙였다.

두 번 절하고, 가만히 손을 모은 채 잠시 침묵했다.

잠시 후, 봉헌이 입을 열었다.

"장군님… 지는 예 서울로 대학 가고 싶습미더. 우리 집이 애럽지만, 꼭 올라가서 사람 구실 한번 해 보고 싶습미더. 꼭 도와 주이소…"

영학이도 눈을 감은 채 중얼거렸다.

"장군님, 지는 우리 옴마가 아프지 않게만 해 주이소. 공부는 내가 알아서 할 낀께네 옴마만 괴안아모 됩니더."

영철은 말이 없다가, 툭 던지듯 말했다.

"지는… 뭐 별거 없습미더. 그냥 우리 네 명, 이 여행 끝까지 무사히 마치게 해 주이소. 경운기 퍼지지 않게 보살펴 주이소."

기복이는 한참을 뜸 들이다가 말했다.

"…장군님, 지도 공부 잘하고 싶습미더. 진짜로 예. 남들은 지가 장난꾸러기인 줄 아는데, 지도… 진짜 잘하고 싶습미더. 함안 법수 주물리에서 꿇어앉고 싶지 않습미더."

말이 끝나자, 다시 침묵이 흘렀다.

잠시 후, 네 명은 고개를 들고 나란히 다시 두 번 절 했다.

누구도 먼저 말하지 않았고, 그 조용한 순간 속에서 그들은 저마다 마음속 깊은 곳에 자리한 간절함을 느꼈다.

밖으로 나오니, 바람에 소나무 향이 더 짙어졌다.

기복이가 뻘쭘하게 말했다.

"아이씨… 무다이 울컥했다 아이가."

영철이 고개를 돌리며 코를 훔쳤다.

"그래도 여 잘 왔다. 오데 가서 또 이런 참배를 해 보겠노."

봉헌이 하늘을 올려다보며 말했다.

"가자. 이제 상주 해수욕장 가서, 제대로 놀아 보자."

영학이도 미소 지었다.

"그래. 근데 경운기 시동 잘 걸리것나?"

기복이가 웃으며 외쳤다.

"장군님이 도와주실 끼다!"

그들의 웃음소리가 고요한 충렬사 뒤편 숲을 흔들며 퍼져나갔다.

충렬사에서 네 친구는 남해 읍내를 살짝 지나 상주 해수욕장 방향으로 방향을 틀었다.

경운기의 속도는 여전히 느렸다.

기복이가 운전을 하고, 영철은 짐칸에 다리를 뻗은 채 기타를 튕기고 있었다.

"지금 세 시 깨네 넉넉잡아 다섯 시 반쯤 도착하것다이."

영학이가 지도를 접으며 말했다.

"딱이다. 해거름에 바다 들어가모 직일 끼다."

봉헌이 웃으며 말했다.

남해의 길은 생각보다 굽이졌고, 경운기는 언덕길을 오르며 땀을 더 쏟게 만들었다.

기복이는 이마에 흐르는 땀을 소매로 닦으며 투덜거렸다.

"우씨 경운기 운전함시롱 이래 땀나는 거 처음이데이. 이게 무신 고문하는 틀도 아이고."

그렇게 달리고 또 달려, 해가 점점 서쪽으로 기울 무렵—드디어, 파란 물빛이 눈앞에 펼쳐졌다.

"우와! 다 왔다!"

봉헌이 소리쳤다.

경운기는 골목을 돌아 드디어 상주 해수욕장 모래사장 앞에 모습을 드러냈다.

크게 '상주 해수욕장 여름 축제'라고 쓰인 현수막이 펄럭였고, 그 아래로 삼삼오오 모여 있는 사람들, 텐트를 치고 있는 대학생들, 수영복을 걸치고 돌아다니는 피서객들이 붐비고 있었다.

그 복판으로 '탈탈탈' 소리를 내며 경운기가 들어서자, 사람들의 시선이 한꺼번에 쏠렸다.

"와, 저기 뭐꼬?"

"경운기 아이가?"

"누가 저런 거 끌고 바닷가까지 왔노?"

사람들의 눈이 휘둥그레졌다.

반은 놀라움, 반은 재미였다.

유독 눈에 띄는 경운기의 거친 엔진 소리와 짐칸 가득 실린 텐트, 장작, 냄비, 그리고 기타까지.

경운기를 모는 기복이가 쑥스러운 듯 모자를 눌러 쓰며 말했다.

"야 야… 우리 졸라 튄다. 뭐 하노, 어서 텐트나 치자."

영철은 당당하게 웃으며 말했다.

"마, 괴안타 이기 바로 경운기 캠핑이다. 촌놈답게 기죽지 말자이."

네 명은 해변 가까운 나무 그늘 아래 경운기를 세웠다.

그리고 짐칸에서 텐트를 내리고, 장작과 기타, 냄비를 하나씩 꺼냈다.

그들의 도착은 해변의 '이색 볼거리'가 되었다.

몇몇 대학생들은 웃으며 사진을 찍기도 하고, 어린아이들은 경운기 주변을 빙빙 돌며 구경했다.

봉헌이 중얼거렸다.

"이리 멀 줄 알았어모 시작도 안 했을 낀데. 우쨌든 진짜 도착했다이."

그의 눈에는 피곤함보다는 작은 성취감이 비쳤다.

그 순간, 파도 소리가 살랑대고, 멀리서 기타 소리와 웃음소리가 섞여 들려왔다.

37. 서울 여대생을 만나다

경운기를 바닷가 근처 그늘진 곳에 세운 그들은, 땀에 절은 옷을 훌렁 벗어 던지고 짐칸에서 텐트를 꺼냈다.

"마, 이거 내가 형이 쓰던 거 가져온 기다. 바람 막는 천도 다 있데이."

영학이 텐트 포장을 열며 말했다.

봉헌은 봉을 꺼내 들며, "저기 소나무 그늘 쪽에 치자. 그래야 아침에 햇살 안 쬐고 푹 자지."라고 말했다.

기복이가 웃으며 받았다.

삼천포 실안 해변에서 일박을 해 보았다고 그들은 서로 척척 호흡을 맞췄다.

말없이도 누가 무엇을 꺼내고, 누가 어느 방향으로 팩을 박아야 할지 눈치껏 움직였다.

모래 위에 땀을 뻘뻘 흘리며 텐트를 치는 동안, 주변의 시선이 그들을 향하고 있다는 걸 네 사람도 어렴풋이 느끼고 있었다.

그중에서도, 바닷가 가까운 데 설치된 하늘색 텐트 근처에서 고개를 갸웃거리는 서울 여자 대학생들 세 명이 가장 눈에 띄었다.

봉헌이 조심스럽게 고개를 돌렸다.

그중 한 명, 반팔 티셔츠에 반바지를 입고 머리를 질끈 묶은 여자애가 손으로 입을 가리며 친구와 수군거리고 있었다.

"야, 야야… 저거 뭐라 카노?"

봉헌이 작게 속삭이자, 영철이 고개만 돌린 채 말했다.

"저저… 서울 애석아들 아이가? 옷 입은 거 봐라. 가서나들 궁디 보이 것다. 우리 동네서 저래 입었으모 등짝이 억수로 맞것다이."

기복이가 한쪽 눈을 찡긋하며 말했다.

"내가 물 떠로 가는 척 함시롬 말 한번 붙여 볼꾸마."

"야야, 촌스럽게 굴지 마라. 니 가서 잘못하모 함안법수 주물리 우사 칠갑이다이."

기복이는 아무 말 없이 물통을 어깨에 걸고 바닷가 쪽으로 슬그머니 걸어갔다.

그 순간이었다.

하늘색 텐트 앞에 앉아 있던 여자애 하나가 경운기를 가리키며 말했다.

"야, 쟤네… 경운기 타고 온 거야?"

"진짜네? 우와… 대단해. 처음 봐, 경운기 캠핑족?"

기복이의 귀가 번쩍 열렸다.

그는 마음속으로 '캠핑족'이라는 말을 꾹 되새겼다.

촌스럽다는 말이 아니라, 오히려 멋지다는 듯한 반응이었다.

그는 천천히 그들 쪽으로 다가가며 말했다.

"아… 혹시, 물 좀 같이 써도 되겠습니까예?"

세 여학생은 동시에 고개를 들었다.

가장 키가 큰 여자애가 싱긋 웃으며 말했다.

"괜찮아요. 공용수도에요. 다 같이 쓰는 거예요."

서울 말투였다.

TV에서만 듣던, 딱 떨어지는 표준말. '~요' 하고 올라가는 어조, 어딘가 부드럽고 세련된 그 말투에 기복이는 마치 멀리서 들려오는 음악을 듣듯 멍하니 귀를 기울였다.

가슴이 쿵 내려앉는 듯했다.

녹아내린다…는 표현이 이런 건가 싶었다.

그는 괜히 목에 걸린 물통을 만지작거리며 말을 붙였다.

"우리… 경운기 타고 왔거든예. 함안 법수서 출발해가, 여까지 오는데 이틀 걸렸다 아입니꺼."

서울 여자애들 셋은 동시에 놀란 눈을 크게 떴다.

"어머머 진짜요? 경운기? 말도 안 돼… 우와…"

가장 활달해 보이던 여학생이 입을 벌리며 말했다.

다른 친구는 입가에 웃음을 띠우고 고개를 갸웃거렸다.

"이틀씩이나 경운기를 타고? 그게… 되긴 해요?"

"예. 죽기 살기로 왔다 아입미꺼."

기복이는 조금 쑥스러운 듯 웃으며 말했다.

말은 그렇게 했지만, 그 눈빛엔 '그래도 이 경운기, 자랑할 만하지 않나?' 하는 기색이 어렴풋이 비쳤다.

한 여학생이 말했다.

"근데… 힘들지 않았어요? 이 더운데?"

기복이는 물을 채우던 손을 멈추고, 어깨를 으쓱였다.

"뭐… 땡볕엔 좀 덥지예. 근데, 재밌있습미더. 같이 웃고, 노래하고…

경운기가 좀 살살 와도, 우리가 있는 것은 시간뿐이 없어예.”

그 말에 세 여학생이 또 한 번 웃었다.

이번엔 놀람이 아니라, 진심 어린 미소였다.

그 순간, 기복이의 눈에 여학생 하나가 유독 선명하게 들어왔다.

조용히 미소만 짓고 있던, 단발머리에 흰 티셔츠를 입은 아이. 그녀의 눈동자가 잠시 기복이의 눈을 바라봤다.

기복이는 흠칫하며 말을 고쳐야 할까 말까 망설였다.

그 말이 어색하게 들렸다는 걸 서울 여학생들의 반응을 보고서야 알아챘다.

“냉중에… 해거름에 우리 텐트에 오실라미꺼?”

그는 부끄러워 손에 든 물통을 매만지며 눈치를 살폈다.

서울에서 온 여학생들은 서로 얼굴을 쳐다보며 멀뚱멀뚱 고개를 가웃거렸다.

가장 말이 빠른 친구가 고개를 갸웃거리며 물었다.

“저기… 방금 뭐라고 하셨어요? ‘냉중에’가 뭐예요? 그리고 해거름이 무슨 뜻인가요?”

기복이는 당황해 웃음을 터뜨렸다.

“아, 예… 그게, 오늘 저녁쯤… 해 질 무렵에… 우리 텐트에 놀러 오시겠냐고예.”

“아~ 해 질 무렵에?”

여학생 중 한 명이 고개를 끄덕이며 따라했다.

“냉중에… 오, 신기하다! 그게 저녁이라는 뜻이에요?”

여학생 중 한 명이 눈을 동그랗게 뜨며 되물었다.

기복이는 두 손으로 물통을 만지작거리며 고개를 절레절레 저었다.

"아입미더. 냉중에는 '나중에'를 그렇게 말합미더. 이른 저녁을 '해거름'이라 카기도 하고, 정때라 하기도 합미더. 경상도 사투리라서 쪼매 알아듣기 애럽지예."

기복이는 자신의 말이 어렵게 들릴까 봐 한층 더 조심스러운 목소리로 덧붙였다.

"지가예… 서울 사람들하고 말을 안 해 봐서예. 너무 이상타 하지는 마이소예."

그 말에 서울 여학생들은 서로 얼굴을 바라보다가 조용히 웃었다.

마치 외국어를 배우는 듯, 신기하고 재미있다는 표정이었다.

"이상하긴요, 오히려 귀엽고 재밌어요."

단발머리 여학생이 부드럽게 말했다.

다른 친구가 장난스레 물었다.

"그럼, '냉중에' 보자는 건 '나중에' 보자는 거예요?"

"예, 맞심미더."

기복이가 쑥스럽게 웃으며 고개를 끄덕였다.

"냉중에, 해거름쯤… 우리 텐트로 오이소. 기타도 치고… 김치찌개 맛있게 해서 묵고…"

"와~ 기타까지?"

"그럼 꼭 가야겠다. 냉중에!"

여학생들이 장단을 맞추며 웃음을 터뜨렸다.

기복이는 얼굴이 화끈거려 물통을 들고 재빨리 돌아섰다.

그 순간, 어디선가 파도 소리가 또렷하게 들려왔다.

햇살은 여전히 따가웠지만, 기복이의 마음 한편엔 선선한 바람이 불고 있었다.

기복이는 민망한 듯 어깨를 움츠리며 말했다.

그러자 조용히 듣고 있던 단발머리 여학생이 부드럽게 웃으며 말했다.

"이상하지 않아요. 귀여워요."

그 한마디에 기복이의 귀까지 붉게 달아올랐다.

"그럼… 냉중에 가면 기타도 쳐 줘요?" 또 다른 여학생이 웃으며 물었다.

"하모예. 로망스도 칠 줄 압니더. 가요 노래도 쪼매… 하긴 합미더."

"그럼 해 질 무렵에 갈게요. 냉중에."

서울 여학생들은 장난스럽게 그 말을 흉내 내며 깔깔 웃었다.

기복이는 머리를 긁적이며 물통을 들고 슬그머니 돌아섰다.

뒷덜미가 간질거렸다.

그날 해거름이, 기복이 인생에서 가장 설레는 저녁이 될 거라는 걸 그는 아직 모르고 있었다.

심장이 이상하게 두근거리기 시작해서 그는 입술을 꾹 다물었다.

그리고 마음속으로 중얼거렸다.

'…진짜 서울 애석아들이다. 참말로 서울말이 이리 좋은 긴지 몰랐다이.'

38. 여대생들과 즐거운 시간을 보내다

그 순간, 멀리서 봉헌의 목소리가 우렁차게 들려왔다.

"야, 기복아! 물 빨리 안 떠오나! 물이 있어야 밥을 할 거 아이가!"

기복이는 정신이 퍼뜩 들며 물통을 다시 들었다.

"간다! 간다!"

하고는 바쁘게 발걸음을 옮기기 전에 서울 여학생들에게 고개를 조심스레 숙였다.

"물 고맙심더예. 냉중에 꼭 오시소."

여학생들이 웃으며 손을 흔들었다.

기복이는 씰룩씰룩 어깨를 흔들며 걸음을 옮겼다.

입가엔 웃음이 떠나질 않았고, 마음속에서는 종소리처럼

"냉중에~ 냉중에~"

그 말이 계속 울려 퍼지고 있었다.

경운기 근처로 돌아오자, 영철과 봉헌, 영학이 세 친구가 기다렸다는 듯이 쏘아붙였다.

"자석아! 물 한 통 뜨러 간 놈이 와 이리 어정거리노?"

"물 뜨다 길 잊아 삔나, 새끼야! 안 그라모 얼라들 하고 쎄쎄쎄라도 했나?"

기복이는 일부러 못 들은 척, 느긋하게 물통을 내려놓더니 고개를 한 껏 들고 어깨를 으쓱이며 말했다.

"마, 너거들 서울 여대생 봤나?"

"서울… 뭐어?"

셋 다 눈을 동그랗게 떴다.

"데레비에서만 듣던 서울말, 그것도 여대생! 우리 텐트에 초대했다 자 석들아."

봉헌이 못 믿겠다는 듯 코웃음을 쳤다.

"뭐라카노. 니 저녁을 안 무서 배고파서 헛것을 보고 왔나? 자석아, 니 가 여대생하고 말 섞었으모 내는 미스코리아 하고 만났것다."

영학이가 킥킥 웃으며 받아쳤다.

기복이는 벌떡 일어나 흥분해서 소리쳤다.

"참말이다! 내가 거짓말하모 영학이 니 아들 할꾸마!"

그러자 옆에 있던 봉헌이 입을 삐죽 내밀며 말했다.

"마, 그 소리 니 옴마 들으모 두 번 직이는 기다. 영학이가 아버지모 너 거 옴마는 우찌 되노?"

아이들은 한바탕 배를 잡고 웃었다.

"니 진짜 초대했나?"

영철이 눈을 가늘게 뜨며 물었다.

"진짜다. 냉중에 온다 캤다이. 서울말로 '나중에 갈게요~' 요래 했다 새끼야."

기복이의 말에 그제서야 아이들은 눈빛이 달라졌다.

영철이가 먼저 고개를 끄덕이며 말했다.

"그라모 진짜 준비해야 되는 거 아이가. 우리가 시골 촌놈맨치로 보이면 안 된다이."

봉헌도 심각한 표정으로 기복이를 바라봤다.

"너거들 요상한 사투리 쓰지 마래이. 국어책에 나오는 표준말 쓰라 알 것나. 맵지 촌말 쓰다가 애석아들 놀래가 도망가모 너거들 올 모래밭에 파묻어 삐고 주물리 갈 끼다이."

"아이다! 내가 오늘 완전 표준말로 할 끼다. '안녕하세요~ 여기는 상주 해수욕장이에요~' 요래."

기복이는 콧노래를 부르며 텐트 쪽으로 뛰어갔다.

영학이가 말했다.

"자, 그라모 우리 역할 좀 나나 보자. 영철이는 기타 맡아라.

봉헌이 니는 모닥불 좀 잘 피아 봐라. 내는 라면 대신에 '캠핑 요리' 같은 거 해 볼꾸마."

"캠핑 요리…? 니가 하모 결국 또 라면에 김치 넣는 거 아이가?"

봉헌이 피식 웃으며 모닥불 옆 돌을 정리했다.

영철은 기타 줄을 조이며 흥얼거렸다.

"애석아들 오모 '잃어버린 우산'부터 가자. 감성 폭발하구로."

기복이는 머리에 물을 적시고 앞머리를 손으로 넘기며 친구들 쪽으로 다가왔다.

"어때예, 서울 스타일 좀 나나?"

"자석아, 니는 서울 스타일이 아니라 서울에서 쫓겨난 스타일이다."

영학이의 말에 또다시 웃음이 터졌다.

해는 점점 지고 있었고, 그들의 텐트 근처엔 잔잔한 파도 소리와 슬슬 타오르는 모닥불, 그리고 어딘가 설렘이 섞인 공기가 감돌고 있었다.

그들은 진짜로, 서울 여대생들의 '냉중에'를 기다리고 있었다.

모닥불이 서서히 활활 타오를 무렵, 영학이가 갑자기 바다 쪽을 가리켰다.

"야, 야! 저 저 애석아들 아이가?!"

모두 고개를 획 돌렸다.

모래사장을 따라 세 명의 여학생이 파도 옆으로 조심스럽게 걸어오고 있었다.

긴 머리가 바람에 날리고, 그 웃음소리가 파도에 섞여 들렸다.

"왔다… 진짜 오고 있다이!"

기복이는 벌떡 일어나 바지에 모래를 털었다.

다리는 이상하게 힘이 풀렸지만 얼굴엔 웃음이 번졌다.

여학생들이 텐트 앞에 다다르자 기복이가 가장 먼저 나섰다.

"오셨습니꺼… 아, 아니… 어서 오세요."

순간, 서울 여학생 하나가 웃음을 터뜨렸다.

"아, '냉중에'가 이거였구나!"

다른 아이들도 킥킥 웃으며 모닥불 옆에 앉았다.

영철이 재빨리 기타를 들었다.

"그라모, 환영 공연 한 곡 뽑아 보겠습미더."

봉헌은 미리 준비한 컵에 음료를 따라 건넸다.

영학이는 아까 라면에 김치를 넣어 '캠핑 요리'라 우긴 것을 슬쩍 가운데로 밀어 놨다.

모닥불 옆, 서울 여학생들이 앉자 남자 넷은 슬그머니 허리를 펴고 목소리를 한 톤 높였다.

"그… 뭐시냐, 저는 말이죠…"

봉헌이 혀를 꼬며 시작하자 영철이 바로 거들었다.

"그러니까… 그… 말이에요, 오 오늘은… 완전 쩌는…?"

말끝이 허공에 붕 뜨자 영학이가 손을 번쩍 들며 마무리했다.

"아, 그거 맞아요! 서울분들, 이런 걸 '쩐다'라고… 한다 아이미꺼?"

그러나 억지로 끌어낸 '서울말'은 억양도, 발음도 어색하기 짝이 없었다.

기복이는 아예 TV 아나운서 흉내를 냈다.

"여… 여러분, 오늘 날씨는… 대체로 맑고요~"

그 순간, 여학생들 사이에서 폭발하듯 웃음이 터졌다.

"아하하하! 아, 진짜 웃겨요!"

"그게 무슨 서울말이에요? 완전 사투리 섞였는데요!"

"아, 잠깐만… 나 배 아파…"

여학생들은 서로 어깨를 부여잡고 박장대소를 했다.

남자들은 괜히 머리를 긁적이면서도 속으론 흐뭇했다.

그 웃음이 자신들 때문이라는 게, 그리고 그 웃음 속에 섞여 있다는 게 이상하게 뿌듯했기 때문이다.

여학생들 중 한 명이 물었다.

"근데… 오빠들, 나이는 몇 살이에요?"

기복이 어깨를 으쓱하며 대답했다.

"우리? 스무 살쯤… 보이지예?"

봉헌이 바로 거들었다.

"아이고, 나이는 물어 보는 기 아인데."

여학생들은 킥킥 웃으며, "아, 진짜로요. 우리도 대학교 1학년이거든요. 그럼 비슷하네요." 하고 고개를 끄덕였다.

그러자 영철이 괜히 멋있다는 듯 머리카락을 손으로 쓸어 넘기며 말했다.

"아이미더 데갈빼이 보모 모르겠습미꺼. 우리 고등학생입니다."

"…네??" 여학생들의 눈이 동그래졌다.

순간, 모닥불 주위에 어색한 정적이 흘렀다.

"진짜요? 우리 또래인 줄 알았는데… 헉, 고등학생이라고요?!"

다른 한 명이 놀란 눈으로 기복을 훑어봤다.

"아니, 근데… 왜 이렇게… 다들… 겉늙어 있나?"

기복은 괜히 목을 가다듬으며 말했다.

"시골서는 말이죠, 하루 종일 들판 댕볕에 댕기고 소도 몰고, 경운기도 몰고…그라모 이렇게 늙… 아니, 성숙해집미더."

봉헌이 옆에서 한마디 보탰다.

"마, 우리 시골 고등학생은 서울 대학생 3학년하고 비슷할 끼미더."

여학생들은 또다시 웃음보를 터뜨렸다.

"아, 진짜… 충격이야. 완전 아저씨 포스였는데!"

"그래서 말투도, 행동도, 우리 또래보다 훨씬 여유 있어 보였구나~"

남자 넷은 조금 부끄럽지만 어쩐지 그 말이 싫지는 않았다.

39. 보리암에 오르다

시골 고등학생들이 또래보다 훨씬 성숙해 보이는 데에는 이유가 있었다.

1970년대만 해도 장발과 미니스커트는 경찰 단속 1순위였다.

머리가 귀를 덮은 남학생은 경찰 아저씨가 잡아 머리카락을 잘랐고, 무릎 위로 올라가는 치마를 입은 여학생은 교문 앞에서 바로 제지당했다.

하지만 1980년대 들어 단속이 풀리자, 남자들은 사회인이 되거나 대학에 들어가면 제일 먼저 머리를 길렀고 여자들은 짧은 치마와 세련된 옷차림을 마음껏 즐겼다.

기복과 친구들은 비록 학생이었지만, 평소 들은 이야기와 서울 학생들 스타일을 흉내 내며 방학이라 머리도 좀 길게, 바지도 조금 세련되게 입고 다녔다.

서울 여대생들이 그들을 대학생으로 착각한 것도 그 때문이었을지 모른다.

"야, 우리 서울 애석아들한테 완전 먹힌 거 아이가?"

기복이 작은 소리로 으쓱하자, 봉헌이 팔꿈치로 옆구리를 툭 쳤다.

"마, 니만 믿는다. 냉중에 장작 불피할 때도 놀러 오이라 캐라!"

여대생들은 웃으며

"나중에 갈게요~"라고 또박또박 말했다.

밤이 깊어 가자, 모래사장 한가운데 모닥불이 활활 타올랐다.

경운기로 실어 온 마른 솔가지가 불꽃 속에서 '탁탁' 튀며 부서졌고, 불빛이 얼굴을 물들이며 바다 위로 길게 흔들렸다.

멀리 파도는 고요히 밀려와, 불소리와 겹쳐 은근한 박자를 만들었다.

기복은 한쪽에서 물통을 내려놓고, 여대생들을 향해 서툰 서울말로 외쳤다.

"어서… 오십시오~ 불이… 땃땃해요!"

여대생 하나가 고개를 갸웃하며 웃었다.

"땃땃이 뭐예요?"

기복이 순간 말문이 막혀 머리를 긁적였다.

"아… 서울말 해야 하는데…"

그러다 체념하듯 말했다.

"불이 따뜻합미더."

"아~ 불이 따뜻하다고 하신 거예요?"

기복은 활짝 웃으며 고개를 끄덕였다.

"아, 맞아예."

그러자 다른 여대생이 장난스럽게 말했다.

"그냥 사투리로 쓰세요. 서툰 서울말이 더 어려워요."

모닥불 속 솔가지가 '탁' 하고 튀자, 모두가 동시에 웃음을 터뜨렸다.

불빛이 얼굴을 붉게 물들이고, 웃음소리가 파도 소리와 함께 밤공기를 데웠다.

모닥불 앞의 남자 넷은 자리 하나씩 비워 주었다.

봉헌이 기타를 잡아 첫 코드를 울렸다.

통기타 줄이 찰랑 울리자, 불꽃이 순간 더 커진 듯 보였다.

영학이가 박자를 맞춰 손뼉을 치고, 영철은 노래 첫 소절을 힘껏 불렀다.

모래 위로 '쿵쿵' 발을 구르는 소리, '하하하' 터지는 웃음소리가 불길 속에 섞였다.

여대생 중 한 명이 노래 후렴을 따라 부르자 기복은 깜짝 놀라, 얼굴이 달아올랐다.

서울말로 부르는 노랫소리가 자꾸만 귀를 간질이며 가슴을 울렸다.

기복은 순간, 불꽃 너머 그녀와 눈이 마주쳤고 괜히 시선을 바다로 돌렸다.

불빛은 서로의 얼굴을 더 또렷하게 비추었다.

긴 머리카락이 불빛에 붉게 물든 여대생들, 그 옆에서 머리를 살짝 기른 시골 고등학생들. 이제 그들 앞에는 자유와 설렘만이 있었다.

모닥불 옆에 둥그렇게 앉은 기복이와 친구들, 그리고 여대생들은 각자 손에 유리컵을 들고 있었다. 불꽃이 일렁이며 얼굴에 붉은빛을 번갈아 비췄다.

봉헌이 먼저 입을 열었다.

"아, 예… 우리 머슴마들 오늘 하루쟁일… 열심히 경운기로 달리 왔습니다… 맞습니까?"

서울말 흉내를 내며 또박또박 말하자, 여대생들이 웃음을 참지 못하고 배를 잡았다.

그러자 여대생 중 한 명이 경상도 사투리를 따라 했다.

"밥 좀 주이소."

억지로 굴린 억양이 어색해, 이번엔 기복이 쏟아지듯 웃음을 터뜨렸다.

"아이고, 그 발음으로는 아무도 밥 안 줌미더!"

영학이도 한술 더 떠서 서울말로 말했다.

"아… 그렇군요. 저는… 내일… 아침에 일찍 일어날 겁니다."

그러자 맞은편 여대생이 경상도 말투로 받아쳤다.

"아침에 일찍 일어난다 하모, 니는 새나라의 얼라다!"

불꽃이 '파직'하고 튀고, 기타 줄이 은은하게 울리며 한 친구가 〈고향의 봄〉 전주를 뜯기 시작했다. 서울말과 사투리가 뒤섞여 왔다 갔다 하고, 그때마다 웃음소리가 파도 소리 위로 퍼져 나갔다.

밤바람이 조금 차가웠지만, 그 웃음과 불빛은 모두를 데워 주고 있었다.

모닥불 옆, 불빛이 서로의 얼굴을 반짝이게 비추는 가운데 기복이 서울 여대생들을 향해 말을 꺼냈다.

"내일 아침에 등산가실라미꺼?"

여대생 중 한 명이 고개를 갸웃했다.

"등산요?"

기복은 활짝 웃으며 고개를 끄덕였다.

"예, 보리암이라고… 상주 해수욕장에서 걸어서 살살 갔다 오모 점심 때 될 끼미더."

서울 여대생들이 서로 눈치를 보며 웃었다.

"힘든 코스 아닌가요? 그럼 저희 못 가요."

기복은 두 손을 내저었다.

"아입미더, 살살 산보가는 거맨치로 가모 됩미더. 바다 봅시롱 찬찬히 올라가모, 진짜 기분 좋습미더."

옆에서 봉헌이도 거들었다.

"맞아예. 거기 가모 경치 기가 막힙미더. 바위가 좋아서 사진도 끝내주게 나옵미더."

여대생들은 잠시 생각하더니, 마침내 고개를 끄덕이며 미소 지었다.

"그럼… 내일 아침에 일어나질 수 있다면 가요."

그 말에 아이들은 환호성을 질렀고, 불꽃 위로 웃음소리가 또 한 번 튀어 올랐다.

다음 날 새벽, 아직 하늘은 희끄무레했다.

바닷바람에 염분 섞인 냄새가 살짝 스쳤고, 파도 소리가 멀리서 들려왔다.

기복 일행과 서울 여대생들은 졸린 눈을 비비며 출발했다.

처음엔 논길을 따라 걸었다.

논두렁 옆으로는 개구리 울음이 잔잔히 들렸고, 길은 평탄했다. 여대생 중 한 명이 팔을 벌리며 말했다.

"어, 생각보다 완전 쉬운데요? 이 정도면 산책이지!"

기복은 뿌듯하게 웃었다.

"그렇다 카지예? 그냥 살살 가모 금방 갑미더."

하지만 산 중턱에 접어들자 상황이 달라졌다.

길은 점점 가팔라지고, 흙길 사이로 돌이 튀어나와 있었다. 숨이 턱까지 차오르고, 발걸음은 점점 무거워졌다.

"아… 이거 완전 사기당했네."

한 여대생이 숨을 몰아쉬며 투덜거렸다.

"이게 별로 힘들지 않다고요?"

또 다른 여대생이 기복을 째려봤다.

"아… 쪼매만 더 가면 더됩미더. 힘내시소."

기복은 땀을 훔치며 손을 내저었지만, 얼굴엔 이미 힘든 기색이 역력했다.

봉헌이 뒤에서 킥킥 웃었다.

"마, 니 표정이 딱 반은 왔다 카는 거 같은데."

그러자 여대생 하나가 나지막이 말했다.

"우리 그냥 바닷가에서 놀 걸…"

그럼에도 불구하고, 모두는 다시 발걸음을 옮겼다.

새벽안개가 서서히 걷히며, 멀리 산 위로 보리암 지붕이 어슴푸레 보이기 시작했다.

가파른 오르막이 끝나갈 즈음, 숲 사이로 회색 기와지붕이 슬며시 모습을 드러냈다. 마지막 돌계단을 오르자, 드디어 '보리암' 현판이 눈앞에 나타났다.

숨이 턱까지 차올라 모두 제자리에서 한참을 헐떡였다.

"와… 드디어 왔다…"

서울 여대생 한 명이 무릎을 짚으며 말했다.

기복은 땀에 젖은 이마를 닦으며 껄껄 웃었다.

"그렇다 안 했습미꺼? 쪼매만 가모 된다 했지예."

봉헌이 바로 옆에서 툭 쳤다.

"니 '쪼매만' 한 기 벌시로 스무 번은 될 끼다."

보리암 마당에 서니, 앞쪽이 탁 트여 있었다.

아침 햇살이 안개를 가르며 남해 바다 위로 길게 비쳤다.

은빛 물결이 끝없이 이어지고, 멀리 섬들이 보석처럼 점점이 흩어져 있었다.

서울 여대생들은 그 자리에서 감탄을 터뜨렸다.

"세상에… 사진이랑은 비교도 안 되네요."

"이래서 등산을 하는 거군요…"

그들의 목소리가 경외심에 젖어 있었다.

바람이 시원하게 불어와 땀을 식혀 주고, 절 앞 풍경은 마치 한 폭의 수묵화처럼 고요하고 장엄했다.

기복은 잠시 바다를 바라보다가, 은근슬쩍 말했다.

"내일도 오실라미꺼?"

그러자 여대생 하나가 웃음을 터뜨리며 말했다.

"아뇨 아뇨 너무 힘들어요."

40. 바닷가의 추억을 영원히 간직하며

산길을 내려오는 발걸음이 아침과는 달리 훨씬 무거웠다.

아까까지만 해도 웃고 떠들던 여대생 누나들이, 숨을 고르며 조심스럽게 말을 꺼냈다.

"우리… 오늘 오후 서울로 올라가야 돼요."

순간, 시골 고등학생 네 명의 표정이 동시에 굳었다.

기복은 발끝만 보며 묵묵히 걸었고, 봉헌은 괜히 주머니 속 돌멩이를 만지작거렸다.

영철은 한참 동안 아무 말도 하지 않다가, 낮게 중얼거렸다.

"그라모… 오늘 밤 캠프파이어는 없는 기가…"

누나들은 미안하다는 듯 웃으며 말했다.

"다음에 또 내려올게요."

하지만 아이들은 속으로 '내년에도 올까…' 하며 이미 마음 한구석이 허전해졌다.

해가 중천에 떠 있었지만, 내려오는 길의 그림자가 유난히 길게 느껴졌다.

멀리 바다가 보이는데도, 그 반짝임이 아침처럼 설레지 않았다.

기복은 바람결에 실린 소금 냄새를 맡으며 속으로만 중얼거렸다.

'아, 조금만 더 같이 있었으모 좋을 긴데…'

오후 햇살이 부드럽게 비치는 상주 해수욕장 모래사장에서, 기복은 누나들의 텐트 앞에 서 있었다.

그는 말없이 말뚝을 뽑고 천을 접어 차곡차곡 개어 주었다.

"이제 거의 다 됐심더. 누나들, 이 짐은 내가 싸 드릴게예."

서울 누나들은 연신 "고마워요, 진짜 고생 많네요"라며 웃었다.

짐을 다 싼 뒤, 기복이 머뭇거리다 말했다.

"누나들, 경운기로 버스터미널까지 태워다 줄께예."

"아뇨, 괜찮아요. 짐도 많이 없는데요."

그러자 옆에서 영철이 잽싸게 끼어들었다.

"타고 가입시더! 이래 봐도 베스트 드라이버입니다. 걱정 마이소."

결국 누나들은 웃으며 경운기에 올랐다.

엔진이 '푸덕푸덕' 소리를 내며 출발하자, 누나들은 난생처음 타 보는 경운기에 완전히 빠져들었다.

"와, 이거 진짜 신기하다! 경운기 처음 타 봐요."

"마, 바람 맞으모 억수로 시원합미더!"

바닷바람이 얼굴을 스치고, 경운기 뒤로 해변이 점점 멀어졌다. 누나들은 연신 카메라 셔터를 누르며 함성을 질렀고, 기복과 영철은 속으로 '이 순간만은 절대 안 잊힐 끼다.'라고 다짐했다.

버스 정류장에는 이미 사람 몇이 줄을 서 있었다.

정류장 옆 가로수 잎사귀가 바람에 살짝살짝 흔들리고, 멀리서 버스의 엔진 소리가 점점 커져 왔다.

기복은 경운기 시동을 끄고, 누나들의 짐을 하나씩 내려 주었다.

"여까지 오느라 수고했심더."

목소리가 괜히 낮아졌다.

누나들은 환하게 웃으며 고개를 끄덕였다.

"정말 고마웠어요. 덕분에 재미있게 쉬다 가요."

영철이도 장난스럽게 손을 흔들며 말했다.

"서울 가모 우리 생각 좀 해 주이소. 편지라도 한 장 보내 주고."

버스가 마침내 정류장에 멈춰 섰다.

"자, 언자 타시소."

기복은 최대한 담담하게 말했지만, 속으로는 심장이 쿵쿵 뛰었다.

여대생 누나들은 차에 오르기 전, 하나씩 손을 잡아 주었다.

그 짧은 순간, 네 남자들은 손끝에 전해진 온기가 이상하게 오래 남았다.

버스 창문이 열리고, 누나들이 손을 흔들었다.

"안녕— 잘 있어요!"

"누나들 잘 가시소!"

네 명의 고등학생 목소리가 바닷바람에 섞여 울려 퍼졌다.

버스는 천천히 고불고불한 길을 돌아 사라졌다.

모래바람이 살짝 일고, 바닷가의 파도 소리만 남았다. 네 남자들은 한참이나 그 자리에 서서, 사라진 버스를 바라보고 있었다.

여대생들이 탄 버스가 먼지를 날리고 저 멀리 사라지자, 네 명의 고등학생은 마치 힘줄이 풀린 인형처럼 그 자리에 멈춰 섰다. 바닷바람이 얼굴을 스쳐도, 파도 소리가 귓가에 부서져도, 그들의 표정은 멍했다.

가슴속 무언가가 쑥 빠져나가 버린 듯, 허전함이 뼛속까지 스며들었다. 영학이는 모래사장 끝자락에 쭈그려 앉아, 수평선을 멍하니 바라보고 있었다.

그 눈빛에는 파도 위로 사라져 가는 그림자를 끝까지 좇는 듯한 그리움이 묻어났다.

기복은 텐트 안에 들어가 드러누웠다.

천장에 매달린 랜턴이 바람에 살짝살짝 흔들리며 천 위에 어른거리는 그림자를 만들었다. 그 그림자를 무심히 따라가던 기복은, 속으로 중얼거렸다.

'냉중에 또 올 수 있을까…?'

봉헌과 영철도 말이 없었다.

마치 모두가 같은 꿈을 꾸다 깬 사람처럼, 그 꿈의 온기를 잃어버린 채 저마다 다른 곳을 바라보고 있었다.

바다와 모래와 바람은 그대로였지만, 그날의 바다는 더 이상 그것이 아니었다.

밤이 깊어졌다.

해수욕장 위로 달빛이 길게 내려앉고, 파도는 낮보다 한층 잔잔하게 모래를 적셨다.

라면 냄새가 겨우 사라질 즈음, 남아 있는 장작에 불을 붙였다.

작은 불꽃이 바람결에 출렁이며 타오르고, 불길 속에서 톱밥과 송진 냄새가 은근히 피어올랐다.

네 사람은 불가에 둥글게 앉아 아무 말 없이 불만 바라보았다.

불꽃이 터질 때마다, 마치 낮의 웃음소리 대신 작은 한숨이 터져 나오는 것 같았다.

봉헌이 턱을 괴고 나지막하게 말했다.

"고마… 내일 날 새모 집에 가자."

영학이 고개를 끄덕였다.

"맞다… 고마 가자."

영철은 작게 웃으며 말했다.

"애석아들이 없으니 사는 기 재미가 없다."

누구도 반박하지 않았다.

불길은 점점 작아지고, 바람이 그 불씨를 모래 속으로 파고들었다.

그들은 허전한 마음을 안고, 말없이 모래를 털고 자리에서 일어났다.

그날 밤, 파도 소리가 자장가처럼 들렸지만, 네 사람은 좀처럼 깊이 잠들지 못했다.

별빛만이 텐트 위에서 고요히 반짝였다.

다음 날 아침, 바닷바람은 여전히 짭조름했지만, 마음속 바다는 잔잔하지 않았다.

텐트는 금세 철거되었고, 짐은 경운기 위에 차곡차곡 실렸다.

출발 전, 네 사람은 마지막으로 바다를 돌아봤다.

어제까지만 해도 그곳에는 여대생들의 웃음소리가 가득했는데, 오늘은 파도 소리만 남아 있었다.

경운기는 모래사장을 천천히 벗어나 논길로 접어들었다.

바퀴가 덜컹거릴 때마다, 마음도 덜컹거리는 것 같았다.

누구 하나 먼저 농담을 꺼내지 않았다. 대신 바람만이 얼굴을 스치고 지나갔다.

기복은 운전대 옆에서 멍하니 길을 바라봤다.

그의 머릿속에는 아직도 여대생이 웃으며 사투리를 흉내 내던 모습이 아른거렸다.

영학은 짐칸에서, 하늘만 올려다보았다.

구름이 느리게 흘러가고 있었지만, 마음속 시간은 더 느리게 흐르는 듯했다.

의령을 지나 함안으로 가까워질수록, 일상의 냄새가 서서히 스며들었다.

누구 집에서 나는 볏짚 타는 냄새, 밭두렁 사이로 퍼지는 된장국 냄새.

그러나 그 익숙한 풍경 속에선, 어제의 설렘을 다시 찾을 수 없었다.

그들은 알았다.

이 여름이, 이 여행이, 그리고 그 웃음소리가… 아마 다시는 똑같이 돌아오지 않을 거라는 것을.

경운기가 마을 어귀에 들어서자, 길가에 있던 아낙네들이 하나같이 고개를 돌렸다.

"아이구야 잘 댕기 왔나? 바다 냄새 좋더나?"

기복 어머니는 호미질을 멈추고 손바닥으로 이마의 땀을 훔치며 웃었다.

그 웃음 속엔 '이제부터 다시 일 시작이다' 하는 암묵적인 뜻이 담겨 있었다.

짐을 부려놓자마자, 영철이는 소먹이 주러 축사로 갔다.

영학이는 아버지한테 붙들려 논두렁 보수하러 나갔다.

봉헌이는 여동생들이 울며 쫓아와서, 마당에서 소꿉장난 상대가 됐다.

기복은 방에 가방을 던져 두고 잠시 누웠다.

하지만 이내 마루 끝에서 어머니의 목소리가 들려왔다.

"기복아, 새미 가서 물 좀 가온나. 어픈 안 가고 뭐하노. 그리 누워 있으모 소 된다이."

그는 느릿하게 일어나 물지게를 챙겼다.

서울 여대생과 웃던 그 입가엔, 어느새 다시 시골 사내아이의 표정이 돌아와 있었다.

저녁이 되자 온 집안은 된장찌개 냄새와 콩기름 튀기는 소리로 가득 찼다.

식탁 위엔 바닷가에서 먹던 라면 대신, 김이 모락모락 나는 보리밥과 무생채, 장독대에서 퍼온 된장이 올랐다.

아버지는 밥을 푸며 말했다.

"학교 방학 숙제는 다 했나? 내일부터 콩밭 메야 된다이."

그날 밤, 기복은 방 한쪽에 놓인 박스에 바닷가에서 가져온 빈 라면 봉지를 만지작거리며 누웠다.

멀리서 여름벌레 소리가 들려왔다.

그리고 문득, 파도 소리와 여대생들의 웃음소리가 그 위에 겹쳐 들려오는 듯했다.

41. 만석이 대학 목표가 생기다

종식이가 정신병원으로 가고 난 뒤, 만석은 마음 한쪽에 커다란 구멍이 뚫린 듯 허전했지만, 동시에 눈앞에 놓인 현실을 외면할 수 없었다.

이제는 고등학교 3학년, 대학 입시라는 더 큰 벽이 그를 기다리고 있었다.

학교는 이미 입시 체제로 들어가 있었고, 반은 자연계와 인문계로 갈라져 수업을 들었다.

만석은 인문계 반에 속해 있었다.

수학 문제집을 펼쳐 놓고 머리를 쥐어짜도, 복잡한 미적분 기호들은 금세 얽히고 흩어져 도무지 길이 보이지 않았다.

영어 단어도 마찬가지였다.

단어장을 백 번 들춰도 다음 날이면 반 이상을 까먹어 버리곤 했다.

그래서 만석은 스스로 길을 정했다.

'내는 못하는 거 붙들고 있다가 시간 다 보내면 안 된다. 할 수 있는 거부터 잡아야지.'

그때부터 그는 암기 과목에 매달렸다. 사회 과목의 연표와 사건, 윤리의 개념, 한국사 연도의 흐름을 노트에 빼곡하게 적어 밤마다 소리 내어 외웠다.

"1945년 해방, 1948년 정부 수립, 1950년 6·25 전쟁…"

어두운 방 안, 백열전구 불빛 아래에서 외우던 그의 목소리는 종종 웅얼거림처럼 들려 스스로에게 최면을 거는 듯했다.

국어는 달랐다.

국어 시험만 보면 늘 상위권이었다.

시나 소설, 산문 지문을 읽을 때면 글 속의 정서와 맥락이 저절로 가슴에 들어왔다.

종종 선생님이 해설하지 않아도 답이 보였다.

마치 책장이 열릴 때마다 글자와 문장이 자기와 대화하는 듯한 느낌이었다.

그래서 성적표를 받아 들 때마다, 수학과 영어 점수는 늘 빨간 줄 근처에서 맴돌았지만, 국어만큼은 반에서 늘 손꼽히는 자리였다.

만석은 마음속으로 다짐했다.

'내 힘들어도 국어 하나 믿고 대학 문은 꼭 두드려야 된다.'

그의 책상 위에는 언제나 국어 문제집과 한국사 연표, 그리고 작은 수첩이 놓여 있었다.

그 수첩 맨 앞장에는 삐뚤빼뚤한 글씨로 이렇게 적혀 있었다.

"포기하지 말 것. 내가 갈 길은 내가 만든다."

모의고사 날, 만석은 새벽부터 긴장된 마음으로 학교에 갔다.

시험지를 나눠 주기 전부터 웅성거림이 가득했지만, 정작 교실에 들어오면 종이 한 장에 모든 운명이 달린 듯 숨소리조차 무거워졌다.

시험이 시작되자, 그는 늘 하던 대로 마음을 가라앉혔다.

수학과 영어 문제지를 받아 들었을 때는 역시나 머리가 하얘졌다.

글자가 글자로 읽히지 않고, 숫자가 숫자로 이어지지 않았다.

그 부분은 이미 마음을 비우기로 했다.

그러나 국어나 사회, 국사, 윤리 시험지를 받을 때면 전혀 달라졌다.

마치 교과서 속 문장이 그대로 머릿속에 필름처럼 지나가는 듯했다.

어떤 사건이 몇 년도에 일어났는지, 어떤 개념이 어디에 속하는지, 줄줄 외워진 대로 적어 나갔다.

문제를 푸는 그의 손은 더 이상 떨리지 않았다.

모의고사가 끝나고 성적표가 나왔다.

예상대로 수학과 영어는 밑바닥 점수였지만, 다른 과목은 거의 만점이었다. 특히 국어는 60문항 중 2~3개만 틀렸을 뿐, 언제나 변함없이 최상위권이었다.

성적표를 손에 쥔 순간, 만석은 속으로 중얼거렸다.

'내는 국어가 살 길이다. 이 길로 끝까지 가야 된다.'

옆자리 친구들이 "야, 또 국어 거의 다 맞았제?" 하며 부러움 섞인 눈길을 보냈지만, 만석은 그저 담담히 웃을 뿐이었다.

그 웃음 속에는, 흔들림 없는 각오가 숨어 있었다.

만석의 모의고사 성적은 분명 나쁘지 않았다.

근처에 있는 지방대학이라면 무난히 합격할 점수였다.

담임선생님도 "니 같으모 경남대, 창원대는 충분히 간다"라며 등을 두드려 주었다.

하지만 문제는 늘 돈이었다.

집안 형편은 빠듯했고, 대학에 들어간다 한들 등록금은 물론 책값, 생활비까지 감당하기 어려웠다.

장남이라 형이나 누나가 대신 벌어 주는 집도 아니었고, 부모가 돈을 대 줄 형편도 아니었다.

그래서 만석은 다시 계산기를 두드리듯 마음을 굴렸다.

"대학 문턱은 넘을 수 있겠는데… 들어가고 나서가 문제다. 괜히 덜컥 들어갔다가 중간에 돈 때문에 못 다니는 거 아이가."

그럴 때 귀에 들어온 것이 농협대학과 철도대학 소식이었다.

농협대학은 등록금이 거의 들지 않고 졸업 후에는 농협으로 취직이 보장된다는 이야기가 돌았다.

철도대학 또한 마찬가지였다.

기차를 타고 전국을 누비며 일할 수 있고, 국가기관 소속이라 안정적 이라는 점이 매력적으로 다가왔다.

만석은 교실 뒷자리에서 책을 덮고 창밖을 바라보다가, 문득 그런 생 각을 했다.

"내 같은 형편에, 괜히 4년제 대학 들어가서 중간에 돈 떨어져 나오 면… 그것만큼 서러운 게 어디 있겠노. 차라리 확실하게 길 열리는 대학 이 낫다."

친구들이 "경남대다, 창원대다." 하며 서로 점수 비교에 열 올릴 때, 만석의 머릿속에는 현실적인 계산이 더 크게 자리 잡았다.

농협대학… 철도대학…

이 두 이름은 만석의 귓가에 오래 맴돌며, 자신에게 열려 있는 가장 확실한 길처럼 느껴졌다.

만석은 교실 창가에 팔을 괴고 앉아 혼잣말처럼 중얼거렸다.

"그래… 난 기계 다루는 거 좋아하니, 철도대학으로 가면 되겠다."

어릴 적부터 그는 틈틈이 아버지의 낡은 경운기를 만지작거리고, 동네 자전거를 고쳐 주며 시간을 보내곤 했다.

볼트 하나, 나사 하나를 맞추는 일이 신기하게 재미있었고, 작은 기계가 움직이며 소리를 내는 게 늘 설레었다.

철도대학이라는 이름을 처음 들었을 때부터 마음 한 켠이 두근거렸다.

기차는 만석에게 단순한 교통수단이 아니었다. 시골 아이들의 세상을 넓혀 주는 창이자, 언젠가 자신을 새로운 곳으로 데려다줄 꿈의 길 같았다.

'기차를 움직이는 기술을 배우고, 그걸 평생의 업으로 삼을 수 있다면… 내한테 이보다 더 맞는 길이 있을까?'

만석은 그렇게 스스로의 진로를 정하며, 처음으로 희미하지만 단단한 미래의 그림을 마음속에 그려 나갔다.

목표가 서니 만석은 더욱 열심히 공부를 하였다.

그전까지는 공부를 해 보았자 대학을 가지 못할 것이라는 생각에 책상 앞에 오래 앉아 있는 것이 늘 고역이었지만, 철도대학이라는 구체적인 목표가 생기자 마음가짐이 달라졌다.

밤늦게 전등불 밑에서 책장을 넘길 때도, 그는 더 이상 '왜 공부를 해야 하나' 하는 회의가 들지 않았다.

"조금만 더 하면 된다. 이 길이 내 살길이다."

문득문득 지쳐 눈이 감기려 할 때마다 만석은 스스로에게 그렇게 되뇌었다.

그의 손에는 늘 국어 교과서와 사회·역사 요약집이 들려 있었고, 벽에는 자신이 틀린 문제들을 정리한 종이가 빼곡히 붙어 있었다.

마당에서 귀뚜라미 소리가 울려 퍼질 때에도, 공양주 보살이 솥뚜껑 여는 소리가 들릴 때에도, 만석은 책상 위 연필을 꽉 움켜쥔 채 줄 긋고 외우고 또 외웠다.

목표가 생긴 순간, 공부는 더 이상 막연한 고통이 아니라, 미래로 가는 철길 위 한 칸 한 칸을 밟아 나아가는 발자국이 되어 있었다.

42. 만석, 희자를 다시 만나다

아라공원 내 관음사는 번잡한 절은 아니었다.

늘 고즈넉한 산바람과 느릿한 풍경 속에 자리 잡고 있었고, 방문객도 많지 않아 절 마당은 대체로 조용했다.

그래도 공원 안에 있다는 이유로, 주말이면 산책 나온 사람들이나 마음을 달래러 오는 이들의 발길이 드문드문 이어졌다.

만석은 평일이면 새벽같이 학교에 가서 저녁 늦게야 절로 돌아오니, 누가 왔다 갔는지 알 길이 없었다.

하지만 토요일 오후나 일요일 만큼은 달랐다.

여유 있게 절 마당을 서성이다 보면, 친구들끼리 무리를 지어 찾아오는 여학생들도 눈에 띄곤 했다.

그중에 만석의 또래로 보이는 여학생이 절 마당에 앉아 있는 걸 본 적이 있었다.

처음엔 그냥 스쳐 지나가려 했지만, 우연히 마주친 눈빛이 묘하게 오래 남았다.

짧은 대화를 나누며 알게 된 사실은 그녀가 대산고등학교에서 소사로 일한다는 것이었다.

학생은 아니었지만, 또래라는 점에서 낯설지 않았고, 같은 고등학교라는 울타리 안에 있는 것처럼 느껴졌다.

만석은 그날 이후 절의 고요한 풍경 속에서도, 가끔 그 여학생의 얼굴이 떠올라 마음 한 켠이 묘하게 들뜨곤 했다.

그녀와의 대화는 길지 않았지만, 만석의 마음에 오래 머물렀다.

가정형편이 어려워 고등학교 진학을 못 하고 소사로 일한다는 말—그 한마디는 만석에게 낯설지 않았다.

자신 또한 집안 형편이 넉넉지 않아 고등학교를 가라 가지 마라 하며, 고등학교에 들어왔고, 늘 돈 문제 앞에서 숨이 막히곤 했으니 말이다.

그래서였을까.

그녀를 마주한 순간, 단순한 낯선 이의 이야기가 아니라, 자신을 비추는 거울처럼 느껴졌다.

책상에 앉아 교과서를 펼칠 때마다, 학업에만 몰두할 수 없는 무거운 현실이 뒤따라오는 건 만석에게 일상이었다.

그녀 역시 또래 학생들과 함께 교복을 입고 공부할 수 없는 사정이 있다는 사실이, 이상한 동질감을 불러일으켰다.

만석은 그날 절 마당의 햇살과, 담담하게 자신의 처지를 말하던 그녀의 표정을 또렷하게 기억했다.

그건 단순히 안쓰럽다는 감정이 아니었다.

"나만 이런 게 아니구나." 하고, 알 수 없는 위로 같은 것이 마음 한 켠에 스며드는 순간이었다.

그날은 유난히 하늘이 맑았다. 봄 햇살이 절 마당을 환하게 비추고, 대나무 숲 사이로 바람이 스쳐 지나가며 잔잔한 소리를 냈다.

만석은 마루에 앉아 책을 펼쳐 놓고 있었지만, 마음은 글자에 닿지 못한 채 멍하니 흘러가고 있었다.

그때, 절 입구 쪽에서 조심스레 올라오는 발자국 소리가 들렸다.

고개를 들어보니 낯익은 얼굴, 그녀였다.

지난번 친구들과 함께 왔다가 짧게 이야기를 나누었던 바로 그녀는 이번에는 혼자였다.

만석의 가슴이 순간적으로 두근거렸다.

이름도, 사는 곳도, 아무것도 알지 못했지만 며칠 동안 마음속에서 그려왔던 얼굴이 다시 눈앞에 나타난 것이다.

그녀도 만석을 알아본 듯, 조심스레 웃으며 다가왔다.

"아,.. 공부하나 보네예."

그녀의 말투는 소박했지만, 그 안에는 묘한 친근함이 묻어 있었다.

만석은 괜히 책을 덮으며 어색하게 대꾸했다.

"예, 뭐… 여기 있으모 딴 생각 안 하고 공부할 수 있거든예."

둘은 그늘진 마루에 나란히 앉았다.

절 마당은 고요했고, 멀리서 아이들 뛰노는 소리만 희미하게 들려왔다.

잠시 말이 끊겼을 때, 그녀가 먼저 입을 열었다.

"공부는 잘 됩미꺼? 절에서 공부하모 조용해서 좋겄네예."

그녀가 천천히 웃으며 말을 건넸다.

만석은 잠시 머뭇거리다 고개를 저었다.

"아입미더… 그냥 책상 앞에 앉아 있는 흉내만 내는 기지예. 머리에는 잘 안 들어오고."

둘은 그 말에 동시에 웃음을 터뜨렸다.

마루 위로 기울어진 햇살이 두 사람 얼굴에 반쯤 걸쳐 내려앉았다.

웃음소리는 절집의 고요 속에 퍼져 나가, 잠시 동안 세상에서 가장 가벼운 바람처럼 느껴졌다.

웃음을 멈춘 그녀가 괜히 마루 끝을 발끝으로 툭툭 건드리며 말했다.

"그래도, 흉내라도 낸다는 기 대단한 거 아입미꺼. 내는 책만 봐도 머리가 지끈거리사서…."

만석은 잠시 그녀를 바라보다가 조심스레 대꾸했다.

"그래도… 마음속에는 공부 계속 하고 싶다는 생각, 있지예?"

그녀는 고개를 숙이며 한참 대답을 하지 않았다.

바람이 불어와 그녀의 앞머리를 흔들었고, 그 사이로 엷은 미소가 비쳤다.

"있지예… 대산고등학교 댕기 봤자 똑같아예. 뭐 내 위안일 수도 있고예."

그 말에 만석은 왠지 모르게 가슴이 저려왔다.

두 사람은 다시 눈이 마주쳤다.

아무 약속도, 미래도 없었지만, 그 순간만큼은 서로의 웃음 속에서 작은 위로를 건네받는 듯했다.

마루 끝에 나란히 앉은 두 사람 사이로 바람이 스쳐 갔다.

어색한 정적을 깰 듯, 그녀가 먼저 입을 열었다.

"여기 앉아 있으모… 속이 좀 편해지는 거 같아예. 학교에서 일하다가도 가끔 생각납미더 이 절."

만석은 고개를 끄덕였다.

"맞아예 나도 그래 갖고 여서 사는거 아이미꺼. 밖에 있으모 자꾸 마음이 시끄러운데, 여는 조용하니… 공부도 되고, 생각도 정리되고."

그녀는 잠시 만석의 얼굴을 바라보다가, 가만히 손가락으로 마루바닥을 긁적였다.

"내도 공부 계속 하고 싶었는데… 집안이 어려우니 별 수 없데에. 고등학교 가는 대신 소사라도 해야 집에 도움돼서."

만석은 그 말을 듣고 마음 한쪽이 뭉클해졌다.

"그라모… 속상하것네예. 교복 입고 학교 다니는 게… 내도 사는 게 빠듯해서 겨우 학교 댕긴다 아이미꺼. 솔직히, 대학을 갈 수 있을는지 모르미더."

그녀는 빙그레 웃으며 대답했다.

"그래도. 공부 잘한다 아이가? 아까 보니 책도 영어 책이더만."

"아, 그거예… 사실은 영어는 영 젬뱅입미더. 수학도 그렇고. 나는 그냥 암기 과목으로 버티고 있어예."

만석은 멋쩍게 웃으며 뒤통수를 긁었다.

"언자 나이도 동갑이고 한데 서로 말 놓고 지냅시더. 참 내 이름은 박희자 대산 구혜리에 산다."

"내는 김만석이 절에 산다."

"원래 오데가 집인고 이바구 해야지."

"아 맞내 내는 법수사정이라는 동네가 집이다."

그녀가 작은 웃음을 터뜨렸다.

"근데… 니 목소리 들으니 이상하게 안심된다. 뭐라꼬 말해야 되노… 음, 그래, 든든하다 캐야 되나 포근하다 캐야 되나 그렇다."

만석은 순간 가슴이 철렁 내려앉는 것 같았다.

그녀가 한 말은 짧았지만, 오래도록 귓가에 맴도는 울림이 있었다.

"든든하다, 포근하다…"

그 말이 자꾸만 마음속에서 되뇌어졌다.

만석은 멋쩍은 듯 고개를 숙이며 발끝을 내려다보았다.

그러다 무심히 입술이 먼저 움직였다.

"내는 그런 소리 처음 들어본다. 그라고… 니 앞에서는 내가 괜찮은 사람처럼 보이는 갑다."

희자는 조용히 웃었다.

마루 끝에 걸터앉은 그녀의 손이 바람결에 흩날리던 치맛자락을 눌러 잡았다.

햇살이 그 손끝에 고요히 앉아 있었다.

"사람이, 누군가 젙에 있는 것만으로도 달라지는 거 아인가 싶다."

절 마당에 있던 오래된 느티나무 잎새들이 바람에 흔들려 바스락 소리를 냈다.

그 소리마저도 두 사람의 침묵을 지켜 주는 듯, 따뜻하게 흘러갔다.

"희자야…"

그는 무심결에 이름을 불러보았다.

낯설지만 동시에 너무도 자연스러운 울림이었다.

희자는 얼굴을 들어 만석을 바라보았다.

두 눈 속에 담긴 햇빛이 순간 반짝이며 흔들렸다.

"와?"

만석은 말끝을 맺지 못한 채, 그냥 고개를 끄덕였다.

어쩌면 지금, 아무 말도 더하지 않는 것이 가장 솔직한 대답 같았다.

둘 사이에는 약속도, 미래도 없었다.

그저 그날 오후, 절집 마루 위에 내려앉은 햇살처럼 잠시 스쳐 가는 따뜻함이었을지도 모른다.

하지만 만석은 오래도록 그 순간을 잊지 못할 것임을, 자신의 가슴 깊은 곳에서 이미 알고 있었다.

43. 공부는 해야 되는데

마침 절 안마당에 보살님이 물을 길어 오고, 스님이 법당 쪽을 들락거리자 두 사람은 괜히 서로 눈치를 보다가, 자연스레 밖으로 발걸음을 옮겼다.

"공원에 바람 쐬러 가 볼까?"

희자가 살짝 미소를 띠며 말했다.

만석은 말없이 고개를 끄덕였다.

절을 벗어나 아라공원 쪽으로 접어드니, 공원 언덕으로 오르는 계단이 길게 이어져 있었다.

한 칸, 두 칸… 발을 디딜수록 점점 더 멀어지는 절의 풍경이 뒤로 물러났다.

계단은 생각보다 많았다.

만석은 책가방을 들고 있던 탓에 숨이 조금 가빠왔다.

그런데도 옆에 나란히 올라가는 희자의 발소리가 이상하게 마음을 가볍게 해 주었다.

"계단이 와 이리 많노, 끝이 안 보인다."

만석이 헐떡이며 투덜거리자, 희자가 피식 웃으며 고개를 저었다.

"계단 많아도 같이 올라가모 덜벌시리 힘 안 든다 아이가. 혼자 같으모 진작에 포기했을 기다."

그 말에 만석은 문득 가슴이 따뜻해졌다.

계단은 여전히 길었지만, 그 길 위에서 두 사람의 발걸음은 조금씩 가까워지고 있었다.

바람이 불어 나뭇잎이 흔들릴 때마다 희자의 치맛자락이 가볍게 흔들렸고, 만석은 괜히 시선을 돌리며 하늘을 한번 올려다보았다.

푸른 하늘 아래, 끝없이 이어진 계단 위에서 두 사람은 아직 이름 모를 마음의 무게를 조금씩 나누어 지고 있었다.

희자와 헤어져 절로 돌아오는 길, 만석은 괜히 발걸음을 늦췄다.

아라공원 계단을 내려오며 들려오던 바람 소리와, 희자가 웃을 때 가볍게 떨리던 목소리가 자꾸 귓가에 맴돌았다.

그녀가 떠난 뒤에도, 마음은 여전히 그 자리에 붙잡혀 있는 듯했다.

"이래가 되것나…"

만석은 혼잣말처럼 중얼거렸다.

눈앞에 있는 건 대학입시였다.

자연계, 인문계로 나뉜 반에서 늘 치열하게 달려가야 했고, 영어와 수학은 버거웠지만 국어나 암기 과목에서 점수를 쌓아 올리며 어떻게든 길을 찾아야 했다.

그런데 희자를 만나면, 마음이 자꾸 풀렸다.

책상 앞에 앉아 있어도 문득 계단 위에서 나누었던 대화가 떠올라, 책장이 넘어가지 않았다.

"내가… 이래 가거나 만나고 지내모 공부는 우찌 되노?"

만석은 절 처마 밑에 서서 한참 동안 하늘을 올려다보았다.

저녁노을이 번져가며, 산새가 지저귀는 소리가 공원 쪽에서 희미하게 들려왔다.

그 소리마저 희자의 웃음소리와 섞여 들리는 것 같아 가슴이 저릿했다.

마음 한쪽에서는 이렇게 말했다.

'공부는 공부고, 사람은 사람 아이가. 잠깐 이야기 나눈 게 뭐 대수라꼬.'

그러나 다른 한쪽에서는 날카롭게 속삭였다.

'만약 지금 이 마음에 휘둘리면, 니는 대학 못 간다. 집안 형편에 재수할 수도 없는데, 이번 기회를 놓치면 끝이다.'

만석은 두 주먹을 꼭 쥐었다.

희자의 얼굴을 떠올리면 가슴이 따뜻해지고, 책상 앞에 앉을 때마다 머릿속에 그녀의 웃음이 떠올라 흔들리는 자신이 스스로도 이해되지 않았다.

"우찌 해야 되노… 공부가 먼지가 맞는데…"

그날 밤, 전등불 아래 앉은 만석은 교과서를 펼쳤다.

그러나 활자 사이사이에, 아라공원 계단을 오르던 그녀의 발소리와 살짝 고개를 기울이며 웃던 모습이 자꾸 번져 들어왔다.

결국 만석은 고개를 감싸 쥐고, 숨을 깊게 내쉬며 스스로를 다잡았다.

'희자야… 미안하다. 지금은 니보다 공부가 먼저다.'

그 결심이 단단하지 못하다는 걸, 만석은 누구보다도 잘 알고 있었다.

토요일 오후, 만석은 일부러 늦게까지 학교에 남아 있었다.

절에 있으면 희자를 마주칠까 두려웠다.

아라공원 계단을 함께 오르던 기억이 자꾸 떠올라, 그의 결심을 흔들기 때문이었다.

"오늘은 안 된다. 공부해야 된다. 지금은…"

만석은 몇 번이나 마음속으로 다짐했다.

교실 창가에 앉아 문제집을 펼쳤지만, 글자들이 눈에 들어오지 않았다.

머릿속에서는 희자의 목소리가 들려오는 듯했다.

"공부는 잘되나?"

그 웃음기 어린 말투가 귓가를 간질였다.

저녁 무렵, 책을 덮고 절로 돌아가는 길.

멀리서 본 절 마당에는 낯익은 그림자가 있었다.

희자가 기웃거리며, 보살님과 잠깐 얘기를 나누다 곧장 법당 옆으로 발걸음을 옮기고 있었다.

만석의 발걸음이 순간 멈췄다.

멀리서 지켜만 보고 있는데도 가슴이 두근거렸다.

희자는 그저 기다리는 듯, 혹은 누군가를 찾는 듯 주위를 두리번거리며 절 마당을 천천히 거닐었다.

"왔네… 또 왔네…"

만석은 스스로에게 속삭였지만, 곧 고개를 돌려 뒷길로 발걸음을 옮겼다.

그 순간, 뒤에서 들려오는 희자의 목소리.

"만석이 아이가?"

만석은 움찔하며 멈춰 섰다.

돌아보니, 희자가 두 손을 모은 채 환하게 웃고 있었다.

토요일 저녁 햇살이 기울며, 그녀의 얼굴을 붉게 물들이고 있었다.

만석은 애써 태연한 척 말했다.

"아… 공부하다가 이제 오는 길이다."

희자는 고개를 끄덕이며, 살짝 미소 지었다.

"절에 와도 없어서… 혹시 안 오는 거 아이가 생각했다. 그래도 만나서 다행이다. 언자 버스 시간 다 되어서 고마 갈란다."

만석은 잠시 말이 막혀, 그저 고개만 끄덕였다.

희자의 눈빛은 여전히 밝았지만, 그 속에는 어딘가 모를 서운함이 스쳐 지나갔다.

"그래, 니는 공부 열심히 공부해라이. 나는 간다."

희자는 짧게 손을 흔들며 돌아섰다.

버스가 다니는 큰길로 향하는 그녀의 뒷모습이 노을빛 속에 길게 늘어졌다.

만석은 그 자리에 서서, 멀어지는 그림자를 한참 바라보다가 작게 속삭였다.

"다행이다… 올도 만나서."

그러나 그 말은 바람결에 흩어져, 결국 그녀의 귀에 닿지 못했다.

희자의 발걸음이 점점 작아지고, 마침내 저만치 버스 정류장에 멈춰 서는 모습이 보였다.

잠시 후 낡은 시외버스가 달려와 멈추었고, 희자는 고개를 돌려 만석이 있는 쪽을 한번 바라보더니 살짝 웃으며 올라탔다.

버스가 움직이자, 만석은 가슴 깊은 곳이 서서히 비어 오는 것을 느꼈다.

마치 꼭 붙잡아야 할 것을 붙잡지 못한 채, 그저 바라만 본 것 같은 허전함이었다.

그날 밤, 책상 앞에 앉은 만석은 문제집을 펼쳤지만 글자가 모두 희미하게 번져 보였다.

자꾸만 아라공원 계단 위, 그리고 노을 속에서 떠나는 희자의 뒷모습이 떠올라 마음을 어지럽혔다.

44. 희자를 피하고 공부하는 만석

만석은 펜을 쥔 손을 내려놓고 천천히 눈을 감았다.

'공부해야 된다. 이래 갖고 대학은 무슨 수로 가노? 희자 생각에 시간 다 까무모 내 인생은 우찌 되것노.'

스스로를 다그쳤지만, 마음 한구석에서 작은 목소리가 고개를 들었다.

'근데… 꼭 이 시간이 지나가면 못 볼 사람맨구로 희자, 그 아는 지금 이 순간 내 옆에 있어 줄 사람인데…'

만석은 깊은 한숨을 내쉬었다.

머릿속엔 절 계단을 함께 오르던 모습, 노을빛에 물든 그녀의 웃음, 버스에 오르며 마지막으로 건넨 눈길이 선명하게 떠올랐다.

'내가 무슨 대단한 대학을 가것다고… 그래도, 그래도 대학은 가야지. 집안 형편이 어떤데… 내가 이 기회를 놓치 삐모, 평생 후회할 거 아이가.'

다시 펜을 들지만, 글자는 자꾸만 희자의 얼굴로 겹쳐졌다.

결국 만석은 펜을 툭 내려놓고 두 손으로 얼굴을 감쌌다.

'참… 애럽고 괴롭다. 공부는 내 앞길이고, 희자는 내 마음이고 앞길을 잡알라 카모 마음을 나아야 하고, 마음을 잡알라 카모 앞길을 잊아 삐는 기라.'

창밖에서 밤벌레 소리가 끊임없이 울려왔다.

만석은 조용히 창문을 열고, 어둠 속 바람을 맞으며 혼잣말을 했다.

"희자야… 니를 보모 좋고, 책을 보모 눈물이 난다. 나는… 참말로 우애 해야 되노."

만석은 책상에 앉아 두 손을 꽉 쥐었다.

지난주 희자와 마주친 뒤로, 마음이 자꾸만 흔들렸다.

문제집을 펼쳐도, 교과서를 읽어도, 어느새 글자들은 흐려지고 희자의 미소가 겹쳐졌다.

'안 되것다. 이래서는 안 되는데. 대학 가야지. 지금 이 순간만 바라보다가 내 앞길 다 날아 가 삐모 우짜 끼고. 희자한테도, 내 자신한테도 부끄러운 길이 돼 삐끼다.'

그는 스스로를 다그치듯 한숨을 내쉬었다.

그리고 결심했다.

이제 토요일, 일요일에도 절에 있지 않겠다고. 휴일이면 오히려 더 학교에 가서, 빈 교실에서라도 참고서 붙잡고 공부를 하겠다고. 그날 이후, 만석은 새벽부터 도시락을 챙겨 들고 학교로 향했다.

토요일 오후 교정에는 가끔 다른 친구들이 축구공을 차며 뛰어놀았지만, 만석은 혼자 교실 맨 앞자리에 앉아 문제집을 펼쳤다.

창밖으로 비쳐 드는 햇살에 분필 가루가 희미하게 떠올랐지만, 그는 고개를 들지 않았다.

'희자가 혹시 절에 와 기다리더라도… 이제 난 이제 거기 없을 기다. 내 마음은 흔들려도, 내 발길은 안 흔들린다.'

그러나 마음 한 켠은 여전히 쓰라렸다.

희자가 절 계단을 오르며 둘러보던 모습, 기다림 끝에 살짝 지었던 안도한 미소가 떠올랐다. 만석은 눈을 질끈 감았다.

'미안하다, 희자야. 지금은 니를 피하는 게, 내 사는 길이다. 그리고… 언젠가는 니도 내 맘을 알게 되겠지.'

칠판 위에 남아 있던 희미한 글씨 자국처럼, 마음속에 희자는 지워지지 않았다. 그럼에도 만석은 이를 악물고, 문제집을 한 장, 또 한 장 넘겼다.

어느 토요일 오후, 절 앞 계단은 햇빛에 반짝이고 있었다.

희자는 난간에 가만히 앉아 손가락으로 치마 끝을 만지작거리며 절 쪽을 바라보고 있었다.

간간이 불어오는 바람에 머리칼이 흩날렸지만, 그녀는 신경도 쓰지 않고 고개만 길게 빼어 올려다보았다.

'오늘은 올까… 지난번처럼 또 늦게 오는 거 아이가…'

희자의 눈빛에는 기다림과 설렘이 뒤섞여 있었다.

멀리서 그 모습을 본 만석은 발걸음을 멈췄다.

계단 위에 홀로 앉아 있는 희자가 너무도 선명하게 눈에 들어왔다.

그 순간, 가슴 어딘가가 뭉클하며 당겨지는 듯했지만, 그는 이를 악물었다.

'안 된다… 지금은 안 된다. 마음은 가도, 발길은 가지 말아야 한다.'

만석은 재빨리 담벼락 쪽으로 몸을 숨겼다.

돌담 너머로 희자의 옆모습이 보였다.

조금 고개를 숙여 무언가 생각에 잠긴 듯한 표정… 만석은 그 얼굴을 잠시 바라보다가 고개를 푹 숙였다.

그리고, 뒷골목으로 돌아 절 후문을 향해 걸었다.

발소리가 스스로에게 너무 크게 들렸다.

마치 희자가 뒤돌아볼까 두려운 듯, 한 걸음 한 걸음 조심스러웠다.

희자는 여전히 계단에 앉아 있었다.

멀리서부터 들려올 것만 같던 발소리가 끝내 나타나지 않자, 그녀는 괜히 하늘을 올려다보며 혼잣말처럼 중얼거렸다.

"오늘은… 안 오는 기가… 법수사정 촌에 갔나?"

그러면서도 자리를 뜨지 않았다.

혹시라도, 혹시라도 만석이 늦게라도 나타날까 싶어, 그녀는 눈길을 계단 위로, 절 안으로, 계속해서 두리번거렸다.

그 시각, 만석은 절 후문을 살짝 밀고 들어서며 숨을 내쉬었다.

가슴이 두근거렸지만, 그는 곧바로 교실에서 문제집을 펼치듯, 마음을 다잡았다.

'희자야… 미안하다. 다음에 대학 붙어모 다시 보자.'

희자는 몇 시간을 꼼짝 않고 앉아 있었다.

처음엔 괜히 손톱을 뜯기도 하고, 바람에 흩날리는 머리칼을 귀 뒤로 넘기기도 하며 태연한 척했지만, 시간이 길어질수록 마음속의 초조함이 자꾸만 얼굴 위로 번져 갔다.

사람들이 오르내리는 계단 옆에서, 그녀는 그저 시선만 절 쪽에 붙들어 두었다. "조금만 더… 혹시라도 늦게 오는 건 아닐까…" 속으로 수없이 되뇌며 기다렸지만, 끝내 나타나지 않았다.

해가 기울고, 하늘이 붉게 물들 무렵. 대산으로 가는 막차가 올 시간이 되었다.

그제야 희자는 무거운 몸을 일으켰다.

계단 난간을 한 번 꼭 쥐었다가, 천천히 내려가며 자꾸만 뒤를 돌아보았다.

절 쪽은 고요했다.

종소리도, 발소리도, 아무도 없는 듯 적막했다.

그녀의 발걸음은 계단 아래로 향했지만, 시선만큼은 끝끝내 절 마당쪽을 떠나지 못했다.

마치, 마지막 순간이라도 누군가 모습을 드러낼까 기대하는 듯, 그러다 이내 쓸쓸한 미소를 지으며 고개를 떨구었다.

버스 정류장으로 가는 길에 바람이 스쳤다.

희자는 괜히 가슴께를 끌어안으며 혼잣말처럼 중얼거렸다.

"오늘은… 아닌갑네."

그리고 그 말이, 고요한 아라공원 언덕에 홀로 메아리처럼 흩어졌다.

만석은 그렇게 희자와의 인연을 스스로 잘라내듯 끊어 버린 뒤, 다시 한번 마음을 다잡았다.

밤마다 교과서를 펼치고, 교실의 불빛 아래에서 책장을 넘기는 손끝은 더욱 단단해졌다.

"그래… 지금은 이래야 된다. 어쩔 수 없는 기라."

스스로 수없이 되뇌며 마음을 달랬다.

머릿속 한쪽 구석에선 여전히 계단에 앉아 기다리던 희자의 모습이 떠올랐지만, 그때마다 고개를 세차게 흔들었다.

'이제는 내 앞가림부터 해야 한다.

대학 문턱 하나 못 넘으면 내 인생은… 끝장이데이.'

학력고사 날짜는 점점 가까워지고 있었다.

책상 위 달력의 붉은 동그라미는 날로 짙은 그림자를 드리우며, 만석의 마음을 조급하게 만들었다.

그러면서도 가끔은 스스로를 위로했다. '어쩔 수 없는 기다. 이게 내 죄가 아니고, 내 욕심도 아니다. 지금만 넘기면… 언젠가는…'

45. 순덕과 민수 아라공원에 가다

민수와 순덕이는 이제 고등학교 3학년이 되었다.

학년 초부터 민수는 마음을 다잡았다.

대학에 가서 더 넓은 세상을 보고 싶었다.

그래서 이제는 농사일은 하지 않고 오로지 공부에만 집중하고 있었다.

어둑해진 뒤에도, 방 한 켠에 앉아 전등 불빛 아래 밤늦게까지 책을 펼쳤다.

반면 순덕의 마음은 훨씬 가벼웠다.

함안여상 졸업 후엔 마산 수출자유지역의 태양유전이나 소니 같은 회사에 들어가, 당장 월급을 벌 계획이었다.

그 월급으로 새집 지을 돈을 보태고, 부모님 허리 좀 펴게 해 드리는 게 순덕의 꿈이었다.

그래서 민수는 하루라도 허투루 보낼 수 없다는 조급함에 시달렸지만, 순덕은 여름방학이 지나면 곧 취직이라 여유로움 그 자체였다.

저녁이면 마을 어귀 평상에 앉아 하늘에 뜬 별을 세기도 하고, 바람 부는 들판에 나가 한참을 앉아 있기도 했다.

어느 날, 민수는 책상 앞에 앉아 연필을 굴리며 문제집을 들여다보다가 지쳐 버렸다.

머리가 아프고 눈이 침침해지자,

그는 문득 순덕이 생각이 났다.

평소 같으면 서로 바쁘다는 이유로 쉽게 마주치지 못했지만, 오늘만큼은 마음속 허전함을 달래고 싶었다.

순덕 역시 하루 종일 별일 없이 시간을 보내다 보니 심심함이 몰려왔다.

아침 햇살이 쓰레이트 지붕 위로 막 번져 오고 있었다.

민수는 교복 상의 단추를 대충 잠근 채, 함안여상으로 가는 좁은 골목 어귀에 서 있었다.

평소 같으면 이미 교실에 앉아 책장을 넘길 시간이었지만, 오늘은 달랐다.

순덕을 보기 위해 일부러 발걸음을 늦춘 것이다.

저 멀리서 함안여상 교복을 입은 순덕이 걸어왔다.

가느다란 어깨에 도톰한 가슴이 더 크게 보였다.

책가방을 들고, 하얀 블라우스 깃이 아침 바람에 살짝 흔들렸다.

민수의 가슴이 묘하게 두근거렸다.

"오랜만이네, 순덕아."

순덕이 눈을 살짝 크게 뜨더니 웃었다.

"우찌 니는 아직 학교 안 갔노?"

"일부러… 니 만날라고 지달리고 있었다."

순덕이 잠깐 멈춰 서며 고개를 기웃거렸다.

"민수니, 공부는 잘되나?"

"뭐… 그저 그렇지 뭐."

말은 그렇게 했지만, 민수는 잠 못 이루던 밤과 책상 앞에서 보내던 시간을 굳이 내색하지 않았다.

"순덕아, 냉중에 학교 마치고… 아라공원에 바람 좀 쐬러 갈래?"

순덕은 가볍게 고개를 끄덕였다.

"응, 알것다. 냉중에 가 보자. 근데, 니 무슨 일 있나?"

"아이다. 그냥… 니 본 지 오래돼 갖고, 겸사겸사…"

말끝이 흐려진 민수는 시선을 다른 데로 돌렸다.

그 순간, 골목 끝에서 자전거 종소리가 울려 퍼지고, 여상 교복들이 하나둘 골목으로 들어섰다.

민수는 속으로 오늘 오후를 그리며 천천히 발걸음을 옮겼다.

그날 오후, 하교 종소리가 끝나자 민수는 교문 옆 골목에서 순덕을 기다리고 있었다.

여름 끝자락의 햇살이 여상 운동장 울타리에 길게 그림자를 드리우고, 아이들은 삼삼오오 버스 정류장 쪽으로 흩어졌다.

순덕이 교문을 나오자 민수는 마치 우연히 만난 척, 가볍게 손을 들어 보였다.

"왔나? 가자."

순덕은 웃으며 고개를 끄덕였고, 둘은 나란히 철길을 건너 아라공원 쪽으로 걸었다.

아라공원 입구에는 활터에서 활을 쏘는 사람 외는 아무도 없었다.

공원으로 들어서니 왕릉 봉오리 너머로 붉은 노을이 물들기 시작했다.

둘은 풀밭에 앉아 서로의 그림자가 길게 늘어지는 것을 보며 이야기
했다.

"니, 공부 잘되나? 대학갈 끼제?"

"대학 가야지. 그란데 공부가 좀 힘드네."

순덕은 풀잎을 뜯어 손끝으로 말아 올리며 대답했다.

"나는⋯ 그냥 취직해서 돈 벌 기다. 수출에 사람들 마이 모집한다 쿠
더라."

민수는 한참 말이 없었다.

바람이 불어 순덕의 머리카락이 살짝 흩날렸다.

그는 그 모습이 괜히 마음에 깊이 박혀 버렸다.

"우리 영화라도 한 편 보러 갈까?"

"미친나, 밤늦게 영화 보고 오면 옴마한테 죽는다. 그라고 니 공부해
야지 영화 보모 마음이 흔들려서 안 된다."

둘은 서로를 보며 웃었고, 그 웃음 속에는 묘하게 설명하기 어려운 설
렘이 스며 있었다.

시간이 흐르는 줄 모르고 대화를 이어 가다 보니, 하늘은 이미 보랏빛
으로 물들어 있었다.

순덕은 집에 돌아가야 할 백산 막차 시간이 다가오는지도 모른 채, 민
수와 함께 걷고 있었다.

왕릉 옆에 다다르자, 둘은 자연스럽게 팔짱을 끼고 잔디밭에 앉았다.

바람이 살짝 스쳐 얼굴을 스치고, 나뭇잎이 바스락거리는 소리만이
고요한 공기를 채웠다.

말없이 서로를 바라보며 시간을 보내는 그 순간, 마치 세상에 둘만 남은 듯한 느낌이었다.

민수는 속으로 생각했다.

'올은 공부도, 미래 걱정도 잠시 잊아 삐자.'

순덕도 조용히 팔짱 낀 손에 흐르는 따스함을 느꼈다.

해가 지고 어둠이 깊어 갈수록, 두 사람의 마음속엔 말로 다 할 수 없는 편안함과 설렘이 차올랐다.

그렇게 한참을 앉아 시간을 보내고 있다가 덕순이가 시간을 물어본다.

"몇 시나 되었노? 울메 안 되었제."

민수가 시계를 보았다.

"어~ 아홉 시다."

"옴마야… 우짜노, 집에 가는 막 버스 떨가았다!"

순덕의 얼굴에 놀람과 당황이 섞였다.

"참말가… 시간이 와 이리 빨리 갔 삣노."

"나는 우짜노 집까지 걸어가지도 못하고, 택시비도 없는데…"

민수도 당황하기는 마찬가지였다.

둘은 팔짱을 끼고 있던 손을 풀고, 순덕을 바라보며 잠시 생각에 잠겼다.

어둠 속 공원 길에는 사람도 거의 없어, 두 사람 사이에 약간의 긴장감과 당황스러움이 묻어났다.

그러나 곧 민수가 머리를 긁적이며 말했다.

"고마… 니 여관에 자고 가라. 나는 니 방에 들라 주고 나는 집에 갈 꾸마."

순덕은 깜짝 놀라 눈을 크게 뜨며 말했다.

"학생이, 우찌 여관에 가노… 미쳤나?"

민수는 잠시 얼굴을 붉히고는, 다소 조심스럽게 말을 이어 갔다.

"그라모… 우짜 끼고, 여관비는 내가 우찌 만들어 볼꾸마."

순덕은 잠시 민수를 바라보며, 그 말이 장난인지 진심인지 구분이 되지 않아 머뭇거렸다.

공원 길의 어둠 속, 두 사람 사이에는 어색한 긴장감이 흘렀다.

민수는 순덕의 손을 살짝 잡으며 말했다.

"여관에 가는 기 낫다. 집까지 우찌 걸어갈 끼고?"

순덕은 마음 한 켠이 따뜻해지는 걸 느끼면서도, 여전히 얼굴이 붉어졌다.

결국, 그녀는 작은 한숨을 내쉬고 민수의 제안을 받아들였다.

그렇게 두 사람은 어둠 속 길을 따라, 조심스레 여관 쪽으로 발걸음을 옮겼다.

46. 그들은 그렇게 선을 넘었다

여관 입구에서 순덕은 민수로부터 조금 떨어져 서 있었다.

"내가 가서 방 잡아 주꾸마. 니는 여서 지달리라."

"민수야 네 혼자 여 있으모 무섭다. 니 빨리 온나."

민수는 깊은숨을 들이마시고, 조금 떨리는 목소리로 여관 주인에게 다가갔다.

"막차를 떨가서… 그라는데, 방 하나만 주이소."

주인은 별다른 말 없이 단호하게 대답했다.

"만 원."

민수는 얼른 지갑에서 돈을 내밀고, 주인은 곧바로 받아 들며 말했다.

"205호로 가소."

민수는 여관 입구까지 걸어오는 동안 마음속으로 수십 가지 상상을 했다.

'방을 어떻게 들어가지… 혹시 이상한 일이 생기면 어쩌지…'

하지만 현실은 너무나 단순하고 쉽게 방을 내어 주었다.

순덕은 민수 옆에서 조용히 따라오면서도 가슴이 두근거렸다.

민수는 안도의 한숨을 내쉬며, 자신도 모르게 어깨를 풀었다.

지금까지의 긴장감이 사르르 풀리며, 한결 마음이 놓이는 순간이었다.

민수는 조심스레 205호 문고리를 돌렸다.

문이 삐걱 소리를 내며 열리자, 방 안에는 은은한 전등 불빛이 깔려 있었다.

좁지만 깔끔하게 정돈된 방, 그리고 작은 창으로 들어오는 가로등 빛이 차분한 분위기를 만들어 주었다.

순덕은 살짝 머뭇거리며 방 안으로 들어왔다.

민수와 마주 서자, 둘 사이의 거리가 평소보다 훨씬 가까워졌음을 느꼈다.

민수는 순간 숨을 고르며 말없이 방 안 구석으로 자리를 잡았다.

순덕도 조심스레 옆에 앉았다.

두 사람 사이에는 묘하게 긴장된 공기가 흘렀다.

평소 함께 있던 공원이나 길거리에서는 장난스럽게 웃고 떠들던 사이였지만, 지금은 조용히 서로를 바라보는 순간조차 마음을 두근거리게 했다.

민수는 문득 손에 들고 있던 가방을 내려놓고, 시선을 순덕에게 돌렸다.

순덕은 얼굴이 살짝 붉어지며 시선을 피했다.

"괴안나…?"

민수가 조심스럽게 물었다.

"하아… 괴안다."

순덕의 목소리는 낮고 떨렸다.

평소보다 훨씬 가까이 다가온 민수의 존재감이 그녀를 긴장하게 했다.

방 안에는 전등 불빛이 희미하게 번져 있었고, 벽시계의 초침 소리가 유난히 크게 들렸다.

창문 밖에서는 여름밤 풀벌레 울음이 간헐적으로 스며들었지만, 방 안 공기는 묘하게 무거웠다.

민수는 의자에 걸터앉아 손가락으로 열쇠를 빙글빙글 돌리고 있었고, 순덕은 침대 모서리에 앉아 가방끈을 꼭 쥔 채 시선을 바닥에 두고 있었다.

둘 사이엔 방금까지 나눈 말이 잔향처럼 남아, 대화가 끊긴 뒤에도 어색함이 쉽게 걷히지 않았다.

"그라모 나는 인자 집에 갈꾸마. 니는 여서 자고 아침에 학교에 가라."

민수가 천천히 일어나 말하자, 순덕이 고개를 들었다.

"민수야, 내 혼자 무섭다. 니 좀 더 있다가 집에 가모 안 되나?"

그 말에 민수는 문손잡이 위에 멈춰 선 채, 잠시 생각에 잠겼다.

자신도 한 번도 여관에서 혼자 자 본 적이 없는데, 여학생이 덩그러니 남겨지는 건 마음이 편치 않았다.

"…그라모, 쪼매만 더 있다가 집에 갈구마."

"고맙다, 민수야. 니도 여관에는 처음이제?"

"하모, 한 번도 안 와 봤다. 니도 처음이제?"

"촌에서 운제 여관에 갈 일이 있것나."

그렇게 둘은 몇 마디 주고받다가, 다시 조용해졌다.

벽에 비친 서로의 그림자가 천천히 흔들렸고, 숨소리마저도 또렷하게 느껴졌다.

어색한 침묵 속에서도, 서로의 존재감만은 낯설지 않게 방 안을 채우고 있었다.

방 안 공기는 점점 눅눅해졌고, 시골 여름밤 특유의 더운 숨결이 창문 틈으로 스며들었다.

순덕은 가방을 베개 옆에 내려놓고, 옷을 그대로 입은 채 이불 위에 누웠다.

낯선 방, 낯선 냄새 속에서도 피곤이 몰려오자 눈꺼풀이 무겁게 내려앉았다.

민수는 문 쪽에 등을 기대고 앉아 있었다.

그는 방 안 한가운데 등을 돌리고 앉아, 괜히 바닥 장판 무늬를 따라 손가락을 움직였다.

순덕이 깊은숨을 내쉬며 잠에 드는 소리가 들리자, 민수는 창문 틈 사이로 들어오는 가로등 빛을 멍하니 바라보다가 슬그머니 자세를 낮췄다.

방바닥은 미묘하게 서늘했고, 그 서늘함이 오히려 마음을 진정시켰다.

'조금만 있다 가자'는 생각이 점점 흐려졌다.

그는 팔을 베고 누워 창문 밖 어둠을 바라보다가, 어느새 눈이 감겼다.

방 안은 순덕의 고른 숨소리와 민수의 얕은 코 고는 소리만이, 조용히 시간의 흐름을 기록하고 있었다.

민수는 잠깐 졸다가 일어났다.

바닥에서 몸을 일으켰다.

방 안은 고요했고, 창문 틈으로 들어온 가로등 불빛이 순덕의 얼굴 윤곽을 은근히 드러내고 있었다.

그녀는 옷을 그대로 입은 채, 한쪽 팔을 베고 옆으로 누워 있었는데, 이불이 허리께까지 밀려 내려가 있었다.

"춥겠다…"

민수는 조심스레 걸음을 옮겨 이불을 잡아 올렸다.

순덕의 얼굴이 가까워지자, 긴 속눈썹 아래 고요히 잠든 표정이 눈에 들어왔다.

가슴이 두근거렸다.

그는 한참을 망설이다가, 자신도 모르게 몸을 숙였다.

그리고 아주 살짝, 그녀의 입술에 입술을 맞췄다.

부드럽고 따뜻한 감촉이 전해졌다.

민수는 숨을 죽인 채 눈을 감았다가, 곧 천천히 몸을 일으켰다.

순덕은 여전히 아무 일 없다는 듯, 고른 숨소리를 내며 잠들어 있었다.

민수는 그 자리에 잠시 서서, 손끝이 떨리는 걸 느꼈다.

심장이 두근거려 가라앉히려 해도, 오히려 더 빨라졌다.

방 안의 공기가 갑자기 뜨거워지는 듯했다.

그는 조심스럽게 다시 순덕의 곁으로 다가갔다.

잠든 얼굴을 한참 바라보다가, 이번에는 주저하지 않고 조금 더 강하게 입술을 맞췄다.

짧지만, 분명한 온기와 숨결이 느껴졌다.

그 순간, 순덕은 미묘하게 몸을 움찔했지만 눈을 감은 채 가만히 있었다.

잠결인 듯, 혹은 모른 척하는 듯.

사실 그녀는 민수의 입술이 닿는 순간, 모든 감촉을 또렷하게 느끼고 있었다.

"..."

순덕은 처음엔 그저 가만히 있으려 했다.

하지만 민수의 입술이 닿아오는 온기와 떨림이, 이상하게도 마음 깊숙이 스며들었다.

그 순간, 자신도 모르게 두 팔이 민수의 목뒤로 올라갔다.

민수는 그 부드러운 팔 동작에 깜짝 놀랐다.

순덕이 밀어내지 않고 오히려 안아 준다는 건, 거부가 아니라는 뜻이었다.

그제야 그는 조심스럽지만, 더 깊게 입술을 맞췄다.

방 안의 공기는 조용했지만, 두 사람의 심장 소리만은 서로에게 크게 들렸다.

순덕은 눈을 감은 채, 이 모든 순간이 꿈인지 현실인지 분간이 되지 않았다.

민수 역시 그 설렘과 두려움이 섞인 감각 속에서, 더 이상 말이 필요 없다는 걸 느꼈다.

민수는 순덕의 가슴속으로 손을 넣었다.

순덕은 움찔하며 민수의 손을 거부하였으나 그것도 잠시 가만히 있는다.

어머니 젖가슴만 보았던 민수는 보드랍고 단단한 그녀의 가슴을 만지며 교복의 단추를 하나씩 풀기 시작한다.

그리고 브레지어 호크를 풀고 그는 아기가 엄마의 젖을 찾듯 그녀의 가슴을 탐닉하며 서서히 손이 아래로 향하고 있었다.

치마의 자크가 풀리고 팬티가 내려가는 것을 느끼며 그녀는 깊은숨을 삼키고 있었다.

중학교 2학년 때 잠깐의 경험 덕분인지 순덕은 민수를 심하게 거부하지 않았다.

민수는 숨을 헐떡이며 그녀의 성기에 입술을 대려고 하니 덕순이는 심하게 거부하며 "추집다. 씻고 올꾸마." 말했다.

"괴안타. 그냥 하자."

"안 된다. 여관에 따신 물 나온다. 니도 씻고 나도 씻을꾸마."

그렇게 말하며 순덕은 수건을 들고 들어가 샤워를 하고 그 뒤 민수도 들어가 마음이 급해 중요 부위만 대강 비누칠하여 씻고 나왔다.

순덕이는 이불 속에 있었다.

민수는 이불을 살짝 들고 순덕의 몸매를 본다.

군더더기 없는 몸매와 봉오리처럼 솟아 있는 젖가슴 그리고 긴 다리를 보며 그녀의 입술을 훔친다.

순덕은 여전히 이불 속에서 조용히 숨을 고르고 있었다.

그녀 곁으로 다가가니, 고른 숨소리와 함께 은은한 비누 향이 스쳤다.

민수는 조심스레 순덕의 손을 잡았다.

순덕은 놀란 듯 움찔했지만, 곧 그 손을 꼭 잡으며 눈을 감았다.

방 안에는 말 한마디 없이 서로의 숨소리와 작은 몸짓만이 흐르고 있었다.

"괴안나?"

민수가 낮게 속삭였다.

순덕은 고개를 끄덕이며, 두려움과 설렘이 섞인 눈빛으로 민수를 바라보았다.

그리고 두 사람은 조금씩 서로를 더 가까이 느꼈다.

민수의 손이 처음 닿는 순간, 순덕의 피부가 전류처럼 떨렸다.

그 떨림이 민수의 심장까지 전달되어, 그의 숨이 가빠 왔다.

순덕의 숨결이 코끝을 스치자, 민수는 얼어붙은 듯 잠시 멈췄다가 그녀의 마음이 자신에게 열려 있다는 것을 느끼며 천천히 안았다.

순덕은 눈을 감고 민수의 품 안으로 몸을 맡겼다.

심장은 서로의 박동을 느끼며 빠르게 뛰고, 두 사람의 숨결이 섞일 때마다 방 안 공기는 묘하게 달콤하고 촉촉해졌다.

민수는 손끝으로 머리칼을 쓰다듬고, 어깨선을 따라 팔을 감았다.

순덕의 피부가 닿는 모든 순간마다 뜨거움과 부드러움이 동시에 몰려와 온몸을 감쌌다.

그녀의 입술에 닿은 순간, 민수의 마음은 폭발하듯 설레었고 순덕 또한 처음 느껴 보는 떨림에 가슴이 두근거렸다.

방 안의 공기, 달빛, 멀리 들리는 바람 소리까지 마치 이 모든 것이 그들의 숨결과 박동에 맞춰 움직이는 듯했다.

민수의 손이 살짝 떨리며 그녀의 허리를 감싸 안고,

순덕은 그 떨림을 느끼며 조금씩 긴장을 풀었다.

서로의 체온이 맞닿고, 심장이 동시에 뛰며 이 순간이 끝나지 않기를 바라는 마음이 가슴속 깊이 번졌다.

민수의 몸이 움직일 때마다 파도처럼 밀려오는 설렘과 욕망이 숨결 하나, 손끝 하나까지 섬세하게 스며들었다.

순간순간, 눈빛과 미세한 손짓 속에서 두 사람은 서로의 마음을 읽고, 서로의 존재를 확인했다.

첫사랑의 열기, 첫 설렘, 그리고 두려움이 뒤섞인 감정이 밤의 정적 속에서 촉각과 심리를 통해 온전히 살아 숨 쉬었다.

민수와 순덕은 서로의 숨결, 심장 박동, 미세한 떨림을 느끼며 마치 세상 모든 것이 멈춘 듯한 밤 속에 서서히 스며들었다.

방 안의 공기는 고요했으나, 두 사람의 가슴 속에서는 서로 다른 리듬의 북소리가 울리고 있었다.

민수는 억지로 삼킨 침이 목구멍에서 크게 울리는 것 같아, 자신이 떨고 있다는 사실을 들킬까 두려웠다.

순덕은 눈을 감고 있었지만, 가늘게 떨리는 속눈썹이 그녀의 마음을 고스란히 드러내고 있었다.

'나… 이대로 괴안을까?'라는 생각이 그녀의 머릿속을 스쳤지만, 곧 그의 따뜻한 체온이 그 불안을 덮었다.

순덕의 귓가에는 자신의 심장 소리가 들려왔다.

쿵, 쿵— 마치 온 세상이 함께 뛰는 듯 크게 울렸다.

민수는 그 소리를 직접 들을 수는 없었지만, 그녀의 가쁜 호흡과 미세하게 들썩이는 어깨로 모든 것을 느끼고 있었다.

민수는 '이 순간을 놓치고 싶지 않다'는 강렬한 바람을 느꼈다.

순덕은 '내가 이렇게 마음을 내어 줄 수 있을까'라는 두려움과 동시에, 설명할 수 없는 안도감에 몸을 맡기고 있었다.

그들은 아무 말도 하지 않았지만, 침묵 속에서 더 많은 대화를 나누고 있었다.

말로는 표현할 수 없는 감정, 첫사랑만이 가진 설렘과 두려움이 서로의 심장 박동을 통해 오갔다.

그 순간, 세상은 사라지고 오직 둘만이 남아 있었다.

창밖으로 희미하게 새벽빛이 스며들었다.

방 안에 감돌던 밤의 열기는 서서히 사그라지고, 남은 건 말하지 않아도 알 수 있는 묘한 여운이었다.

민수는 조심스럽게 몸을 일으켰다.

순덕은 여전히 이불 속에 누워, 천장을 바라보며 아무 말이 없었다.

그 침묵 속엔 아쉬움과 두려움, 그리고 서로만이 아는 비밀 같은 따뜻함이 섞여 있었다.

"그라모… 난 인자 가야겠다. 집에 가서 아침 묵고 아침 자율학습 가야 된다."

민수는 천천히 몸을 일으키며, 잠시 머뭇거리다 순덕의 얼굴을 내려다보았다.

순덕은 말없이 눈을 감은 채, 이불을 턱밑까지 끌어올리고 있었다.

민수는 조심스럽게 고개를 숙여 그녀의 입술에 짧고도 다정한 입맞춤을 남겼다.

순덕은 그 순간 아주 미세하게 눈썹을 떨리며 숨을 고르더니, 이내 가만히 받아들였다.

밤새 이어진 열기와는 달리, 그 입맞춤은 짧지만 묵직했고, 왠지 이별을 알리는 신호 같았다.

민수는 침대 곁을 벗어나며 옷매무새를 고쳐 입었다.

순덕의 시선은 그를 따라가고 있었지만, 끝내 말을 붙이지는 못했다.

말로 꺼내는 순간, 마치 모든 게 허물어질 것만 같았기 때문이다.

방 안에는 여전히 은은한 비누 향과 밤의 잔향이 남아 있었고,

두 사람의 호흡과 심장 소리는 여전히 공기 속 어딘가에 가라앉아 있었다.

문을 열고 나가기 직전, 민수는 다시 한번 그녀를 돌아보았다.

창으로 들어온 아침 햇살이 순덕의 뺨을 비추고 있었는데, 그 모습이 너무도 고요하고 아름다워 차마 발길을 떼기 힘들었다.

순덕은 눈을 뜨지 않은 채, 민수의 발소리를 귀로만 따라갔다.

그리고 문이 닫히는 순간, 비로소 그녀는 눈을 떴다.

가슴 한쪽이 허전하게 비어 버린 것 같으면서도, 이상하게 따뜻한 불씨가 여전히 남아 있었다.

여관을 나온 민수는 차가운 아침 공기가 그의 볼을 스쳤다.

밤새 뜨거웠던 가슴은 여전히 두근거리고 있었지만, 동시에 현실이 밀려오고 있었다.

집으로 돌아가는 길, 들판 너머에서 해가 떠올랐다.

민수는 주머니에 손을 찔러 넣고, 혼자 중얼거렸다.

"이제… 다시 공부해야지."

그러나 그의 눈빛은 결코 이전과 같지 않았다.

순덕은 조금 더 이불 속에 누워 있다가, 몸을 추스르고 바로 교복으로 갈아입었다.

거울 속에는 평소와 다름없는 순덕이가 있었지만, 그녀는 거울을 보는 내내 이상하게 얼굴이 붉어졌다.

책가방을 들고 학교로 향하는 발걸음은 여느 때처럼 가볍지 않았다.

아침 햇살이 따사롭게 비추는 길 위에서, 그녀는 자신이 어제와는 전혀 다른 세계에 들어섰음을 느꼈다.

47. 임신한 순덕이

그들은 결국 다시 마주칠 기회가 없었다.

민수는 아침이면 새벽같이 교문을 들어서야 했고, 밤늦게까지 교실 불빛 아래 책과 씨름했다.

대학이라는 목표가 점점 가까워질수록, 머릿속에서 순덕이라는 이름은 차츰 뒤로 밀려나 있었다.

때로는 문득 그녀의 웃음이나 향기가 스쳐 지나가곤 했지만,

곧 수학 문제 한 장, 영어 단어 하나가 그 공백을 메워 버렸다.

순덕 역시 달라진 일상 속에서 조용히 지냈다.

학교와 집, 그리고 방과 후 가끔 도와야 하는 집안일이 전부였다.

그날 밤의 기억이 가끔 꿈처럼 떠올랐지만, 현실은 그녀에게 취업 준비와 졸업 이후의 길을 묻고 있었다.

그래서인지 특별한 감정의 파동 없이, 하루하루를 그냥 묵묵히 넘기고 있었다.

시간은 그렇게 흘러갔다.

둘 사이에 특별한 다툼도, 확실한 약속도 없었기에, 그날 밤은 마치 한여름의 짧은 폭풍처럼—확실히 있었으나, 흔적은 희미해지는 기억으로 남아 갔다.

민수와 관계를 가진 지 두 달 동안 순덕은 생리를 하지 않았다.

처음엔 대수롭지 않게 넘겼다.

"이번 달은 좀 늦나 보다. 다음 달엔 하겠지."

스스로에게 그렇게 타이르며 마음을 가라앉혔다.

하지만 날이 갈수록 작은 불안이 가슴 밑바닥에서 꿈틀거렸다.

밤마다 혼자 이불을 뒤집어쓰고, 학교에서 배운 생리주기와 그날 관계했던 날을 계산해 본다.

"혹시… 정말 임신한 거 아이가?"

그 한마디가 가슴을 짓눌렀다.

밤마다 이불을 덮고 눈을 감으면, 순덕의 머릿속은 온통 한 가지 생각으로 가득 찼다.

"내 배가… 왜 자꾸 불러 오노…"

심장이 쿵쿵 뛰어, 방 안이 다 흔들리는 듯했다.

하지만 그 두려움을 누구에게 말할 수 없었다.

어머니?

어머니에게 차마 말할 수 없었다.

"이 노무 가서나 니가 집안 망신을 시키나!"

그 따가운 호통이 귀에 먼저 들리는 듯했다.

그리고 눈물로 지새울 부모님의 얼굴이 떠오르면, 입술은 더 굳게 다물어졌다.

친구들?

그럴 수 없었다.

한마디 잘못 새어 나가면, 친구들 귀에 금세 퍼질 게 뻔했다.

'함안여상 다니는 순덕이가 얼라 뱃단다.'

그 수군거림이 교실을, 시장을, 논두렁을 타고 돌아다닐 것이다.

민수?

순간 그의 얼굴이 스쳐 지나가면, 가슴이 더 아려왔다.

말해야 할 것 같았다.

하지만 입술이 떨어지지 않았다.

민수는 지금 고3, 대학 준비에 목숨을 걸고 있는데… 내가 이 사실을 말하는 순간,

그의 인생을 송두리째 흔들어 놓는 건 아닐까?

'혹시라도 나를 외면하면…?'

그 생각이 더 무서웠다.

결국 순덕은 아무에게도 말하지 못했다.

말하지 못하는 시간이 길어질수록 불안은 더 크게 자라났다.

학교에서 교복 단추를 잠글 때, 거울에 비친 자신의 모습에서 조금씩 드러나는 변화를 발견할 때마다 온몸이 차갑게 식어갔다.

"나… 언자 우찌 해야 되노…. 정말 아무도… 아무도 모르게 넘어갈 수는 없는 기가…."

숨조차 제대로 쉴 수 없는 막막함, 누군가에게 도움을 청하고 싶은 간절함,

그러나 동시에 들킬까 두려워 꽁꽁 움켜쥐는 고립감이 순덕의 가슴을 한없이 무겁게 짓눌렀다.

여섯 달이 흘렀다.

이제는 더 이상 부정할 수 없었다.

아랫배가 은근히 불러오기 시작했다.

옷을 입을 때마다, 치마의 허리춤이 전보다 더 조여 오는 걸 느꼈다.

거울 앞에 서면, 자신도 모르게 배를 매만지며 눈을 피했다.

"설마… 진짜…."

심장이 콩콩 뛰고, 뒷덜미가 서늘해졌다.

수업을 듣다가도 자꾸만 손이 배로 갔다.

혹시 친구들이 눈치채지 않을까 두려워, 책상 밑에서 손을 꼭 모아 쥐며 억지로 가만히 앉아 있었다.

점심시간에도 입맛이 떨어졌다.

한 숟갈 뜨다 수저를 내려놓곤, 주위 시선이 자신을 향한 것만 같아 괜히 고개를 숙였다.

밤이면, 더욱 고통스러웠다. 이불 속에서 혼자 흐느끼듯 숨을 죽였다.

"이거… 어찌 해야 되노. 옴마가 알모… 학교에서 알면…"

부끄러움과 두려움, 그리고 아직은 어린 자신이 감당하기엔 너무 벅찬 현실이 가슴을 조여 왔다.

순덕은 더는 혼자 견딜 수가 없었다.

숨겨 온 비밀이 이제는 몸으로 드러나고 있었기 때문이다.

마침내 민수를 불러내어 떨리는 입술로 입을 열었다.

"민수야… 나 사실… 임신한 거 같데이."

민수의 눈동자가 크게 흔들렸다.

그는 순간 귀를 의심하듯, 순덕의 얼굴을 뚫어져라 바라보다가 거칠게 말을 뱉었다.

"와… 와 언자 이야기하노? 이리 늦게… 내 보고 지금 와서 우짜라꼬…?"

순덕은 고개를 떨구며 속삭였다.

"처음에는… 임신 아인 줄 알았다. 그냥… 한두 달 생리 안 하는 줄 알고…."

목소리는 갈라지고 손은 덜덜 떨렸다.

"사실… 너무 무서버서… 니한테 말을 못했데이…"

그러나 민수의 얼굴에는 혼란과 두려움이 뒤섞여 있었다.

이마에 땀이 맺히고, 목소리는 점점 커졌다.

"이거… 이거 우짤 끼고…! 내가 지금 무엇을 할 수 있것노? 내 앞길은? 대학은? 니… 지금 와서 내보고 우짜라꼬!"

마지막 말은 거의 고함이었다.

순덕의 눈가에 눈물이 맺혔다.

민수가 저렇게 몰아붙일 거라곤 생각지 못했기 때문이다.

민수는 가슴을 부여잡으며 잠시 서성이다가 마치 벼락을 맞은 듯 얼굴을 돌려 버렸다.

"내는… 모른다."

그 말만을 남기고는 뒷모습을 보이며 빠르게 걸어가 버렸다.

순덕은 한참 동안 그 자리에 굳은 채 서 있었다.

다리가 풀려 앉아 버리자, 눈물이 줄줄 흘러내렸다.

세상에서 가장 믿고 싶었던 사람에게서조차 등을 돌려진 순간이었다.

순덕은 하루하루가 지옥 같았다.

불러오는 배는 이미 감출 수 없을 정도였으나, 그녀는 그것을 들키지 않으려고 기저귀 헝겊을 꾹꾹 동여매어 배를 눌렀다.

숨이 차고, 허리가 욱신거렸지만, 그 고통조차 드러낼 수 없었다.

"티 나면 안 된다이… 누가 알아채면 큰일 난다…"

스스로에게 최면을 걸듯 속으로 중얼거렸다.

칠판 앞에서 선생님의 목소리는 더 이상 귀에 들어오지 않았다.

그녀의 온 신경은 허리춤을 조이는 헝겊과 옷자락, 그리고 혹시라도 튀어나올까 조마조마한 배 위에 쏠려 있었다.

6개월, 그리고 7개월로 넘어가며 아기의 존재는 더 이상 그녀만의 비밀이 아니어도 될 만큼 자라 있었다.

하지만 순덕은 이를 악물고 배를 감추려 했다.

집에서도, 학교에서도, 심지어 길을 걸을 때조차 그녀는 등을 구부리고, 옷자락을 늘어뜨려 자신의 '다른 몸'을 숨겼다.

밤이 되면 숨이 막힐 듯 조여진 배를 풀어놓고 한숨 섞인 울음을 삼키곤 했다.

"이게 내 잘못인가… 아니면 운명인가…"

민수의 차가운 뒷모습이 떠오를 때마다 그녀는 온몸이 얼어붙는 듯했고, 홀로 남은 현실은 더 깊은 어둠처럼 내려앉았다.

48. 순덕은 임신 사실을 엄마에게 들켰다

일요일 오후, 볕이 따스하게 비치는 방 안.

순덕은 TV 소리를 배경 삼아 꾸벅꾸벅 졸다가 깊은 잠에 빠져 있었다.

순덕이 어머니가 밭일을 하고 들어와 딸아이의 곤히 잠든 모습을 보며 나직하게 불렀다.

"순덕아, 니 자나? 저녁 준비하자."

그러나 대답이 없었다.

순덕은 베개를 끌어안고, 깊은숨을 몰아쉬며 몸을 뒤척였다.

그 순간, 옷자락이 슬쩍 말려 올라가며, 허리를 칭칭 감고 있는 두꺼운 천 조각—아기 기저귀가 드러났다.

어머니는 얼른 눈을 의심했다.

"이기 뭐꼬…?"

조심스레 다가가 숨을 죽이고 들여다보니, 배는 이미 도드라지게 불러 있었고, 기저귀는 그것을 억지로 감추려는 듯 팽팽히 조여져 있었다.

순간, 어머니의 심장은 쿵 내려앉았다.

손끝이 떨렸고, 얼굴은 창백하게 굳어졌다.

가슴속에서 뜨거운 무언가가 치밀어 오르면서도, 차마 딸을 깨우지 못한 채, 그저 굳은 동상처럼 서 있었다.

"아이고… 이기 무신 일이고…"

눈빛이 허공에 흔들리며, 분노와 슬픔, 절망이 한꺼번에 몰려왔다.

딸아이의 무방비한 잠든 얼굴과, 숨겨진 배의 진실이 잔인하게 대비되어 그녀를 짓눌렀다.

한참을 그렇게 서 있던 어머니는 입술을 꽉 깨물며 방 안의 공기를 삼켰다.

이제, 돌이킬 수 없는 현실과 마주해야 한다는 사실이 가슴을 찢어 놓고 있었다.

순덕은 깊은 잠에서 몸을 비비 꼬다가 천천히 눈을 떴다.

어머니가 바로 옆에 앉아 자신을 내려다보고 있는 것을 보자, 가슴이 철렁 내려앉았다.

"오 옴마, 운제 왔노?"

순덕은 억지로 미소를 지어 보이려 했지만, 어머니의 싸늘한 눈빛 앞에서 입술이 바짝 말라붙었다.

어머니의 목소리는 낮고 떨렸다.

"순덕아… 니, 이기 무신 일이고?"

순덕의 시선이 무의식적으로 배로 향했다.

아직도 허리에 감긴 기저귀가 풀리지 않은 채, 부풀어 오른 배를 어색하게 감싸고 있었다.

숨길 길이 없었다.

"옴마… 그기…"

입술이 파르르 떨리며 말이 이어지지 않았다.

어머니는 손을 덜덜 떨며 기저귀를 풀어 젖혔다.

순덕의 배가 그대로 드러나자, 방 안 공기는 무겁게 가라앉았다.

"아이고야… 이노무 가서나야 이 일로 우짜 끼고."

어머니는 방바닥을 치며 대성 통곡을 한다.

순덕은 온몸이 굳은 채 숨조차 제대로 쉬지 못했다.

방바닥을 치며 울부짖는 어머니의 통곡은 마치 집 전체를 흔들어 놓는 듯 컸다.

"아이고야… 이 집구석에 무슨 재앙이 내려도 이런 날 배락이 있노… 아이고, 내 팔자야…"

어머니는 순덕의 머리채를 쥐어뜯으며 울부짖었다.

순덕은 그 앞에서 무릎을 꿇고 바짝 웅크린 채 손끝까지 파르르 떨렸다.

"옴마… 미안해예… 나도… 나도 일이 이리 될 줄 알았나."

목소리는 가늘게 갈라져 나왔고, 눈물은 줄줄 흘러내려 방바닥을 적셨다.

어머니의 눈이 번쩍이며 순덕을 바라봤다.

"니, 지금 이 배가 여덟 달은 되어 보이는데… 그동안 내를 이리 숙이고 있은 기가? 니 눈은 앞에 있는데도 날 빙시로 만들었단 말이가!"

순덕은 숨이 막히듯 흐느꼈다.

"차마 말을 못했어예… 무서워서… 옴마 얼굴 보기가…"

어머니는 주저앉아 어깨를 들썩이며 흐느꼈다.

분노와 슬픔이 동시에 터져 나오는 듯했다.

"이걸 동네 사람들이 알모… 우린 우찌 얼굴을 들고 살란 말이고…"

어머니의 눈동자가 붉게 물들며 치솟는 분노와 슬픔이 뒤섞였다.

순덕은 얼굴을 두 손으로 감싸며 울먹였다.

"엄마… 나도… 나도 어쩔 수 없었다 아이가…"

"니, 누구 짓이고! 누가 이래 만들었노!"

어머니의 목소리는 방 안을 쩌렁 울렸다.

순덕은 고개를 푹 숙이며 흐느꼈다.

"민수… 민수다… 엄마…"

그 순간 어머니의 숨이 막히듯 멈췄다.

순덕은 입술을 깨물며 머뭇거렸다.

어머니의 눈빛은 이미 매섭게 날을 세우고 있었다.

"니, 민수가 누고? 앞장서라."

어머니가 다그쳤다.

순덕은 두 손을 꼭 맞잡은 채 낮게 말했다.

"옴마… 민수는 고3이라… 대학교 공부하고 있다."

"뭐라삿노? 그놈은 지 공부가 중요하고, 남의 집 딸 앞길 망치 노모 괴안타 이 말가?"

어머니의 목소리는 방안을 울릴 정도로 격했다.

순덕은 울먹이며 고개를 숙였다.

"옴마… 그래도 공부하고 있는 학생인데… 제발 그라지 마라. 민수 앞길 망치면… 내는 더…"

그러자 어머니는 피가 거꾸로 솟는 듯 소리쳤다.

"그라모 공부하는 학생이 여학생 임신 시킨 거는 괴안고? 니 앞길은 망해도 괴안다 이 말가?"

순덕은 눈물을 뚝뚝 흘리며 고개를 저었다.

"옴마… 제발… 고마 조용히 해결하자…"

어머니는 방바닥을 치며 분노를 삭이지 못했다.

"니 지금 이기 조용히 해결될 문제라 생각하나? 배가 남산만큼 나와가 산달이 내일모레 거만은."

어머니는 한숨을 거칠게 몰아쉬더니 다시 다그쳤다.

"앞장서라, 당장! 니 안 가모 내가 학교 가서 싹다 씨부릴 끼다."

순덕은 그 말에 질겁하며 떨리는 목소리로 말했다.

"옴마… 사실… 민수 저거 집 모린다…"

"뭐라꼬? 모린다꼬?"

어머니의 눈이 크게 휘둥그레졌다.

순덕은 눈물을 닦으며 더듬더듬 말했다.

"학교 등굣길에서만 만났지… 집은… 진짜 모린다."

어머니는 입술을 파르르 떨며 외쳤다.

"그라모 함안종고라도 가 보자! 학교서 공부하고 있것지."

순덕은 무릎을 꿇고 어머니 치맛자락을 붙잡았다.

"옴마, 제발… 고마하자. 제발… 조용히 해결하자…내가 이리 싹싹 빌 꾸마."

어머니는 치맛자락을 뿌리치며 몸을 떨었다.

분노와 슬픔, 체념이 한꺼번에 밀려오는 얼굴이었다.

방 안 공기는 숨이 막힐 만큼 무거웠고, 순덕은 그 속에서 끝내 무너져 내리듯 울음을 삼키고 있었다.

어머니는 한참을 분을 삭이지 못해 부르르 떨더니 끝내 순덕을 끌어 안았다.

"이노무 가서나야… 울메나 무서벗노?"

그 말이 떨어지자마자, 순덕은 억눌렀던 감정이 한순간에 터져 나왔다.

그리고 엉엉 소리 내어 울부짖는다.

"옴마… 내 참말로 무서버 죽는 줄 알았다…"

순덕은 어머니의 가슴에 얼굴을 파묻고 울음을 쏟아냈다.

어머니는 딸의 떨리는 어깨를 꼭 안으며, 자신도 버텨 왔던 눈물을 주르륵 흘렸다.

"그래… 그래… 니가 무신 죄고…"

순덕은 어린아이처럼 어머니 품에서 울고 있었고, 어머니는 그 떨림을 느끼며 오히려 더 서럽게 울어 버렸다.

방 안에는 두 사람의 흐느낌이 메아리처럼 번져 나갔다.

잠시 후, 어머니는 떨리는 목소리로 중얼거렸다.

"세상은 늘 여자가 죄인이다… 그래도, 그래도 니는 죄 없다. 잘못은 니가 아인데…"

순덕은 눈물로 젖은 얼굴을 들지도 못한 채, "옴마…" 하고 흐느끼며 다시 어머니 품에 파고들었다.

어머니의 눈물과 순덕의 눈물이 한데 섞이며, 그 순간만큼은 서로의 상처와 두려움이 조금이나마 풀어지는 듯했다.

49. 순덕은 학교를 그만둔다

방 안은 긴 울음이 그치고, 무겁게 가라앉은 공기만 맴돌고 있었다.

어머니는 한참 동안 입술을 깨물다, 마침내 굳은 목소리로 입을 열었다.

"순덕아… 니 고마 학교 자퇴해라."

순덕은 눈을 크게 뜨며 어머니를 바라보았다.

"옴마, 와 그라노… 몇 달만 더 가모 졸업인데…"

어머니의 손등에 핏줄이 불거졌다.

"니… 얼라는 못 낳는다. 낳아서도 안 되고."

순덕의 가슴이 철렁 내려앉았다.

"와 옴마… 와 안 된다고 카노?"

어머니의 눈에 분노와 두려움이 동시에 비쳤다.

"민수가 니 책임질 거 것나? 절대로 아이다. 그놈은 지금도 지 공부만 챙기고, 아마 니를 부정하고 있을 끼다."

순덕의 입술이 파르르 떨렸다.

"…옴마… 맞다…"

머릿속에 며칠 전 민수의 싸늘한 뒷모습이 스쳐 갔다.

어머니는 손으로 얼굴을 감싸며 말했다.

"그래서 하루라도 빨리… 얼라 지아로 마산 가자. 수술해야 된다."

그 말에 순덕은 가슴이 먹먹 해지며 숨이 막혔다.

"옴마…"

목구멍이 메여 목소리조차 제대로 나오지 않았다.

세상 누구에게도 말 못 할 비밀을, 이제는 지워 버려야 한다는 어머니의 말.

그 무게가 한꺼번에 순덕의 어린 어깨 위로 쏟아져 내렸다.

창밖에서는 비가 내리고 있었지만, 그 소리조차 두 모녀의 방 안에서는 먹먹하게 들리지 않았다.

순덕이 남자와의 관계를 크게 신경 쓰지 않았던 것은, 중학교 2학년 때 첫 경험을 하고도 아무 일도 일어나지 않았던 기억이 자리 잡고 있었기 때문이었다.

그때 경험이 없었다면, 민수가 다가와 관계를 하자고 했을 때 순덕은 분명히 적극적으로 거절했을 것이다.

그러나 한 번 경험해 본 이후, 몸과 마음은 의외로 담담했다.

그때의 감각과 설렘, 그리고 아무 일도 없었던 사실이 마음속 어딘가에서 '위험하지 않다'는 생각을 심어 주었다.

그 결과, 순덕은 본능적으로 거부감이 덜했고, 자신에게 닥칠 결과를 충분히 예상하지 못한 채 상황을 받아들이고 말았다.

그녀는 그저 순간의 감각과 마음의 떨림에 이끌린 채, 자신도 모르게 민수에게 마음을 허락했던 것이다.

월요일이 되었다.

순덕은 학교에 도착하자 마음이 무겁게 내려앉았다.

교무실 안으로 들어서자 담임 선생님이 자리를 지키고 있었다.

가슴이 두근거렸지만, 마음을 다잡고 조심스럽게 입을 열었다.

"선생님… 저, 말씀드릴 게 있습미더."

담임은 눈길을 들어 순덕을 바라보았다.

그녀의 얼굴은 평소보다 창백했고, 손은 가만히 무릎 위에 놓여 있었다.

"순덕아, 무슨 일인데 그렇게 긴장했노?"

순덕은 심호흡을 하고 작게 말을 이었다.

"저… 자퇴하고 싶습미더."

교무실 안은 순간 조용해졌다.

담임은 잠시 그녀를 관찰하며, 한숨을 내쉬었다.

"가악중에 와? 무슨 일 있나?"

순덕은 시선을 바닥에 두고 잠시 말을 망설였다.

"가정 사정 때문 입미더… 제가 계속 다닐 수 없어예."

담임은 조심스럽게 다가와 그녀의 어깨를 토닥이며, 깊은 한숨을 내쉬었다.

"순덕아…몇 달 아이모 졸업인데 꼭 자퇴해야 되나?"

순덕은 머리를 끄덕였지만, 마음속에는 이미 어머니와 상의한 결정이 굳게 자리 잡고 있었다.

그녀는 조용히, 그러나 단호한 목소리로 말했다.

"네… 선생님. 이번만큼은 제가 마음 무은 대로 결정을 할라 미더."

담임은 한참 그녀를 바라보다가, 결국 천천히 고개를 끄덕였다.

"알것다, 순덕아. 니 선택을 존중하겠다. 하지만… 앞으로 무슨 일이 있어도 선생님에게 털어놓을 수 있다는 걸 잊지 마라."

순덕은 작게 고개를 숙이며, 마음속 깊이 굳어진 결심을 다시 한번 확인했다.

그날 교무실 안 공기는 무겁게 가라앉았지만, 그녀에게는 한편으로 묘한 결의와 안도감이 스며들었다.

순덕은 학교를 가지 않았다.

하루 종일 마음속에서 무거운 생각이 맴돌았지만, 어머니와 상의한 대로 마산으로 향할 준비를 했다.

차가 움직이는 동안 창밖으로 스치는 풍경은 평소보다 흐릿하게 느껴졌다.

마음속 불안과 두려움이 그녀를 짓눌렀다.

병원 앞에 도착했을 때, 순덕의 손은 떨렸다.

어머니가 옆에서 조용히 손을 잡아 주었지만, 그 작은 위로마저도 마음 깊은 곳의 긴장을 완전히 풀어 주진 못했다.

진료실 안에서 의료진의 친절한 안내를 받으며, 순덕은 마음을 가다듬었다.

차분하게 앉아 있으려 했지만, 심장은 요동쳤다.

창밖 햇살과 병원 내부의 희미한 빛이 교차하며, 그녀의 시선은 멀리 어디론가 떠 있는 듯했다.

수술실 문 앞에서 마지막으로 어머니가 손을 꼭 잡았다.

"순덕아… 무서버도 괴안타. 옴마가 옆에 있을 꾸마."

순덕은 고개를 끄덕였지만, 눈에는 두려움과 미세한 눈물이 맺혔다.

그리고 문을 지나 수술실 안으로 들어서는 순간, 모든 것이 조용히 멈춘 듯 느껴졌다.

그곳에서 순덕은 삶과 현실, 그리고 자신의 선택 사이에서 잠시 숨을 고르며, 앞으로 자신이 나아가야 할 길을 마음속으로 준비했다.

순덕의 소문은 삽시간에 함안군 구석구석으로 번져 나갔다.

누구도 직접 입을 열어 말한 적은 없는 듯했지만, 이상하게도 모르는 사람이 없었다.

마치 바람결에 실린 이야기처럼, 들판을 건너고 골목을 지나며, 사람들의 귓가에 스며들었다.

학생들이 버스를 타면 어깨 너머로 속삭이는 소리가 들렸고, 우물가에서 물동이를 이고 선 아낙네들의 시선은 늘 순덕 쪽으로 미묘하게 기울어 있었다.

말로는 드러내지 않았지만, 피하는 눈빛, 잠깐 멈칫하는 손길, 애써 태연한 척 건네는 인사 속에 묘한 냉기가 흘렀다.

순덕은 그런 기류를 누구보다도 먼저 느꼈다.

학교를 떠난 뒤에도, 집 앞을 나서는 발걸음이 점점 무거워졌다.

누군가의 속삭임이 뒤에서 들리는 듯하면, 자신도 모르게 발걸음을 재촉했고, 마주친 사람의 눈길이 오래 머무르면 가슴이 철렁 내려앉았다.

'누구한테도 아무도 말 안 했는데. 그란데 와 이리 다 아는 기고.'

그녀는 속으로만 되뇌었다.

소문은 말보다 빨랐고, 말보다 더 깊이 상처를 남겼다.

그리고 순덕은 그 소문이 자신을 감싸는 보이지 않는 그물처럼 점점 좁혀 오는 것을 똑똑히 느끼고 있었다.

50. 봉헌의 자책과 순덕의 깊은 수렁

가장 깊은 충격을 받은 이는 봉헌이었다.

그와 순덕 사이에서 벌어진 일이 아님을 뻔히 알면서도, 그는 마치 모든 비극이 자신에게서 비롯된 듯한 죄책감에 사로잡혔다.

중학교 때 어쩌다 처음으로 남자와 여자라는 사실을 알게 했고, 그 뒤 순덕의 집착으로 힘들었지만, 그 기억이 아직 봉헌의 가슴 한 켠에 남아 있었기에, 순덕의 소문은 그에게 단순한 헛소문이 아니었다.

그것은 곧 자신의 과거와 맞닿은 칼날이 되어, 심장을 후벼 팠다.

"와 그때 그랬을꼬? 내가 쪼매만 참았으모 됐을 낀데 축구 것은 기."

봉헌은 속으로 수십 번도 더 중얼거렸다.

어린 마음에 깊이를 알지 못한 채 시작된 것이었고, 그 끝은 허무하게 흩어졌다.

하지만 바로 그 '흔적'이, 지금 이 소문 앞에서 그의 어깨를 더욱 무겁게 짓눌렀다.

주변에서는 은근히 그와 순덕을 엮어 말하는 이들이 있었다.

봉헌은 아니라고 손사래를 쳐도, 사람들의 눈빛 속에는 이미 의심과 단정이 뒤섞여 있었다.

밤이면 봉헌은 이부자리에서 눈을 감지 못했다.

자신이 순덕에게서 물러났던 순간, 그녀를 혼자 두었던 그날들이 떠올랐다.

그 선택이 지금의 순덕을 이 자리에 서게 한 것은 아닐까.

직접적인 잘못은 아니라 해도, 그의 가슴 속에서는 자책이 태풍처럼 몰아쳤다.

그녀의 어깨가 얼마나 무거운지, 얼마나 외로운 싸움을 하고 있는지 알면서도, 다가갈 용기는 내지 못했다.

그녀의 그림자 뒤에서, 봉헌은 자기 자신을 더 깊은 어둠 속에 가두고 있었다.

봉헌은 사람들 앞에서 아무렇지 않은 척 웃었다.

누군가 순덕의 이야기를 꺼낼 때면, 그는 일부러 웃음을 지어 보였다.

남들 눈에는 무심하고 가볍게 흘려보내는 듯 보였지만, 그 웃음 뒤에는 뼈가 부서질 듯한 긴장이 숨어 있었다.

속으로는 피가 거꾸로 솟는 듯했으나, 그는 단 한 번도 그것을 드러낼 수 없었다.

마치 잘못을 저지른 범인이면서도 증거를 감추기 위해 더 태연한 얼굴을 하고 있는 것처럼.

밤이 되면, 봉헌은 마루 끝에 홀로 앉아 스스로를 다그쳤다.

"네 잘못이 아이다. 아이라고 했다아가…"

그러나 아무리 되뇌어도, 그 말은 가슴속 깊은 곳에서 산산이 부서졌다.

순덕의 얼굴이 떠올랐다.

조심스레 웃던 모습, 말없이 내미는 손, 그리고 한때 자신을 믿어 주던 눈빛.

그 모든 것이 '네가 지켜 주지 않았다'는 비난처럼 되살아났다.

"내가 그때… 조금만 더 곁에 있었더라면."

그는 수없이 속삭였다.

허공에 흩어지는 목소리가 방 안을 메웠지만, 아무도 그 고백을 들어 주지 않았다.

학교에 가면 친구들과 장난을 쳤고, 선생님 앞에서는 모범생인 듯 고개를 끄덕였다.

그러나 책장을 펼치면 글씨들이 눈앞에서 흩어지고, 숫자는 머릿속에서 엉켜 버렸다.

순덕의 이름, 순덕의 얼굴, 순덕의 울음이 모든 생각의 중심을 차지해 버렸기 때문이다.

"내가 먼지 순덕이 한데 도망친 거 아이가."

자책은 더 깊어지고, 그림자는 더 짙어졌다.

사람들 앞에서는 아무 일 없는 듯 웃고, 혼자가 되면 끝없는 무너짐 속으로 빠져드는 나날.

그는 알았다.

순덕은 낮에도 방 안의 창문을 굳게 닫아걸었다.

햇빛이 들어오면, 그 빛을 따라 사람들의 시선이 함께 스며드는 것만 같았다.

누군가 창밖을 스쳐 지나가기만 해도, 마치 자기 이야기를 하고 있는 듯 심장이 쿵 내려앉았다.

동네 사람들의 수군거림은 점점 더 크게 들렸다.

"그 저 집 떨래미라미…"

"얄구지라 학상이… 참말로."

처음에는 실제로 들은 말이었지만, 나중에는 환청처럼 귓가에 맴돌았다.

길을 나서려다 발걸음을 돌린 날이 한두 번이 아니었다.

심지어 버스에 타는 순간에도, 사람들의 눈동자가 자신을 향해 날카롭게 꽂히는 듯했다.

"다 안다. 다 알고 있다이 나를 욕하고 있다이."

순덕은 속으로 그렇게 중얼거리며 입술을 깨물었다.

피가 배어 나와도 멈추지 않았다.

그 고통이라도 있어야, 현실이 환상이 아님을 확인할 수 있었으니까.

어머니는 일을 나가면서 "밥 챙겨 묵고 집에 있그라." 했지만, 그 말조차 '세상에 나가지 말라'는 경고처럼 들렸다.

자유수출이나 여상을 중퇴해도 작은 회사 경리로도 어디든 취직할 자리가 있어도 사람들의 눈길을 견뎌 낼 자신이 없었다.

일을 배우기도 전에, 이미 주눅이 들어 몸이 굳어 버릴 게 뻔했기 때문이다.

밤이면 더 심했다.

불을 끄고 누우면, 방 안 가득 사람들의 손가락이 뻗어 들어오는 듯했다.

"저 가서나."

"바른 질도 못 간 년."

목소리가 사방에서 터져 나와 순덕의 숨을 죄어왔다.

숨이 막혀 이불을 뒤집어쓰고 웅크린 채로, 새벽이 오기를 버텼다.

그러나 새벽은 희망이 아니라 또 다른 공포였다.

학교 가는 아이들, 일을 하러 가는 사람들…

그 속에 자신은 어디에도 설 수 없다는 사실이 더 뼈저리게 다가왔기 때문이다.

순덕은 점점 사람보다 그림자와 함께 있는 시간이 더 편해졌다.

문 앞에 신발이 놓이는 소리만 들어도 심장이 덜컥 내려앉았고, 낯선 발소리는 차라리 천둥소리보다 무서웠다.

세상은 그대로 흘러가는데,

자신은 멈춰 선 채 깊은 어둠 속에 묶여 있는 기분.

순덕은 서서히 스스로를 세상 밖으로 내몰며, 그 어떤 꿈도, 그 어떤 희망도, 다시는 꺼내지 못한 채 갇혀 가고 있었다.

순덕은 어느 날 저녁, 방 안에 홀로 앉아 있었다.

창문은 닫혀 있었지만, 바람은 새어 들어와 등골을 타고 흘렀다.

방구석에는 수개월 동안 입지 않은 교복이 구겨져 있었고, 책상 위에는 먼지가 내려앉아 있었다.

한때는 꿈이 담겨 있던 자리였으나, 이제는 세상에서 쫓겨난 흔적처럼 보였다.

순덕은 거울을 마주했다.

그 속에 비친 얼굴은 자신이 아니었다.

핏기 없는 뺨, 바싹 말라 버린 입술, 그리고 눈동자 속의 끝없는 두려움.

"이대로는… 못 산다."

순덕은 속으로 속삭였다.

숨소리가 턱 끝에서 막혔다.

마치 세상이 자신을 더는 받아 주지 않는다는 듯, 심장이 차갑게 오그라들었다.

그녀의 눈길은 천천히 천장에 매달린 대들보로 옮겨 갔다.

자신의 무게를 감당하기에 충분히 단단해 보였다.

그 순간, 손끝이 차갑게 떨리며, 한 줄기 눈물이 볼을 타고 흘러내렸다.

'차라리 이렇게 끝내면… 아무도 더는 나를 욕하지 않을 끼다. 옴마도 고상 안 하고… 나도 안 아프고…'

순덕은 조용히 방안을 서성이며 낡은 끈 하나를 손에 쥐었다.

그 끈이 손아귀에서 덜덜 떨리고 있었다.

바로 그때, 방문이 벌컥 열렸다.

밭일을 마치고 들어온 어머니였다.

어머니는 순간적으로 순덕의 눈빛과 손에 쥔 끈을 보았다.

숨이 멎을 듯한 침묵이 흐른 뒤, 어머니는 달려와 그 끈을 순덕의 손에서 낚아채듯 빼앗았다.

"이 가서나야! 와 이카노, 와 이카노!"

어머니의 목소리는 울부짖음이었다.

순덕은 울컥 무너져 내리듯 어머니 품에 안겼다.

억눌렸던 눈물이 터져 나와 목이 메였다.

"옴마… 나 무섭다… 사람들이 다 날 욕하는 거 같고… 나… 이리 살아도 되는 기가…"

순덕은 어린아이처럼 울부짖었다.

어머니는 떨리는 손으로 딸의 머리를 감싸 안았다.

"와 안 되것노. 니가 내 딸인데… 내 가슴으로 낳은 내 새끼인데… 니가 무슨 죄가 있다고… 누가 뭐라 카더라도 니는 내 새끼다. 니는 죄가 없다."

어머니의 눈에서도 눈물이 줄줄 흘렀다.

그 눈물은 절망 속에서 마지막으로 붙드는 생명의 끈 같았다.

순덕은 그 품에서 계속 울었다.

세상 모두가 자신을 버렸다고 느끼던 순간, 오직 어머니의 품만은 여전히 따뜻했다.

어머니는 며칠을 밤새 뒤척였다.

"이래선 안 되것다. 순덕이가 이 시골에 있으모… 숨도 제대로 못 쉴 낀데."

생각 끝에, 결국 언니가 사는 마산으로 보내기로 했다.

출발하는 날, 버스 정류장에 서 있는 순덕의 손에는 작은 가방 하나만 들려 있었다.

집을 떠나는 건 처음은 아니었지만, 이번은 달랐다.

등 뒤에 꽂히는 마을 사람들의 눈초리, 그 속삭임이 여전히 귓가를 맴돌았다.

마치 그림자처럼 따라붙는 듯했다.

버스가 출발하자, 창밖의 논과 밭, 낮게 드리운 산줄기가 점점 멀어졌다.

순덕은 그 풍경을 바라보다가 고개를 숙였다.

그곳은 자신을 옭아매던 세상이자, 동시에 놓고 가야 할 고통의 무게였다.

마산에 도착했을 때, 공기는 달랐다.

도시의 소음, 낯선 사람들의 얼굴, 바쁘게 오가는 발걸음들. 아무도 순덕을 알지 못했고, 아무도 그녀를 바라보지 않았다.

그 사실만으로도 가슴이 조금은 가벼워졌다.

언니 집에 도착하자, 언니는 아무 말 없이 순덕을 꼭 끌어안아 주었다.

"여는 괴안타. 니 아무 걱정 말고 좀 쉬고 있거라."

그 따뜻한 목소리에, 순덕은 눈시울이 붉어졌다.

며칠 동안 순덕은 방 안에서 거의 나오지 않았다.

낯선 도시의 거리조차 무서워 발을 떼지 못했다.

그러나 시간이 흐르면서 창문 너머로 들려오는 아이들 웃음소리, 거리의 상인들이 흥정하는 소리가 조금씩 마음속 벽을 두드렸다.

언니는 공장을 갔다 와 하루에 한 번씩 순덕을 데리고 가까운 시장에 나갔다.

처음엔 고개를 푹 숙이고 사람들의 시선을 피했지만, 아무도 자신을 알아보지 않는다는 사실에 점차 안도의 숨을 내쉬었다.

밤이 되면, 순덕은 언니의 집 작은 자취방에서 누워 스스로에게 속삭였다.

"여선… 살 수 있을랑가? 여선… 다시 시작할 수 있을랑가?"

그 질문에 답은 아직 없었다.

하지만 분명한 건, 시골에서 느꼈던 차가운 눈초리 대신 여기 서는 바람이 조금은 자유롭게 불어온다는 것이었다.

51. 만석은 대학 진로를 결정했다

희자가 보고 싶어도, 만석은 끝내 발길을 돌리지 않았다.

토요일 오후, 아라 공원에서 버스를 멀리 바라보다가도 그는 고개를 저었다.

책상 앞에 앉아 교재를 펼치며 마음속으로 되뇌었다.

'안 된다. 지금은 딱 이 길뿐이다.'

머릿속에 스며드는 희자의 웃음소리, 계단 위에서 기다리던 모습이 떠올라 가슴이 조여들었지만, 만석은 이를 악물었다.

연필 끝이 종이를 긋는 소리가 공책에 빽빽이 메워질 때마다, 자신을 지탱하는 건 오직 대학 입시라는 생각뿐이었다.

밤늦게 까지 불을 켜 놓고 문제를 풀다 보면, 문득 창밖에서 들려오는 바람 소리에 희자의 목소리가 섞여 들리는 듯했다.

그러면 그는 잠시 손을 멈추었다가, 다시 고개를 흔들며 책에 눈을 박았다.

'보고 싶어도, 지금은 못 본다. 꼭 이겨 내야 된다. 그래야 나중에… 그래야 언젠가는. 그녀 앞에 부끄럽지 않게 설 수 있다.'

그의 마음은 여전히 흔들렸지만, 그 흔들림조차 억누르며 책장을 넘겼다.

그렇게 만석의 고3 가을은, 희자를 향한 그리움을 꾹꾹 눌러 담은 채 흘러가고 있었다.

학력고사 시험 날이 코앞으로 다가왔다.

평소 같으면 절에 혼자 묵던 만석이었지만, 그날 밤만큼은 어머니가 함께 절에 올라와 주무셨다.

"니 내일 시험 친다꼬 하는데, 엄마가 와 있어야 맘이 놓이지."

어머니는 조그마한 보퉁이를 풀어 놓으며, 어린 시절처럼 만석의 이불 자리를 다듬어 주었다.

사실 어머니 마음은 늘 미안함으로 가득했다.

"절에 있으면 고기도 몬 묵고, 집밥도 몬 챙겨 주고… 니가 우찌 견디것노. 엄마가 죄인이다."

말끝이 자꾸만 흐려졌다.

그러나 만석은 껄껄 웃으며 고개를 저었다.

"옴마, 걱정 마이소. 책만 붙들고 살았던 이 일 년이, 내 인생서 제일 건강했던 시기 인기라. 살도 안 빠지고, 기운도 펄펄하이…."

그의 얼굴은 맑고 탄탄했다.

긴 시간 독하게 버텨 온 아이가 아니라, 오히려 절 밥에 길들여져 더욱 단단해진 청년의 얼굴이었다.

어머니는 놀란 듯 눈을 크게 떴다.

"니 열심히 공부한 거 맞나? 얼굴이 와 이리 좋노?"

만석이 미소 지으며 대꾸했다.

"옴마, 내 공부 죽으라 했다. 근데… 절밥이 내한테 맞는 갑데이. 속도

편하고, 머리도 맑고."

말을 마치고 나니, 두 모자는 동시에 피식 웃음이 터졌다.

절 마루 위로 스며드는 겨울바람이 차가웠지만, 그 밤만은 이상하게도 따뜻했다.

시험을 앞둔 불안과 긴장도 잠시, 어머니와 아들이 나눈 그 웃음 속에는 고된 세월을 버티게 해 주는 위로가 고요히 깃들어 있었다.

52. 만석은 학력고사 시험을 보았다

학력고사 시험 당일 날 아침 공기는 유난히 매서웠다.

겨울바람이 산자락을 휘돌아 절 마당에까지 스며들었다.

만석은 이른 새벽부터 세수를 하고 교복 윗도리를 단정히 여몄다.

머리카락은 새까맣게 빛나고, 눈빛은 다부졌다.

절 마당을 내려오는 좁은 돌계단에는 하얀 서리가 살짝 내려앉아 있었다.

만석이 발걸음을 조심하자, 어머니는 뒤에서 계속 당부하듯 말했다.

"문제 모르모 너무 붙들고 있지 말고, 아는 거부터 풀어라이. 시험장에서는, 남 생각 말고 니만 생각하고."

만석은 고개를 끄덕였다.

"옴마, 너무 걱정하지 마라. 하는 거 만치 점수도 나오것지 뭐."

계단 끝자락에 다다르자, 멀리 버스 정류장이 보였다.

버스가 오기 전까지 두 사람은 말없이 서 있었다.

어머니는 아들의 옷깃을 한 번 더 여며 주고, 혹시나 바람이 스며들까 연신 손바닥으로 쓸어내렸다.

"만석아!"

어머니가 조용히 부르자, 만석이 고개를 들었다.

"니 공부한다고 고생 마이 했다. 오늘 하루만 잘 하모 된다이. 옴마는 니가 시험 잘 보든 못 보든 다 괴안타. 옴마는 내 옆에 니가 있는 거 자체가, 엄마한테는 제일 큰 복이다이."

순간 만석의 가슴이 뜨거워졌다.

그동안 꾹 눌러왔던 긴장과 고단함이 눈가에 차올랐지만, 그는 꾹 참았다.

"옴마… 내가 꼭 잘해 볼꾸마."

마침 버스가 달려왔다.

만석은 버스 계단을 오르기 전, 뒤돌아 어머니를 바라보았다.

어머니는 두 손을 모아 가슴에 대고, 작게 고개를 끄덕이며 미소 지었다.

그 모습이 마치 절의 불상처럼 고요하고, 따뜻하고, 믿음직스러웠다.

버스가 덜컹 소리를 내며 출발했다.

창문 너머로 본 어머니의 모습은 점점 멀어졌지만, 그날 아침의 따뜻한 손길과 목소리는 시험장까지 함께 따라가 주었다.

버스는 시내로 들어왔다.

창밖으로 보이는 풍경은 언제나 보던 거리였지만, 오늘은 달라 보였다.

거리에 가득한 수험생들, 부모들의 손에 쥔 보온병과 도시락, 그리고 붉은 머플러를 둘러쓴 여동생들의 모습까지—마치 온 세상이 '시험'이라는 하나의 무대를 위해 움직이고 있는 듯했다.

만석은 버스에서 내려 마산공고 시험장 교문 앞에 섰다.

교문은 늘 그렇듯 묵묵히 열려 있었지만, 그날따라 거대한 성문처럼 위압적으로 느껴졌다.

발걸음을 옮길수록 심장이 쿵쿵 뛰었고, 손바닥에 땀이 맺혔다.

가방 속에는 수험표, 사인펜, 컴퍼스까지, 이미 수십 번 확인한 것들이 들어 있었지만 만석은 또다시 꺼내어 확인했다.

'수험표 없으면 시험도 못 치는데… 있제? 아이고, 내 참 겁이 나서.'

스스로 중얼거리며 안도의 한숨을 내쉬었다.

운동장은 수험생들로 북적였다.

각자 마지막까지 노트를 들여다보거나, 친구와 문제를 확인하거나, 혹은 괜히 하늘만 올려다보며 긴장을 달래는 아이들도 있었다.

만석은 일부러 책을 꺼내지 않았다.

'언자 머리에 안 들어온다. 오히려 흔들린다. 내가 지금껏 해 온 거, 그것만 믿자.'

교실로 들어가기 전, 갑자기 어머니 얼굴이 떠올랐다.

돌계단 끝에서 두 손을 모으고 미소를 지어 주던 모습.

"니가 옆에 있어 준 것만으로 복이다."

그 말이 귓가에 맴돌자, 가슴속이 뜨겁게 차올랐다.

'그래. 이 시험이 내 인생 다는 아니다. 그래도… 오늘만큼은 내 전부를 걸어 보자.'

종이 울리고, 시험 감독 선생님이 들어왔다.

만석은 자기 번호표가 붙은 책상이 맞는지 다시 확인했다.

책상 위에 사인펜을 가지런히 올려 두고, 눈을 감았다.

'만석아, 긴장하지 마라. 문제 모르면 넘기고, 아는 거부터 풀자. 니는

이미 여기까지 온 것도 대단타. 그것만으로도 잘했다.'

그렇게 스스로에게 속삭이며, 그는 조용히 호흡을 고르기 시작했다.

첫 번째 종소리가 울리며 시험지가 배부되었다.

종이가 한 장씩 책상 위에 내려앉을 때마다 교실 안은 숨소리조차 무겁게 가라앉았다.

만석은 두 손을 가지런히 모아 놓았다가, 시험지가 눈앞에 닿자 조심스레 넘겼다.

문제는 낯설기도 했고, 익숙하기도 했다.

밤새 외우던 단어들이 머리 위에서 반짝 떠올랐다가 사라지기를 반복했다.

수학 문제 앞에서는 손끝이 잠시 멈췄다.

'이건 답 못 찾을 수도 있다. 고안타. 넘기자.'

스스로를 달래며 국어 문제로 눈을 돌리니, 언제나처럼 문장이 또렷하게 들어왔다.

글자들이 그나마 마음을 붙잡아 주는 듯했다.

시간은 끊임없이 흘러갔다.

종소리가 울릴 때마다 새로운 과목이 시작되고, 또 끝났다. 창밖으로는 햇살이 바뀌고, 그림자가 길게 늘어졌다.

만석의 머릿속은 번갈아 뜨거워졌다가 얼음처럼 차가워졌다.

마지막 교시가 끝나고, 시험지가 걷어져 나가는 순간—그제야 만석은 길게 숨을 내쉬었다.

손끝에는 땀이 배어 연필이 미끄러질 만큼 축축했고, 어깨는 돌덩이를 메고 있던 것처럼 뻐근했다.

교실 밖으로 나오는 발걸음은 얼떨떨했다.

길바닥에 쏟아져 나온 학생들 사이에서 누군가는 울고, 누군가는 웃으며 친구와 문제를 맞혀 보았다.

하지만 만석은 일부러 귀를 막듯 두 손을 가방끈에 꼭 쥐었다.

'이제 끝났다. 잘했는지 못했는지는 내 손 떠났다. 그래, 이제 내 몫은 다 했다.'

하늘은 겨울답게 맑고 차가웠다.

교문 앞에서 만석은 잠시 서서 눈을 감았다.

시험이 끝나고, 학생들이 하나둘씩 교문 밖으로 쏟아져 나왔다.

교문 앞은 부모를 찾는 아이들과 아이를 찾는 부모들로 북적였다.

차가운 겨울바람에 군고구마 냄새가 은근히 스며들고, 종이봉투를 들고 선 어머니들의 손끝에는 하얗게 트인 자국이 보였다.

만석은 두리번거리다 곧바로 알아보았다.

군중 속에서도 어머니는 금세 눈에 띄었다.

검은 솜저고리 차림에 낡은 장갑을 끼고, 마치 돌기둥처럼 교문 앞에 서 있었다.

바람이 불 때마다 치맛자락이 흔들렸지만, 어머니의 시선은 단 한 곳―시험장 문만을 향해 있었다.

"옴마… 우찌 여 있노?"

만석이 다가가자 어머니의 얼굴이 환히 밝아졌다.

"니 혼자 보내고 너무 걱정이 되가 뒤차 타고 올라왔다 아이가. 우리 아들! 다 치고 나왔나!"

어머니는 잽싸게 다가와 만석의 양 어깨를 꼭 붙잡았다.

만석은 고개를 끄덕였다.

"예, 끝났심더. 다 봤심더."

말은 간단했지만, 그 안에 담긴 무게는 너무 커서 목구멍이 메어왔다.

어머니 눈가에도 눈물이 살짝 맺혔다.

"춥지는 않았나? 밥은 묵었나? 시험은 잘 보고…"

쏟아지는 질문들, 그러나 만석은 그저 고개를 숙이고 웃었다.

대답 대신, 군은살 박힌 어머니 손을 꼭 잡았다.

어머니는 미리 준비 해 온 종이봉투를 내밀었다.

안에는 김이 아직도 모락모락 나는 고구마 두 개가 들어 있었다.

"이거 무우라. 긴장했으모 배도 고플 끼다."

만석은 고구마를 받아 들고 한 입 크게 베어 물었다.

뜨거운 김이 입안을 가득 채우자, 그제야 긴장이 풀리며 눈물이 왈칵 쏟아졌다.

"옴마… 고맙심더."

어머니는 아무 말 없이 아들의 등을 토닥였다.

사람들 사이로 섞여 가는 두 모자의 모습은 그날의 겨울 하늘만큼 투명하고 따스했다.

시험이 끝나자 만석에게는 모처럼의 긴 휴식이 허락되었다.

아침저녁으로 절을 오르내리던 긴장된 걸음 대신, 이제는 천천히 마을 길을 거닐며 들숨을 깊게 들이쉴 수 있었다.

겨울 들녘은 이미 한숨 돌린 듯 고요했고, 동네 어귀에는 소죽 끓이는 냄새가 은근히 배어 있었다.

그 사이 그는 광명이도 보고, 중근, 태붕이와도 오랜만에 어울렸다.

"고상 했다이. 시험 본다꼬 힘들었제." 하면서 웃었지만, 마음 한구석은 자꾸만 서먹했다.

사정리에서는 대학 시험을 본 사람이 손에 꼽았다.

만석이를 빼면 고작 두 사람 정도였다.

대부분은 고등학교 졸업과 동시에 농사일을 거들거나 군에 가고, 장사를 나서거나 마산 공장에 취직하는 게 당연한 순서였다.

그래서일까, 친구들 틈에 서 있는 만석은 늘 묘한 이질감을 느꼈다.

함께 소주잔을 기울이며 농담을 해도, 그 웃음은 오래 가지 못했다.

"니는 대학 가믄 뭐 하노? 공부만 죽자 살자 하고…"

태붕이가 툭 던지는 말에, 다들 웃어넘기려 했지만 만석은 가슴이 조금 답답해졌다.

'맞다. 나는 다른 길을 가고 있구나. 내가 선택한 길이 옳은 기가… 아이모 무다이 외로워지는 길을 가는 거 아이가.'

그는 친구들과 어울려 있다가도 문득 멍해졌다.

길바닥에서 장난치며 구르는 그들 사이에 있으면서도, 한 발짝 떨어져 서 있는 듯한 기분이 들었다.

눈앞에서 웃고 떠드는 얼굴들이 희미하게 멀어지고, 자신은 홀로 바람을 맞고 서 있는 듯했다.

그날 밤, 집으로 돌아가는 길에 만석은 혼잣말처럼 중얼거렸다.

"다 똑같이 친구인데… 와 나는 자꾸만 따로 떨어져 있는 기분이 드노."

53. 목표를 위해 모든 것을 참는 말숙

말숙의 하루는 늘 같은 리듬으로 흘러갔다.

저녁 자율학습이 끝나면, 다른 친구들이 삼삼오오 집으로 향하거나 군것질하며 웃고 떠들 때, 말숙은 조용히 책가방을 메고 독서실로 발걸음을 옮겼다.

창밖 가로등 불빛이 희미하게 번지는 좁은 골목을 지나, 독서실에 들어서면 시계는 이미 밤 아홉 시를 가리키고 있었다.

책상 위에는 늘 공책과 참고서가 가지런히 놓여 있었고, 연필 끝은 닳아 없어질 때마다 짧아졌다.

그녀는 묵묵히, 그러나 쉼 없이 문제를 풀었다.

밤이 깊어지면 옆자리의 학생들은 하나둘 책을 덮고 집으로 돌아갔지만, 말숙은 그 자리에 앉은 채 집중을 이어 갔다.

새벽 2시, 때로는 3시. 창밖은 고요했고, 종종 졸음을 이기지 못해 고개가 툭 떨어질 때도 있었지만, 그녀는 차갑게 얼굴을 문지르며 다시 연필을 들었다.

1학년 초, 반 32등이라는 성적표를 받아 들던 순간이 아직도 생생했다. 가슴이 무너지는 듯한 충격. 그날 이후 말숙은 결심했다.

'나는 기초부터 다시 쌓아야 한다. 한 걸음씩, 천천히, 그러나 확실하게.'

그 다짐은 그녀의 하루를 지탱하는 힘이 되었다.

쌓이고 쌓인 반복과 인내는 결코 배신하지 않았다.

그녀의 이름은 늘 상위 5등 안에 있었다.

하지만 성적표보다 더 값진 것은, 스스로에 대한 확신이었다.

'나는 할 수 있다. 나는 여기까지 왔다.'

그 밤, 독서실 창가에 앉아 있던 말숙은 잠시 손을 멈추고 하늘을 올려다보았다.

검은 유리창 너머로 희미한 별빛이 깜빡이고 있었다.

그 빛은 마치 그녀의 끝없는 노력과 닮아 있었다.

희미하지만 꺼지지 않고, 조용히 그러나 단단히 빛나고 있었다.

말숙의 이름은 이번 모의고사 성적표 맨 위에 선명히 자리 잡고 있었다.

점수를 곱씹어 보는 순간, 가슴 깊은 곳에서 뜨겁게 무언가가 치밀어 올랐다.

서울, 멀게만 느껴졌던 그곳의 대학조차 이제는 손을 뻗으면 닿을 수 있을 만큼 가까워져 있었다.

"내가… 할 수 있구나."

말숙은 작은 목소리로 중얼거렸다.

그 말은 자신을 다독이는 위로이자, 스스로를 증명해 낸 자부심의 고백이었다.

그동안의 시간이 떠올랐다.

새벽 독서실의 적막, 졸음을 쫓기 위해 차갑게 씻던 얼굴, 포기하고 싶었던 밤, 그리고 '32등'이라는 굴욕이 남겼던 상처….

모든 순간들이 하나로 엮여 지금 이 성적표 위에 빛나고 있었다.

주위 친구들이 웅성거리며 자신의 성적표를 나누어 볼 때, 말숙은 말 없이 창가 쪽으로 걸어가 햇살에 성적표를 비추어 보았다.

흰 종이 위의 숫자는 단순한 점수가 아니었다.

그것은 그녀가 흘린 눈물과 땀방울이 응고된 궤적이었다.

그날 저녁, 집으로 돌아온 말숙은 책상 앞에 앉아 오랫동안 펜을 잡지 않았다.

서울이라는 단어가 머릿속을 맴돌며, 낯선 설렘과 막연한 두려움이 동시에 파고들었다.

'내가 정말 그곳에 갈 수 있을까? 가면, 새로운 세상이 열릴까?'

그러나 이내 그녀는 웃었다.

답은 이미 정해져 있었다.

할 수 있다.

아니, 반드시 해내야 한다.

그렇게 말숙은 다시 책장을 펼쳤다.

숫자는 단지 시작일 뿐, 아직 가야 할 길은 남아 있었기 때문이다.

독서실 책상 위, 문제집 사이로 얇은 종잇장이 미끄러져 들어왔다.

말숙은 잠시 고개를 들어 뒤를 돌아보았지만, 시선을 맞추지 않고 곧 장 다시 책으로 눈을 내렸다.

쪽지에는 서툰 글씨로 몇 마디 농담과 함께 '커피 한잔하자'는 짧은 부탁이 적혀 있었다.

그녀는 펜을 돌리며 잠시 손끝으로 쪽지를 만지작거렸다.

그러나 이내 아무런 미련도 없이 공책 속에 끼워 넣었다.

마치 존재하지 않았던 것처럼, 말숙에게 지금 세상은 오로지 성적표와 책을 보는 것밖에 없었다.

남학생들의 장난스러운 관심은 그녀에게 단지 흐릿한 배경 음악처럼 스쳐 지나갈 뿐이었다.

그녀는 그 모든 시선에 마음을 두지 않았다.

'누군가의 호감에 흔들릴 시간에, 한 문제라도 더 풀어야 된다이.'

그것이 그녀의 단단한 신념이었다.

때때로 주변 친구들은 말숙을 '차갑다'고 말했지만, 그녀는 아랑곳하지 않았다.

사랑이나 연애는 그녀에게 아직 사치였고, 흔들림은 곧 기회의 상실이었다.

지금 그녀가 원하는 것은 오직 하나, 서울로 가는 길뿐이었다.

간혹 독서실 화장실 앞 좁은 복도에서 용권이를 마주치곤 했다.

말숙이 먼저 고개를 끄덕이면, 용권도 짧게 눈인사만 하고 지나쳤다.

그 이상은 없었다.

둘 다 마음을 열 시간조차 없었다.

서로의 어깨에 묻은 피곤한 그림자만이, 밤마다 같은 싸움을 치르고 있다는 사실을 말해 줄 뿐이었다.

용권 역시 입시가 눈앞에 다가와 있었고, 여학생에게 눈길을 줄 만큼의 여유는 없었다.

그래서 그들의 인사는 늘 짧았다.

그러나 그 짧은 순간, 말숙은 이상하게도 서로의 숨결에 담긴 긴장과 피로, 그리고 미래에 대한 절박함을 스쳐 느꼈다.

마치 전쟁터에서 마주친 병사들처럼, 말은 없지만 서로가 겪고 있는 고단함을 아는, 묘한 연대감이 깃든 인사였다.

새벽 두 시가 넘어 독서실 불빛이 꺼지고, 말숙은 무거운 책가방을 둘러메고 성호동 할머니 집으로 향했다.

공기는 축축했고, 골목마다 불빛이 드물었다.

혼자 걷다 보니 문득 봉헌이가 떠올랐다.

말없이 옆에 서 있으면 든든했던, 시골 냄새 가득한 얼굴, 그리고 만석이.

어느 날 갑자기 집에 찾아와 가슴이 철렁했던 친구.

"지금 뭐 하고 있을까…?"

말숙은 속으로 중얼거렸다.

"아마 지금 나처럼 죽어라 공부하고 있겠지."

하지만 마음 한쪽에서는 알았다.

그 아이들이 자신과 같은 시간을 살고 있지 않을 거라는 걸.

그럼에도, 자꾸만 얼굴이 아른거리고 웃음소리가 귓가를 스쳤다.

말숙의 하루는 늘 똑같았다.

학교, 독서실, 새벽 귀가. 빛바랜 교과서와 문제집의 페이지가 하루의 대부분을 차지했고, 간혹 책상 위에서 꾸벅거리는 순간조차 사치처럼 느껴졌다.

하지만 도시의 삶은 늘 텅 빈 울림을 남겼다.

복잡한 버스 정류장에서, 수많은 사람들 틈에 서 있어도 말숙은 오히려 더 외로웠다.

낯선 얼굴, 빠른 발걸음, 서로 눈길조차 주지 않는 사람들 속에서 자신이 투명 인간이 된 것 같았다.

그럴 때마다 문득 고향이 떠올랐다.

봉헌의 서툰 미소, 만석의 진지한 목소리, 순덕이와 함께 걷던 좁은 시골길.

그때는 모든 것이 투박하고 답답하다고만 여겼는데, 이제 와서 그 공간들이 참으로 따뜻했다는 것을 깨닫곤 했다.

책상 위에 펜을 굴리다 보면, 가끔은 마음속에서 질문이 솟구쳤다.

"나는 지금 어디로 가고 있는 걸까?"

"이렇게 혼자 공부만 하다 보면, 내가 정말 원하는 걸 얻을 수 있을까?"

서울의 대학을 바라보는 데 전혀 부족하지 않았다.

하지만 마음은 자꾸 뒤를 돌아보고 있었다.

시골에서 함께 웃고 떠들던 시간, 서툴고도 솔직했던 정.

그것이 없어진 자리에는 차가운 도시의 불빛과, 기계처럼 반복되는 공부만이 남아 있었다.

말숙은 때로는, 고향 친구들이 그립다고 생각하면서도 다시 그곳으로 돌아갈 수는 없다는 걸 알고 있었다.

이미 자신은 다른 길을 선택했고, 그 선택은 그녀를 멀리 끌어가고 있었다.

그래서인지, 새벽길을 홀로 걸을 때 그리움은 가슴을 파고들었고, 도시의 고독은 발걸음을 무겁게 했다.

말숙의 마음은, 자꾸 고향의 온기로 흔들리면서도 미래라는 이름의 차가운 도시에 발목 잡혀 있었다.

하지만 말숙은 얼마 남지 않은 학력고사를 떠올리며 마음을 다잡았다.

고향의 그리움, 도시의 쓸쓸함, 친구들에 대한 아련한 기억들…

모든 것이 한순간에 사라지지는 않았다.

그러나 지금은 성적이 가장 중요했다.

책상 앞에 앉자, 그녀는 심호흡을 하고 펜을 들었다.

머릿속에서는 문제와 공식이 반복되었고, 손끝에는 연필의 질감과 종이의 감촉만이 남았다.

"조금만 더 참자, 말숙아. 시험이 끝나고 나모, 몬 해 본 거 다 할 수 있다이."

스스로에게 속삭이며, 눈앞의 문제 하나하나에 집중했다.

마음 한편에서 고향과 친구들을 그리워하는 마음이 꿈틀거렸지만, 그 감정은 잠시 접어 두었다.

학력고사는 그녀의 미래를 결정하는 중요한 순간이었고, 말숙은 그 어떤 설렘이나 외로움보다도 시험 점수와 문제 해결에 집중해야 했다.

새벽의 적막 속, 그녀의 연필 소리만이 방 안을 울렸다.

고향의 풍경, 친구들의 얼굴, 잠시 스쳐 간 설렘과 아련함이, 마치 배경음처럼 마음 깊이 깔리지만, 말숙의 눈은 오직 종이 위 숫자와 글자에 고정되어 있었다.

그녀는 다시 한번, 스스로를 다잡았다.

54. 성적순으로 살아지는 것은 아니다

봉헌은 인문계 학생이었지만, 공부에는 거의 관심이 없었다.

교과서와 참고서는 책상 위에 놓여 있었지만, 그의 시선은 창밖 하늘이나 먼 산만을 바라보고 있었다.

성적표는 늘 평균 이하였지만, 그는 그리 개의치 않았다.

말숙은 독서실에서 밤을 지새우며 한 줄 한 줄 문제를 풀고, 개념을 외우며 자신의 미래를 다져갔다.

그녀에게 '학력고사'는 단순한 시험이 아니라, 자신을 증명할 마지막 기회이자, 고향에서 벗어나 서울로 가는 열쇠였다.

성호동 할머니 집으로 돌아가는 골목길에서도 그녀의 머릿속은 계산과 암기, 전략으로 가득 차 있었다.

도시의 외로움과 고향 사람들에 대한 그리움이 스며들어도, 마음속에서는 오직 시험과 자신만의 목표가 우선이었다.

그와 반대로, 봉헌은 인문계라는 이름만 있을 뿐, 현실에서는 공부와는 담을 쌓았다.

기복과 영철이는 농과 이기에 공부를 하지 않아도 되었지만 봉헌과 영학 그리고 권섭이는 인문계를 온 이유는 대학을 목표로 학교로 왔지만 그들은 창밖으로 지나가는 논밭과 바람결만 바라보다, 시험과 성적표는 그저 집안과 학교가 만든 규칙일 뿐이라고 생각했다.

마음속 깊이 '해야 한다'는 압박은 느끼지만, 흥미와 열정은 없었다.

그에게 세상은 아직 모험과 장난, 그리고 친구들과의 순간이 더 생생했다.

영학이는 아예 공부를 포기했다.

자율학습 시간에도 가방에서 몰래 무협지를 꺼내, 한 장 한 장 대사를 따라가며 상상의 세계에 빠졌다.

검과 칼, 영웅과 적, 정의와 배신—그 속에서 그는 현실에서 느낄 수 없는 스릴과 통제를 만끽했다.

실제 시험이나 공부는 그의 세계와 무관했고, 교실의 책상과 연필은 단지 장식처럼 느껴졌다.

권섭이 역시 공부에는 무심했지만, 친구들과의 농담과 소소한 장난 속에서 하루를 버텼다.

미래에 대한 계획이나 학업의 의미는 머릿속에 존재하지 않았고, 오늘의 시간과 친구들의 반응이 그의 전부였다.

이렇게 같은 마을에서 같은 시기에 자라난 고등학생들이지만, 삶과 가치관은 완전히 달랐다.

말숙은 목표와 성취, 미래를 향한 치열함 속에 하루하루를 쌓아 갔고,

봉헌과 영학, 권섭은 현재의 순간과 즐거움 속에서 시간을 흘려보냈다.

밤이 되면, 말숙은 전등불 아래서 조용히 펜을 굴리며 내일을 준비하고, 봉헌은 창밖 하늘을 바라보며 달빛 속에서 생각 없이 시간을 흘렸고, 영학이는 무협지 속 영웅과 함께 싸우며 심장이 뛰었고, 권섭이는 친구들과의 웃음 속에서 하루를 정리했다.

같은 농촌, 같은 고등학교, 같은 방학. 그러나 그들의 청춘은 서로 다른 속도로, 서로 다른 색깔로 흐르고 있었다.

말숙의 눈에는 바쁘고 차가운 도시와 경쟁이 기다리고 있었고, 봉헌과 친구들은 아직 천천히, 느릿하게 자신들의 세계에서 시간을 음미하고 있었다.

그 대비 속에서, 농촌 청소년들의 서로 다른 선택과 삶의 무게가 선명하게 드러났다.

10월이 되었다.

가을볕이 따스하게 논과 밭을 비추지만, 마을의 고등학생들 마음속은 제각기 다른 풍경이었다.

말숙은 아침 일찍 일어나 등교 전까지 문제집과 씨름하며, 머릿속에 날짜를 세며 학력고사까지 남은 날을 계산했다.

이제 100일 남짓, 매 순간이 시험과 직결되는 시간이었다.

그녀에게 하루 일분일초도 허투루 흘릴 수 없는 소중한 것이었다.

반면, 영학이는 교실 구석에서 여전히 무협지에 몰입했다.

영웅들의 칼싸움 속에서 그는 현실과 시험이라는 압박을 잊었다.

교사들이 지켜보는 자율학습 시간에도 손가락은 책장을 넘기며, 마음속으로는 영웅이 되어 적과 맞서 싸웠다.

시험과 성적표는 아직 그의 세계와 닿지 않았다.

봉헌과 권섭은 크게 변한 것이 없었다.

수업에 가고, 야간 자율학습에 앉기는 했지만, 마음은 여전히 태평했다.

달빛이 들어오는 창가에 머리를 기대고, 친구와 농담을 나누며 시간을 흘려보냈다.

그들의 하루는 오늘과 다르지 않은 어제의 연속일 뿐이었다.

그러나 말숙은 미래를 향해 치열하게 달리고 있었고, 영학이는 상상의 세계 속에서 현재를 살아갔으며, 봉헌과 권섭은 태평한 일상 속에서 자신의 속도를 유지했다.

가을바람이 스치고, 낙엽이 떨어지는 소리가 들리지만, 그들 각자의 마음은 서로 다른 곳을 향하고 있었다.

말숙의 눈에는 시험과 도시, 경쟁과 성공이 있었고, 영학이와 봉헌, 권섭의 눈에는 아직 그저 오늘 하루, 친구와 웃는 순간이 있었다.

고등학생들의 청춘은 이렇게 서로 다른 속도로, 서로 다른 색으로 10월의 들판 위를 지나고 있었다.

"아무 걱정 없이 저렇게 있으면 나중에 고생한다."

우리는 늘 귀에 못이 박히도록 그런 말을 들어 왔다.

공부하지 않고, 대책 없이 놀고 있는 친구들이 훗날 잘 풀릴 리가 없어야 세상은 공평한 것인데, 세상은 늘 그렇게 움직이지 않았다.

어쩌면 노력한 자가 반드시 보상받지 못하는 것, 공부를 게을리한 자가 뜻밖의 길을 만나는 것, 그 모든 불균형이야말로 우리가 발 딛고 사는 현실이었다.

말숙은 새벽마다 책상 앞에서 눈을 비비며 문제를 풀었고, 봉헌과 권섭, 영학이는 가을바람을 맞으며 그저 오늘 하루를 웃음으로 채웠다.

누구는 이를 악물고 달려가고, 누구는 느긋하게 발걸음을 늦췄다.

그러나 청춘의 시간은 공평하지 않았다.

속도를 늦춘 자가 더 멀리 가기도 하고, 앞만 보고 달린 자가 제풀에
지쳐 쓰러지기도 했다.

이들의 인생은 참으로 아이러니했다.

죽으라 공부하며 한 글자, 한 글자 교과서를 파고드는 말숙, 그 뒤를
묵묵히 따라가며 끈기 있게 공부하는 만석. 그리고 책상 앞에 앉아 있어
도 마음은 늘 딴 데 있는 봉헌과 권섭, 마지막으로 자율학습 시간마저 무
협지의 환상에 빠져 헤매는 영학.

만약 인생이 교과서의 논리처럼 단순하다면, 노력의 무게를 저울에
달아 성적순으로 삶의 보상을 나눈다면, 가장 먼저 결실을 거둘 이는 말
숙이어야 했다.

그다음이 만석, 그리고 그 뒤로는 봉헌과 권섭, 끝자락이 영학이어야
했다.

하지만 현실은 교과서처럼 계산되지 않았다.

인생은 언제나 성적순이 아니었고, 노력이 반드시 행복으로 귀결되는
것도 아니었다.

어쩌면 그것이 더 큰 잔인함일지도 몰랐다.

말숙은 그 불공평함을 알면서도 펜을 놓지 않았다.

만석은 성실히 걸었으나, 어느 순간 세상이 그 길을 바꾸어 놓을 수도
있었다.

봉헌과 권섭, 영학은 오늘의 자유를 택했지만, 그 자유가 어떤 대가를
치르게 할지는 아무도 알 수 없었다.

결국 청춘의 삶은 시험지 위의 점수로 재단되지 않았다.

누군가는 노력의 끝에서 좌절을 맛보고, 누군가는 방황 속에서 우연히 기회를 만났다.

그리고 모두는, 그 불확실한 길 위에서 각자의 방식으로 아이러니한 인생을 살아내고 있었다.

55. 각자의 시험의 시간은 지나고

드디어 그날이 왔다.

세월을 쪼개듯 준비해 온 시간, 청춘을 올곧이 쏟아부었던 학력고사 시험 날이었다.

시험장 앞은 새벽부터 사람들로 북적였다.

하얀 김을 뿜어내는 입술, 초조하게 교과서를 뒤적이는 손, 긴장을 감추려 농담을 주고받는 친구들의 목소리. 그 속에서 말숙은 한 손에 샤프를 꽉 쥐고 있었다.

마지막 순간까지 마음을 붙잡으려는 듯, 숨이 가빠왔다.

"오늘, 여기서… 내 인생이 바뀔 수 있다."

그 생각이 심장을 두드리고 있었다.

책을 더 본다고 답이 달라지지 않음을 알기에, 그는 그저 마음을 가라앉히려 애썼다.

"그동안 열심히 했으니, 이젠 내 몫을 받아야지."

그러나 속에서는 알 수 없는 불안이 조용히 부글거렸다.

봉헌은 시험지를 받아 들고도 실감이 나지 않았다.

책상 위 종이는 차갑고, 문제는 난데없이 낯설었다.

"도대체 내가 여기 왜 앉아 있는 거지?"

공부를 외면했던 시간들이, 그를 시험장 안에서 더 철저히 고립시켰다.

권섭은 연필을 굴리며 허공을 바라봤다.

주위는 숨조차 삼가며 문제를 풀고 있는데, 그의 마음은 여전히 저녁 축구와 친구들의 웃음에 가 있었다.

'이거 치고 나면 뭐 달라지나. 내 인생이.'

그는 반쯤 포기한 듯 답안지를 건성으로 채워 나갔다.

영학은 시험지 구석에 낙서를 하다가, 문득 무협지 속 영웅을 떠올렸다.

칼 한 자루로 세상을 베어 내는 그 호쾌함에 비해, 이 조용한 시험장은 너무 답답하고, 너무 무의미했다.

그러나 그도 답안지를 비워 둘 수는 없어, 마지막엔 주사위 던지듯 번호를 찍어 내려갔다.

시험장의 공기는 무겁고 뜨거웠다.

잘하는 자, 못하는 자, 열심히 준비한 자, 손 놓아 버린 자…

모두가 같은 시간, 같은 종이 앞에서 펜을 움직이고 있었다.

차이는 단지 문제를 풀어 내는 손끝의 속도였고, 그 속도 뒤에는 각자의 지난 시간이 켜켜이 쌓여 있었다.

종이 위의 글자는 같았으나, 그것을 마주하는 청춘들의 얼굴은 하나같이 달랐다.

시험이 끝났다.

마지막 종이 울리고, 감독관의 "그만!" 하는 외침이 교실을 가르자, 펜을 움켜쥔 손이 동시에 멈췄다.

그 순간, 공기 속에 남은 건 안도의 한숨과 후회의 탄식뿐이었다.

학생들은 책상에서 몸을 일으켜, 무거운 발걸음으로 교문을 향했다.

겨울 햇살은 차갑지만, 그 빛 속에 서 있는 아이들의 얼굴은 제각각이었다.

말숙은 교문을 나서며 두 손을 모아 꼭 쥐었다.

마지막 문제까지 붙잡고 씨름했던 기억이 머리에 남아 있었지만, 지금은 다 끝났다는 사실이 전부였다.

허탈감보다 해방감이 컸다.

"끝났다… 이제는 내 손을 벗어났다."

그녀의 어깨 위에 얹혀 있던 수년의 무게가 조금은 가벼워진 듯했다.

봉헌은 고개를 푹 숙였다.

교문 밖 아이들은 하나같이 가벼워진 표정인데, 그의 발걸음은 오히려 더 무거워졌다.

"나는 대체 뭘 한 기지…?"

문제를 풀던 순간의 공허감이 아직도 가슴속에서 울리고 있었다.

남들은 끝났다고 하지만, 그에겐 시작조차 하지 못한 싸움 같았다.

권섭은 시험지를 대충 넘기던 그때와 다름없이, 교문을 나서며 하품을 했다.

허탈감도, 해방감도 없었다.

"이제 진짜 자유다.

누가 뭐라 할 것도 없겠지."

그는 시험을 마친 게 아니라, 억지로 매여 있던 의무에서 풀려난 듯 가벼웠다.

그러나 마음 한 구석에는 "앞으로 뭘 하지…" 하는 막연한 공포가 스치고 지나갔다.

영학은 교문을 나오며 웃었다.

그의 눈에는 시험지가 아니라, 집에 두고 온 무협지의 다음 장면이 아른거리고 있었다.

"드디어 무협지 안 순가고 볼 수 있것네."

그러나 웃음은 오래가지 않았다.

주변을 스쳐 지나가는 동급생들의 표정을 보니, 자신만 딴 세상에 있는 듯한 이질감이 몰려왔다.

허무감이 뒤늦게 가슴을 파고들었다.

교문 앞 풍경은 참으로 묘했다.

어떤 이들은 환한 표정으로 부모를 향해 달려가고, 어떤 이들은 묵묵히 걸음을 옮기며 마치 무거운 돌덩이를 가슴에 안은 듯 보였다.

같은 시험을 치렀지만, 그날 교문을 나서는 청춘들의 발걸음은 각자의 지난 시간을 증명하듯 달랐다.

말숙은 그 어떤 유혹에도 눈길을 주지 않았다.

친구들이 연애를 시작하고, 주말마다 시내 영화관에 다녀와 깔깔거릴 때도 말숙은 늘 독서실 책상에 앉아 있었다.

손끝에 굳은살이 배어 나올 만큼 펜을 쥐고, 문득 시계 눈금이 새벽 두 시를 가리켜도, 그녀는 눈을 비비며 문제집을 덮지 않았다.

1학년 때 성적표에 적힌 '32등'이라는 숫자는 그녀의 가슴에 불씨가 되었다.

"다시는 이 꼴로 살지 않겠다."

그날 이후 말숙의 삶은 한 줄로 곧게 뻗은 길 위에 있었다.

그리고 이제, 고등학교 3년을 응축한 순간이 찾아왔다.

학력고사.

시험장에 앉아 펜을 쥐는 순간, 말숙의 심장은 뛰고 또 뛰었다.

책 속의 글자들이 떠오르기도 하고, 빈칸처럼 머리가 새하얘지기도 했다.

"내가 여기까지 온 게 헛되지 않게 해 달라."

스스로에게 수없이 되뇌며, 말숙은 마지막 문제까지 눈을 떼지 않았다.

시간은 무정하게 흘러가, 종이 울렸다.

"그만."

그 순간, 말숙의 손에서 펜이 힘없이 놓였다.

온몸의 힘이 빠져나가듯 허탈했지만, 그녀는 알았다. 이 시험은 단순한 성적이 아니라, 지난 3년을 어떻게 버텨 왔는가를 증명하는 자리였음을 알았다.

교문 밖으로 걸어 나오자, 찬바람이 얼굴을 스쳤다.

말숙은 그 바람이 새삼 낯설게 느껴졌다.

3년 내내 책상에 갇혀 있던 몸이, 마침내 풀려난 듯 떨고 있었다.

발걸음은 무겁고도 가벼웠다.

무겁다는 것은, 지금까지 쌓아 온 세월이 한꺼번에 등에 내려앉았기 때문이고, 가볍다는 것은, 그 무거운 짐을 이제는 내려놓을 수 있다는 안도감 때문이었다.

심장은 아직도 시험지와 함께 뛰고 있었다.

"내가 답한 그 숫자, 그 글자가 과연 맞을까? 혹시 그 순간 머릿속에 스친 게 착각은 아니었을까?"

확신과 의심이 교차하며 가슴속에서 파도가 밀려왔다.

눈을 들어 보니, 다른 아이들이 삼삼오오 모여 시험 얘기를 하고 있었다.

누군가는 답을 맞혔다며 웃고, 누군가는 망쳤다며 눈을 붉혔다.

말숙은 그들 속에 끼어들지 않았다. 수많은 문제의 정답보다, 그녀에게 더 중요한 건 '끝까지 버텼다'는 사실이었다.

손끝이 하얗게 굳어 있었다.

펜을 쥐던 자국이 아직도 남아 있었다.

그것이 그녀가 지나온 3년의 흔적이었다.

말숙은 조용히 심호흡을 했다.

찬 공기가 폐부 깊숙이 들어오며, '끝났다'는 실감이 차오르기 시작했다.

그러나 동시에, 그 끝은 새로운 시작이라는 두려움으로 변해 갔다.

"이제, 내 인생은 어디로 흘러가게 될까?"

교문을 나서는 순간, 말숙의 그림자가 길게 늘어졌다.

그 길 위에는 해방감도 있었고, 허탈감도 있었고, 아직은 알 수 없는 미래에 대한 막연한 설렘도 있었다.

시험치고 교문을 나서는 아이들의 얼굴에는 저마다 다른 표정이 걸려 있었다.

문제를 잘 풀었든, 전혀 감이 잡히지 않았든 상관없이 그 순간만큼은 모두가 똑같이 어깨의 짐을 내려놓은 듯했다.

누군가는 "이제 끝났다!" 하고 웃으며 친구들을 끌어냈고, 누군가는 삼삼오오 모여 술자리를 약속했으며, 또 누군가는 극장가로 발길을 옮겼다.

그러나 말숙은 달랐다.

그녀는 홀가분한 미소를 짓기는 했지만, 마음속 깊은 곳엔 낯선 공허함이 파고들었다.

'이제, 무엇을 위해 아침을 맞아야 하지?'

그 질문이 계속 귓가에 맴돌았다.

고등학교 3년 내내, 말숙은 하루 네 시간 이상 눈을 붙인 적이 없었다.

교실, 독서실, 그리고 성호동 할머니 집 방, 그 작은 공간들 속에서 늘 교과서와 문제집에 파묻혀 살았다.

자신을 채찍질하지 않으면 불안해서 견딜 수가 없었기에, 늘 잠을 쪼개며 버텨 온 시간이었다.

시험이 끝난 뒤 다른 아이들이 술에 취해 소리치거나 영화관에서 웃음을 터뜨리는 동안, 말숙은 집으로 돌아가 조용히 방 안에 누웠다.

눈꺼풀이 닫히는 순간, 그녀는 마치 수십 년 묵은 무게를 내려놓은 듯 깊은 어둠 속으로 빠져들었다.

그리고 그다음 날, 또 그다음 날… 말숙은 깨어나자 다시 눕기를 반복했다.

하염없이, 쌓인 피로와 함께 잠을 자고 또 잤다.

그 시간 동안 세상은 분명 흘러가고 있었지만, 말숙의 몸과 마음은 오직 그 깊은 잠 속에서만 서서히 회복되고 있었다.

56. 너무 빨리 변해 가는 세상에 서 있다

졸업을 불과 몇 달 앞둔 겨울, 봉헌과 기복이, 영철이, 그리고 영학이는 저녁만 되면 영철이네 집 사랑방에 모여들었다.

방 안은 늘 시골 청년들의 웃음과 연기로 가득했다.

이제 곧 교복을 벗고 사회로 나간다는 생각에, 그들 가슴은 알 수 없는 기대와 근거 없는 자신감으로 부풀어 있었다.

"언자 너거들 얼라가 아이다이. 합법적으로 성인이다."

봉헌이의 말에 방 안은 또다시 웃음과 환호로 가득 찼다.

그러나 법적으로 그들은 아직 미성년자였다.

교복을 벗어 던지고 술잔을 기울이면서도, 주민등록증을 겨우 받은 나이였다.

그럼에도 시골에서 '고등학교 졸업'은 곧 '성인'으로 받아들여졌다.

어른들도 그렇게 여겼다.

이제 막 사회로 나가는 아이들에게 술 한 잔쯤, 담배 한 대쯤은 당연히 허용되는 통과 의례처럼 보였던 것이다.

그래서 아무도 그들의 행동을 굳이 막거나 간섭하지 않았다.

오히려 사랑방을 지나는 동네 어른들은 "이 아들도 다 컸다 아이가." 하고 웃으며 지나가기도 했다.

그럴 때마다 아이들의 가슴은 괜히 뿌듯해졌다.

그러나 그 뿌듯함 속에는 알 수 없는 허세와 불안이 동시에 깔려 있었다.

미래가 어떻게 흘러갈지, 정말 어른이 된다는 게 무엇인지, 아직 그 누구도 알지 못한 채, 그저 술기운에 기대어 '어른 행세'를 하고 있을 뿐이었다.

사랑방의 밤은 그렇게 깊어 가고, 그들 가슴 속의 설렘과 막연한 두려움도 함께 무르익어 갔다. 누군가 그렇게 말하면, 다른 녀석들은 기다렸다는 듯이 술잔을 부딪치며 더 큰 소리로 떠들어 댔다.

방 안 한쪽 구석에는 소주병이 줄지어 놓여 있었고, 탁자 위에는 담뱃재가 쌓여 갔다.

그들은 기침을 하면서도 일부러 더 크게 연기를 내뿜었고, 그 기침조차 '이제 어른이 되었다'는 증거처럼 여기며 서로를 보고 웃었다.

학교에서는 여전히 교복을 입은 학생들이었지만, 밤의 사랑방에 모인 순간만큼은 그들 스스로 이미 성인이었다.

책상 앞에서 문제집을 펼쳐 놓는 대신, 그들은 미래를 막연히 꿈꾸며, 술기운에 취해 아직 오지도 않은 삶을 마음껏 말하고 있었다.

"야, 우리도 언자 사회 나가모 돈 벌고, 차도 사고, 가서나도 만나 갖고 했 삐고."

영철이가 허공을 가르며 말하면, 기복이와 봉헌은 배를 잡고 웃었다.

그러나 웃음 뒤에는, 정말로 무엇이 자신들을 기다리고 있는지 알지 못하는 불안이 작게 숨죽여 있었다.

그럼에도 그 밤의 사랑방은, 그들에게 세상의 첫 문을 열고 있는 듯한 설렘으로 가득 차 있었다.

예전 같으면, 이렇게 청년들이 사랑방에 모이면 의례 남의 집 닭 한 마리쯤 훔쳐 와 솥에 넣고 국을 끓였다.

밤새 떠들다 보면 허기가 지고, 그 허기를 달래는 데에는 서리한 닭이 제격이었던 것이다.

동네 어른들도 대수롭지 않게 여겼다.

"돌뺴이도 녹까 묵을 나이에 허기지니까 그럴 수도 있지." 하고, 대부분은 그냥 넘어가 주곤 했다.

하지만 세상은 달라졌다.

이제는 닭 한 마리 없어졌다 하면, 지서에 바로 신고가 들어갔다.

그리고 잡히면 변상은 물론이고, 함의가 되지 않으면 벌금까지 물어야 했다.

닭서리가 더 이상 청년들의 장난이나 풍습으로 여겨지지 않고 범죄로 다뤄지게 된 것이다.

그래서 사랑방의 밤은 여전히 흥겹지만, 술상에는 닭 대신 값싼 소주와 과자 부스러기가 자리를 잡았다.

닭죽 대신 술기운으로 배를 채우며 그들은 어른이 된 기분을 흉내 내고 있었다.

집집마다 오토바이가 있었고, 저녁이면 대문 안쪽으로 새어 나오는 푸른 빛, 그건 다 티브이 불빛이었다.

어느 집이나 밥은 굶지 않았고, 새마을 운동이니 경제 개발이니 하면서 세상은 점점 '살 만하다'는 쪽으로 기울어지고 있었다.

하지만 풍족해진 만큼 마음은 더 각박해졌다.

예전에는 아이들이 남의 밭에서 참외 하나쯤 따먹어도 "배고파서 그란 걸 우짜 끼고." 하며 웃어넘기던 세상이었다. 닭서리도 장난으로 여겨지던 때가 있었다.

그러나 이제는 달랐다.

아이들의 장난도, 청년들의 객기도 더는 용납되지 않았다.

남을 배려하는 따뜻한 눈길 대신, "손해는 절대 보지 않겠다"는 싸늘한 계산이 앞서는 시대가 되었다.

그래서였을까.

청년들은 사랑방에서 술잔을 돌리며 웃고 떠들었지만, 그 웃음 너머에는 알 수 없는 허전함이 맴돌았다.

세상은 분명 달라지고 있는데, 정작 그들 자신은 어디로 가야 할지 알 수 없었다.

세상은 너무 빨리 바뀌어 가고 있었다.

한 해, 한 해가 아니라 한 달, 한 주마다 세상이 다른 얼굴을 하고 달려나가는 듯했다.

격랑의 시대라 해도 부족지 않았다.

어제의 질서가 오늘은 낡은 것이 되어 버리고, 오늘의 방식이 내일이면 무용지물이 되는, 그런 정신없는 속도의 시대.

그 한가운데 서 있는 우리 청년들은 풍랑 속 작은 돛단배에 불과했다.

노를 저어 보아도 물살은 더 거세졌고, 돛을 세워도 바람은 마음대로 불어왔다.

앞이 보이지 않는 바다에서 우리는 서로의 얼굴만 바라보며 "언젠가는 잔잔해지겠지." 하듯 웃어 보였지만, 사실은 모두 두려움 속에 흔들리고 있었다.

어른들은 '요즘 세상 살 만하다'고 말했지만, 청년들에게는 달랐다.

길은 많아 보였으나, 정작 어느 길로 가야 할지 알 수 없었다.

농촌의 땅은 점점 설 자리가 좁아졌고, 도시라는 미지의 바다로 나가야만 살아남을 수 있을 것 같았다.

그러나 작은 돛단배인 우리에겐 그 바다로 나갈 힘조차 없었다.

57. 인생의 최대의 결정을 할 시기였다

대학 입학 원서를 접수하는 시기가 되었다.

교실은 이미 공부의 열기보다 원서에 적힌 글자 하나하나에 운명을 거는 긴장감으로 가득 차 있었다.

말숙은 오래전부터 꿈꾸던 서울대를 바라보았다.

그곳은 그녀에게 단순한 명문대가 아니었다.

한때 집안의 자랑이었고, 늘 친척들 모임에서 이야기로 회자되던 큰 아버지의 발자취가 남아 있는 곳이었다.

말숙은 그 길을 이어 가고 싶었다.

그러나 자신의 점수를 여러 번 들여다본 끝에, 마음은 차갑게 현실을 말해 주었다.

'이 점수로는 쪼매 어렵것다. 떨어지모 우짜노. 고마 안전 빵으로 가 삐자."

깊은 고민 끝에 그녀가 택한 길은 연세대 영어영문과였다.

그곳은 그녀의 꿈과도, 또 다른 인연과도 닿아 있었다.

부산에서 신발공장을 운영하며 자수성가한 작은아버지가 다녔던 학교였다.

"내가 걸었던 길을 네가 잇기를 바란다"는 응원을 들어 왔던 말숙은,

그 기대와 기억을 가슴에 새기며 지원서를 썼다.

펜 끝은 떨리고, 심장은 북소리처럼 울렸다.

종이 위에 적힌 이름과 학과가 곧 자신의 미래를 결정짓는다는 사실은 그동안의 모든 시험과 비교할 수 없을 만큼 무거운 일이었다.

그 시각, 봉헌은 읍내 다방에서 친구들과 어울려 있었다.

"원서? 아무 데나 가모 되지. 제일 경쟁이 약한 데가 오던고 보고 내자."

그는 담배 연기를 허공에 흘리며, 아직도 세상이 멀게만 느껴졌다.

공부와는 거리가 멀어진 지 오래, 그는 대학보다는 군대, 혹은 당장 눈앞의 친구들과의 어울림이 더 현실적이었다.

권섭은 원서를 내는 일조차 별로 관심이 없었다.

"나는 뭐, 어데든 붙으모 가고… 아이모 그냥 집에서 농사나 짓지 뭐."

그는 그렇게 말하며 커피를 들이켰다.

주변에서는 대학을 인생의 관문이라 했지만, 권섭에게는 그저 '남들이 다 하니까 하는 일'일 뿐이었다.

영학은 더했다.

책상 위에는 무협지와 만화책만 쌓여 있었고, 원서 접수 마감일이 언제인지조차 뚜렷이 알지 못했다.

"시험도 끝났는데, 뭐 그렇게 아등바등 하노. 세상 살다 보모 길이야 생기지 않것나."

그의 말은 허세였지만, 그 속엔 막막한 미래를 차마 마주하지 못하는 두려움이 숨어 있었다.

봉헌은 그래도 최소한의 체면은 지켜야 한다는 생각이 있었다.

"내도 아무 데나 원서 낼 수는 없지 않나. 그래, 상경대 정도면 괜찮제."

그는 그 길이 얼마나 치열한 경쟁 속으로 자신을 밀어 넣는 것인지 깊게 생각하지 않았다.

공부는 손에서 놓은 지 오래였으나, 마음 한구석에는 여전히 '내가 하면 할 수 있다'는 막연한 자존심이 자리하고 있었다.

영학이와 권섭이는 달랐다.

그들은 대학 이름보다, '어디든 들어가기만 하면 된다'는 것이 우선이었다.

우연히 눈에 들어온 사회사업과라는 이름. 지금으로 치면 사회복지학과지만, 당시엔 막 새로 생긴 학과였다.

"이거 뭐꼬? 사회사업과?"

"몰라, 근데 신설학과라 경쟁도 별로 없다 카네."

"좋네, 그라모 우리 둘이 같이 지원하자."

그들은 그것이 어떤 학문인지, 졸업 후 어떤 길을 걷게 되는지 전혀 알지 못했다.

단지 '아무도 가지 않으니 안전하다'는 이유 하나로 원서를 내었다.

지원서의 빈칸을 채우는 순간에도, 그 선택이 훗날 자신들의 인생에 어떤 무게로 다가올지는 꿈에도 몰랐다.

한쪽에서는 말숙이, 조심스레 계산된 점수와 치밀한 전략으로 자신의 미래를 설계하며 원서를 써 내려가고 있었고, 다른 쪽에서는 영학이와 권섭이, 마치 장난삼아 선택하듯 무심히 펜을 굴리고 있었다.

그들의 선택은 가벼웠지만, 시대는 이미 묵직한 책임과 결과를 그들 앞에 준비해 두고 있었다.

1980년대 농촌 고등학생들에게 대학은 단순한 선택지가 아니었다.

그들의 위 세대, 누나와 형님들은 대부분 중학교를 마치자마자 가방을 버리고 곧장 공장으로 향했다.

부산, 마산의 방직공장·신발공장으로 흩어져 하루 열두 시간 넘게 재봉틀을 돌리거나 신발 깔창을 붙였다.

그것이 당시 농촌 집안의 자연스러운 삶의 경로였다.

그러나 1970년대 후반부터 조금씩 달라졌다.

비닐하우스가 들어서고, 수박 농사가 '돈 되는 농사'로 자리 잡기 시작했다.

겨울에도 수박을 키워 청과시장에 내다 팔면, 집안 수입이 눈에 띄게 늘어났다.

낡은 초가집이 슬레이트 집으로 바뀌고, 오토바이가 한 대씩 들어섰다.

마을 어귀에 흑백 티브이가 걸리고, 아이들은 저녁마다 드라마를 보며 웃었다.

그 변화 속에서 부모들은 처음으로 자식들에게 다른 희망을 품었다.

"공장만 보내는 게 다가 아이다. 우리 집안에서도 대학생 책가방 하나 있어야 되는 거 아이가."

이 말은 마을 어른들이 조금씩 하던 시기였다.

1960년대 중반에 태어난 아이들, 바로 순덕이, 말숙이, 봉헌이, 권섭이, 영학이 만석이 같은 세대는 달랐다.

"공자 댕기는 기라 쿨기 아이라 언자는 우리 자석도 공부시키가 넥구타이 메구로 했 삐자."

그 한마디가 부모들의 자존심이 되었다.

공장에 보내는 대신, 책상 앞에 앉혀 두는 것이야말로 자식에 대한 사랑이자 시대의 흐름에 올라탄 증거였다.

가장 많은 혜택을 본 세대가 바로 그들이었다.

농촌에서 처음으로 '대학생'을 배출하는 집안들이 하나둘 나오기 시작했다.

"우리 집에도 자식 놈 대학생 책 보따리 들구로 하자"는 말 한마디가 잔칫날 못지않게 사람들의 가슴을 벅차게 했다.

동네에서 "네 집 아들 대학 갔다카더라."라는 소문은, 수박 값 잘 받은 해보다 더 큰 부러움과 자부심을 불러일으켰다.

그래서 봉헌이, 권섭이, 영학이, 그리고 말숙이 같은 아이들은 앞선 형님·언니들이 공장으로 떠난 자리에 '처음으로 대학을 꿈꾸는 세대'가 되어 있었다.

수박 하우스가 없었다면?

겨울마다 아버지와 어머니가 새벽부터 비닐하우스에서 버티지 않았다면?

그들 역시 형님 누나들처럼 공장에 앉아 바늘과 기계에 손을 베고 있었을 것이다.

대학은 개인의 욕망을 넘어, 집안의 세월과 농촌의 시대가 함께 걸어 들어가는 문이었다.

합격자 발표가 난 날, 마을 아이들의 얼굴에는 들뜬 긴장과 두려움이 뒤섞여 있었다.

말숙이는 조심스레 연세대 합격자 명단 속에서 자신의 이름을 확인했다.

순간, 그동안 새벽을 밝히며 독서실에 앉아 있던 시간이 주마등처럼 스쳐 갔다.

숨이 턱 막히는 듯하다가도 곧 눈물이 핑 돌았다.

"됐다마… 내가 해냈 삔다…"

작은아버지가 다녔던 대학, 서울로 올라간다는 사실이 현실이 되자, 마산 성호동 할머니 집 방구석에서 펜을 잡던 지난날이 모두 보상받는 듯했다.

권섭과 영학 역시 합격 소식을 들었다.

경남대 사회사업학과, 생소하고 이름조차 낯선 학과였지만 '대학생'이라는 신분 하나만으로도 그들에게는 세상을 다 얻은 듯한 감각이었다.

"야, 우리도 언자 대학생 아이가!"

그들은 술잔을 돌리며 서로 어깨를 부딪쳤다.

사회사업이 뭔지도, 장래가 어떤지도 몰랐지만, 그래도 대학은 갔다는 자부심 하나로 충분했다.

그러나 봉헌의 눈앞은 캄캄했다.

창원대 상경대—마지막까지 버텨 보려 했던 희망의 끈이 무너졌다.

합격자 명단 어디에도 자신의 이름은 없었다.

잠시 눈을 의심했지만, 현실은 잔혹하게 명확했다.

마을 사람들은 곧 알게 될 것이었다.

"말숙이는 연세대 갔다 카더라."

"권섭이, 영학이도 대학 붙었다 아이가."

그리고 이어질 것이다.

"봉헌이는 떨어졌다메…"

그 말 한마디가 벌써부터 귓가에 맴돌았다. 봉헌은 괜히 웃으며 친구들 합격을 축하했지만, 속으로는 온몸이 무너져 내리고 있었다.

'나는 결국 아무것도 아인 기가….'

그 순간, 농촌 청년들에게 대학이라는 문은 개인의 성적을 넘어, 자존심과 삶의 무게까지 걸린 문턱이라는 사실이 잔인하게 드러나고 있었다.

58. 만석은 대산으로 갔다

만석은 집에서 아무것도 안 하고 있으니 불현듯 희자의 얼굴이 생각이 났다.

관음사 절 앞 계단에서 몇 시간이고 기다리다, 버스 막차 시간에 맞춰 돌아서던 그녀의 뒷모습을 멀리서 보면서도 모른 척 외면해야 했던 그날의 기억은, 시간이 지나도 사라지지 않았다.

그저 책상 앞에 앉아 문제집을 붙잡으며 억지로 눌러 두었을 뿐이었다.

만석은 시험 준비라는 명분으로 그녀를 밀어냈지만, 속으로는 자신이 비겁했다고 느꼈다.

이름도, 얼굴도, 목소리도 다 또렷한데, 그날 그녀를 기다리게 하고 만나 주지 않았던 일은, 만석 자신에게도 깊은 흉터처럼 남아 있었다.

"희자는… 지금도 절에 오나…?"

그는 혼잣말처럼 중얼거렸다.

책상 위에 쌓아 둔 참고서와 모의고사 종이들은 더 이상 그를 붙잡지 못했다.

이제는 마음속 빚을 조금이라도 갚아야 할 때라는 생각이 들었다.

시험이라는 무거운 짐을 내려놓은 지금, 만석에게 가장 먼저 떠오른 일은, 그녀를 다시 찾아가 보는 것이었다.

만석은 희자에게 전화를 걸고 싶었다.

마을회관 옆 가게에 안으로 들어가 낡은 자석식 전화기 손잡이를 돌렸다.

"법수 우체국입니다."

수화기 너머로 교환원의 맑은 목소리가 들려왔다.

"저… 대산고등학교 좀 대 주이소."

"대산고등학교요? 오데로 연결할까예?"

"행정실 좀 대 주이소."

"쪼매만 지달리소."

잠시 후, 행정실 전화가 연결되었다.

"대산고등학교 행정실입니더."

"박희자 좀 부탁하입시더."

"박 양아, 전화 받아라!"

곧 희자의 목소리가 떨리듯 들려왔다.

"박희자 입미더."

"희자야, 내다. 만석이."

그 순간, 수화기 너머에서 희자의 숨이 멈추는 듯 고요해졌다.

잠시 머뭇거리던 희자가 떨리는 목소리로 말했다.

"아… 니가? 조매만 그 있거라. 내가 바로 전화할꾸마. 오데고, 니?"

"내 지금 법수 사정 집에 있다."

"알겠다. 쪼매만 지달리라."

그렇게 전화를 끊고, 30분쯤이 흘렀다.

다시 전화벨이 울렸다.

"만석아, 니 오랫만이네. 학교서 전화하모 말을 지대로 못 하가꼬, 학교 옆 이장님 댁 와가 전화하는 기다. 우짠 일이고?"

희자의 말투에는 반가움과 동시에 어색한 기색이 묻어 있었다.

만석은 마땅한 대답을 찾지 못했다.

"기냥… 고마 해 봤다. 니한테 한번 가 볼까 하는데, 운제 가모 되노?"

"앗따야, 언자 시험치고 난깨 시간이 좀 나는 가베? 운제든 오모 된다. 학교 마치는 시간 마차가 오이라."

"얼것다. 그라모 모레쯤 가든지 할꾸마."

"그래라. 들어가라, 만석아."

"응… 니도 잘 있거라."

수화기를 내려놓은 만석은 한참을 그 자리에 서 있었다.

며칠이 지나고 초겨울의 찬바람이 옷깃을 스미는 날이었다.

만석은 대산고등학교 앞 정류장에서 한참이나 서성였다.

학교 정문이 바로 보이는데도, 쉽게 발걸음이 떨어지지 않았다.

손은 괜히 주머니 속에서 땀에 젖어 있었고, 눈은 자꾸 땅만 향했다.

"그래도… 한 번은 와야 한다. 희자한테 미안하다고, 그때는 어쩔 수 없었다고."

속으로 몇 번이고 다짐하면서도, 목이 바짝 말라 침조차 삼키기 어려웠다.

마침 학교 건물 쪽에서 걸레를 든 여학생 차림의 한 여자가 마당을 쓸고 있었다.

멀리서 봐도, 그 모습은 틀림없이 희자였다.

그 순간, 만석의 가슴은 북소리처럼 쿵쿵 울렸다.

그는 천천히 발걸음을 옮겼다.

희자가 고개를 들어 그를 알아보는 순간, 짧지만 오래 눌러왔던 시간이 둘 사이를 스쳐 지나갔다.

"만석이 아이가?"

순간 얼굴에 환한 미소가 번졌다.

"억수로, 오랜만이네. 시험은 잘 봤나?"

만석은 갑자기 입술이 바짝 말라 대답을 더듬었다.

"대강… 봤다. 뭐…"

희자는 쓱 웃으며 손에 들린 걸레를 내려놓았다.

"학교에서는 보는 눈이 많아가 오래 이야기 못 하것다. 니, 운제 마치노?"

목소리는 가볍지만, 눈빛만큼은 오래 기다린 사람을 바라보는 듯 깊었다.

희자는 잠시 망설이다가, 시계를 흘깃 보았다.

"마치라모… 냉중에 다섯 시 반 되야 된다."

만석은 고개를 끄덕이며, 조금 더 가까이 다가와 속삭이듯 말했다.

"그라모… 대산 버스 정류소에서, 지달릴꾸마."

순간, 만석의 가슴이 두근거렸다.

그 짧은 말 한마디에, 한동안 닿지 못했던 시간이 금세 녹아내리는 것 같았다.

만석은 애써 무심한 척, 입꼬리를 올렸다.

"알것다… 냉중에 보자."

희자는 다시 걸레를 들어 쥐었지만, 손끝이 가볍게 떨리는 게 보였다.

만석은 돌아서 나오면서도, 뒤에서 자신을 바라보는 시선을 느낄 수 있었다.

그 따뜻한 시선이, 겨울바람 속에서도 등을 포근하게 덮어 주는 듯했다.

만석은 대산고등학교를 나온 지 얼마 안 되었지만, 마음속 시계는 여전히 느리게 흘렀다.

희자가 일을 마치는 시간은 저녁 다섯 시 반. 지금은 겨우 세 시가 조금 넘었을 뿐이었다.

"희자가 마치라 쿠모 두 시간이나 남았네…."

그는 혼잣말을 중얼거리며, 버스 정류장을 향해 걸음을 옮겼다.

굳이 서두를 필요가 없었다.

차라리 천천히, 최대한 느릿느릿 걷는 편이 좋았다.

학교 담장을 벗어나니 시골 풍경이 한눈에 들어왔다.

논둑길 양옆에는 하얀 비닐하우스가 줄지어 서 있었다.

바람이 불 때마다 비닐하우스 문짝의 비닐이 부풀었다 꺼지며, 마치 커다란 호흡을 하는 것 같았다.

안쪽에서 희미하게 흙냄새와 온기가 새어 나오고, 사이사이에는 갓 심은 수박이 앳된 초록빛을 내밀고 있었다.

만석은 괜히 발끝으로 돌을 툭툭 차며, 생각에 잠겼다.

만석은 천천히 발걸음을 옮기다 말고, 길가 둑 위에 털썩 앉았다.

멀리서 바람에 실려 오는 개 짖는 소리, 비닐하우스 사이에 바람 소리가 귀에 스며들었다.

그는 무릎 위에 턱을 괴고, 낮게 중얼거렸다.

"두 시간 지다리면 뭐 어떻노…"

스스로에게 말하면서도 목소리 끝이 떨렸다.

문득 떠오른 것은 지난날의 희자였다.

토요일이면 절 앞 계단에서 자신을 기다리던 모습.

그때 자신은 차마 마음을 주지 못해, 담벼락 뒤에 숨어서 절 뒤로 돌아서 갔었다.

희자가 만석을 기다리며 돌아서는 뒷모습을 멀리서만 바라보면서도, 단 한 번 다가가지 못했던 지난날이 가슴을 쿡쿡 찔렀다.

"희자는 나 때문에… 절 앞에서 오지도 않은 날, 울메나 지달렸을 낀데…."

만석은 허공을 향해 한숨 섞인 말을 내뱉었다.

입술 끝에 쓴맛이 맴돌았다. 그 순간, 가슴 깊은 곳에서 어떤 결심 같은 것이 피어올랐다.

"내도 하루 종일은 아니더라도, 몇 시간쯤은 지달려 줘야지. 그래야 내 마음이 빚 갚는 기라."

그는 두 주먹을 가볍게 움켜쥐며 다시 길을 걸었다.

비닐하우스 사이로 부는 바람이 그의 어깨를 스치고 지나갔다.

아마 기다림의 시간이 길어질수록, 희자를 향한 이 발걸음은 더욱 단단해질 것 같았다.

정류장 지붕이 어슴푸레 눈에 들어왔지만, 그는 서둘러 가지 않았다.

걸음을 늦추고 또 늦추며, 풍경 하나하나를 오래도록 눈에 담았다.

희자를 만날 그 순간까지, 이 기다림조차도 소중한 것처럼 느껴졌다.

버스 정류장 옆 낡은 벤치에 앉아 있던 만석은 저 멀리서 다가오는 희자의 모습을 보고 벌떡 일어났다.

해가 기울어 가는 오후, 붉은 햇살에 비친 그녀의 그림자가 길게 늘어졌다.

희자가 가까이 오자, 숨을 고르듯 미소를 지으며 말했다.

"만석아, 니 마이 지달릿제? 네는 설마 니가 지달리고 있을까 싶었다. 여는 가야맨치로 빵집도 없고, 다방도 없는데. 우짜꼬? 고마 우리 집에 갈래?"

희자의 말이 떨어지자, 만석은 눈을 크게 뜨며 멈칫했다.

"뭐, 너거 집에? 너거 옴마하고 아부지도 있을 낀데, 머슴마 델꼬 가모 되나?"

희자는 그저 웃음을 터뜨리며 손사래를 쳤다.

"아이, 괘안타. 우리 옴마 아부지, 그리 막힌 사람 아이다. 그라고 내가 옴마한테 니 이야기 쪼매 했다. 니 공부한다꼬 절에 산다카이, 니보고 기특하다 카다라."

만석은 대답 대신 입술을 깨물었다.

마음은 당장이라도 따라가고 싶었지만, 그만큼 두려움도 밀려왔다.

희자의 집에 발을 들이는 순간, 이 관계가 단순한 우연이나 소소한 인연이 아니라 더 깊어질 것 같아서였다.

희자는 그의 망설임을 눈치챘는지, 살짝 고개를 갸웃하며 장난스럽게 물었다.

"와, 니 겁나나? 학력고사 시험은 잘 치더만은, 내 집은 겁나나?"

만석은 괜히 헛기침을 하며 고개를 돌렸다.

"아이다… 겁나는 기 아니고… 그냥, 이래저래 생각이 많아가 그렇지."

말끝이 흐려지고, 눈은 저 멀리 들판으로 흘러갔다.

59. 희자의 부모님과 만난 만석

겨울 끝자락의 들녘은 바람에 스산했지만, 어쩐지 마음은 더 뜨겁게 달아오르는 듯했다.

희자는 잠시 그를 지켜보다가, 빙긋 웃으며 한 걸음 앞으로 다가섰다.

그리고 낮게, 그러나 또렷하게 속삭였다.

"겁나모 올은 고마 가라. 그란데… 니가 내를 쪼매이라도 마음에 있다 쿠모, 우리 집에 가자."

그 말은 농담처럼 흘려보낸 게 아니었다.

희자의 눈빛은 진지했고, 붉게 물드는 석양빛에 비쳐 더 선명하게 다가왔다.

만석은 순간 아무 말도 할 수 없었다.

'내 마음에 있다쿠모…'

그 말이 가슴속 깊숙이 내려앉아 오래 울렸다.

그는 대답 대신 희자의 눈을 똑바로 마주 보았다.

그리고 아주 천천히, 떨리는 숨을 몰아쉬며 고개를 끄덕였다.

그 순간, 희자의 입가에 조용히 미소가 번졌다.

만석은 오랫동안 갈등하다가 결국 희자의 발걸음을 따르기로 했다.

대산면 소재지에서 구혜리 희자의 집까지는 생각보다 먼 길이었다.

시골길이라 가로등조차 드물었고, 어둑어둑 내려앉는 저녁 햇살 속에 두 사람의 그림자가 나란히 늘어졌다.

서로 말은 많지 않았지만, 함께 걷는 그 시간만으로도 묘한 설렘과 긴장이 뒤섞여 있었다.

집 앞에 다다르자 희자가 대문을 열며 소리쳤다.

"옴마, 댕겨왔심더! 손님이 왔어예."

부엌일을 하던 희자의 어머니가 황급히 나왔다.

그녀의 눈길은 곧 만석에게 향했다.

"니는 미리 이바구도 안 하고 손님을 델꼬 오모 우짜노?"

어머니는 혀를 찼다.

그러더니 곧 만석에게 시선을 고정하며 물었다.

"그란데 이 학상은 누고?"

희자가 쑥스러운 듯 웃으며 대답했다.

"옴마, 내가 이야기 안하더나? 절에서 공부한다 카던 만석이."

"아아, 그 학상이가 아이고, 어픈 온나."

어머니는 이리저리 방안을 훑으며 갑자기 부산을 떨기 시작했다.

"집 꼬라지가 와 이리 더럽노. 희자 니는 손님이 온다고 미리 이바구 해야지, 집도 치우고 반찬도 좀 하고 했을 거 아이가."

희자의 어머니의 호들갑 섞인 말에, 만석은 오히려 더 어찌할 바를 몰랐다.

몸 둘 곳을 찾지 못해 괜히 방바닥에 시선을 떨구고, 손가락으로 바짓단을 만지작거렸다.

'내가 괜히 따라온 기가… 아이고 우짜노….'

속으로 중얼거리며 어깨가 점점 움츠러드는 기분이었다.

하지만 옆에서 희자가 슬며시 웃으며 말했다.

"옴마, 괘안타. 만석이 밥 안 묵어도 된다. 고마 앉아서 이야기나 좀 하다 갈 낀데."

희자가 재차 말했지만, 어머니는 손사래를 치며 목소리를 높였다.

"뭐라쿠노? 야밤에 우짤라꼬. 고마 저녁도 묵고 우리 집에서 자고 가라."

만석은 가만히 있던 입술을 열며 더듬거렸다.

"지는예… 가야 가는 막 버스 타고 가모 됩미더."

"막 버스? 벌시로 가고 없다. 희자가 말 안 하더나?"

만석은 깜짝 놀라 두 눈이 동그래졌다.

"예? 막 버스가 없다고예?"

그의 얼굴에는 당황과 긴장이 한꺼번에 번졌다.

손끝은 허벅지 위를 조심스레 두드리고, 시선은 방바닥만 파고들었다.

그때 희자가 어깨를 살짝 들썩이며, 고개를 기울여 그를 바라보았다.

안절부절못하는 만석의 모습이 귀여운 듯, 그녀의 입가에 조용한 미소가 번졌다.

"고마… 우리 집에 자고 가라."

희자의 말은 억지가 아니었다.

다만 오래 지켜본 사람처럼, 만석은 더 이상 뭐라 대꾸할 수가 없었다.

목구멍까지 차오른 말들은 '아이미더', '집에 가야 됩미더'였지만, 이상하게도 혀끝에서 떨어지지 않았다.

밖은 이미 어두웠고, 바람 소리가 창문을 타고 들어왔다.

그 소리마저, 마치 희자의 말에 맞장구를 치는 것처럼 들렸다.

저녁 밥상이 차려지고, 방에 있던 희자의 아버지가 천천히 마루를 밟
으며 나왔다.

구겨진 솜바지 위에 오래된 저고리를 걸친 채, 이마에는 깊은 주름이
파여 있었다.

말이 많지 않은 시골의 아버지, 그 무게감만으로도 방 안 공기가 조심
스레 가라앉았다.

만석은 자리에서 잽싸게 일어나 허리를 굽혔다.

"안녕하시미꺼. 김만석입미더."

아버지는 잠시 그를 똑바로 바라보다가 낮게 대꾸했다.

"니가 만석이가… 희자가 한 번씩 이바구하더만은 그 만석이제."

그러고는 별다른 말 없이 상에 자리를 잡으며 짧게 한마디 던졌다.

"밥 묵자."

그게 전부였다.

그러나 그 한마디가 이 집안의 허락처럼 들려, 만석은 조금 안도했다.

상을 가득 채운 것은 화려한 반찬이 아니었다.

된장찌개에서 피어오르는 구수한 김, 잘 익은 배추김치, 그리고 뜨끈
한 시래기국 한 그릇. 단출했지만, 정겨운 시골집의 밥상이었다.

희자의 어머니가 손수 밥그릇을 들어 만석 앞에 내밀며 말했다.

"장골이 돌아서모 배가 고프 낀데 밥 모자라모 더 무라이."

희자의 어머니는 말하며, 밥주걱으로 힘껏 퍼 담았다.

밥그릇은 이미 대접만큼이나 컸는데, 그 위에 소복이 쌓인 흰 쌀밥은

산처럼 우뚝했다.

김이 모락모락 올라오며 방 안 가득 고소한 향을 퍼뜨렸다.

만석은 두 손으로 그 밥그릇을 받아 들며 속으로 중얼거렸다.

'이걸 다 어찌 묵노… 내가 아무리 배고파도 이건 도저히 못 무을 낀데…'

숟가락을 들고 첫술을 뜨자, 뜨끈한 밥알이 목구멍으로 꿀떡 넘어갔다.

순간, 지난 세월이 스쳐 갔다.

어린 시절 쌀이 없어 늘 보리밥이나 잡곡밥만 먹던 자신에게, 이렇게 흰 쌀밥을 고봉으로 대접받는 일은 손가락으로 꼽을 만큼 드물었다.

사실 남의 집에서 밥을 먹을 일이 친척을 제외하고는 처음이다.

희자의 아버지는 묵묵히 국을 떠먹으며 가끔 헛기침을 했다.

그 소리에 괜히 더 긴장한 만석은 묵묵히 밥알을 삼켰다.

희자는 맞은편에서 고개를 살짝 갸웃하며 중얼거렸다.

"와, 니 얼굴이 빨개졌노? 밥이 뜨겁어서 그런 기가? 살살 불어 감시로 찬찬히 무라."

만석은 고개 숙이며 희자에게 미소를 보낸다.

"알것다. 찬찬히 무께."

어머니는 그 모습을 보고는 웃으며 반찬 그릇을 그의 앞에 더 가까이 밀어 주었다.

"더 묵어라. 장골이 밥 많이 묵어야 힘도 나제."

만석은 쑥스러움과 고마움이 뒤섞여, 숟가락을 꼭 쥐고 다시 밥을 떠 넣었다.

산더미 같은 밥이 줄어들 기미는 보이지 않았지만, 그날 저녁상은 그 어떤 잔치보다도 푸짐하고 따뜻했다.

숟가락이 사뿐사뿐 그릇을 두드리며 오가는 소리, 밖에서 들려오는 개 짖는 소리, 그리고 조용히 국물 떠먹는 아버지의 기침 소리까지…그날의 저녁상은 만석의 가슴 속에 묘한 울림으로 남았다.

희자는 맞은편에서 눈을 동그랗게 뜨고는, 살짝 웃음을 흘렸다.

마치 "우리 집이 이래도 괜찮지?"라고 묻는 듯했다.

식사를 마치고 희자는 그릇을 들고 일어나 부엌으로 갔다.

어머니가 팔을 걷어붙이며 말했다.

"희자야, 니는 설거지 하지 말고 만석이 하고 얘기하고 있어라."

그러나 희자는 방긋 웃으며 대답했다.

"옴마, 괴안타예. 설거지는 옴마하고 같이 해야지."

그렇게 말하고는 부엌으로 사라져 버렸다.

방 안에는 졸지에 만석과 희자의 아버지만 남았다.

벽에 걸린 괘종시계가 뚝딱, 뚝딱 소리를 내며 돌아가고, 구수한 된장찌개 냄새와 희미한 연탄 냄새가 방 안에 엉겨 있었다.

60. 희자의 방에 있는 만석

희자의 아버지는 밥상머리에 앉아 담배를 꺼내 물더니, 성냥으로 불을 붙였다.

"후—욱."

짙은 연기가 허공에 피어오르며 천장에 매달린 전등을 뿌옇게 가렸다.

만석은 괜히 무릎 위에 손을 올렸다가, 다시 쓸어내리기를 반복했다.

말을 걸어야 하나, 아니면 그냥 조용히 있어야 하나.

심장이 두근거려 입술이 바짝 말라왔다.

그때 희자의 아버지가 낮고 굵은 목소리로 물었다.

"너거 아버지는 뭐 하시노?"

희자 아버지의 굵은 목소리가 방 안에 울렸다.

만석은 손끝을 매만지며 잠시 머뭇거리다가, 고개를 푹 숙인 채 조심스레 대답했다.

"원래는… 방앗간 했습미더. 그라고 지금은…"

그가 말을 끝맺기도 전에 희자 아버지가 눈을 번쩍 뜨며 말을 잘랐다.

"뭐? 방앗간?!"

깜짝 놀란 목소리에 방 안 공기가 순간 얼어붙었다.

"너거 집이 방앗간 했으모 억수로 부자 것네. 그 동네서 방앗간이모 돈이 다 너거 집으로 들어왔을 낀데."

희자 아버지는 담배를 길게 빨아들이며, 고개를 끄덕였다.

그 말투에는 부러움과 동시에 묘한 거리감이 묻어 있었다.

만석은 얼굴이 붉어졌다.

만석은 차마 입을 열 수가 없었다.

"아버지가 바람을 피워서 집안이 쫄딱 망했다… 지금은 건설 노동자로 노가다를 하고 계신다."

그 말을 어떻게 입 밖으로 내겠는가.

순간, 혀끝까지 차올랐다가 꿀꺽 삼켜 버린 진실은 그의 목구멍을 꽉 막아 버렸다.

"아… 그냥… 예…"

말끝을 흐리며 더 이상 이어가지 못했다.

방 안에는 담배 연기만 천천히 퍼져 나가고, 시계 초침 소리만 유난히 크게 들렸다.

만석은 두 손을 무릎 위에 가지런히 올려놓았지만, 손끝이 덜덜 떨리는 걸 스스로 느낄 수 있었다.

희자의 아버지는 그 떨림을 모르는 듯, 혹은 알고도 모른 척하는 듯, 담뱃재를 툭툭 털어 냈다.

그때, 부엌에서 희자의 웃음소리가 들려왔다.

그 맑은 웃음은 방 안의 무거운 공기와 너무나 대조적이었다.

만석은 그 소리에 고개를 들어 문 쪽을 바라봤지만, 금세 다시 눈을 떨구고 말았다.

설거지를 마치고 들어온 희자는 "언자 내 방에 가서 이바구하자. 잠은 니는 내 방에서 자고 내는 옴마 하고 자모 된다."라고 말했다.

희자는 그렇게 말하며 건너방으로 갔다.

"니 커피 끼리 주까?"

"아이다 밤에 커피 무모 잠 못 잤다. 그라고 내 커피 무모 배 아프다."

"희안하네. 니는 우찌 커피 묵는데 배가 아프노? 완전 촌놈이네."

"맞다 내는 커피를 못 묵는 촌놈이다."

희자는 낄낄 웃으며 만석을 흘겨봤다.

"촌놈은 촌놈 맞네. 그 촌놈이 어찌 이래 내 앞에 앉아 있노."

만석은 괜히 귀까지 달아올라서 손으로 뒷머리를 긁적였다.

"에이, 놀리지 마라. 내 원래 커피는 체질상 안 맞는데 우짜 끼고."

희자의 방은 아담했다. 벽에는 손때 묻은 달력이 걸려 있었고, 작은 화장대 위에는 희자가 쓰는 화장품과 빗, 낡은 소품들이 가지런히 놓여 있었다.

창가에는 희자가 가꿔 놓은 화분 두어 개가 놓여 있어 방 안 공기가 은근히 따뜻했다.

희자는 바닥에 작은 방석을 내주며 말했다.

"니, 여기 앉아라. 내 방에 남자 들어온 건 니가 첨이다."

만석은 순간 심장이 멎는 듯했다.

"진짜가? 그라모 내가… 큰 영광 아이가."

억지로 농담을 던졌지만 목소리가 떨렸다.

희자는 방바닥에 무릎을 모아 앉아 만석을 바라봤다.

잠시 말이 끊기자, 창밖에서 개 짖는 소리만 방 안을 채웠다.

"만석아."

희자가 먼저 입을 열었다.

"니, 절에서 내 피하려고 한 거… 다 안다."

만석은 흠칫 놀라며 고개를 들었다.

"아이다… 그게…"

"맞다. 피한 기 맞다."

희자는 조용히, 그러나 단호하게 말했다.

"니가 공부 때문에, 또 앞날 때문에 그랬다는 거, 내 다 이해한다. 근데… 그때 절 입구 계단에서, 니가 안 나타날까 봐 기다리던 내 마음은… 니가 쾨매만 알모 좋것다."

만석의 가슴이 먹먹해졌다.

그는 고개를 푹 숙인 채.

"…미안타. 그때 내는… 마이 무서벗다. 학력고사를 앞두고 여자를 만나모 되나 싶어서. 사실은… 내도 니 마이 보고 싶었고, 생각도 마이 했다."

희자의 눈가에 살짝 미소가 번졌다.

"내는, 니가 그 말 해 줄 날을 지달렸다."

잠시 정적. 둘은 서로를 바라보다가, 부끄러운 듯 동시에 시선을 피했다.

방 안의 공기는 따뜻했지만, 그 온도만큼이나 두 사람의 가슴도 서서히 달아오르고 있었다.

희자가 낮게 속삭였다.

"만석아, 앞으로 어디로 갈진 모르겠지만… 내한테는 오늘 니가 여기 있다는 것만으로도 충분하다."

만석은 천천히 고개를 끄덕였다.

"…나도, 오늘은… 그냥 이대로 있고 싶다."

희자의 방은 따뜻했다.

창가에 걸린 얇은 커튼이 바람에 살짝 흔들릴 때마다 희자의 그림자가 벽에 일렁였다.

희자는 무릎을 당겨 끌어안고 앉아 만석을 바라보았다.

"만석아, 니… 절에 있을 때 참 많이 외로웠제?"

만석은 잠시 멍하니 그녀를 보다가, 고개를 끄덕였다.

"…외롭기도 했고, 또 무섭기도 했다. 근데 이상하게도, 니 생각이 자주 나더라. 책상 앞에 앉아도, 절 마당 걸어도, 자꾸만 니 얼굴이 겹쳐서… 그게 제일 힘들었데이."

희자의 눈이 살짝 흔들렸다.

그러다 이내 작은 웃음을 띠었다.

"내도 그랬다. 버스 정류장에서, 절 앞 계단에서… 안 올 거 알면서도 니 기다렸다. 어쩌면, 그 기다림이 내 하루의 힘이었는지도 모른다."

만석은 무겁던 가슴이 조금씩 풀리는 걸 느꼈다.

말 대신 고개를 숙이고 손등을 꼭 쥐었다.

그러다 용기 내어 고개를 들어 희자를 바라봤다.

"희자야, 내는… 아직도 뭐라 딱 잘라 말은 못하겠다. 근데 분명한 건, 오늘 니 옆에 앉아 있으니까… 참 좋다."

희자는 고개를 끄덕이며 살짝 미소 지었다.

"그 말만으로도 된다. 오늘은 그냥, 이대로만 있어도 된다."

그 순간 두 사람은 아무 말 없이 창밖을 바라보았다.

두 사람의 어깨는 닿지 않았지만, 마음은 이미 조용히 이어져 있었다.

만석은 잠시 머뭇거리다 말문을 열었다.

"있다 아이가… 궁금한 기 있는데, 뭐 물어봐도 되나?"

희자는 눈을 동그랗게 뜨더니, 고개를 살짝 기울였다.

"와? 뭐시 궁금노? 이바구 해 봐라?"

만석은 입술을 달싹이다가, 조심스럽게 이어갔다.

"이런 거… 물어봐도 될랑가 모르것는데… 니 와 고등학교 안 가고…
학교서 소사하고 있노?"

순간 방 안 공기가 잦아들었다.

희자는 곧장 대답하지 못하고, 무릎 위에 손을 꼭 쥔 채 시선을 바닥
에 떨어뜨렸다.

전등불이 그녀의 옆얼굴을 어슴푸레 비추었는데, 그 눈빛에는 잠시
망설임이 어려 있었다.

"…내도, 첨에는 가고 싶었다."

희자의 목소리는 낮고, 조심스러웠다.

"친구들은 다 교복 입고 학교로 가는데… 나 혼자 여기 학교에서 선상
들이 부르모 뛰어가고, 교무실 걸레질하고, 짐 나르고… 솔직히 첨엔, 마
이 비참했다."

만석은 가슴이 덜컥 내려앉는 기분이 들었다.

무슨 말을 해야 할지 몰라 그저 가만히 그녀를 바라봤다.

희자는 씁쓸한 웃음을 지었다.

"근데… 집이 형편이 안 되니까 어쩔 수 없더라. 아버지가 겉으로는 멀쩡해 보여도 사실 몸이 마이 아프다… 그래서 나라도 돈 벌어야 한깨네. 그래도, 이렇게라도 학교에 있으모… 나도 학생인 것 같기도 해서 좋았다. 그란데 친구 보이모 처음에는 숨기도 하고 구석에서 울기도 했지만, 언자는 별로 그런 것도 없다."

그녀의 목소리는 담담했다.

그리고 그 안에 깊게 스며든 아픔이 묻어났다.

만석은 목구멍이 콱 막힌 듯 아무 말도 할 수 없었다.

그저 천천히 고개를 끄덕이며, 낮게 말했다.

"…희자야, 니… 참 대단타. 내는 니를… 그냥 밝고 웃는 모습만 겉모습만 보았는데, 이런 속 얘기가 있는 줄은 미처 몰랐다. 그란데 아버지는 건강해 보이거만은 오데가 편찮노?"

희자의 얼굴에 잠깐 그늘이 드리워졌다.

"우리 아버지… 위암 수술해 갖고 죽다 살아났다 아이가. 언자는 괴안아 보여도, 속은 여전히 약하다. 그래가 수박 하우스도 못 하고 집안에만 있다 아이가. 내가 와 돈을 벌어야 되는지 언자 알것제."

멀리 앉아 있던 희자의 손등이, 순간 더 가냘프게 보였다.

"그랬나."

만석의 목소리는 떨렸다.

희자는 억지로 웃음을 지어 보였다.

"뭐, 언자는 그냥… 이게 내 몫인 기라 생각하고 산다."

그녀는 창문 밖 어두운 밤하늘을 잠시 바라보다가, 덤덤히 말을 이었다.

"친구들이랑 같은 길을 걷지는 못해도… 그래도, 하루하루 살다 보모 언젠가는 내한테도 길이 생길 기라 믿는다."

방 안에는 잠시 정적이 흘렀다.

만석은 뭐라 위로할 말조차 찾지 못한 채, 그저 희자의 옆모습을 바라보고만 있었다.

그 눈빛엔 슬픔과 강단이 동시에 어려 있었다.

한참을 그렇게 있다가, 만석은 아주 낮은 목소리로 말했다.

"…희자야. 니, 진짜… 존경스럽다. 내는 시험이고 대학이고… 나를 위한 그런 것만 붙잡고 있었는데… 니는, 가족을 위해서 니 삶 자체를 희생했네."

만석의 말끝은 살짝 떨렸다.

스스로도 입 밖에 나온 그 말이 낯설게 느껴졌지만, 그게 진심이었다.

희자는 고개를 돌려 만석을 바라보았다.

그 눈빛은 순간 흔들렸고, 눈가에 이슬 맺히듯 물기가 차올랐다.

하지만 곧, 잔잔히 번지는 미소로 덮어 버렸다.

"고맙다, 만석아. 니가 그런 소리 해 주니, 억수로… 힘이 난다."

그녀의 목소리는 낮고 부드러웠다.

희자는 속으로 생각했다.

'내가 이렇게 누군가 앞에서 눈물 보일 뻔한 게 언제였더라… 늘 괜찮은 척, 아무렇지 않은 척 웃으면서 지냈는데… 만석이 앞에서는 괜히 마음이 풀린다. 내 처지 말하면 혹시 싫어할까 싶어, 오랫동안 감춰 왔는데… 근데 저렇게 진심으로 존경스럽다 해 주니… 가슴 한구석이 따뜻해지면서도, 또 아릿하다. 나는 그냥… 가족 때문에, 살아 내려고 발버둥 친 것뿐인데… 혹시라도 만석이가 내 짐까지 지게 될까 두렵기도 하고… 그래도… 오늘만큼은, 그냥 기대고 싶다. 내 이야기를 들어주고, 있는 그대로의 나를 봐 주는 사람… 그게 만석이라서… 참 다행이다.'

그 순간, 희자는 무릎 위에 올려 둔 두 손을 천천히 꼭 맞잡았다.

손끝에 힘이 들어가며 희미하게 떨렸지만, 곧 그 떨림을 감추듯 고개를 돌려 창밖을 바라봤다.

창호지 너머로 스며든 달빛이 그녀의 옆얼굴을 비추었고, 희자는 그 빛 속에서 살짝 미소를 지어 보였다.

만석은 그 미소의 의미를 알지 못한 채, 그저 묵묵히 그녀 곁에 앉아 있었다.

그저 같은 공간에 있다는 사실만으로도, 서로의 마음이 따뜻해지는 순간이었다.

61. 다방 생활을 시작하는 순덕

순덕은 임신중절 수술을 받은 뒤 마산에 있는 언니 집에 머물고 있었다.

하루 종일 아무 일도 하지 않은 채 방 안에만 웅크려 지냈다.

창문 너머로 햇살이 기울어도, 세상은 그녀와 상관없는 듯 흘러갔다.

마음의 상처가 아직 다 아물지 않아 회사에 취직할 엄두조차 내지 못했다.

사람들 앞에 서는 일조차 극도로 두려워졌다.

상처는 몸보다도 마음을 더 깊숙이 옭아매어, 그녀를 집 안에 가두고 있었다.

순덕은 방 한쪽에 웅크린 채 앉아 있었다.

하루 종일 창문조차 열지 않은 방은 눅눅하게 가라앉아 있었고, 그 속에서 그녀는 숨을 죽이고 있었다.

언니가 퇴근 후 들어오자마자 낮은 한숨이 흘렀다.

"순덕아, 니 운제까지 이리 누워만 있을 끼고. 집에서 놈시롱 밥이라도 좀 해 놓고 있으모 안 되겄나?"

순덕은 말없이 고개를 숙였다.

대답 대신 무릎만 꼭 모은 채 움츠려 있었다.

언니는 젓가락을 탁 놓으며 짜증 섞인 눈길을 보냈다.

"니가 몸이 안 좋아서 그런 건 알것다. 그란데 니 지금 해도 너무하는 거 알고 있나? 얼라 배가 아 땐 기 무신 벼슬이가? 니 운제까지 이리 있을 끼고? 사람들 눈이 두렵다고 해서 방에만 있으모 뭐가 달라지니?"

그 말들이 연달아 쏟아질수록, 순덕의 가슴은 더 조여 왔다.

목끝까지 차오른 말은 나오지 못하고, 눈물만 뺨을 타고 흘러내렸다.

그녀는 그저 고개를 숙인 채 울음으로만 대답했다.

언니는 잠시 그녀를 바라보다가 고개를 돌렸다.

분노와 안쓰러움이 뒤섞인 한숨이 좁은 방 안에 길게 흩어졌다.

엄마와 함께 있을 때는 그나마 마음이 한결 가벼웠다.

엄마는 아무 말 없이 그저 순덕을 바라볼 뿐이었다.

그 눈길에는 원망도, 다그침도 없었다.

하지만 언니는 달랐다.

하루에도 몇 번씩 쏟아지는 잔소리와 날 선 말들이 순덕의 가슴을 더욱 옥죄었다.

언니와 한집에 있는 시간은 고통이었고, 결국 더는 견딜 수 없었다.

집을 나와 무작정 거리를 걷던 순덕은 어느 순간 다방 앞에 멈춰 섰다.

낡은 유리문 옆에는 '아가씨 구함'이라는 팻말이 붙어 있었다.

발길을 돌리려 했지만, 갈 곳 없는 처지가 그녀를 붙잡았다.

순덕은 숨을 깊게 고르고는 문을 밀고 들어갔다.

문을 밀자, 탁한 담배 연기와 커피 냄새가 한꺼번에 순덕의 코를 찔렀다.

다방안에는 형광등 불빛이 희미하게 번지고 있었고, 오래된 카운터 앞에는 커피 잔들이 어지럽게 놓여 있었다.

몇몇 손님들이 담배를 피우며 신문을 펼치거나 낮은 목소리로 이야기를 나누고 있었다.

순덕은 순간 주춤했다.

들어서는 발걸음이 무겁고, 시선이 자신에게 쏠리는 것만 같았다.

그때, 카운터 뒤에서 여주인이 고개를 들었다.

사십대 쯤 되어 보이는, 진한 화장을 한 여인이었다.

그녀는 순덕을 위아래로 훑어보았다.

순덕은 키가 167cm에 눈에 띄는 글래머 체형이었다.

아직 스무 살 갓 넘긴 듯한 앳된 얼굴이었지만, 풍기는 분위기는 쉽게 지나치기 어려웠다.

다방 주인의 눈빛이 잠시 번뜩였다.

그녀는 곧장 웃음을 지으며 의자를 빼앗듯 권했다.

"아가씨, 참말로 보기 좋네. 키도 크고, 얼굴도 반반하고… 이런 데서 일하기 딱이구마."

순덕은 얼떨떨하게 서 있었다.

밖으로 나가야겠다는 생각이 순간 스쳤지만, 발이 떨어지지 않았다.

주인은 더 다가서며 부드러운 말투로 달래듯 속삭였다.

"힘들 거 하나도 없다이. 그냥 커피 갖다 주고, 손님 말상대 조금 해 주면 된다. 요즘 같은 때 어디 가서 돈 벌기가 쉽나? 니가 원하모 월급은 마이 주꾸마."

그 말들은 마치 미끼처럼 달콤했지만, 순덕의 가슴 한 켠에서는 알 수 없는 불안이 꿈틀거렸다.

그래도 갈 곳 없는 현실은 그녀를 벼랑 끝으로 몰아붙이고 있었다.

주인은 잽싸게 순덕의 손목을 붙잡더니, 마치 오래전부터 알고 지낸 사람처럼 친근한 미소를 지으며 자리에 앉혔다.

"오늘부터 니가 우리 가게 얼굴이다, 알것제?"

말끝은 부드러웠지만, 잡힌 손목은 쉽게 풀려나지 않았다.

순덕은 심장이 두근거리며 손끝까지 떨려 왔다.

가게 안 가득한 담배 연기와 남자들의 시선이 동시에 자신을 향하는 것만 같았다.

순덕은 안절부절못한 채 의자 모서리에 앉아 있었다.

무릎 위에 놓인 손은 식은땀으로 젖어 있었고, 목구멍은 바싹 말라붙어 있었다.

문밖으로 뛰쳐나가고 싶었지만, 갈 곳이 없다는 생각이 발목을 붙잡았다.

주인 아줌마는 카운터 옆에 서 있던 아가씨를 불렀다.

"니, 가게 좀 보고 있어라. 이 아가씨 옷이 요래 갖고는 일 못한다. 내가 합성동 지하상가 가서 옷 좀 사 올꾸마."

그 말이 떨어지자, 순덕은 어리둥절한 채로 주인에게 손을 잡혀 끌려나갔다.

걸음을 재촉하는 동안 마음은 점점 불안했지만, 어디로 가는지, 무슨 일이 일어나는지 따져 물을 용기가 나지 않았다.

합성동 지하상가에 도착하자, 주인은 망설임도 없이 이 가게 저 가게를 누비며 옷을 집어 들었다.

화려한 색감의 블라우스와 몸매가 드러나는 정장 몇 벌, 반짝이는 구두 한 켤레, 그리고 은밀하게 속옷까지 챙겨 계산대 위에 올려놓았다.

"이거는 니 취업 기념으로 내가 사 주는 기다. 우리 가게 얼굴인데, 이 정도는 해가 있어야지 안 되것나?"

순덕은 눈이 휘둥그레졌다.

누군가 자신을 위해 이렇게까지 챙겨 주는 것이 낯설고, 어쩐지 고마운 마음마저 스쳤다.

가슴 속 불안은 잠시 잦아들고, 그녀는 그 말이 진심이라고 믿어 버렸다.

그러나 그것은 빚의 시작이었다.

순덕은 아직 그 사실을 전혀 알지 못한 채, 두 손 가득 낯선 옷과 상자들을 안고 다방으로 돌아오고 있었다.

다방 문이 열리자, 순덕이 들어섰다.

새로 산 연한 베이지색 정장이 몸에 꼭 맞았고, 발에는 반짝이는 구두가 빛을 발하고 있었다.

머리칼은 서툴게 빗어 넘겼지만, 낯선 옷차림 하나만으로도 그녀는 전혀 다른 사람처럼 보였다.

순간, 가게 안의 분위기가 미묘하게 달라졌다.

담배 연기를 뿜어 내던 몇몇 손님들의 시선이 일제히 그녀에게로 향했다.

신문을 펴 들었던 손님도 종이를 내리고, 장기판에 고개를 묻고 있던 이도 잠시 말을 멈추었다.

"오데서 이런 아가씨가 왔노…"

누군가 낮게 중얼거렸다.

그 말에 맞장구치듯 웃음소리가 퍼졌다.

주인아줌마는 흡족한 표정으로 순덕의 어깨를 툭 치며 말했다.

"우리 가게 새 얼굴이다, 인사해라."

순덕은 얼굴이 달아올라 고개를 깊숙이 숙였다.

손끝은 구두 속에서 땀에 젖어 있었고, 한 걸음 내딛는 것조차 조심스러웠다.

그녀의 귀에는 손님들의 시선이 칼날처럼 스치고, 웃음소리가 가슴 속을 파고드는 것만 같았다.

그 순간, 다방은 커피 향보다도 진한 호기심과 술렁임으로 가득 차 있었다.

순덕은 떨리는 손으로 커피잔을 들었다.

손끝이 살짝 떨리며 컵이 덜컥거릴 때마다 심장이 요동쳤다.

처음으로 손님에게 직접 내보이는 순간이었다.

"커피, 나왔습미더…"

목소리는 작게 떨렸고, 그녀 자신도 듣기 민망할 정도였다.

손님들은 한동안 순덕을 유심히 바라보았다.

어떤 이는 눈썹을 살짝 올리며 호기심 섞인 시선을, 또 어떤 이는 입가에 미소를 띠며 무심한 척 시선을 흘려보냈다.

순덕은 숨을 고르며 손을 조심스레 테이블 위에 놓았다.

컵이 흔들리며 손님에게 쏟아질까 봐 온몸이 긴장으로 굳어 있었다.

주인아줌마가 뒤에서 작은 웃음을 터뜨렸다.

"히히, 니 좀 떨리나? 괴안타. 손님들이 처음이라 다 봐줄 끼다."

하지만 그 말조차 순덕의 마음을 진정시키기에는 부족했다.

그녀의 머릿속에는 '혹시라도 컵이 넘어가면…'이라는 불안이 맴돌았다.

손님들의 시선과 가게 안의 습한 연기, 담배 냄새가 한꺼번에 그녀를 휘감았다.

순덕은 겨우 심호흡을 한 번 하고, 테이블을 정리하며 작은 속삭임처럼 중얼거렸다.

"괴안타, 괴안타…"

그러나 마음 한 켠에는, 이 작은 커피잔 하나를 내놓는 일조차 결코 쉽지 않은 싸움이라는 것을 이미 느끼고 있었다.

62. 접대부까지 해야 하는 순덕

순덕이 커피를 다른 테이블에 내려놓자, 한쪽 구석에 앉아 있던 중년 남자가 천천히 고개를 들었다.

잔뜩 기대 섞인 눈빛으로 순덕을 바라보며 낮게 말했다.

"아가씨, 이름이 뭐꼬?"

순덕은 당황해 잠시 말을 잃었다.

입술을 깨물며 떨리는 목소리로 겨우 대답했다.

"순… 순덕입미더."

남자는 만족스러운 듯 웃음을 흘렸다.

"순덕이라… 글쎄, 이 가게엔 딱 맞는 이름인 것 같은데. 근디, 커피만 갖다주는 거로 만족하것나?

니, 이 일 오래 할 자신 있나?"

순덕은 얼어붙은 채 고개만 끄덕였다.

심장이 두근거리며 숨이 가빠 왔다.

손님들의 시선이 한꺼번에 자신을 향해 쏟아지는 듯한 느낌이었다.

남자는 다시 커피잔을 살짝 들어 보이며 장난스러운 표정을 지었다.

순덕은 땀에 젖은 손으로 테이블을 정리하며 속으로 되뇌었다.

'괴안타, 괴안타… 기냥 커피만 갖다주모 된다이.'

하지만 그 순간, 다방 안의 시선과 긴장은 더욱 무겁게 느껴졌다.

순덕은 자신이 단순히 커피를 내놓는 것이 아니라, 앞으로 펼쳐질 일상의 시험대 위에 올라섰다는 사실을, 아직은 깨닫지 못하고 있었다.

순덕이 커피를 내놓고 나서, 한 손님이 낮게 속삭이듯 말을 걸었다.

"니, 가게 마치고 내하고 데이트 한번 안 할래?"

순덕은 얼굴이 붉어지며 떨리는 목소리로 대답했다.

"예… 아, 아미더…"

손님은 의미심장하게 웃음을 지었다.

"여서 일할라쿠모 손님들하고 데이트도 하고, 술자리도 가야 되는 기라. 마담이 이야기 안 하더나?"

순덕은 가슴이 덜컥 내려앉았다.

눈앞이 아득해지고, 몸이 얼어붙은 듯 움직일 수 없었다.

결국 그녀는 다방 주인에게 달려가 정장을 벗으며 목소리를 떨렸다.

"지예, 여서 일 안할라미더."

주인 아줌마는 날카로운 눈빛으로 순덕을 바라보았다.

"니 옷값은 우짜끼고? 니가 일 안할라 쿠는데 옷값은 주고 가야 될 거 아이가."

순덕은 떨리는 손으로 옷을 잡고 겨우 중얼거렸다.

"얼마데예… 주깨예…"

주인은 한숨을 섞어 계산서를 펼치며 말했다.

"한 벌에 오십만 원씩 해가, 총 이백만 원이다. 빤스값은 안 받을꾸마."

순덕은 눈이 휘둥그레졌다.

그 당시 일반 직장인 월급이 20~30만 원정도인데 옷값이 일 년을 꼬박 모아만 하는 거금이었다.

"옷은 한 벌만 입었는데… 와, 돈을 다 주어야 되는데예?"

주인아줌마는 냉정하게 입술을 깨물며 말했다.

"니가 입을라꼬 산 거 아이가 그라모 돈을 주고 가야지."

순덕은 손에 쥔 정장을 바라보며, 눈물이 고이기 시작했다.

그녀가 믿었던 '취업 기념 선물'이 이렇게 큰 빚으로 변해 돌아올 줄은 전혀 몰랐다.

순덕은 어쩔 수 없이 다방에 딸린 작은 방에서 숙식을 하며 일을 시작해야 했다.

낮 동안에는 손님이 비교적 적고, 커피를 내놓거나 가벼운 일을 처리하는 정도라 그나마 견딜 만했다.

하지만 해가 지고 밤이 되면 상황은 완전히 달라졌다.

술에 취한 남자들이 하나둘씩 모여들면, 순덕은 어깨를 움츠린 채 손님들 앞에 앉아 있어야 했다.

그들은 술기운에 기대어 야한 농담을 늘어놓거나, 손을 내밀어 그녀의 가슴을 서슴없이 만지는 일이 허다했다.

순덕은 눈을 질끈 감고 몸을 떨었다.

도망치고 싶은 마음은 굴뚝같았지만, 빚과 현실이 발목을 붙잡았다.

낮 동안의 상대적으로 평온한 공기와 달리, 밤의 다방은 순덕을 조여오는 긴장과 공포로 가득 차 있었다.

그녀는 침대에 앉아 손끝을 바라보며 속으로 중얼거렸다.

'괴안타… 기냥 참으모 된다…'

하지만 마음 한구석에서는 이미 체념과 분노가 뒤섞여 있었다.

밤마다 반복되는 모욕과 손님들의 시선은, 순덕의 젊은 몸과 마음을 점점 옥죄어 갔다.

순덕은 자신을 이렇게 만든 정민수를 단 한 번도 원망하지 않았다.

마음속 깊이 자리한 슬픔과 상처는 오롯이 자신에게 돌아왔고, 남에게 화살을 돌릴 힘조차 없었다.

민수는 대학 입시를 준비한다며 그녀에게서 멀어졌고, 임신 사실조차 끝내 인정하지 않았다.

순덕의 마음속에서 미묘하게 얽힌 신뢰와 기대는 산산이 부서졌다.

시간이 흐를수록, 그녀는 민수에 대한 감정을 단순한 원망을 넘어 증오로 느끼기 시작했다.

단 한마디 사과도, 단 한 번의 이해도 없이 자신을 떠나간 사람. 그 기억은 밤마다 다방에서의 모욕과 맞닿아, 순덕의 가슴을 더욱 옥죄었다.

순덕은 속으로 중얼거렸다.

'왜 그때 둘이서 좋아서 같이 임신을 하였는데, 여자라는 이유로 왜 나만 이렇게 고통스러워야 되는 기고.'

그 증오는 단순한 분노가 아니라, 자신이 겪어야 했던 모든 굴욕과 아픔을 응축한 무게였다.

밤이 깊어 갈수록 다방 안은 술 냄새와 담배 연기로 가득했다.

술에 전 손님들은 순덕을 불러 세워 옆자리에 앉히고, 거친 손길을 뻗어 왔다.

"아가씨, 한 잔 더 따라 봐라."

"얼굴이 왜 이리 시뻘것노, 구엽네."

웃음 섞인 농담과 비수 같은 말들이 순덕의 귀를 찔렀다.

그녀는 억지로 미소를 지으며 잔을 따랐지만, 손은 떨려 술이 흘러내렸다.

그 순간, 민수의 얼굴이 떠올랐다.

'니는 대학 간다꼬, 내를 모른 척했제… 임신한 것도 인정 안 하고…'

순덕의 가슴은 뜨겁게 뒤틀리며 숨이 막혔다.

눈앞의 취객이 그녀를 희롱하는 모습과, 뻔뻔하게 자신을 부정하던 민수의 얼굴이 겹쳐졌다.

마치 손님들의 손길이 민수의 손인 것처럼 느껴졌다.

그녀는 갑자기 몸을 확 밀치며 자리에서 일어났다.

컵이 탁자 위에서 쓰러져 술이 쏟아졌고, 손님들은 놀란 듯 소리를 질렀다.

"뭐야, 이 가서나가 미쳤나?"

순덕은 숨을 헐떡이며 눈을 부릅떴다.

그 눈빛에는 두려움보다 분노가 짙게 서려 있었다.

'다 똑같다이. 민수나 이놈들이나. 날 사람으로 보지 않는 것들…'

심장은 터질 듯 요동쳤고, 그녀는 당장이라도 이곳을 뛰쳐나가고 싶었다.

그러나 문밖을 나서는 순간, 옷값이라는 빚이 그녀를 다시 붙잡을 것이 분명했다.

순덕의 발은 문 쪽을 향했지만, 몸은 제자리에 얼어붙은 듯 움직이지 않았다.

그 순간, 그녀의 눈에서 한 줄기 눈물이 흘러내렸다.

순덕이 방으로 뛰어 들어가 울음을 삼키고 있을 때, 주인아줌마가 천천히 따라 들어왔다.

그녀는 한숨을 쉬며 순덕의 어깨를 토닥였다.

"니, 빨리 빚 갚고 여 떠날라쿠모… 손님하고 잠자리를 해라. 그라모 하루 저녁에 화대가 오만 원이다. 니는 키도 크고 이쁘고 한깨네, 서로 하자 할 끼다."

순덕은 얼굴을 들지 못한 채 손을 부르르 떨었다.

"뭐라카미꺼. 남자하고 그짓을… 하라꼬예?"

아줌마는 고개를 끄덕이며 낮은 목소리로 이어 갔다.

"하모. 처음에는 애렵워도. 한 번 하고 나면 별거 아이다. 더러번 세상 돈이라도 마이 벌어야 될 거 아이가."

순덕은 숨이 막히듯 가슴을 움켜쥐었다.

온몸이 거부하고 있었지만, 동시에 아줌마의 말 속에 스며든 유혹을 떨쳐 내기도 어려웠다.

아줌마는 결정타를 날리듯 속삭였다.

"니 술자리 하고 팁으로 오천 원 받는 거, 그거보다 열 배는 빨리 돈을 벌 수 있다아이가. 옷값도 금방 갚고, 다시 새 출발할 수 있다."

순덕의 눈빛은 흔들렸다.

머리로는 부정하고 있었지만, 마음속 어딘가에서는 '돈을 많이 벌어야겠다'는 절박한 생각이 차갑게 자리 잡아 가고 있었다.

합성동 여관의 작은 방 안에는 희미한 전등 불빛이 번져 있었다.

눅눅한 담배 냄새와 값싼 향수가 섞여, 숨이 막힐 듯한 공기가 감돌았다.

순덕은 두 손을 무릎 위에 꼭 모은 채, 눈앞에 앉은 남자를 바라보지 못했다.

남자의 거친 웃음소리가 좁은 방을 메웠다.

"봐라 아가씨, 그렇게 긴장할 거 없다. 고마 내하고 재미있구로 지내모 된다."

순덕의 손가락은 파르르 떨렸고, 심장은 미친 듯이 뛰었다.

방금 전까지 주인아줌마가 했던 말이 머릿속을 맴돌았다.

'옷값 갚을라모… 돈 벌일라쿠모… 이 길 뿐이 없다.'

남자의 손이 그녀의 어깨에 닿는 순간, 순덕은 온몸이 얼어붙었다.

숨이 막히듯 가슴이 죄어왔고, 눈앞이 아득해졌다.

도망치고 싶었다.

문을 열고 달려나가고 싶었다.

그러나 발밑에는 보이지 않는 족쇄처럼 빚이 묶여 있었다.

눈물이 왈칵 쏟아졌다.

순덕은 고개를 돌리며 속으로 되뇌었다.

'민수… 니가 날 버린 순간부터 나는 이미 끝이었나 보다…'

방 안은 점점 더 무겁게 가라앉았다.

순덕은 처음으로, 자신이 선택한 이 길이 어떤 지옥으로 이어질지 어렴풋이 느끼고 있었다.

남자는 관계를 마치고 자신의 집으로 간다며 나가고 순덕이 혼자 여관방에 남았다.

좁은 방 안, 시트 위에는 남자의 체취와 술 냄새가 짙게 배어 있었다.

순덕은 무릎을 끌어안고 한참을 움직이지 못했다.

몸은 축 늘어져 있었지만, 가슴속은 불덩이처럼 달아올라 있었다.

두 귀에는 여전히 낯선 남자의 숨소리가 맴도는 것 같았다.

차라리 꿈이었으면 좋겠다고, 수없이 되뇌었다.

눈물이 볼을 타고 흘러내렸다.

손으로 아무리 닦아내도 멈추지 않았다.

'이게 나란 말이가… 이게 내 인생이가…'

정민수의 얼굴이 스쳤다.

그가 자신을 부정하며 등을 돌리던 순간, 이제는 완전히 이해할 수 있었다.

순덕은 민수에게 버려진 그날부터, 이 길로 끌려올 수밖에 없었던 것일지도 몰랐다.

하지만 그렇다고 해서 견딜 수 있는 것은 아니었다.

그녀는 시트를 움켜쥔 채 몸을 웅크렸다.

치욕과 공포, 그리고 돈을 벌어야 한다는 현실적 절박함이 한데 뒤엉켜, 차라리 자신을 삼켜 버리길 바라는 듯 가슴이 미어졌다.

순덕은 천천히 눈을 감았다.

방금 전의 기억을 잊고 싶어, 아무 소리도 들리지 않는 깊은 어둠 속으로 가라앉고 싶었다.

며칠 동안, 순덕은 매일같이 방에 들어와 울음을 삼켰다.

그러나 울음만으로는 아무것도 달라지지 않았다.

빚은 여전히 목을 조이고 있었고, 주인아줌마의 눈빛은 날카롭게 그녀의 등을 찔렀다.

처음에는 손님 곁에 앉는 것조차 견디기 힘들었다.

술잔을 따라 주는 손이 떨렸고, 손님들의 농담에는 제대로 대꾸도 하지 못했다.

그러나 시간이 지나자, 그녀는 억지로라도 웃음을 짓는 법을 배워 갔다.

"이양아, 올은 얼굴이 더 이쁘네."

"오빠야도 참⋯ 무다이 놀리는 기제."

입술은 웃음을 만들어 냈지만, 눈빛은 늘 얼어붙어 있었다.

손님들은 그것마저도 새침하다고 좋아했고, 팁을 더 얹어 주곤 했다.

밤이 깊어지면, 술에 취한 손님들의 손길을 막아 내는 힘겨운 순간도 여전했다.

하지만 순덕은 차츰 무덤덤해졌다.

손이 가슴에 닿아도, 허리에 감겨도, 몸은 더 이상 놀라 떨지 않았다.

대신 마음을 다른 곳으로 날려 버렸다.

'이것은 나와 상관없는 일이다, 나는 여기 있지 않다.'

그렇게 스스로를 속이며 버텼다.

여관방에서 손님과 단둘이 있는 일도 점점 늘어났다.

처음의 충격과 치욕은 어느덧 희미해지고, 대신 거래처럼 차갑게 받아들이게 되었다.

'한 번에 오만 원. 오늘은 두 번이면 십만 원. 이걸로 빚을 갚는다.'

돈으로 계산하며 마음을 눌러 놓으면, 눈물도 덜 나왔다.

그러나 그녀의 웃음은 조금씩 굳어 갔고, 거울 속에 비친 얼굴은 예전의 순덕이 아니었다.

키 크고 눈망울 맑던 아가씨는 사라지고, 손님들의 눈빛과 지폐 냄새 속에 길들여진 또 다른 여인이 자리 잡고 있었다.

처음 다방에 들어섰을 때만 해도, 순덕은 눈물과 두려움으로 하루하루를 버티는 나약한 아가씨였다.

그러나 시간이 흐르자, 그녀의 태도는 조금씩 달라졌다.

주인 아줌마의 눈치를 보는 법을 먼저 배웠다.

아줌마가 바쁜 척 손짓만 해도, 순덕은 잽싸게 일어나 손님에게 술잔을 따랐다.

손님들 사이에서 은근히 기분을 상하게 하는 말이 오가면, 눈치 빠르게 농담을 보태 분위기를 풀어냈다.

"아이구, 오빠야. 저번에도 장난만 치시더만은 올도 그라시네예. 자꾸 그라모 지가 삐집미더,"

그 말에 손님은 크게 웃으며 순덕의 손에 지폐 몇 장을 쥐여주었다.

손님들의 마음을 다루는 일도 익숙해졌다.

어떤 이에게는 얌전히 고개를 숙이고, 어떤 이에게는 장난기 어린 눈빛을 던졌다.

손님들이 원하는 것은 대단한 게 아니었다.

웃음 한 조각, 젖은 눈빛, 그리고 자기 말에 귀 기울여 주는 체하는 것.

주인아줌마는 흐뭇하게 순덕을 바라보며 속삭였다.

"니, 이제 좀 사람 상대하는 법 안다이. 그라모 돈이 술술 들어올 끼다."

순덕도 알았다.

손님들이 떠난 후, 책상 서랍 속에 쌓여 가는 지폐 뭉치가 그것을 증명하고 있었다.

하지만 그녀는 더 이상 그 돈을 볼 때도 기쁨을 느끼지 않았다.

다만 '살아남으려면 이렇게 해야 한다'는 냉정한 깨달음이 그녀를 움직이고 있을 뿐이었다.

가끔 손님들이 심한 농담을 던져도, 순덕은 눈 하나 깜빡하지 않았다.

웃으며 받아치고, 슬쩍 다른 화제로 돌려냈다.

그럴수록 손님들은 '영리한 아가씨'라며 그녀를 더 찾았다.

그렇게 순덕은 어느새, 다방이라는 좁고 탁한 공간에서 살아남기 위해 자신만의 처세술을 터득해 가고 있었다.

그것은 보호막이자, 또 다른 굴레였다.

63. 만석의 대학 입시 결과는 나오고

만석도 결국 4년제 대학 원서를 쓰기로 했다.

경남대. 그중에서도 나름 '센 과'라는 회계과였다.

사실 만석이 경남대를 가고 싶었던 건 아니었다.

그보다는, 담임 선생님의 권유가 컸다.

"만석아, 니 국어 성적도 괘안고 암기 과목도 잘한다 아이가. 니 실력이라쿠모 한 번쯤은 4년제 도전해 봐도 된다. 꼭 붙는다 생각 안 해도 괘안타. 그냥 경험 삼아 써 보는 기라."

담임의 말은 분명 배려였지만, 만석의 마음은 복잡했다.

집안 형편이 넉넉하지 않다는 걸 담임도 알고 있었고, 그래서 '현실적인 길'을 권하는 것이 보통이었다.

그런데 뜻밖에도 4년제 도전을 권하니, 오히려 더 망설여졌다.

"내가 진짜 경남대를 가고 싶나? 아니라… 내 속마음은 철도대학이 더 현실적이고, 괜찮다 생각하는데…."

하지만 또 다른 한 켠에서는, 알 수 없는 희망이 슬며시 피어오르고 있었다.

'혹시라도, 만약에 붙어 삐모… 내 인생이 달라질 수도 있지 않것나.'

원서를 봉투에 넣고 도장을 꾹 찍은 뒤, 만석은 길게 한숨을 내쉬었다.

그 한숨은 무거운 현실에 대한 체념이기도 했고, 동시에 아직 꺼지지 않은 불씨 같은 희망에 대한 토로이기도 했다.

어느 날 오후, 시골집 마당에 우편 배달부가 낡은 자전거를 끌고 들어왔다. 손에 들린 봉투는 다른 것과 달리 두툼했고, 봉투 겉면에 찍힌 '경남대학교' 붉은 도장이 먼저 눈에 들어왔다.

만석은 순간 심장이 쿵 내려앉는 것 같았다.

손끝이 떨려서 쉽게 뜯지 못하고, 한참을 매만지기만 하다가 천천히 가위를 집어 들었다.

그리고 펼쳐 든 순간, 눈앞에 선명히 박힌 두 글자

'합격.'

"내가… 합격했다고? 경남대 회계학과에…?"

집 안에서는 할머니가 밭일을 마치고 들어와 봉투를 바라보았다.

"뭐꼬, 대학고서 온 거 아이가?"

만석이 고개를 끄덕이자, 할머니 얼굴엔 놀람과 기쁨이 동시에 스쳤다.

그러나 그 기쁨은 오래가지 못했다.

등록금, 하숙비, 책값, 버스비까지…

만석의 머릿속은 단번에 계산기로 변해 버렸다.

종이에 몇 줄 적어 보지도 않았는데, 벌써 '넘을 수 없는 벽'이 눈앞에 버티고 서 있는 듯했다.

그는 오래도록 합격증을 들여다보다가, 결국 작은 한숨을 내쉬었다.

'4년제… 가모 내 인생이 달라질 수도 있는데. 철도대학만 생각했는데, 이게 또 하늘이 주는 기회일지도 모르고….'

방 안에 혼자 앉아 있자니 마음이 천근만근 무거워졌다.

합격의 기쁨보다 더 크게 다가오는 건 '갈 수 있을까?' 하는 두려움이었다.

창밖으로 겨울바람이 스며들어 와 합격증 귀퉁이를 흔들었다.

그 흔들림이 마치 만석의 흔들리는 마음 같았다.

만석은 합격증을 손에 쥔 채 한참을 앉아 있었다.

마음 한쪽에서는 '내가 진짜 대학생이 될 수도 있다'는 벅참이 밀려왔지만, 금세 현실의 그림자가 드리웠다.

그 시절, 대학은 집안 형편이 넉넉한 아이들이나 가는 길이었다.

도시에서는 혹 아르바이트를 해서 책값이나 버스비를 마련한다는 이야기도 간간이 들리긴 했지만, 시골 촌구석에서 자란 만석에게 '내가 돈 벌어서 대학 다닌다'는 생각은 아예 없었다.

그건 꿈도 아니고, 그냥 없는 말이었다.

그 시절엔 대학생이 아르바이트를 한다는 개념이 별로 없었다.

그도 그럴 것이 대학은 부잣집 아이들만 가는 곳이라 일을 하면서 대학을 다니는 학생은 없었다.

시골 출신인 경우 집에서 소 팔고 땅 팔고 해서 대학 등록금을 만들어 주었지 그 당시에는 자신이 돈을 벌어서 대학을 간다는 개념은 별로 없었다.

그러나 만석이 집에는 소도 땅도 없었다.

아버지가 사업에 실패하시고, 어머니는 식당에서 아버지는 건설노동자로 아이들을 건사해 왔으니, 집안에 팔아먹을 만한 재산이라고는 한 톨도 없었다.

합격증을 들여다보던 만석은 갑자기 웃음 비슷한 게 터져 나왔다.

'소 팔아서 대학 간다… 밭 잘라서 등록금 낸다.'

이런 말들은 다 다른 집 이야기였다.

자기 집은 그럴 게 애초에 없으니, 선택의 여지조차 없었다.

그렇다고 해서 속이 편한 것도 아니었다.

경남대 합격증은, 마치 "너도 다른 애들처럼 대학생이 될 수 있다"는 달콤한 미끼 같았다.

손에 쥐었으면서도, 차마 꿀꺽 삼킬 수 없는 사탕 같은 것.

밤이 깊어도 잠이 오지 않았다.

천장을 바라보며 만석은 혼잣말처럼 중얼거렸다.

"내가 진짜 대학에 갈 수 있었다. 근데, 우리 집 사정이 그걸 가만 놔두 것나."

그 순간, 어머니의 거친 손이 눈앞에 아른거렸다.

논두렁도, 소도 없는 집안에서 하루 벌어 하루 사는 삶에서 그 삶의 무게 위에 대학 등록금이라는 짐을 얹는 건, 도저히 상상조차 할 수 없는 일이었다.

만석은 결국 이불을 걷어차고 몸을 일으켰다.

합격증은 책상 위에 놓여 있었지만, 그는 차마 그 종이를 다시 집어 들지 않았다.

눈길만 스치고 돌아서면서, 마음속 깊은 곳에서 차갑게 울렸다.

"내 인생에서 4년제 대학은… 그냥 스쳐 지나가는 바람 같은 기회였 는갑다."

만석은 훗날, 자신이 놓친 그 기회를 두고두고 곱씹곤 했다.

"만약 지금 세상 같으모 등록금은 국비 장학금으로 해결했을 기라. 생활비도 아르바이트하면서 버티면 됐을 기고. 그라모 나도, 하고 싶은 공부를 끝까지 해 볼 수 있었을 낀데…"

그는 종종 대학 캠퍼스를 스쳐 지나가며, 환하게 웃는 학생들을 보았다.

그 얼굴들 속에, 자신도 있었을지 모른다는 생각이 들면 마음이 묘하게 저릿했다.

"내가 태어난 시대가 달랐다면, 내 삶도 달라졌을 낀데."

그러나 그건 어디까지나 가정(假定)일 뿐이었다.

1980년대 초반의 농촌 고등학생, 재산 한 톨 없는 집안의 장남에게, 대학은 꿈이면서도 동시에 가장 먼 세계였다.

그래서 만석은 쓸쓸한 웃음을 지으며 이렇게 정리하곤 했다.

"세상은 사람보다 빠르게 변하더라. 내한테는 너무 늦게 온 기라."

64. 철도대학 낙방하다

만석은 고등학교 졸업장을 받아 들고도 마음이 한편 허전했다.

친구들은 흩어져 각자의 길을 갔지만, 그의 앞에는 단 하나의 길 '철도 전문대학'만이 놓여 있었다.

며칠 뒤, 그는 원서를 우편으로 접수했고, 곧 면접 날짜가 잡혔다.

서울. 그 이름만 들어도 가슴이 두근거렸다.

한 번도 가보지 못한 곳.

TV에서만 보던 화려한 불빛과 수많은 사람들… 그러나 동시에 낯설고 두려운 세계였다.

서울역에 내린 순간, 만석은 마치 다른 나라에 온 듯한 기분이 들었다.

"우와 ..사람들이 천지 빼가리네."

시골 장날 백 배는 될 듯한 인파가 밀려다녔다.

누구는 뛰듯 걸어가고, 누구는 커다란 가방을 짊어지고, 또 누구는 빠른 말씨로 이야기를 하고 있었다.

그 모든 것이 만석에겐 정신없이 돌아가는 커다란 톱니바퀴처럼 보였다.

면접장소를 찾아가는 길도 쉽지 않았다.

지하철은 처음 타 보았고, 표를 사는 방법조차 몰라 한참을 헤맸다.

자동판매기에 동전을 넣었다가 표가 나오자, 옆에서 보던 직장인이 웃으며 말했다.

"처음 타 보나 보네."

만석은 얼굴이 벌겋게 달아오르며 고개만 숙였다.

철도전문대학 정문 앞에 섰을 때, 그는 가슴속이 벅차오르는 걸 느꼈다.

"여가, 내 인생이 바뀔지도 모를 자리다…"

낡은 교복에다 군청색 외투 하나 걸친 시골 청년이었지만, 그 순간만큼은 서울 한복판에서도 당당해지고 싶었다.

그러나 그 꿈도 잠시였다.

면접 대기실 앞 게시판에 붙은 흰 종이를 보는 순간, 만석의 두 눈은 얼어붙었다.

'철도전문대학 운전학과 면접대상자 명단'

눈을 크게 뜨고, 이름 하나하나를 짚어 내려갔다.

박 아무개, 김 아무개, 최 아무개…끝까지 내려가도, 어디에도 '김만석'이라는 세 글자는 없었다.

순간, 머릿속이 하얘졌다.

"이게… 머꼬. 내 이름이… 없다꼬?"

손끝이 덜덜 떨렸다.

몇 번이고 명단을 다시 확인했다.

혹시 오타가 났을까, 혹은 잘못 붙여 둔 건 아닐까, 다른 게시판에 있지는 않을까…발걸음을 옮겨 여기저기 확인했지만, 어디에도 그의 이름은 없었다.

심장이 쿵, 하고 내려앉았다.

"이게 꿈이다, 분명 꿈일 기다… 내일 일어나믄, 이름이 적혀 있을 기다…"

스스로에게 그렇게 속삭였지만, 찬바람이 불어오는 캠퍼스의 공기와, 멀찍이서 들려오는 다른 수험생들의 웃음소리가 잔혹하게 현실을 일깨웠다.

그 자리에 서 있는 만석은, 세상에서 홀로 떨어져 나간 듯한 기분이었다.

온 힘을 다해 달려왔던 길이, 한순간에 벽에 막혀 버린 듯, 눈앞이 아득해지고, 발밑이 꺼져 내렸다.

"도저히… 이럴 수는 없다. 이럴 리가 없다 아이가…"

입술을 깨물며 중얼거렸지만, 피 맛이 번지는 순간에도 현실은 변하지 않았다.

게시판 앞을 떠난 만석은 어디로 가야 할지 몰랐다.

서울은 그날따라 유난히 번쩍거렸다.

버스가 줄지어 다니고, 사람들은 저마다의 길을 재촉하며 걷고 있었다.

그 사이에서 만석은 외톨이처럼 서 있었다.

'내가… 여까지 뭐 하러 온 기고. 다 부질없는 짓이었나.'

주머니 속에는 동전 몇 개를 만지작거리고 있었다.

점심이나 먹을까 싶었지만, 목구멍이 막혀 아무것도 넘어가지 않았다.

대신 그는 서울 거리를 정처 없이 걸었다.

길을 걸어가다, 대학생으로 보이는 청년 무리를 보았다.

그들은 시험 끝나고 홀가분하다는 듯, 웃고 떠들며 커피숍으로 들어갔다.

만석은 순간 발걸음을 멈췄다.

'내도 저 앉아 있어야 되는 기 아이가…?'

하지만 곧 고개를 숙였다.

그럴 자격이 자신에게는 주어지지 않았음을, 방금 확인했기 때문이었다.

서울 하늘은 높고, 건물들은 끝도 없이 솟아 있었다.

그러나 그 속을 걸어가는 만석의 마음은 갈 곳 없는 낙엽 같았다.

어디 앉을 자리조차 없는 도시의 공기 속에서 그는 더욱 초라해졌다.

결국 그는 서울역으로 발걸음을 옮겼다.

역 안은 사람들로 붐볐고, 짐 보따리를 든 촌사람들과 세련된 차림의 도시 사람들이 뒤섞여 있었다.

만석은 매표소 앞에서 '마산행' 표를 샀다.

창구 안 아주머니가 표를 내밀며 아무렇지 않게 말했다.

"다음 기차는 두 시간 뒤요."

그 말이 그렇게 허전하게 들릴 수가 없었다.

대합실 나무 의자에 앉아 있자니, 온 세상에서 혼자인 것 같았다.

기차가 들어오는 기적 소리가 들려오자, 만석은 천천히 몸을 일으켰다.

서울의 밤거리를 뒤로하고, 그는 다시 고향으로 돌아가는 기차에 몸을 실었다.

차창 밖 불빛이 하나둘 멀어질수록, 가슴 한 켠은 시원한 듯하면서도 또 다른 깊은 상실감이 차올랐다.

'내가 뭐를 잘못한 기고… 와 내 이름은 없었던 기고…'

기차는 어둠을 가르고 달려갔지만, 만석의 마음속은 여전히 얼어붙어 있었다.

만석은 철도대학이 정확히 몇 점을 받아야 들어갈 수 있는 곳인지 알지 못했다.

만약 선배 중에 누군가 그 길을 먼저 간 사람이 있었다면, 찾아가 물어볼 수도 있었을 것이다. 하지만 함안종고에는 그런 이가 없었다.

그때는 지금처럼 인터넷이 있는 것도 아니었다.

버튼 몇 번만 눌러도 점수 컷과 합격자 후기, 과별 경쟁률이 쏟아져 나오는 세상이 아니었다.

그 시절 학생들에게 대학에 관한 모든 정보는 담임 선생님이 전부였다.

선생님이 해 주는 말이 곧 지식이자 지침이었고, 나머지는 그냥 스스로 짐작하고 추측해야 했다.

그래서 만석은 막연히 그렇게 생각했다.

"내 점수 정도되면 되겠지. 4년제인 경남대도 붙었는데, 2년제 전문대학이 안 되겠나?"

그 순진한 믿음이 그의 마음을 붙들고 있었다.

하지만 현실은 달랐다.

철도대학은 단순한 전문대가 아니었다.

철도청이라는 국가기관의 직결 통로였고, 수많은 수험생들이 몰리는 특수한 곳이었다.

만석은 그 사실을 몰랐다. 아니, 알 길이 없었다.

훗날 돌이켜보면, 만석은 생각하곤 했다.

'그때 내가 조금만 더 알았더라면… 경남대 회계과를 갔을지도 모르는데.'

만약 그랬다면 인생은 또 다른 궤도로 펼쳐졌을 것이다.

서울 거리를 헤매며 철도대학 합격자 명단에서 이름을 찾지 못해 주저앉던 날은 없었을 것이고, 철도 대신 장부와 숫자를 마주하는 길로 들어섰을지도 몰랐다.

운명은 어쩌면 그 작은 무지에서 갈라져 나갔다.

정보 하나가 부족했던 그 시절, 그 작은 결핍이 한 사람의 인생을 송두리째 바꾸어 놓았다.

법수면 사정리로 내려온 만석은 버스에서 내리자마자 싸늘한 겨울바람이 얼굴을 스쳤다.

서울에서부터 가슴 속에 눌러 담은 무거운 돌덩이 같은 감정이 여전히 내려앉아 있었다.

시골길을 걸어가며 마을 어귀에 서 있는 친구들의 웃음소리가 들려왔다.

"야, 만석아! 니 서울 갔다쿠더만은 서울 귀경 잘했나? 그라고 면접은 우찌 되었노?"

광명이가 소리치며 달려왔다.

뒤이어 중근과 태봉이도 호기심 가득한 눈빛으로 만석을 바라보았다.

만석은 순간 목구멍이 막히는 듯 답이 나오지 않았다.

철도대학 면접자 명단에서 자신의 이름을 찾지 못했던 그 순간이 번개처럼 스쳤다.

그래도 그는 억지웃음을 지으며 어깨를 으쓱해 보였다.

"아… 뭐, 그냥 그렇다."

짧게 뱉은 말은 허공에 흩어지고, 친구들은 더 묻지 않았다.

혹여 자신이 떨어졌다는 걸 알게 되면, 친구들의 눈빛이 달라질까 두려웠다.

안쓰러움, 동정, 혹은 조롱… 무엇이든 견딜 자신이 없었다.

그래서 만석은 말하지 않았다.

아니, 차마 말할 수가 없었다.

가슴속에서만 조용히 삼켰다.

마치 돌처럼 무겁게, 아무도 모르게 깊은 속으로 가라앉혔다.

그날 밤, 만석은 집에 누워 천장을 바라보며 속으로 중얼거렸다.

"다음 길이 있겠지… 그래, 다른 길이 있겠지."

하지만 그 말이 스스로에게조차 위로가 되지 않는다는 걸, 누구보다 잘 알고 있었다.

65. 대학 이외 길은 보이지 않고

만석은 며칠째 마음이 무거웠다.

철도대학 불합격의 충격이 가라앉기도 전에, 앞으로의 길을 어떻게 잡아야 할지 막막하기만 했다.

결국 답답한 마음을 안고 희자를 찾아갔다.

조심스레 그녀 앞에 앉은 만석은 한참 머뭇거리다가, 마침내 입을 열었다.

"희자야… 나 사실, 대학 떨어졌다."

희자의 눈이 놀란 듯 커졌다.

"맞나? 우짜노… 니 공부 잘했다 아이가. 와 떨어짔노?"

만석은 쓸쓸하게 고개를 저었다.

"서울에 있는 철도대학이… 지방 국립대학보다 훨씬 세더라. 천지도 모르고, 알아보지도 않고 원서 넣었다가… 이 꼴이 됐다."

순간, 둘 사이에 짧은 정적이 흘렀다.

희자는 그의 얼굴을 가만히 바라보다가, 조심스레 물었다.

"그라모, 언자 우짜라꼬? 재수할 끼가, 아이모 취직할 끼가?"

만석은 깊은 한숨을 내쉬며 고개를 떨구었다.

"그기 문제다… 솔직히 말해서, 우리 집 형편에 내 재수 뒷바라지해 줄 상황은 절대 안 된다.

희자야, 니 생각에는… 내가 우찌 하는게 맞겄노?"

희자는 단호하면서도 따뜻하게 말했다.

"괴안타, 만석아. 니 잘못 아이다. 근데… 니도 알제? 지금 너거 집 형편에 재수는 무리다. 그라모 뭐를 그리 고민하노… 취직해라. 대학이 인생의 전부는 아이다."

그녀의 말은 담담했지만, 속으로는 만석이 또다시 고된 길을 가야 한다는 사실에 마음이 저려 왔다.

그러나 희자는 애써 웃으며 덧붙였다.

"니는 오데 가더라도 잘할 끼다. 대학을 안 가도, 니한테는 길이 열릴 기다. 그런깨네 너무 자책하지 마레이."

만석은 그 말을 들으며 목이 뜨거워졌다.

하지만 차마 눈물을 보일 수 없어, 희자의 말을 듣고 천천히 고개를 끄덕였지만, 가슴 한쪽이 무겁게 저려 왔다.

"맞다… 지금 형편으론 재수는 꿈도 못 꾼다. 머리로는 아는데…"

그는 잠시 말을 잇지 못하고 손가락 끝만 만지작거렸다.

"그란데, 희자야. 내 마음은… 공부를 더 하고 싶다. 한 번만 더 붙잡아 보고 싶다. 이대로 포기 해 삐모, 평생 두고두고 후회할 것 같아서."

희자는 그의 눈빛에서 간절함을 읽었다.

순간, 대답이 쉽게 나오지 않았다.

그녀 역시 마음 한 켠에서 '니 하고 싶은 거 해라'라는 말을 해 주고 싶었다.

하지만 냉정한 현실을 잘 알기에, 그렇게만 말할 수는 없었다.

조용히 숨을 고른 희자가 낮은 목소리로 말했다.

"만석아, 내 니 마음 모른다꼬 생각하나? 나도 니가 공부 더 하고 싶어하는 거 나도 고등학교 못 가서 누구보다 잘 안다. 그란데 집이 그걸 받아 줄 수 있나? 니가 재수 준비하는 동안 집은 어찌 되고, 생활은 어찌할 낀데?"

만석은 대답하지 못한 채 고개를 떨구었다.

그녀의 말이 정답이라는 걸 알고 있었지만, 가슴 속 불씨는 꺼지지 않았다.

희자는 그를 한참 바라보다가, 부드럽게 미소 지었다.

"공부는 꼭 학교에서만 하는 기 아이다. 니는 어데 가도 배우려는 마음만 있으면 배울 수 있다. 꼭 대학 안 가도, 니 길은 열린다. 지금은 그기 더 중요하다, 알것나?"

만석은 깊은 숨을 내쉬며 천천히 고개를 끄덕였다.

하지만 그의 속마음은 여전히 복잡했다.

'그래도… 그래도 한 번만 더 해 보고 싶다….'

희자는 그런 만석의 마음을 어렴풋이 눈치챘지만, 굳이 더 묻지 않았다.

대신, 손에 작은 웃음을 머금고 그의 옆에 조용히 앉아 있어 주었다.

만석은 희자의 말이 옳다고 생각했다.

재수는 집안 형편상 불가능했고, 더는 부모에게 짐이 되고 싶지도 않았다.

결국 대학은 포기하기로 마음을 굳혔다.

그런데 문제는 그 다음이었다.

"그라모 이제 우짤꼬…"

그는 고개를 감싸쥔 채 한참을 앉아 있었다.

고등학교 3년 동안, 선생님도, 친구들도, 심지어 부모까지도 입버릇처럼 말하던 건 오직 "대학"이었다.

취직, 기술, 먹고 사는 일 같은 건 아예 생각조차 해 본 적이 없었다.

책상 위에 놓인 연필이며 참고서들을 물끄러미 바라보다가, 만석은 괜히 헛웃음을 터뜨렸다.

"세상은 시험만 잘 치모 다 되는 줄 알았더만은 막상 닥치니 아무것도 모르것다."

서울에서 철도대학 면접을 보던 날, 명단에서 이름을 찾지 못했던 그 순간보다도 더 막막했다.

이제는 어디로 가야 할지, 누구에게 물어야 할지도 알 수 없었다.

만석은 다시 책상에 앉아 한숨을 내쉬었다.

"공장도 없고, 기술 배울 데도 없고… 내 같은 놈은 어디로 가야 되는 기고…"

그 시절, 함안군엔 변변한 공장 하나 들어서 있지 않았다.

아직은 농사일 말고는 뾰족한 일거리가 없었고, 세상은 '기술을 배워 사회에 내보낸다'는 개념조차 희미했다.

누구의 소개가 있거나, 연줄이 있지 않으면 취직은 언감생심이었다.

만석은 그 연줄이 없었다.

선생님도, 친척도, 아버지도… 누구 하나 '어디 가라'는 말조차 해 줄 사람이 없었다.

마치 텅 빈 들판 한가운데 혼자 서 있는 기분이었다.

그가 만약 공업고등학교를 다녔다면 달랐을 것이다.

담임 선생의 추천서 한 장이면, 기업체에서 불러가 주었을지도 모른다.

하지만 만석은 대학만을 바라보고 공부만 했던 문과생이었다.

이제 와서는 아무 소용이 없었다.

밤이 깊도록 방 안에 앉아 있던 그는, 결국 이불을 뒤집어쓰며 중얼거렸다.

"세상은 대학 아니모 아무 길도 없는 기가… 내는, 이제 우찌 살아가야 한단 말이고…"

만석은 방 안에서 이리저리 뒤척이다가, 문득 한 사람이 떠올랐다.

바로 막내 작은아버지였다.

작은 아버지와는 5살 차밖에 나지 않는 젊은 삼촌, 중학교 밖에 다니지 않았지만 손재주가 좋아 전기 일을 배워, 지금은 마산에서 여기저기 전기 공사 하러 불려 다니고 있었다.

"그래… 일단은 작은아버지한테 붙어 있어 보자. 밥이라도 얻어먹으면서 전기 일 배우모, 뭐라도 손에 잡히겠지…"

그는 조금은 가벼워진 마음으로 결심했다.

지금 당장 회사 취직이 안 된다면, 막내 작은아버지 집에 기거하면서 몸부터 굴려 보는 게 맞았다.

어차피 시골서 놀아도, 농사일 아니면 허송세월일 뿐이었다.

그날 저녁, 어머니에게 조심스레 말했다.

"옴마, 내 작은아버지 집에 가서 한동안 지내 보까 싶습미더. 전기 일도와주면서 배우모, 나중에 취직할 때도 도움 되지 않겠습미꺼?"

어머니는 잠시 그를 바라보다가, 긴 한숨을 내쉬며 고개를 끄덕였다.

"그래라. 지금은 뭐라도 해가 배워 놔야 산다. 니 아부지야 맨날 밖으로 돌아다니니, 집안도 꼴도 말이 아이고, 작은아버지한테 있어모 니 마음도 편할 끼다."

그 길로 만석은 작은 보따리 하나 싸 들고, 막내 작은아버지 집으로 향했다.

낡은 슬레이트 지붕의 단칸집. 문을 열자 전구 하나가 희미하게 흔들리고 있었다.

"어, 만석이 왔나! 니가 여기 우짠 일이고?"

막내 작은아버지는 반갑게 웃으며 만석을 맞이했다.

만석은 멋쩍은 미소를 지으며 말했다.

"작은 아부지, 내도 이제 뭐라도 해 보고 싶어서예… 전기 일 좀 배우고 십심미더."

작은아버지는 잠시 눈이 동그래지더니, 곧 박장대소를 했다.

"허허, 공부만 하던 니가 전기 일을 하겠다꼬. 니 할 수 있것나? 좋다, 니 데리고 다닐꾸마. 근데, 전기 일은 장난 아이다. 니 손 까지고, 감전되고, 문지 뒤집어쓰는 건 기본이다. 그래도 괴안것나?"

만석은 잠시 망설이다가 이를 악물고 고개를 끄덕였다.

"괘안심더. 뭐라도 해야지예."

66. 만석 전기 기능공으로 인생을 시작하고

전기 기능공의 일 가운데 가장 고된 것은 건물 내부 전선관을 매설하는 일이었다.

지금처럼 규격화된 전선관이 있던 시절이 아니었다.

그땐 수도용 PVC 관을 잘라 쓰며, 억지로 전선관 구실을 하게 만들었다.

천장 슬라브 부분은 그나마 나았다.

콘크리트 타설 전에 미리 배관을 올려 두면 되었으니, 고된 노동이라 해도 순서만 지키면 어찌어찌 할 만했다.

문제는 벽이었다. 벽면은 전부 망치와 정으로 홈을 파내야 했다.

그래야만 전선이 드러나지 않고 묻힐 수 있었기 때문이다.

지금처럼 함마드릴 하나 있던 것도 아니었다.

망치질로 정이 벽돌을 홈을 파는 소리와 가루 먼지가 하루 종일 작업장을 메웠다.

특히 숙련되지 않은 초보 기술자라면, 그날 하루 할당된 일이 곧 '벽과의 전쟁'이었다.

손바닥은 금세 물집이 터지고, 망치질의 진동은 팔을 저리게 만들었다.

만석 역시 그 벽 앞에 선 채, "이기 기술자가 가는 길인가…" 스스로에게 수없이 묻곤 했다.

하지만 그 물음이 채 끝나기도 전에, 막내 작은아버지의 거친 목소리가 뒤에서 날아왔다.

"만석아! 손을 멈추지 마라. 벽이 니보다 단단하다. 니가 먼지 포기하면, 니 인생도 벽 앞에 서서 무너지는 기다."

만석은 이마의 땀을 훔쳐 내며, 다시 망치를 들었다.

그리고 눈앞의 벽에 정을 대고, 묵묵히 또 한 번 내리찍었다.

작업이 끝나갈 즈음이면 만석의 몸은 늘 먼지투성이였다.

주머니마다 콘크리트 부스러기가 가득했고, 얼굴은 흡사 분칠이라도 한 듯, 흰 가루로 덮여 있었다.

거울을 보면 웃음이 나와야 할 모습인데, 실은 웃을 힘조차 남아 있지 않았다.

어느 날은 일손을 멈추고 옥상에 올라갔다.

아직 채 굳지 않은 콘크리트 냄새가 저녁바람에 섞여 올라오고 있었다.

만석은 그대로 바닥에 벌러덩 드러누워 하늘을 바라보았다.

텅 빈 하늘에 흘러가는 구름만이 그의 고단한 하루를 내려다보는 듯했다.

가슴속에서는 멈추지 않는 물음이 차올랐다.

"내가 이 일을 계속해야 하나… 내 친구들은 캠퍼스에서 웃고 떠들며 낭만을 누릴 낀데."

어느새 눈가가 뜨거워졌다.

그의 눈에서 맺힌 물방울이 저절로 옆으로 흘러내리고 있었다.

"내보다 공부 못했던 놈들도 다 대학 갔다 아이가. 와 내는 이리, 벽에 노미를 들고 망치질만 해야 되노?"

분노와 서러움, 그리고 버려진 듯한 외로움이 한꺼번에 밀려왔다.

그러나 만석은 결국 두 주먹으로 눈가를 훔치며 억지로 몸을 일으켰다.

"그래도 내 인생은 내가 개척해야지 누가 대신 살아 주지 않는다."

그는 다시 먼지 묻은 작업복을 털고, 무거운 걸음을 옥상 계단으로 옮겼다.

일요일 오후, 서원곡 계곡으로 걸어가던 길에 만석은 말없이 돌멩이를 발끝으로 툭툭 차며 걷고 있었다.

희자는 눈치를 보다가 살며시 물었다.

"니 요새 얼굴이 영 피곤해 보인다. 일이 힘드나?"

만석은 잠시 대답을 미루다가, 바람에 날린 먼지처럼 쌓여 있던 속마음을 꺼내기 시작했다.

"희자야… 솔직히 말하모, 내가 하루 종일 벽에 노미를 갖다 대고 망치질만 하다가 본 일 다 본다. 저녁 되모는 온몸이 안아픈데가 없다이. 줌치마다 돌가리고, 낮반데기는 분칠한 것 멘치로 허엿고, 내가 내낮반데기를 봐도 우끼다."

만석은 작게 한숨을 내쉬며, 고개를 들어 계곡 물 흐르는 소리를 들었다.

"가끔은 옥상에 올라가 누버서 하늘을 본다. 그때 문득 이런 생각이

든다. '내가 진짜 이 길로 가야 하나…? 내보다 공부 못했던 친구들도 대학 가서 웃고 지내는데, 와 나는 이렇게 고생을 해야 하나.' 그럴 때마다 가슴이 꽉 막혀서… 눈물이 난다."

희자는 발걸음을 멈추고, 만석을 빤히 바라보았다.

그녀의 눈빛에는 연민과 동시에, 조용한 존경심이 섞여 있었다.

"만석아."

그녀는 낮고 단단한 목소리로 말했다.

"니는 지금 누구보다 더 값진 공부를 하고 있다이. 책상머리에서 배우는 거 말고, 진짜 삶을 배우고 있는 기다. 내는 그기 참 대단하다 생각한다."

만석은 아무 말도 못 하고 입술을 깨물며 고개를 떨궜다.

희자의 말이 위로였지만, 그보다 더 깊게 마음을 흔들어 놓았다.

잠시 후, 희자가 환하게 웃으며 덧붙였다.

"니 눈물 흘려 가며 만든 그 전깃줄이 언젠가 다른 사람들 집을 밝히고, 니 마음도 밝혀 줄 기다. 그러니 너무 자책하지 마라. 나는 그런 니가 자랑스럽다."

계곡의 바람이 두 사람 사이를 스쳐 갔다.

만석은 비로소 조금 가벼워진 얼굴로 희자를 바라봤다.

그 눈빛 속에는 고단한 하루의 그림자가 아닌, 새로운 힘이 조금씩 피어나고 있었다.

전기 일을 배운 지 몇 달이 지나면서, 만석은 점점 더 지쳐갔다.

벽돌 가루와 시멘트 냄새, 매일 망치질에 얼얼한 손바닥, 밤마다 쑤셔

오는 어깨…어린 나이에 버겁기만 한 현실은 날마다 그의 등을 더 무겁게 짓눌렀다.

하지만 그가 무너지지 않고 버틸 수 있었던 이유는 단 한 가지였다.

일요일마다 마산에 나오는 희자였다.

그녀와 만난 날이면, 만석은 며칠 동안 쌓인 피로와 울분을 한꺼번에 풀어 냈다.

서원곡을 함께 걸으며, 그는 아무도 모르는 속 얘기를 털어놓았다.

"오늘은 천정에 입선하느라 하루 종일 사다리만 탔데이. 내 다리가 내 다리 같지가 않다."

그러면 희자는 늘 미소 지으며 말했다.

"니는 그래도 대단하다. 내 같으모 벌시로 도망갔을 끼다."

그녀의 말 한마디에, 만석은 기운을 되찾곤 했다.

작은 응원과 짧은 웃음이, 온몸의 땀과 먼지를 잊게 만들었다.

점점 만석은 알게 되었다.

세상에서 가장 든든한 기둥은 돈도, 집안도 아닌 누군가의 마음이라는 것을. 그는 점점 희자에게 더 많은 것을 털어놓고, 더 자주 기대게 되었다.

어느 날은 이런 말까지 했다.

"희자야, 내 솔직히 하루하루 버티는 게 무섭다. 근데 니가 있어가 내가 그래도 안 무너지고 버티는 거 같다."

그 순간 희자는 잠시 고개를 숙였고, 살짝 떨리는 손끝을 주머니 속에 꼭 쥐었다.

"만석아. 내도 니 덕분에 웃는다. 내도 사실은 힘든 거 많다. 근데 니

생각하모 니는 내보다 억수로 힘든 일을 한다 생각함시롱 나도 버틸 힘
이 난다."

　그들의 관계는 연인이라기보다, 어쩌면 서로의 숨구멍 같았다.

　세상과 맞서기 버거울 때마다, 둘은 서로에게 기대어 다시 한 걸음을
내디딜 수 있었다.

67. 봉헌의 재수 시작

봉헌은 합격자 발표 게시판 앞에서 한참을 서 있었다.

이름이 없다는 사실을 알면서도, 혹시나 하는 마음에 다시 눈을 훑었다.

그러나 끝내 그의 이름은 어디에도 없었다.

집으로 돌아오는 길, 발걸음은 유난히 무거웠다.

"농사지을까…. 아이모 다시 공부할까…."

머릿속에서 같은 말이 되풀이되었다.

마당에서는 아버지가 굽은 허리로 괭이를 들고 밭을 일구고 있었다.

흙 묻은 손, 갈라진 얼굴, 묵묵한 그 뒷모습을 보는 순간 봉헌은 가슴이 뭉클해졌다.

'내도 저리 평생 땅 파묵고 살아야 되는 기가….'

그러나 영학이, 재복이, 권섭이…. 친구들은 모두 대학에 합격해 떠날 준비를 하고 있었다.

만나기만 하면,

"마산 가모 뭐부터 할 끼고?"

하며 들뜬 목소리를 감추지 않았다.

봉헌은 그 속에서 유난히 초라했다.

밤마다 잠자리에 누우면 생각이 꼬리에 꼬리를 물었다.

'농사도 분명히 중요한 길이다. 하지만 나 혼자 이 마을에 남아 버리면, 나는 평생 낙오자 취급을 받지 않을까?'

며칠을 그렇게 망설이다, 그는 결심했다.

'그래, 나도 재수해가 대학 가자.'

마산에서 공부를 하자니, 친구들과의 술자리와 잡담이 눈앞에 그려졌다.

그곳에 남아 있다가는 절대 집중할 수 없을 것이 뻔했다.

그래서 그는 마음을 굳혔다.

'부산에 가자. 낯선 곳에서, 아무도 없는 곳에서, 오직 책만 붙잡고 다시 도전하자.'

창밖에는 이른 봄비가 추적추적 내리고 있었다.

봉헌은 그 빗소리 속에서, 자신이 걸어가야 할 길을 조용히 다짐했다.

저녁 밥상이 채 치워지기도 전에 봉헌은 입술을 깨물며 조심스레 말을 꺼냈다.

"아부지, 나…. 재수 한번 해 보고 싶습미더. 마산 말고, 부산 가서 학원 댕길라꼬예."

순간 방 안 공기가 뻣뻣하게 얼어붙었다.

아버지는 숟가락을 내려놓으며 잠시 봉헌을 바라보다가 낮게 한숨을 내쉬었다.

"부산은 무슨 부산이고. 마산에도 학원 있다쿠더만은. 무다이 객지 나가가 돈만 쓰지 말고, 너거 작은 집이 있는 마산에서 다니모 안 되나?"

봉헌은 고개를 저었다.

"마산 가모 친구들하고 어울리다 공부 못 합미더. 공부 제대로 할라쿠
모 부산 가야 됩미더."

옆에서 듣고 있던 어머니가 조심스레 끼어들었다.

"그란데, 헌아. 거 가모 방세에 밥값에 학원비까지…. 한 달에 십만 원
은 그냥 나간다 아이가. 우리 살림에 그 돈이 오데 있노."

아버지는 이미 목소리가 높아져 있었다.

"니가 서울대라도 간다카모 모르것지만, 뭘 재수한다고 집안을 거덜
내노! 고마 농사지어도 먹고는 산다."

봉헌의 가슴이 덜컥 내려앉았다.

그러나 그는 물러서지 않았다.

"아부지, 농사 지어가 살모 평생 여 닭장 맨치로 갇혀 살아야 한다 아
이미꺼. 친구들 다 대학 가는데, 나 혼자 촌에 있어라꼬예. 이래 낙오자
가 될 수는 없습미더."

그 말에 아버지의 얼굴이 굳어졌다.

거친 손이 벌컥 상 위를 내려쳤다.

"낙오자? 농사짓는 기 낙오자라 카는 기가? 니 밥상에 올라오는 쌀이
어디서 나는지 알기나 하나!"

어머니는 두 사람 사이를 가로막듯 손을 내저었다.

"그만하소, 헌이 아부지요. 애도 애 나름대로 여산이 있어서 그리 삿
는데 와 이리 고함을 치 삿는 기요."

잠시 정적이 흘렀다.

봉헌은 차가워진 밥상 위에서 손을 움켜쥐며 낮게 말했다.

"…. 저, 돈 애끼 감시롱 해 보겠습미더. 그라고 공부도 열시미 할 깨예. 한 번만 기회를 주이소."

아버지는 대답하지 않았다.

하지만 그 굳은 얼굴 뒤에서, 뿌리 깊은 가난과 아들의 꿈 사이에서 흔들리는 복잡한 마음이 어른거리고 있었다.

봉헌이 아버지는 마루 끝에 앉아 담배를 길게 빨아들이고 있었다.

입김과 함께 하얀 연기가 천천히 흘러나왔다.

봉헌은 대학을 가겠다며 마음을 굳혔고, 어머니는 속으로는 기뻐하면서도 걱정이 태산 같았다.

"헌이 아부지요, 우리 살림에 달마다 십만 원을 오대서 뽑아내요. 쌀 팔고, 소 한 마리 팔모 될랑가."

어머니의 말에 아버지는 입을 다문 채 한참을 연기만 내뿜었다.

그때 방 안에서 대화를 엿듣던 봉헌이 조심스레 나왔다.

"아부지, 어무이…. 지 꼭 대학 가고 싶습미더. 친구들 다 가는데 지만 농사지으모…. 평생 후회할 것 같심미더."

아버지는 아들을 똑바로 바라보았다.

"헌아, 농사도 사람 사는 길이다. 니가 싫다 카면 억지로 잡을 순 없지만도…. 돈이 문제다. 마산도 아이고 부산에, 달마다 십만 원이면 집안 살림이 송두리째 흔들릴 긴데, 그래 갖고 붙어모 다행이지만 떨어지모 그거 니 감당할 수 있겠나?"

순간 봉헌의 눈빛이 흔들렸다.

하지만 곧 이를 악물었다.

"지…. 죽어도 한번 해 볼께예. 학원 끝나고 새벽에 신문도 돌리고, 주말에는 노가다도 알아볼 깁니다. 돈 벌어가면서 할 수 있심더."

어머니가 눈시울을 붉히며 고개를 저었다.

"니가 무슨 힘이 있노. 몸만 축나고 공부는 공부대로 못 할 긴데…. 차라리 고마 인무리에서 농사 배우는 기 낫다."

봉헌은 어머니 쪽을 바라보다가 다시 아버지를 향했다.

"아부지, 한 번만 기회를 주이소. 지 만약에 대학 못 가모…. 다시 농사지을께예. 근데 지금 안 하모 평생 가슴에 맺힐 것 같심더."

아버지는 고개를 떨구었다.

이미 장남에게 대학 문턱도 밟게 하지 못한 미안함이 마음 한구석을 짓누르고 있었다.

일요일 공장을 다니던 봉헌이 형이 집으로 왔다.

봉헌이 아버지는 봉헌이 형에게 물어본다.

"봐라. 너거 동상이 대학가구로 재수를 할라 쿠는데 니 생각은 어떤노?"

"아부지 지는 공부하기 싫어서 안 했는데 헌이가 대학 갈라 쿠모 보내 주이소예. 평생 오금 걸리미더."

"니가 섭섭하지 않것나?"

"오데에 지는 괴안습니다. 걱정하지 마이소."

결국 그는 담배를 비벼 끄며 봉헌이를 불러서 낮게 말했다.

"좋다. 니 말대로 해 봐라. 대신, 니 대학 붙어가 잘나가모 너거 행님이나 여 동상들 모른 척하면 안 된다. 니가 스스로 벌 수 있는 건 벌고, 부족한 거는 내가 대 주꾸마…. 허튼 짓 하모 안 된다."

봉헌은 눈물이 핑 돌았다.

"아부지, 어무이…. 고맙심더. 지 꼭 해낼끼미더."

부산 사상 버스터미널에 내려선 순간, 봉헌은 귀가 멍멍해지는 듯했다.

버스터미널에서 쏟아져 나온 사람들은 어디론가 바쁘게 흩어졌다.

커다란 가방을 메고 허둥지둥 나오는 그들 틈에 끼어 있는 자신이 마치 작은 돌멩이 같았다.

마산만 해도 사람이 많다 싶었는데,

부산은 달랐다.

버스들이 연신 경적을 울리며 쏜살같이 달려가고, 길거리에 늘어선 가게마다 네온사인이 번쩍였다.

사람들의 말소리와 자동차 소음이 뒤엉켜, 그의 귀에는 아무 말도 똑똑히 들어오지 않았다.

학원 근처 자취 집에 짐을 내려놓았을 때, 방 안은 눅눅한 곰팡이 냄새로 가득했다.

창문을 열어도 도시의 매캐한 매연만 들어올 뿐, 시골에서 맡던 흙냄새나 풀 내음은 어디에도 없었다.

봉헌은 잠시 창문에 팔꿈치를 걸친 채 멍하니 바깥을 내려다봤다.

좁은 골목을 오가는 학생들과 직장인들, 전혀 자신을 보지 않는 차가운 표정들.

학원 첫날, 교실 문을 열었을 때 또다시 심장이 덜컥 내려앉았다.

양복을 입은 듯 반듯한 옷차림의 학생들, 세련된 말투, 촘촘히 적힌 필기노트…. 봉헌은 괜히 운동화 대신 슬리퍼를 신고 온 게 부끄럽게 느껴졌다.

자기소개 시간, 억센 경남 함안 사투리가 튀어나오자 교실이 순간 조용해졌다.

누군가는 피식 웃는 듯했지만, 봉헌은 애써 못 본 척 고개를 숙였다.

수업이 끝나고 학원 문을 나서는데, 다른 학생들은 삼삼오오 무리를 지어 분식집으로 향했다. 그러나 봉헌 곁에는 아무도 없었다. 주머니 속엔 학원비 내고 남은 돈이 얼마 되지 않아, 군것질할 여유도 없었다.

그는 매점에서 빵 하나를 사 들고 방으로 돌아왔다.

방에 앉아 싸늘한 불빛 아래 밥을 씹는데, 문득 집 생각이 났다.

"봉헌아, 밥 묵자!"

하고 불러 주던 어머니의 목소리, 저녁상 앞에서 웃던 형의 얼굴, 그리고 시골집 마당을 메우던 개 짖는 소리….

그 모든 것이 갑자기 너무 멀리 흘러가 버린 것만 같았다.

도시는 그에게 기회를 줄지도 모르지만, 동시에 그를 삼켜 버릴지도 모른다는 불안감이 가슴 깊은 곳에서 꿈틀거렸다.

봉헌은 침대에 몸을 눕히며 이를 악물었다.

"그래도…. 여까지 왔다 아이가. 죽어도 버티야지."

어둠 속, 낯선 도시의 소음이 창문을 타고 흘러들어 왔다.

봉헌의 재수 생활은 그렇게 시작되었다.

그리고 정말 열심히 공부하였다.

68. 권섭과 영학의 대학 생활

영학이와 권섭이는 합격 소식을 들었을 때만 해도 믿기지 않았다.

"야, 진짜 우리가 대학생이 되는 된기가?"

"그러게 말이다. 우리 동네서 대학생 나온 게 몇 명이나 된다꼬."

그러나 막상 교정에 발을 들이니, 그들의 상상과는 전혀 다른 세상이 펼쳐졌다.

강의실은 고등학교 교실과 달랐다.

출석을 대부분 부르지도 않았고, 수업은 하루에 서너 시간 남짓. 나머지 시간은 텅 비어 있었다.

처음엔 공부할 시간이 많다고 생각했지만, 곧 그것은 착각이라는 걸 알게 되었다.

빈 시간은 언제나 술자리와 선배들의 호출로 채워졌다.

"야, 오늘 신입생 환영회 있다매?"

"어제도 술 먹었는데 또 가?"

"뭐시 만날 술판이고. 고등학교하고는 완전 딴판이네."

선배들은 끊임없이 술잔을 돌렸고, 영학이와 권섭이는 그 자리에서 빠질 수가 없었다.

처음엔 쓴 소주가 목구멍을 태우는 것 같았지만, 어느새 취기가 오르면 술집에서 어깨동무를 하고, 여학생들과 어울리며 깔깔 웃는 자신들을 발견했다.

특히 축제 때가 되면 교정은 온통 떠들썩했다.

무대 위에서는 밴드가 노래를 하고, 학생들은 술과 안주를 잔뜩 늘어 놓고 밤늦도록 어울렸다.

천막 아래서 낯선 학과 학생들과 어깨를 부딪치며

"니 오데서 왔노?"

하며 웃다 보면 시간 가는 줄 몰랐다.

"야, 이기 대학인가 싶다. 교복 입고 운동장 뛰던 게 불과 어제 같거만은."

"그랑께. 우리도 언자 어른 다 됐네."

그러나 속으로는 묘한 허전함이 피어올랐다.

그토록 바라던 대학에 들어왔지만, 정작 공부는 뒷전이었고 하루하루 가 술과 웃음 속에 흘러갔다.

권섭이는 문득 이런 생각이 들기도 했다.

'이래가 내 진짜 뭐가 될 수 있을 끼가?'

영학이도 술잔을 들고 웃고 있었지만, 가끔 눈빛이 공허하게 흔들렸다.

고향에 부모님의 기대, 등록금을 위해 땀 흘리는 아버지의 얼굴이 술 기운 속에서 아른거렸다.

영학과 권섭은 매일 학교에 나가긴 했다.

그러나 강의실에 앉아도 교수의 목소리는 멀리 메아리처럼 흘러갔고, 필기할 생각조차 들지 않았다.

칠판에 적히는 글자들이 마치 자기와는 아무 상관없는 다른 세상의 이야기처럼 느껴졌다.

"야, 오늘 수업 두 개만 듣고 땡땡이치자."

"그래, 어차피 출석만 하모 된다 아이가."

둘은 그렇게 쉽게 강의실을 빠져나와 학생회관이나 술집으로 향했다.

어제도 마셨는데 오늘 또 술잔을 기울이고, 내일도 똑같은 하루가 반복될 뿐이었다.

주변에서는 누군가 고시에 도전한다는 소식, 누군가는 교환학생을 준비한다는 이야기들이 들려왔다.

그러나 영학과 권섭은 그저 멀리서 남 얘기처럼 들을 뿐이었다.

꿈이나 목표 같은 건 아직 자신들에게는 어울리지 않는 말 같았다.

"야, 니 앞으로 뭐 할 끼고?"

권섭이 장난스럽게 물으면, 영학은 어깨를 으쓱했다.

"모르것다. 아직은 그냥 대학생 아이가. 공부는 보다는 대학생 티는 좀 내야지."

"그라모 됐다. 우린 지금 이대로 사는 기다."

그들의 하루는 단순했다.

낮에는 대충 수업에 얼굴을 비추고, 저녁이면 술자리에 나가고, 새벽녘에 비틀거리며 자취 집에 돌아왔다.

그리고는 또다시 똑같은 아침을 맞았다.

가끔 술기운이 빠지고 혼자가 되면, 설명하기 힘든 허무함이 가슴속을 파고들었다.

하지만 곧 "다들 이렇다."는 말로 스스로를 달래며 다시 아무 생각 없는 흐름 속으로 몸을 맡겼다.

아침에 눈을 뜨면 먼저 느껴지는 건 술이 덜 깬 듯한 두통이었다.

하숙집 방 천장에는 곰팡이 자국이 번져 있었지만, 그마저도 이제는 눈에 들어오지 않았다.

"야, 오늘 10시 수업인데 안 갈 끼가?"

권섭이 몸을 일으키며 투덜대면, 영학은 이불을 뒤집어쓰고 대꾸했다.

"에이, 귀찮다. 출석 한두 번 빠진다고 큰일 나것나."

결국 둘은 점심시간에야 느릿느릿 학교로 향했다.

강의실 문을 열면 이미 절반은 비어 있었고, 교수는 의욕 없이 판서를 이어 가고 있었다.

학생들은 고개를 숙여 조용히 자거나, 뒷자리에서 잡담을 나누고 있었다.

영학과 권섭도 노트는 펼쳐 놓고 펜은 굴리기만 했다.

수업이 끝나면 언제 그랬냐는 듯, 둘은 학생회관 구석의 당구대나 오락실로 발길을 옮겼다.

당구 큐대를 잡고 웃으며 놀다 보면 어느새 해가 기울고, 자연스레 술집이 다음 목적지가 되었다.

"야, 오늘은 니가 계산해라."

"뭐라카노, 지난번에도 내가 했다 아이가."

실랑이 끝에 결국 둘은 값싼 막걸리나 소주를 시켜 놓고, 하잘것없는 얘기로 시간을 흘려보냈다.

여학생들이 곁에 끼는 날이면 한껏 흥이 올랐고, 없으면 둘이서만 술잔을 돌렸다.

밤이 깊어지면 교문 앞 포장마차에 들러 국수 한 그릇을 비우고, 비틀비틀 골목길을 지나 자취 집으로 돌아왔다.

방에 들어와선 책상 위에 놓인 교재를 힐끗 보다가 그대로 침대에 쓰러졌다.

괘종시계도 맞추지 않은 채, 술기운에 푹 잠들곤 했다.

그렇게 하루가, 또 하루가 흘러갔다.

시험 기간이 되어도 크게 다르지 않았다.

시험 전날에야 책을 펼쳐 보았지만, 낯선 개념들은 도무지 머릿속에 들어오지 않았다.

결국 '대충 찍으면 되겠지'라는 생각으로 시험지를 마주했고, 성적표에는 '근근이 통과'라는 흔적만 남았다.

그런데도 이상하게 불안감은 오래 머물지 않았다.

"다들 이렇게 사는 거겠지."라는 막연한 위안이 그들을 붙잡았다.

내일을 준비하지 않아도 내일은 어김없이 찾아왔고, 그들은 그냥 그 흐름에 몸을 맡길 뿐이었다.

교정은 늘 소란스러웠다.

벽마다 빼곡히 붙은 대자보, 시끄럽게 울려 퍼지는 확성기 소리, 강의가 중단되고 학생들이 우르르 몰려나가는 장면은 이제 일상이었다.

그러나 권섭과 영학이는 언제나 그 대열에 섞이지 않았다.

"야, 오늘 또 데모 있다매?"

"그래도 우린 가지 말자. 무다이 전경들한테 잡혀가모 부모님 가슴만

치게 만든다."

두 사람은 늘 이런 식이었다.

도서관에 가는 것도 아니고, 열심히 공부하는 것도 아니었지만, 시위 현장에는 결코 나서지 않았다.

최루탄 냄새가 바람을 타고 교정까지 스며들면, 그들은 그냥 학생식당이나 자취 집으로 발걸음을 돌렸다.

학생들 사이에서는 그런 이들을 두고 '냉담하다' '기회주의자다'라는 말이 오갔다.

하지만 권섭과 영학이는 개의치 않았다.

"야, 우리 같은 놈들이 더 많다. 겉으로만 큰소리치는 놈들 말고, 속으로는 다 무섭지 않겄나."

영학이 툭 던지듯 말하면, 권섭은 고개를 끄덕이며 소주잔을 기울였다.

그들에게 대학은 그저 고등학교를 벗어난 자유의 공간이었을 뿐, 세상을 바꾸겠다는 사명 같은 건 없었다.

낮에는 대충 수업에 얼굴을 비추고, 오후엔 당구장이나 자취방에서 빈둥거리며 시간을 죽였다.

저녁이면 어김없이 술집으로 향해, 정치 얘기는커녕 여자와 술, 고향 얘기 같은 하잘것없는 이야기로 밤을 지새웠다.

교문 밖에서 시위대와 전경들이 맞부딪히는 소리가 요란하게 들려와도, 그들은 술잔을 돌리며 애써 외면했다. "야, 우리 공부도 안 하고, 데모도 안 하고⋯. 뭐 하는 거 같노." 잠시 그런 자조 섞인 말이 오갔지만, 곧 웃음과 술기운에 묻혀 버렸다.

그들의 대학생활은 그렇게 흘러갔다.

세상은 뜨겁게 요동치고 있었지만, 권섭과 영학이는 그저 그 한가운데에서 무기력하게 머물 뿐이었다.

영학이와 권섭이는 2학년을 마친 뒤, 더는 미룰 수 없는 의무를 받아들이듯 군 입대 통지서를 받았다.

캠퍼스의 뜨거운 구호와 시위의 함성은 어느새 멀리서 들려오는 메아리처럼 희미해졌다.

그들에게 대학은 학문이나 운동의 장이라기보다 잠시 머물렀던 짧은 쉼터에 불과했다.

결국 두 사람은 교문을 나서며 서로의 어깨를 두드리고, 다시 만날 날을 기약한 채 군복무의 길로 들어섰다.

영학이와 권섭이는 군 입대를 며칠 앞둔 저녁, 학교 근처 허름한 포장마차에 마주 앉았다. 낡은 나무 의자는 삐걱거렸고, 연탄불 위에 지글거리던 꼼장어 냄새가 좁은 공간을 가득 메웠다.

"야, 우리 며칠 안 있으모 다 끝이다. 머리 박박 깎이고, 눈 뜨모 졸라 구르것제."

권섭이 씁쓸하게 웃으며 잔을 들었다.

"그래도 뭐, 머슴마모 다 겪는 거 아니가. 차라리 빨리 갔다 오는 게 낫다 마."

영학이는 태연한 척했지만, 목소리 끝에는 알 수 없는 떨림이 묻어났다.

잔을 부딪치며 웃다가도, 순간순간 두 사람의 얼굴에는 어두운 그림자가 드리웠다.

학교 앞 캠퍼스의 함성과 시위의 구호들이 머릿속에 아른거렸지만, 그들과는 상관없는 또 다른 전쟁터가 기다리고 있었다.

"봐라. 언자 입대하모 운제 또 이리 술잔 기울이겠노?"

권섭이의 눈가가 벌겋게 젖어들었다.

"선배들 봄께네 군대 3년 금방이더라. 갔다 오모 세상이 좀 바뀌어 안 있것나."

영학이가 애써 웃으며 말했지만, 두 사람 모두 그 말이 얼마나 공허한 위로인지 알고 있었다.

밤이 깊어 갈수록 술은 쓰게만 느껴졌다.

마지막 잔을 비우고 가게 문을 나서자, 겨울바람이 얼굴을 스쳤다. 둘은 아무 말 없이 어깨를 맞대고 걸었다. 헤어지는 길목에서 잠시 멈춘 권섭이가 말했다.

"야, 우리 살아서 보자이. 무다이, 군대서 잘할라꼬 까불지 말고 알것나. 군대서 다치모 내만 손해다. 니 죽어 봐라, 부모님은 어쩔 끼고. 몸 성히 요 자리서 다시 만나자."

영학이는 잔을 내려놓으며 피식 웃었다.

"그라고 우리 병영체험도 했고, 전방 철책 근무도 해 봤다 아이가. 군대생활 석 달은 줄어든다 아이가 그기 오데고."

"맞다. 남들은 33개월 꼬박 채우는데… 우리는 30개월만 하모 된다 아이가."

권섭이 고개를 끄덕이며 잔을 비웠다.

잠시 침묵이 흘렀다.

술기운에 붉어진 두 사람의 얼굴엔 씩 웃는 기색이 번졌지만, 그 웃음 뒤에는 알 수 없는 두려움과 설렘이 엉켜 있었다.

"그랑께, 우리 잘하자이. 까짓거, 별거 있나. 갔다 와도 세상은 그대로 있을 끼다."

영학이가 힘주어 말했지만, 목소리 끝은 떨렸다.

가게를 나서니 겨울밤의 찬 공기가 두 사람의 볼을 스쳤다.

둘은 말없이 어깨를 나란히 하고 걸었다.

헤어지는 길목에서 다시 한번, 권섭이의 말이 짧게 울렸다.

"야, 진짜 꼭 몸 성히 다시 보자."

영학이는 대답 대신 권섭이의 어깨를 세차게 두드렸다.

밤하늘엔 별이 총총했지만, 두 사람의 마음에는 어둡고 긴 군생활의 그림자가 길게 드리워지고 있었다.

영학이는 고개를 끄덕였다. 말 대신, 떨리는 손으로 권섭이의 어깨를 꼭 붙잡았다. 그 순간, 두 사람의 눈빛에는 말로 할 수 없는 모든 두려움과 다짐이 담겨 있었다.

69. 말숙이 연세대 입학했다

말숙이의 서울 생활은 그렇게 시작되었다.

연세대학교 영어영문학과 신입생이 되었지만, 마음 한구석은 들뜨기보다 무겁게 가라앉아 있었다.

서울 신촌 뒷골목, 허름하지만 학생들로 북적이는 하숙집에 말숙이는 짐을 풀었다.

좁은 방 한 칸에 책상과 작은 책장이 놓여 있었고, 벽지는 군데군데 색이 바래 있었다.

그러나 그녀는 불평하지 않았다.

그저 '이제부터는 여기서 나의 인생이 달라져야 한다'는 각오뿐이었다.

같은 하숙집에 사는 학생들은 대부분 대학 신입생들이었다.

저녁만 되어도 거실은 늘 시끌벅적했다.

밥상을 사이에 두고 쉴 새 없이 농담이 오갔고, 밥을 먹은 뒤에는 통기타를 들고 노래를 부르거나 다 같이 밤거리를 걸어 나가 술잔을 기울였다.

그들의 웃음소리는 늦은 밤까지 이어졌다.

하지만 말숙이는 그 자리에 섞이지 않았다.

밥을 빨리 먹고는 곧장 방으로 들어와 책상 앞에 앉았다.

방 안은 웃음소리와 대비되어 적막했고, 그녀의 손에는 늘 영어단어장이 들려 있었다.

옆방에서 들려오는 기타 소리에 마음이 흔들릴 때도 있었지만, 곧 눈을 질끈 감으며 책장을 넘겼다.

하숙집 친구들이 가볍게 말했다.

"야, 말숙아. 오늘 신촌에서 술 한잔하러 가자. 대학생 됐는데 공부만 하면 어떡해?"

그러나 말숙이는 머뭇거리며 고개를 저었다.

"니들 가라. 내는 공부 좀 더 해야것다."

처음엔 다들 '성실한 애다'하며 웃어넘겼지만, 차츰 그녀와 다른 길을 걷는다는 걸 실감하며 서서히 거리를 두었다.

말숙이는 그 무리에 속하지 못한 채, 하숙집 안에서도 외톨이가 되어 갔다.

밤이 깊어지면 혼자 방 안에서 책을 덮고 나면 마음속 깊은 곳에서 묘한 허무가 몰려왔다.

다른 아이들이 자유롭게 웃고 떠드는 동안 자신은 왜 이렇게 스스로를 옭아매야 하는지.

하지만 동시에, 그 허무는 곧 결심으로 바뀌었다.

"내는 달라야 한다. 공부로 보여 주야 한다."

말숙이의 책상 위 스탠드 불빛은 하숙집 아이들의 웃음소리가 잦아든 깊은 밤까지 꺼지지 않았다.

함안 법수중학교 시절, 그녀는 늘 상위권이었다.

교실에서 모르는 게 있으면 친구들이 먼저 찾아와 묻는 아이였고, 선생님들마저 기대를 걸던 학생이었다.

하지만 마산제일여고에 입학한 뒤, 55명 중 32등이라는 성적표는 날벼락처럼 다가왔다.

"내가 이렇게 못하는 애였나….."

그 충격은 대학에 합격한 순간에도 사라지지 않았다.

오히려 더 큰 압박이 되어 가슴을 짓눌렀다.

그래서 말숙이는 마음을 다잡았다.

다른 신입생들이 동아리 가입이나 축제 얘기로 들떠 있을 때, 그녀는 기숙사 방에서 영어단어장을 붙잡고 있었다.

사전만큼 두꺼운 단어장을 밤마다 펼쳐, 줄긋고 외우고 또 외웠다.

문법책도 손에서 놓지 않았다.

고등학교 시절에 놓쳤던 부분을 보완하듯, 기본부터 차근차근 다시 쌓아 올렸다.

심지어 수학책도 꺼내 들었다.

영어영문학과 학생에게 굳이 필요 없는 공부일지도 모른다는 생각이 스쳤지만, 그녀는 아랑곳하지 않았다.

고등학교 1학년 때 교과서부터 다시 시작했다.

마치 지난 시절의 좌절을 수학 문제 한 장 한 장으로 씻어내려는 듯이. 새벽, 창문 너머로 서울의 불빛이 쏟아져 들어오면 말숙이는 잠시 책상 위에 엎드려 속으로 다짐했다.

"다시는 그때처럼 무너질 수 없다. 이번에는 꼭, 꼭 해내야 한다."

학교 안은 늘 소란스러웠다.

캠퍼스 입구마다 '군사정권 타도' '학원 민주화'라는 구호가 적힌 대자보가 붙었고, 어제는 학생회관 앞에서 시위가 터졌다.

교문 앞에는 전경버스가 줄지어 서 있었고, 화염병 자국이 바닥에 선명히 남아 있었다.

강의실은 비어 있는 날이 많았다.

교수들조차 수업을 일찍 끝내거나 아예 휴강을 선언하기 일쑤였다.

학생들은 삼삼오오 모여 데모에 대해 이야기하거나, 아예 교문 밖으로 나가 술집으로 향했다.

그러던 어느 날, 학교 축제가 시작되었다.

평소의 긴장된 공기가 거짓말처럼 사라지고, 운동장과 캠퍼스 구석구석은 각종 천막과 무대로 채워졌다.

통기타 동아리의 노래 소리가 울려 퍼지고, 연극 동아리는 모여 리허설을 하고 있었다.

밤이 되자 운동장 한쪽에 모닥불이 피워졌고, 수백 명의 학생들이 둘러앉아 소리를 지르며 환호했다.

술병이 오가고, 낯선 학과 학생들끼리도 금세 친구가 되었다.

손에 손을 잡고 노래를 부르고, 누군가는 즉석에서 춤을 추었다.

축제는 정치적 격랑 속에서도 잠시 숨을 돌릴 수 있는 시간 같았다.

그러나 말숙은 그 열기 속에서도 어딘가 어색했다.

하숙집 아이들과 함께 운동장에 나가 보았지만, 그녀의 눈은 무대 위보다도 곧장 교재에 머물렀다.

'나도 저렇게 웃을 수 있을까? 저 시간에 단어 몇 개라도 더 외워야 하

는 거 아이가.'

마음은 늘 갈라져 있었다.

그럼에도 불구하고 자신을 짓누르던 고향의 기억과 공부에 대한 강박을 불빛과 함성, 노랫소리 속에서 말숙은 잠깐 잊을 수 있었다.

하지만 이내 다시 스스로에게 다짐했다.

"나는 유혹에 빠지모 안 된다. 서울까지 와가 헛되이 보낼 수는 없다이."

축제의 환호성 뒤로, 말숙의 방 창문 불빛은 여전히 고요하게 켜져 있었다.

운동장 한편, 술판과 노랫소리가 어우러진 축제판 속에서 유독 조용한 곳이 눈에 들어왔다.

천막 안에는 '한국사회과학연구소'라는 붉은 글씨 현수막이 걸려 있었고, 흑백 인쇄된 전단지와 두툼한 책자들이 가득 쌓여 있었다.

기타 소리와 함성 대신, 낮은 목소리로 토론하는 소리만 들렸다.

몇몇 남학생들은 『자본론』이나 『해방전후사의 인식』 같은 책을 펼쳐 놓고 진지하게 논쟁을 벌이고 있었다.

다른 이들은 낯선 학생들에게 다가와 전단지를 나눠주며

"학우 여러분, 진정한 민주주의를 위해 함께합시다."라고 권유했다.

말숙은 잠시 걸음을 멈추었다.

술에 취해 웃고 떠드는 다른 부스와 달리, 이곳은 또렷한 긴장감이 감돌았다.

손때 묻은 책을 붙잡고 이야기하는 그들의 눈빛은 이상하게 뜨겁고,

흔들림이 없었다.

"들어와 보세요. 그냥 구경만 하셔도 돼요."

안경을 쓴 선배 한 명이 미소를 지으며 말을 건넸다.

다른 부스와 달리 억지스러운 호객도, 떠들썩한 분위기도 없었다.

오히려 학술 동아리처럼 차분했다.

책 표지를 하나하나 훑어보다가, 말숙이는 낯선 단어들에 눈길이 갔다.

자본론, 민중민주주의론, 한국 사회와 계급 구조….

고등학교 시절 교과서와 문제집만 붙들고 살던 자신에게는 전혀 새로운 세계였다.

"이건 무슨 책이에요?"

말숙이가 조심스레 묻자, 선배는 책을 하나 꺼내 건넸다.

"우리 사회가 왜 이렇게 불평등한지, 또 어떻게 바뀔 수 있는지를 다룬 글이에요. 조금 어렵지만, 읽다 보면 세상이 다르게 보일 겁니다."

그 말에 괜스레 가슴이 두근거렸다.

말숙이가 부스로 왔다 가고 난 뒤 부스에서는 신입생이 누군지 파악하기 시작했다.

조직부장 이희섭은 "저 학생 누군지 알아봐라." 말했다.

"예, 선배님."

말숙이에 대한 신상 파악은 채 한 시간이 되지 않아 모든 것을 알아내었다.

한국사회과학연구소 조직부장 이희섭은 눈썹을 찌푸린 채 담배를 물고 앉아 있었다.

그는 낮에 들렀던 신입생 명단을 펼쳐 놓고, 메모를 하나하나 확인하다가 손가락을 멈췄다.

"영어영문학과 1학년···. 이름은 이말숙. 경남 마산 출신."

그는 옆에 있던 후배에게 고개를 돌렸다.

"오늘 부스에 와서 책 들여다보던 애 말이다. 바로 우리가 찾고 있는 학생이야. 잘 포섭해라."

후배는 다소 망설이며 속내를 털어놓았다.

"예, 선배님···. 근데 그 친구, 세상 물정을 너무 모르던데요. 너무 순진해서 오히려 힘들지 않겠습니까?"

이희섭은 짧게 웃으며 담배 연기를 길게 내뿜었다.

"바보 같은 소리 하지 마라. 넌 하얀 백지에다 그림을 그리는 게 좋나, 이미 파랗게 칠해진 종이에 다시 덧칠하는 게 좋냐?"

"물론 백지죠."

"그래. 그 친구는 지금 백지다. 욕망도, 상처도, 자존심도 제대로 자리 잡지 못한 상태. 그런 백지야말로 우리가 원하던 제목이다. 잘만 키우면, 제대로 된 동지가 될 거다."

후배 조현호는 고개를 끄덕이며 대답했다.

"알겠습니다. 제가 맡아 보겠습니다."

부스 안은 이내 정적에 잠겼다.

그러나 이들만이 알고 있는 은밀한 결심이, 어둡게 깔린 형광등 불빛처럼 오래도록 가라앉아 있었다.

70. 말숙은 점점 좌익에 빠져들고 있다

며칠 뒤, 도서관 앞 계단에 앉아 단어장을 들여다보던 말숙에게 낯익은 얼굴이 다가왔다.

축제 때 조용한 부스에서 전단지를 나눠주던 남학생이었다.

"저… 혹시 그때 전단지 받으셨죠?"

말숙은 놀라 고개를 들었다.

한국사회과학연구소의 조현호였다.

"아…. 예."

"오늘 저녁에 작은 모임이 있는데, 관심 있으시면 와 보세요. 책도 같이 읽고 이야기 나누는 자리예요. 부담은 가지실 필요 없고요."

말숙은 순간 망설였다.

하지만 그의 눈빛은 그날 한국사회과학연구소 부스에서 봤던 것처럼 진지했다.

"내가 모르는 세상 이야기를 들을 수 있을지도 모르것다…."

하는 호기심이 일었다.

그날 저녁, 말숙은 조심스레 약속된 강의실 문을 열었다.

안에는 열 명 남짓한 학생들이 모여 있었고, 교탁 위에는 『해방전후사의 인식』, 『민중과 지식인』 같은 책들이 펼쳐져 있었다.

술자리의 떠들썩함과는 달리, 이곳은 낮은 목소리의 토론과 진중한 분위기로 가득했다.

한 학생이 말했다.

"우리가 공부하는 이유는 단순히 성적이나 취업 때문이 아닙니다. 이 사회가 잘못된 길로 가고 있는데, 지식인이란 이름으로 침묵할 수 있습니까?"

말숙은 한쪽에 앉아 처음엔 듣기만 했지만, 그들의 열정에 조금씩 마음이 흔들렸다.

"나도 이 사회에 뭔가 빚지고 있는 건 아닐까? 그냥 책상머리에 앉아 단어만 외우는 게 정말 전부일까?"

그날 이후, 말숙은 공부와 더불어 가끔씩 운동권 모임에 얼굴을 비추기 시작했다.

시간이 지나자, 선배들이 슬그머니 그녀에게 말을 걸어왔다.

"말숙아, 저녁 먹었니? 하숙집 밥만 먹으니 질리지? 오늘은 우리랑 같이 회식에서 먹자."

밥을 사 주며 함께 앉아 주는 것만으로도 낯선 서울 생활에 적응하지 못하던 말숙은 묘한 안도감을 느꼈다.

며칠 뒤에는 또 다른 선배가 찾아왔다.

"말숙아, 이번 주말에 작은 토론 모임이 있는데, 와서 들어만 봐도 괜찮을 거다. 책 읽은 것도 있으니 니 생각도 한 번 나눠 보아라."

순진한 말숙은 큰 부담 없이 고개를 끄덕였다.

토론회는 예상과 달리 활기가 넘쳤다.

선배들은 '한국사회과학연구소'답게 사회 문제에 관해 열띤 목소리를 내며, 책에서 읽은 구절들을 자유롭게 인용했다.

그녀가 조심스레 의견을 내자, 모두가 귀 기울여 들어 주고 고개를 끄덕였다.

"좋은 생각이다, 신입인데도 깊게 본다."

칭찬이 이어지자, 말숙은 자신이 특별한 무언가를 하고 있다는 착각에 빠져들었다.

더구나 선배들은 생활 속에서도 세심하게 챙겨 주었다.

비 오는 날엔 우산을 슬쩍 건네주고, 하숙집 앞까지 함께 걸어다 주기도 했다.

시험 기간에는 복사해둔 요약 노트를 주면서,

"너 영어영문과라서 힘들지? 이건 선배들이 정리해 둔 거다. 잘 봐 둬."

그 작은 배려 하나하나가 말숙에게는 낯선 도시에서 의지할 언덕처럼 느껴졌다.

그러나 그녀가 알지 못한 건, 이 모든 친절이 단순한 우정이나 학과 선후배의 관계가 아니라는 사실이었다.

이미 "백지"라 불린 그녀를 향한 세심한 접근, 계획적인 포섭이 그 뒤에 도사리고 있었던 것이다.

그들이 건네준 책은 두껍고, 종이도 누렇게 바래 있었다.

제목조차 생소했고, 대학 입학 전에는 결코 접해 보지 못했던 것들이었다.

하지만 책장을 넘길수록 말숙은 눈을 뗄 수 없었다.

노동자의 현실, 농촌의 몰락, 군사정권의 폭력…. 교과서 속에서는 결코 배운 적 없는 이야기들이 살아 움직였다.

"이게 정말 우리나라 이야기 맞나? 나는 왜 지금껏 몰랐노?"

밤마다 스탠드 불빛 아래, 말숙은 책을 붙잡고 시간 가는 줄 몰랐다.

영어 단어장 대신 불온서적이라 불리던 그 책들이 그녀의 세계를 송두리째 흔들고 있었다.

문장이 가슴을 파고들면, 심장이 뛰었다.

고향에서 보고 자란 농부들의 얼굴이 책 속 현실과 겹쳐졌다.

어릴 적 아버지가 가뭄에 고생하며

"이 나라가 우리 같은 촌사람은 거들떠도 안 본다."

고 하던 말씀이 귓가에 되살아났다.

책장을 덮고 나면, 창문 너머 새벽하늘이 희끄무레해져 있었다.

하지만 피곤함보다 묘한 전율이 온몸을 감쌌다.

1980년대 한국 대학 사회를 흔들었던 운동권의 계파들은 단순히 '데모하는 대학생'이라는 통념을 넘어, 당시 사회 전체의 구조적 모순과 깊게 맞닿아 있었다.

말숙은 그 시대를 지나오면서, 혹은 그 이야기를 들으며 늘 느꼈다.

한편으로는 청춘의 순수한 열정이었고, 다른 한편으로는 이념의 굴레 속에 갇힌 비극이었다.

당시 대학 캠퍼스 안에서 가장 크게 갈라졌던 흐름은 NL(National Liberation, 민족해방) PD(People's Democracy 민중민주)라는 두 계파였다.

NL(National Liberation)은 한국 사회의 근본 모순을 남북 분단과 대미 종속에서 찾았다.

그들의 눈에는 한국 사회가 자주적인 주권 국가라기보다는 미국의 군사적·경제적 영향 아래 놓인 반쪽짜리 나라였다.

따라서 반미 구호가 늘 선두에 있었고, 주한미군 철수와 북한과의 연대를 강조했다.

나아가 사회주의적 통일, 이른바 적화통일을 이상으로 내세우는 극좌적 성향도 일부에서 등장했다.

이런 흐름은 점차 주체사상파로 이어졌고, 자발적으로 북한의 지령과 맞닿는 경우마저 생겼다.

오늘날의 눈으로 보면 위험하고 무모하기 짝이 없지만, 그 시대를 살았던 젊은이들에게는 '민족의 해방'이라는 말이 곧 정의처럼 다가왔다.

반면 PD(People's Democracy) 계열은 시선을 조금 달리했다.

그들은 한국 사회의 모순을 제국주의나 분단 문제보다, 내부의 계급 구조에서 찾았다.

자본가와 노동자의 대립, 권력층과 민중의 불평등이야말로 변혁의 핵심이라고 보았다.

그래서 그들의 주장은 노동자·농민 중심의 민중 민주주의 사회 건설이었다.

북한의 체제와도 일정한 거리를 두었고, 오히려 '우리 내부의 민주주의'를 먼저 바로 세워야 한다고 했다.

PD 계열의 이론은 다소 건조하고 학술적이었지만, 그 속에는 한국 사회를 실질적으로 바꾸어 보려는 실천적 고민이 담겨 있었다.

이 두 흐름은 캠퍼스 곳곳에서 치열하게 맞부딪혔다.

NL은 더 대중적이었다.

민족, 통일, 반미라는 구호는 단순하면서도 가슴을 울리는 힘이 있었기 때문이다.

반면 PD는 이론적이고 복잡해 일반 학생들에게는 다소 낯설고 어렵게 느껴졌다.

그러나 두 세력 모두 시대의 억압과 독재 권력 앞에서 '저항'이라는 공통분모를 가지고 있었다.

그때 그 젊은이들은 왜 그렇게 목숨을 걸고 거리로 나섰을까?

수업 대신 최루탄 속을 택하고, 연애와 유흥 대신 이론서를 끌어안고 밤을 새웠을까.

그 대답은 아마도 단순하다.

그들에게 주어진 시대가 바로 그러했기 때문이다.

군사정권이 모든 자유를 틀어쥐고, 사회 곳곳에서 부정과 불평등이 만연하던 시절, 젊음의 양심은 침묵하기보다 목소리를 택했다.

물론 그 길이 모두 옳았다고 말할 수는 없다.

어떤 길은 극단으로 치달아 순수한 열정을 소모시켰고, 어떤 길은 체제와 타협하며 희미해졌다.

하지만 분명한 것은, 그 모든 움직임이 모여 오늘 우리가 누리는 민주주의의 밑거름이 되었다는 사실이다.

1980년대 운동권의 계파를 돌아보는 일은 곧, 그 시대 청춘들의 고민과 열망, 그리고 좌절을 마주하는 일이다.

그들은 서로 다른 길을 걸었지만, 공통의 바람은 하나였다. 더 나은 세상, 더 정의로운 세상. 그 순수한 열망만큼은 오늘날의 우리에게도 여전히 유효하다.

71. 안기부에 잡혀간 말숙

방 안의 공기는 점점 더 눅눅하고 답답해졌다.

요원은 의자에 앉은 말숙이의 얼굴 가까이 몸을 기울이며 낮고 날카로운 목소리로 몰아쳤다.

"너, 지금 잘 생각해. 네가 누군지, 너 같은 애가 여기까지 어떻게 들어왔는지. 우리 눈에 들어온 순간부터 넌 이미 조직원이야. 그 사실을 인정 안 하면, 너는 공범으로 처리된다. 알겠어?"

말숙이는 고개를 세차게 저었다.

눈가에 눈물이 번졌다.

"저… 저는 그냥 책을 전해 달라고 커서…. 그 선배가…."

"선배? 누구냐고! 이름을 말해! 이희… 뭐? 이희, 뭐라 그랬지?"

말숙이는 순간 멍해졌다.

자신도 모르게 혀끝에 맴도는 이름이 튀어나왔다.

"…. 이희섭 선배요."

그 말이 공기 속에 떨어지자, 방 안은 순간 정적에 잠겼다.

요원의 눈빛이 번뜩였다.

그는 곧바로 서류철을 덮으며 피식 웃었다.

"좋아. 이제야 시작이 되는군."

그제야 말숙이는 자신이 무슨 일을 저질렀는지 깨닫고 입술을 틀어막았다.

하지만 이미 늦었다.

말은 활처럼 쏘아져 나갔고, 그녀의 선배 이름은 차가운 기록지 위에 붉은 펜으로 굵게 적혀갔다.

요원은 자리에서 일어나 문을 두드렸다.

바깥에서 또 다른 요원이 들어오며 말했다.

"확인됐습니다. 즉시 조치하겠습니다."

말숙이의 시야는 흐려졌다.

눈물이 앞을 가렸고, 가슴은 돌덩이처럼 내려앉았다.

내가…. 내가 선배를 팔아넘긴 건가?

그 순간, 그녀는 자신이 단순히 책을 전달하는 심부름꾼이 아니라, 이제 누군가의 운명을 바꾸어 버린 위험한 고리가 되어버렸다는 사실을 뼈저리게 깨달았다.

방 안의 형광등은 깜박이며 그녀의 얼굴 위에 희미한 그림자를 드리웠다.

이미 몇 시간이 흘렀지만, 말숙이는 제대로 앉아 있을 수도, 움직일 수도 없었다.

요원들은 교대로 그녀 앞에 앉아 질문을 쏟아내고, 갑작스러운 침묵 속에서는 무언가를 기다리는 듯한 눈빛으로 압박했다.

"책을 누가 주었고, 누가 받았는지 다 말해라."

"선배가…. 부탁해서…. 책만 전달했습미더."

"단순 심부름이라고? 학생, 이건 단순한 심부름이 아니다. 네가 모르는 사이에 조직의 중요한 연결 고리가 된 거야. 그리고 네가 아는 것보다 훨씬 많은 걸 알고 있다."

말숙이는 고개를 떨구고 숨죽였다.

그녀의 심장은 계속 요동쳤고, 작은 소리에도 귀가 예민하게 반응했다.

손끝은 땀으로 젖어 가방끈을 꼭 쥐었다.

한 요원이 자리를 바꾸며 부드러운 목소리로 말했다.

"말숙아, 내가 아버지라 생각하고 싹 다 말해라. 솔직히 말하면 너한테 해를 끼치진 않을 거야. 그냥 우리가 원하는 걸 말해 주면 돼. 선배를 위험에 빠뜨리지 않고, 너도 보호받는 길이 있다."

말숙이는 순간 혼란스러웠다.

한편으로는 자신을 보호하려는 듯한 회유가 느껴졌지만, 다른 한편으로는 이 모든 상황이 너무 무겁고 위험했다.

"우리, 네가 무슨 선택을 하든 결과는 달라지지 않아. 단지 속도를 늦출 수 있을 뿐이야."

또 다른 요원의 목소리는 낮고 날카롭게 울렸다.

이 말은 회유인지 협박인지 분간하기 어려웠다.

말숙이는 눈을 감았다.

머릿속은 복잡한 생각으로 뒤엉켰다.

나는 단지 책을 전했을 뿐인데…. 그런데 선배는? 조직은? 나는 지금 무슨 짓을 하고 있는 거지?

시간이 흐를수록 요원들은 그녀의 심리를 읽듯, 간간히 다정하게, 또 간헐적으로 무섭게 접근하며 말을 바꿨다.

"네가 협조하면 선배도 보호받는다. 네가 솔직하지 않으면, 너와 선배 모두 위험해진다."

"우리가 원하는 건 단지 정보야. 너 자신과 주변 사람을 위해서 솔직히 말하는 게 최선이야."

말숙이는 점점 더 흔들렸다.

처음에는 '그냥 책 전달'이라 생각했던 일이, 자신이 조직의 일원으로, 심지어 요원의 조종 아래 누군가의 운명을 좌우하는 존재가 되어 버렸음을 깨닫자, 마음속 깊은 곳에서 두려움과 죄책감, 그리고 혼란이 폭풍처럼 몰아쳤다.

그녀는 몸을 움츠리고 눈물을 흘리며, 아무 말도 못한 채 두 요원의 시선을 느꼈다.

그러나 동시에, 자신을 보호해 주겠다는 회유와 설득이 머릿속을 어지럽혔다.

나는 솔직해져야 할까…? 아니면 그냥 침묵해야 할까…?

안기부 안가의 그 긴 방 안에서, 말숙이는 이제 단순한 신입생이 아니었다.

심리적 압박 속에서 점점 길들여지고, 조종당하며, 자신도 모르게 조직과 국가 권력 사이의 위험한 연결 고리로 자리 잡는 순간이었다.

말숙이는 떨리는 목소리로 동아리 이름을 내뱉었다.

"한국사회과학연구소예요."

요원들은 서로를 힐끗 쳐다보았다.

한쪽은 기록지를 정리하며 낮게 중얼거렸다.

"정말 아는 게 저 두 명뿐인가….."

다른 요원이 서류철을 넘기며 그녀를 똑바로 바라보았다.

"좋아, 그러면 그 선에서 끝나는 거로 치자. 조현오와 조직부장 이희섭. 그 외엔 모른다, 맞나?"

말숙이는 고개를 끄덕이며 작게 말했다.

"네…. 둘이 뿌이 몰라예."

요원들은 잠시 눈빛을 교환하고, 한 사람이 한숨을 내쉬었다.

"그렇다면 지금 단계에서 더 이상 압박해도 소용없겠군. 이 친구, 진짜로 모르는 거야."

말숙이는 안도의 숨을 내쉬었지만, 동시에 마음 한편에는 씁쓸함과 혼란이 밀려왔다.

자신이 선배를 무심코 이름까지 말해 조직을 위험에 빠뜨렸다는 죄책감과, 지금 안기부 요원 앞에서 작은 거짓말 한 조각조차 치명적일 수 있는 상황을 겨우 피했다는 안도감이 뒤섞였다.

요원 중 한 명이 덧붙였다.

"좋아, 오늘은 여기까지다. 앞으로 행동 하나하나가 다 기록될 거야."

말숙이는 피로에 절어 몸을 떨며, 마지막 남은 의자에 앉았다.

안기부 요원은 조용히 서류철을 그녀 앞에 내려놓았다.

"자, 이제 네가 한 진술을 확인할 차례다. 처음부터 끝까지 읽고, 틀린 부분이 있으면 말해라."

말숙이는 손으로 단발머리를 귀 뒤로 넘기며 깊게 숨을 들이마셨다.

눈앞에 펼쳐진 진술조서는 두꺼운 100페이지 정도 되는 분량이었다.

한 장 한 장 넘길 때마다, 지난 나흘간의 고강도 조사와 압박이 떠올라 그녀의 가슴을 조여 왔다.

처음에는 낯선 이름과 조직원들의 활동 내역, 전달했던 책과 장소까지 꼼꼼하게 적힌 내용을 읽으며 머리가 띵했다.

"내가… 진짜 이렇게 많이 말했나…?"

말숙이는 눈물이 맺히는 것을 느끼며, 손가락 끝으로 페이지를 한 장씩 넘겼다.

글자마다 지난날의 자신과 마주치는 기분이었다.

자신이 무심코 흘린 이름, 어쩔 수 없이 말해야 했던 정보, 그 과정에서 느낀 두려움과 혼란이 모두 조서 속에 생생하게 기록되어 있었다.

요원은 말없이 그녀 곁에 서서, 때로는 페이지를 함께 짚어주며 확인을 요구했다.

"맞습니까? 여기가 정확합니까?"

"예…. 맞습니다…."

말숙이는 목소리를 떨며 답했다.

눈은 조서의 글자를 따라 움직였지만, 마음속에서는 공포와 죄책감이 뒤엉켜 있었다.

읽는 동안 그녀는 자신이 단순한 심부름꾼이 아니라, 조직과 조직 사이의 미묘한 정보의 연결 고리였음을 뼈저리게 느꼈다.

시간이 흘러, 100페이지의 마지막 장을 덮었을 때, 말숙이는 한동안 아무 말도 하지 못했다.

72. 말숙은 교도소에 수감되고

　말숙이는 조서에 지장을 찍고 나자마자, 차갑고 좁은 복도를 지나서 차를 타고 구치소로 이동했다.

　그녀는 구속된 상태에서 안기부 조사와 재판을 받게 계속 받게 되었다.

　발걸음 하나하나가 무겁게 느껴졌다.

　밖의 세상과 완전히 단절된 듯, 철문이 뒤에서 쾅 닫히는 소리는 그녀의 심장을 덮쳤다.

　구치소 안은 눅눅한 공기와 쇠 냄새가 뒤섞여 있었고, 작은 창문으로 들어오는 빛조차 희미했다.

　철창 너머로 다른 수감자들의 움직임이 어슴푸레 보였다.

　말숙이는 그 속에서 자신이 얼마나 작은 존재인지, 얼마나 무력한 위치에 있는지 실감했다.

　"여기서 몇 달, 아니 몇 년을 보내야 할까…."

　말숙이는 좁고 눅눅한 방 안을 천천히 둘러보았다.

　곰팡내가 배어 나오는 벽, 얇은 요와 담요가 깔린 바닥, 그리고 서로의 체취가 뒤섞인 공기. 그 속에서 15명의 여인들이 모여 앉아 있었다.

　수삼자 대부분은 술집에서 선금을 받고 달아난 사기 전과자들이었고, 몇몇은 불륜으로 사회적 지탄을 받다가 간통죄로 끌려온 이들이었다.

그들의 얼굴에는 체념과 익숙한 냉소가 묻어 있었지만, 말숙이만은 여전히 낯설고 두려운 표정을 숨기지 못했다.

방장은 말숙이를 똑바로 바라보며 단호하게 말했다.

"새로 들어온 3557번 신입, 자기소개해라."

말숙이는 몸을 떨며 자리에서 일어났다.

"3557번 본인 소개하겠습니다. 저는 연세대학교 영어영문과 1학년 다니다가… 국가보안법 위반으로 들어왔습미더."

한참 뒤, 한 수감자가 놀란 듯 소리쳤다.

"뭐, 국가보안법?"

말숙이는 고개를 숙이며 조용히 대답했다.

"예….".

방장은 한숨을 내쉬듯 말하며 말숙이에게 다가왔다.

"가방끈이 길어서 부담 되었는데, 그기다가 나라를 위해 데모 하다가 붙들려 왔구나."

그녀는 말숙이를 가볍게 껴안았다.

그녀의 대답에 방 안이 순간 조용해졌다.

"허…. 참. 우리하고는 좀 다른 길로 들어왔네. 나라 뒤집어엎으려다가 잡힌 기가?"

다른 여자가 비웃듯 말했지만, 방장은 손바닥을 번쩍 들며 제지했다.

"그만해라. 씨발년들아, 너희들하고는 다른 사람이다. 3557번은 나라를 위해 싸우다 들어온 독립투사 같은 사람이다. 손가락 하나라도 건드는 년은 나한테 다 죽는다, 알겠나?"

방장의 호령에 감방 안은 순식간에 조용해졌다.

누구도 방장의 권위를 거스를 수 없음을 알고 있었기 때문이다.

"예, 알겠습니다….."

몇몇 수감자들이 중얼거리듯 대답했다.

그 순간, 말숙이는 자신도 모르게 뜨거운 무언가가 가슴속에서 차올랐다.

감옥 안이라는 끔찍한 현실 속에서도, 누군가 자신을 '나라를 위한 사람'이라 불러준 것이다.

방장은 말숙이의 어깨를 툭 치며 속삭였다.

"너무 겁먹지 마라, 여긴 좁고 답답한 감방이지만, 내는 특별한 존재다. 내가 지켜 줄께."

말숙이는 고개를 끄덕였지만, 속으로는 두려움과 혼란이 여전히 교차했다.

'내가 정말 나라를 위해 싸운 게 맞나? 그냥 책 심부름만 했을 뿐인데….'

그러나 감방 사람들의 눈빛은 이미 그녀를 다르게 보고 있었다.

술집, 도박, 간통 따위로 드나들던 이들과는 다른 이유였기 때문이었다.

이곳은 법으로 단죄받은 사람들이 모인 작은 사회였고, 각자 다른 죄와 사연을 안고 살아가는 공간이었다.

자동차가 흔치 않던 시절이라 교통사고로 들어온 사람은 없었고, 대신 가난과 유혹, 사회적 낙인 속에서 발버둥치던 흔적들이 이 방을 채우고 있었다.

말숙이는 자신이 얼마나 다른 길에서 이곳에 들어왔는지를, 또 앞으로 이 좁고 습한 공간 속에서 어떻게 살아남아야 할지를 생각하며 이불을 당겨 몸을 웅크렸다.

말숙이는 법정에서 판사의 말을 들으며 숨을 죽였다.

"피고인은 초범이고, 가담 정도가 낮으므로 징역 6개월을 선고한다."

말숙이는 고개를 숙인 채, 마음속에서 복잡한 감정이 밀려왔다.

초범이라는 사실이 다행이면서도, 징역형이라는 현실이 머릿속을 무겁게 짓눌렀다.

구치소로 돌아오는 길, 말숙이는 철문 너머로 보이는 세상과 단절된 현실을 바라보며, 이전까지는 막연하게 느껴지던 수감 생활이 이제 자신의 일상이 될 것임을 실감했다.

구치소 안으로 들어서자, 방장은 그녀를 반겨 주며 낮게 속삭였다.

"6개월이면 짧은 시간은 아니지만, 잘 지내면 충분히 버틸 수 있다. 여기서 눈치 보고 살아남는 법을 배우는 게 중요하다."

말숙이는 말없이 고개를 끄덕였다.

처음에는 방 안의 규칙과 다른 수감자들의 존재가 낯설고 두려웠지만, 이제는 자신의 자리와 최소한의 안전을 지키는 방법을 조금씩 익히고 있었다.

낮에는 방 안에서 다른 수감자들과 조용히 이야기를 나누고, 서로의 존재를 확인하며 시간을 보내고, 밤에는 좁은 공간 속에서 홀로 생각에 잠기며 자신이 걸어온 길과 앞으로의 6개월을 상상했다.

말숙이는 점점 심리적 중심을 잡아가며, 구치소 생활을 단순히 견디는 것이 아니라, 생존과 적응의 시간으로 만들어야 한다는 생각을 하게 되었다.

그 짧지 않은 6개월 동안, 그녀는 두려움과 죄책감 속에서도 자신만의 내적 강인함을 쌓아가는 과정을 시작했다.

말숙이가 구속된 뒤, 학교 분위기는 한동안 술렁였다.

'한국사회과학연구소'라 불리던 학내 서클은 순식간에 와해되었다.

남아 있던 학생들은 모두 흩어졌고, 자료와 책들도 어느 날 밤사이 증발하듯 사라졌다.

남은 건 '누가 밀고했느냐'는 불신과 '이제는 조심해야 한다'는 음울한 경계심뿐이었다.

학교 본부는 곧장 움직였다.

교칙에 따라 국가보안법 위반으로 구속된 학생은 제적 처리가 원칙이었다.

학장실에서는 '모범을 보여야 한다'는 목소리가 높았고, 행정실 직원들까지 이미 제적 서류를 작성하고 있었다.

그러나 교수회의에서 뜻밖의 반전이 일어났다.

몇몇 교수들이 강하게 제지하고 나선 것이다.

"학생이 무슨 큰 죄를 지었습니까? 단지 책을 읽고, 토론에 참여했을 뿐입니다."

"젊은이의 삶을 여기서 끝내 버려선 안 됩니다. 적어도 돌아올 길은 열어 놔야 합니다."

그들의 목소리는 조용했지만 단호했다.

끝내 결론은 '제적'이 아니라 '휴학'으로 내려졌다.

그날 회의장을 빠져나오는 한 교수는 혼잣말처럼 중얼거렸다.

"학교가 학생 하나를 지키지 못한다면, 대체 무엇을 지킬 수 있단 말인가…."

마산 성호동의 낡은 기와집 마루에 앉아 있던 말숙이의 할머니는 소식을 듣자 가만히 한숨을 내쉬었다.

"아이고…. 이 일을 우짜노."

그녀의 눈앞에 떠오른 건, 젊은 날 꽃처럼 대학에 다니던 자신의 큰아들이었다.

서울대 학생이라 온 동네가 부러워했는데, 6·25가 터지고 며칠 지나지 않아 좌익 활동에 가담했다는 소문이 돌았다.

그리고 어느 날, 흔적도 없이 사라졌다.

그 뒤로 지금까지 소식 한 줄 없는 행방불명으로 지금까지 지내 왔다.

할머니는 무릎 위에 올려놓은 두 손을 떨며 중얼거렸다.

"피는 못 속인다 카더만…. 말숙이도 큰아버지 닮은 거 아이가."

그 목소리엔 한탄과 두려움이 뒤섞여 있었다.

한쪽에서는 나라를 뒤엎으려 했다는 비난, 다른 한쪽에서는 그래도 피붙이가 남긴 기개라며 은근히 자랑스럽게 여겼던 복잡한 감정이었다.

그러나 손녀 말숙이마저 철창 안에 있다는 소식 앞에서, 그녀의 마음은 그저 먹먹했다.

마당 한편에서 빨래를 걷던 아주머니가 다가와 위로하듯 말했다.

"할매, 그래도 요즘 세상은 옛날하고 다릅미더. 말숙이는 쎄기 나올 기미더."

하지만 할머니는 고개를 저으며 눈시울을 훔쳤다.

"내 팔자는 와 이런노…. 공부 잘한다 카는 자식은 전부 와 저리 되노…. 아이고, 엄디것든 내 팔자야."

73. 형기를 마친 말숙이

법수면 주물리 독산 집에 날벼락 같은 소식이 들려왔다.

말숙이가 국가보안법 위반으로 잡혀 갔다는 것이었다.

그 소식이 전해지자 집안은 일순 정적에 휩싸였다.

"이…. 이게 무슨 소리고…."

재일은 말이 잘 나오지도 않았다.

이미 국민학교 2학년 때 세상을 떠난 어머니는 없었다.

집안의 울타리가 사라진 빈자리에서, 동생들을 보살피며 가장처럼 살아온 건 바로 재일 자신이었다.

그런데 이제 그 어린 동생이, 철창에 갇혔다니 믿기 어려웠다.

그날 밤, 재일은 이불을 걷어차고 자리에서 일어났다.

"안 되겠다. 서울 올라가 봐야것다."

재일은 대답을 기다리지도 않고 집을 나섰다.

마산역 플랫폼에 서 있는 재일의 두 손은 떨리고 있었다.

서울이라는 도시는 그에게 여전히 낯설고, 동생이 어떤 상황에 처했는지 알 수도 없었다.

그럼에도 그는 기차에 몸을 실었다.

창밖으로 어둠이 물러가고 새벽빛이 스며들 무렵, 재일은 마음속으로 다짐했다.

"말숙아, 니가 무슨 잘못을 했건 간에…. 오빠가 니를 찾아가모, 니 혼자 아이라는 걸 꼭 보여 줄 끼다."

서울로 향하는 기적 소리가 가슴을 때리며, 재일의 눈가엔 뜨거운 것이 번졌다.

서울역에 내린 순간부터 재일은 기가 눌렸다.

끝없이 이어지는 빌딩 숲, 길을 가득 메운 사람들, 어디서부터 어디로 가야 할지 알 수 없었다.

주머니 속에는 동생 소식만 쥐고 무작정 달려온 구겨진 주소 하나뿐이었다.

겨우겨우 찾아간 구치소 건물 앞은, 그 자체로 위압적이었다.

회색 담벼락과 철문, 그리고 보초를 서는 교도관들의 눈빛은 외지인의 발걸음을 주저앉히기에 충분했다.

재일은 떨리는 손으로 신분증을 내밀었다.

"면회 신청하러 왔심더. 동생이…. 여기에 있다고 해서예."

말끝이 갈라졌다.

접수창구에 앉은 직원은 고개를 흔들며 무심히 말했다.

"국가보안법 사건 관련자는 원칙적으로 면회 불가입니다."

그 한마디에 재일의 가슴은 무너져 내렸다.

그러나 돌아설 수는 없었다.

눈앞에 어머니도 아니고 아버지도 아닌, 자신이 지켜야 할 동생이 있었다.

재일은 두 손을 합장하듯 붙잡고 애원했다.

"주사님, 보이소. 지는 경남 함안군 법수면 이물리서 올라온 사람입미더. 동상이 아직언자 스무 살인데 살아 있다 카는 소리라도 직접 들어야 될 거 아이미꺼. 한 번만, 진짜 한 번만 보게 해 주이소. 부탁입미더."

접수창구 뒤에 있던 간부는 여전히 무표정했으나, 창가로 스치는 눈길 속에 잠시 머뭇거림이 스쳤다.

낯빛이 검게 그을린 시골 사내, 먼 길을 달려와 애타는 심정을 드러내는 그의 눈빛이 진심임을 부정하기 어려웠다.

잠시 후, 간부는 깊은 한숨을 내쉬며 말했다.

"…. 원칙은 그렇지만, 먼 데서 온 정이 있으니 잠깐만 시켜주겠소. 단, 짧게."

재일은 그 자리에서 허리를 90도로 숙였다.

"고맙심더…. 정말 고맙심더."

그렇게 해서, 그는 마침내 차가운 철문 너머에서 말숙이를 만날 기회를 얻게 되었다.

하지만 재일의 심장은 여전히 바위처럼 무거웠다.

동생의 얼굴이 어떤 모습일지, 그 앞에서 무슨 말을 꺼낼 수 있을지 감히 가늠조차 되지 않았다.

말숙은 아직 미결수였다.

형이 확정되지 않은 몸이라, 국가보안법 위반자라 해도 독방에 따로 격리되지 않았다.

그녀는 사기나 간통, 절도 같은 일반 죄목으로 들어온 여성들과 함께 숨 막히는 좁은 방에서 지내고 있었다.

낯선 세계였다.

밤마다 흐느끼며 자는 사람, 하루 종일 욕설을 퍼붓는 사람, 아무것도 아닌 것을 두고 싸우는 사람들 틈에 자신이 섞여 있다는 사실이 도무지 믿기지 않았다.

그러나 그곳은 이미 현실이었고, 말숙은 그 속에서 하루하루를 버텨야 했다.

밖에서는 오빠 재일이 면회를 신청하고 있었다.

유리창 너머로 마주한 두 남매는 한동안 아무 말도 할 수 없었다.

전화기를 드는 손이 덜덜 떨렸다.

재일이 먼저 수화기를 귀에 가져가며 떨리는 목소리를 냈다.

"말숙아…. 니, 진짜 맞나…. 몸은 어떤노, 동상아."

말숙은 억지로 웃음을 지으려 했지만 눈물이 먼저 흘러내렸다.

"오빠…. 지, 괘안다 아입니꺼. 몸은 괘안심더."

"괘안다 카는 기 와 괘안나. 니 얼굴이 반쪽이 돼가. 이게 무신 일이꼬…. 와 니가 이런 데 와 있어야 하노…."

재일은 차마 목소리를 크게 내지 못한 채, 유리창에 이마를 기댔다.

말숙은 수화기를 꼭 쥐며 애써 담담히 말했다.

"오빠, 지가 잘못했심더. 세상 몰라가꼬예…. 이렇게 됐심더. 근데 지, 아직 학생입미더. 학교로 다시 돌아갈 수 있심더. 오빠, 걱정 마시소."

재일의 눈가가 붉어졌다.

"니가 뭔 죄가 있노. 세상 험한 거 모른 게 죄라면…. 다 우리 같은 시골 사람들이 죄인이지. 니는 공부만 하믄 됐는데, 어른들이 제대로 지키

주지도 못하고….”

말숙은 유리창 너머로 손바닥을 대었다.

“오빠, 지 괴안심미더. 눈물 보이지 마이소. 오빠가 기죽으모, 지는 더 힘들어집미더. 지는 다시 학교로 가고 싶심더. 아무 일 없던 것처럼 책 보고 싶심미더.”

재일은 흐느끼며 창에 손을 얹었다.

“니, 건강해 갖고 나오라이. 무슨 수를 씨더라도 오빠가 니 지켜 줄 끼다.”

잠시 정적이 흘렀다.

교도관이 “면회 끝”이라며 벨을 울리자, 말숙은 마지막으로 수화기에 속삭였다.

“오빠, 지 믿어 주이소. 잘 살펴 내려가이소예.”

재일은 눈물에 젖은 얼굴로 고개를 세차게 끄덕였다.

그러나 유리창은 끝내 닿을 수 없는 벽처럼 두 사람을 갈라놓았다.

말숙은 1심의 징역 6개월을 항소하지 않았다.

2심을 준비하고 재판하는 과정에서 형기가 끝나기 때문이다.

6개월의 시간이 흐르고 난 뒤 말숙은 형기를 마치고 구치소를 나왔다.

말숙은 차가운 철문이 덜컥 열리며 바깥 공기가 스며드는 순간, 잠시 눈을 감았다.

습기와 눅눅한 곰팡이 냄새로 가득했던 구치소의 공기와는 다른, 자유의 바람이 코끝을 스쳤다.

하지만 그 바람이 달갑지만은 않았다.

세상은 그대로인데, 자신만 달라진 듯한 낯섦이 엄습했다.

출소구는 적막했다.

누군가는 가족 품에 안겨 울었고, 누군가는 갈 곳이 없어 허둥대며 길을 찾았다.

말숙은 잠시 멈춰 서서 주변을 둘러보았다.

자신을 기다려줄 사람이 있을까, 마음 한구석이 텅 비어 왔다.

그때, 저 멀리서 재일이 허겁지겁 뛰어왔다.

고향 사투리가 잔뜩 묻어 있는 목소리였다.

"말숙아!"

말숙은 그 소리에 고개를 번쩍 들었다.

순간 눈시울이 붉어졌다.

형벌의 시간 동안 가장 간절히 그리웠던 건 피붙이의 목소리였다.

"오빠야…."

둘은 철문 앞, 한동안 말없이 서 있었다.

수많은 말이 목구멍까지 차올랐지만, 서로의 눈빛만으로도 충분히 전해졌다.

재일은 동생의 핼쑥해진 얼굴과 마른 어깨를 보며 차마 웃지 못했다.

"욕봤다. 언자 집에 가자 ."

말숙은 고개를 끄덕였지만, 마음은 여전히 무거웠다.

짧지 않은 6개월이 그녀에게 남긴 것은 단순한 형기가 아니라, 세상과의 단절, 그리고 씻을 수 없는 낙인이었다.

그러나 그럼에도 불구하고, 지금 이 순간만큼은 다시 길을 나설 수 있다는 사실이 그녀를 버티게 했다.

74. 향란에게 연락한 봉헌

봉헌은 부산에서 재수생 생활을 시작하자마자 스스로를 옥죄듯 다짐했다.

이번이 마지막이다. 인생의 기회는 단 한 번뿐이다.

그는 그렇게 마음속에 새기고 매일같이 책상 앞에 앉았다.

아침 7시 학원 문이 열리기 전부터 교재를 품에 안고 서성였고, 수업이 끝난 저녁에도 곧장 독서실로 발걸음을 옮겼다.

동료 재수생들이 잠시 휴식을 취하거나 수다를 길게 늘어놓을 때도 봉헌은 자리를 지켰다.

볼펜을 꽉 쥔 손가락 마디는 굳은살이 배었고, 연필심은 하루에도 몇 번씩 부러졌다.

학원 강의실 뒷자리에 앉아 있던 그의 눈은 언제나 피곤에 젖어 있었지만, 필기는 한 줄도 놓치지 않았다.

칠판에 적힌 공식이나 문학 작품의 해설을 받아 적는 순간조차, 그는 그것이 곧 자신의 운명을 바꾸는 열쇠라 믿었다.

밤이 깊어가도 봉헌은 학원 건물 근처 허름한 자취방 불빛 아래서 책장을 넘겼다.

종이 냄새와 커피 봉지의 싸구려 향이 뒤섞인 공간에서, 그는 그저

"합격"이라는 두 글자만을 떠올리며 책 속으로 파고들었다.

봉헌은 부산에서의 재수 생활이 시간이 갈수록 더 고독하게 다가왔다.

낯선 도시, 허름한 자취방…. 모든 게 그를 이방인처럼 만들었다.

학원 복도에는 늘 학생들로 붐볐지만, 그 속에서 봉헌은 단 한 명의 친구도 없었다.

모두가 경쟁자였고, 서로의 눈빛 속에는 묘한 긴장감만 흐를 뿐 따뜻한 정은 느껴지지 않았다.

점심시간에도 그는 혼자 도시락을 꺼내 먹거나 근처 분식집에서 김밥 한 줄을 허겁지겁 삼켰다.

사람들 사이에 섞여 있어도, 끝내 혼자인 느낌은 지워지지 않았다.

밤이 되어 독서실에서 나와 좁은 방으로 돌아오면, 그는 문득 이런 생각에 사로잡혔다.

'내가 와 이런 낯선 곳에서, 혼자 이렇게 버티고 있노?'

고향의 집, 마당에 늘어선 감나무, 저녁마다 들리던 어머니의 부엌 소리까지 떠올리면 가슴이 저려왔다.

책상 위에 놓인 문제집을 바라보며 그는 불안에 사로잡혔다.

혹시 이번에도 실패하면 어떡하지? 아버지의 기대는? 형과 동생들의 눈빛은? 그 압박감은 밤마다 잠을 억눌렀고, 꿈속에서도 시험지가 펼쳐지곤 했다.

외로움, 불안, 경쟁심 속에서 봉헌은 차츰 사람이 아니라 기계처럼 변해갔다.

책을 읽고, 필기하고, 다시 반복하는 매일. 하지만 속으로는 늘 허전하고 쓸쓸했다.

자신이 지금 공부를 하고 있는 건 미래 때문인지, 아니면 단지 실패하지 않기 위해서인지조차 모를 때가 많았다.

밤늦은 시각, 봉헌은 스탠드 불빛 하나에 의지한 채 작은 책상 앞에 앉았다.

낡은 수첩을 펼치다 발견한 이름 '서향란'—

고등학교 2학년 여름, 고향인 함안 법수서 경운기를 타고 갔었을 때 남해 상주해수욕장에서 잠시 스쳐 갔던 서울 대학생 누나였다.

그때 그녀가 남겨 준 따뜻한 웃음과 말투가 마치 지금 이 고독 속에서 손을 내밀어 주는 듯 느껴졌다.

"오데 주소 적어 둔 기 있을 낀데…."

중얼거리며 노트와 수첩을 뒤적이던 그는, 마침내 작은 글씨로 적힌 이름과 주소를 찾아냈다.

순간, 심장이 두근거렸다.

'이 주소로 편지를 보내모, 아직 그짝에 살고 있을까?

아이모 이사했빛나?

망설임은 길지 않았다. 봉헌은 곧바로 편지를 쓰기 시작했다.

이향란 누나, 잘 지내십니까?
기억하실는지 모르겠지만, 몇 해 전 여름 상주해수욕장에서 경운기 타고 왔던 그때 고등학생 봉헌입니다.
지금 부산서 재수 생활을 하고 있습니다.
하루하루가 버겁고, 또 많이 외롭습니다.

그때 누나가 해 주셨던 그 한마디
"힘들어도 네 자신을 잃지 말아라."
그 말이 자꾸 생각납니다.
혹시 이렇게 편지를 드려도 괜찮을는지요.
그냥 누군가에게 제 마음을 털어놓고 싶었습니다.

편지를 다 쓰고 나니, 조금은 숨이 트였다.
고립감에 짓눌렸던 가슴 한편이 희미하게나마 따뜻해졌다.
봉헌은 봉투를 봉하며 속으로 다짐했다.
'마 답장이 안 오도, 다른 사람에게 내 이야기를 털어 놓은깨 속이 선하네'
그날 밤, 그는 오랜만에 책상에 엎드려 잠들었다.

봉헌은 시간이 2년 정도 흘러갔기에, 서향란에게 답장을 그리 기대하지 않았다.
어느 날 자취방 입구에 편지가 놓여 있었다.
서향란에게 편지가 왔다.
봉헌은 편지를 손에 쥔 채 한동안 자취방 문 앞에 멍하니 서 있었다.
조심스레 봉투를 열고 글자를 따라 내려갔다.

봉헌 씨, 그동안 잘 계셨지요?
저는 잘 있어요.
2년 전 상주 해수욕장에서의 추억을 친구들과 자주 이야기해요.

당연히 봉헌 씨 기억은 하고 있구요.

짧은 문장들이었지만, 봉헌의 가슴은 오래 눌려 있던 것이 한꺼번에 터져 나오듯 벅차올랐다. 누군가 자신을 잊지 않고 있다는 사실, 그것 하나만으로도 외로운 재수 시절의 공허함이 조금은 위로받는 듯했다.

봉헌은 작은 방 안을 서성였다.

그는 편지지를 꺼내어, 천천히 글을 적기 시작했다.

향란 누나, 편지 정말 고맙습니다.
사실 저는 이제는 답장이 오지 않을 거라 생각했습니다.
그런데 이렇게 다시 소식을 듣게 되니 마음이 참 이상합니다.
지난 시간 저는 참 많이 외로웠습니다.
하지만 누나가 남겨 주셨던 말이 저를 버티게 했습니다.
혹시 괜찮으시다면… 언젠가 다시 만나 뵙고 싶습니다.
그때처럼 바닷바람 쐬면서요.
그리고 두 살이나 어린데, 누나, 저한테 존칭은 하지 마세요.

봉헌은 글을 다 적은 뒤 봉투를 봉하며 깊게 숨을 내쉬었다.

방 안 창문 너머로 들어오는 바람이, 두 해 전 여름 바다 냄새와 겹쳐지는 듯했다.

봉헌은 답장을 보내었다.

그저 자신의 마음을 전했다는 것만으로도 가슴이 조금은 가벼워졌기 때문이다.

그런데 보름쯤 지나 자취방 방문 앞에 편지가 놓여 있었다.

서향란이었다. 봉헌은 심장이 뛰는 것을 느끼며 봉투를 열었다.

봉헌 씨, 편지 잘 받았습니다.
저도 두 해 동안이나 연락이 끊어져 미안한 마음이 컸습니다.
그래도 이렇게 다시 안부를 주고받게 되니 참 반갑습니다.
요즘 많이 바쁘지만 여름 방학이 되면 꼭 바다를 보고 싶다는 생각이 들어요.
혹시 봉헌 씨, 괜찮으시다면, 이번 여름 해운대에서 만나는 건 어떨까요?
그때 못다 한 이야기들 나누면 좋겠네요. 부디 건강히 지내시길 바랍니다.
그리고 존칭은 계속할게요.
그 문제는 서로 만나서 해결해요.

짧지만 선명한 문장들, "해운대에서 만나자."는 말이 봉헌의 가슴 속에 불씨처럼 번졌다.

그는 편지를 쥔 채로 방 안을 몇 바퀴나 맴돌았다.

고등학생도 아니고 대학생도 아닌 고립된 재수공부, 그리고 타지에서의 적막한 생활 속에, 누군가 자신을 찾아와 준다는 생각만으로 세상이 달라 보였다.

봉헌은 곧바로 달력을 펼쳤다.

여름방학까지 남은 날들을 세어 내려가며 붉은색 연필로 '해운대'라는 글자를 크게 적었다.

그날을 기다리는 것만으로도 하루하루가 버틸 힘으로 채워졌다.

그는 답장을 적었다.

향란 누나, 편지 읽고 나서 며칠 동안 마음이 설렜습니다.
해운대에서 만난다는 약속, 꼭 지켰으면 좋겠습니다.
그날 저는 바닷가 어디든 누나를 기다리고 있을 겁니다.
다시 만날 수 있다는 생각만으로도 저는 지금 충분히 행복합니다.

편지를 보내고 난 봉헌은, 처음으로 자신 앞에 놓인 책이 희미하게나마 '미래'로 이어진 다리처럼 보였다.

해운대에서의 재회를 향한 기다림이, 메마른 청춘을 버텨 내게 하는 단단한 기둥이 되어 주고 있었다.

75. 향란이 봉헌이한테 왔다

7월, 매미 소리가 한창인 여름이었다.

대학생들의 방학이 시작되었지만, 서향란의 편지는 여전히 도착하지 않았다.

봉헌은 아침 일찍 학원에 갔다가 밤늦게 돌아오는 길, 집 앞 골목을 들어서면서부터 가슴이 두근거렸다.

자취방 입구, 우편함 위, 혹은 방문 앞을 혹시나 하는 마음으로 고개를 숙여 확인하는 것이 하루의 마지막 의식이 되었다.

그러나 자신에게 온 편지는 없었다.

희미한 가로등 불빛 아래, 빈 바닥만 확인하면 봉헌의 어깨는 힘없이 축 늘어졌다.

"에이…. 뭐 바쁜것지…."

스스로 위로하면서도, 방으로 들어가는 발걸음은 무겁기만 했다.

방 안에 들어서면, 쓸쓸히 덩그러니 놓인 책상과 눅눅한 공기가 그를 맞았다.

책을 펴도 글자는 머릿속에 들어오지 않았고, 괜히 수첩을 열어 향란의 이름을 썼던 페이지를 몇 번이고 들여다보다가 한숨을 쉬곤 했다.

그렇게 매일 같은 날들이 이어졌다.

편지가 오지 않는다는 단순한 사실이, 봉헌의 마음을 하루하루 잠식했다.

학원에서 강사의 목소리는 멀게만 들리고, 독서실에서도 집중이 흐트러졌다.

밤이면 창문 너머 여름의 뜨거운 바람이 불어왔지만, 봉헌의 가슴은 점점 더 서늘해져 갔다.

어느 날 봉헌은 학원을 마치고 밤늦게 자취방으로 축 늘어 저 대문을 들어섰다.

자신의 방에 불이 켜져 있는 것을 보고는

'아침에 불을 켜지도 않은 것 같은데, 주인 아짐애한테 전기세 많이 나온다고 쿠사리 듣겠네.'

속으로 생각했다.

방문을 열자, 순간 봉헌은 숨이 턱 막히듯 굳어 섰다.

낯익은 얼굴이, 그토록 그리던 얼굴이 책상 앞에 앉아 있었다.

"향… 향란이 누나?"

말끝이 떨려 나왔다.

그는 자기 눈을 의심했다.

매일같이 기다리던 편지는 오지 않았는데, 정작 누나는 그 좁고 답답한 자취방 안에 앉아 있다니.

향란은 살짝 놀란 듯 눈을 크게 뜨더니, 곧 미소를 지으며 자리에서 일어났다.

"어, 봉헌 씨. 많이 놀랬지? 연락 못 하고 그냥 와 버렸네."

봉헌은 한동안 말을 잇지 못했다.

손에 쥐고 있던 학원 교재가 바닥에 떨어졌지만, 주울 생각조차 나지 않았다.

"아…. 진짜 왔삔네예. 근데…. 우찌…."

향란은 가방에서 편지 봉투 몇 개를 꺼내 보였다.

"사실 편지 여러 번 썼는데, 제대로 전달이 안 된 것 같더라구. 그래서 그냥 여름 방학 맞이해서 부산에 친구들 보러 왔다가, 봉헌 씨 생각나서 찾아왔어요."

그제야 봉헌은 온몸이 풀리며 긴장이 와르르 무너져 내렸다.

두 손을 허벅지에 붙이고는 머쓱하게 웃었다.

"애나로… 믿어지지가 않네예. 난 그것도 모르고 매일 편지만 지달리고 있었는데…."

향란은 그의 방을 둘러보며 고개를 끄덕였다.

좁고 낡았지만, 책이 수북이 쌓여 있고 작은 책상 위에는 펜과 노트가 가지런히 놓여 있었다.

"고생 많겠다. 하루하루가 참 외로웠을 텐데."

그 말에 봉헌의 눈가가 붉어졌다.

매일 혼자 버티며 가슴 깊이 숨겨온 외로움이, 그 짧은 위로 한마디에 터져 나올 것 같았다.

그러나 그는 꾹 참고 어색하게 웃으며 말했다.

"그래도… 누나가 이렇게 와 준깨네 힘이 나네예. 이제는 괴안습미더."

방 안은 갑자기 좁아진 듯, 또 따뜻해진 듯했다.

봉헌은 허둥지둥 방 안을 정리했다.

옷가지 몇 개를 구석으로 밀어 넣고, 책들을 포개 놓으며 말했다.

"누나, 방이 너무 쪼맨하지예? 먼 길 왔는데 추접어서 우짜노."

향란은 웃으며 고개를 저었다.

"아니에요, 봉헌 씨. 비좁고 청소가 안 된 방이라도 봉헌 씨 살아온 흔적 같아서 좋아요."

그 말에 봉헌은 순간 가슴이 저릿했다.

아무도 이 허름한 자취방을 좋다고 한 적이 없었는데, 향란의 말은 진심으로 들렸다.

둘은 마주 앉아 있었다.

작은 전등 하나가 켜져 있었고, 바깥에서는 여름 벌레들의 울음소리가 연신 들려왔다.

봉헌은 컵라면 하나를 꺼내며 물을 끓였다.

"가악중에 뭐시 없어 갔고 이거뿌이 대접할 게 없네예. 괴안치예?"

향란은 고개를 끄덕이며 웃었다.

"라면 좋지요. 사실 이런 게 더 정겨워."

라면이 익어가는 동안 봉헌은 무릎 위에 손을 모으고 있다가, 조심스럽게 입을 열었다.

"누나…. 사실 요즘 공부하는 기 쪼매 힘드네예. 하루 종일 학원에서 공부하고, 돌아오면 이 방에 혼자 있고…. 말할 사람 하나 없어갔고, 그냥 답답해서 미치것네예. 근데 누나 생각함시롱, 그때마다 좀 버틸 수 있었습미더."

향란은 그 말에 잠시 봉헌을 바라보았다.

그의 얼굴에는 20대 초반의 앳됨과 동시에, 고독을 오래 견딘 흔적이 묻어 있었다.

"그랬구나…. 봉헌 씨. 나도 어떻게 지내는지 궁금했어요. 그래서 이렇게 꼭 와야겠다는 생각이 들었지."

그제야 봉헌은 주전자에서 끓어오르는 물을 컵라면에 부으며 고개를 숙였다.

눈가가 젖어 있었다.

"누나…. 고맙습미더. 별거 아닌 나한테 와 줘서. 그리고 누나 저한테 높임말 쓰지 마이소."

향란은 미소를 지으며

"그래. 지금부터 반말한다. 괜찮지?"

"하모예. 반말하이소. 무다이 높임말 쓰산께 지가 부담이 되예."

라면이 익자 둘은 나란히 앉아 젓가락을 나누어 들었다.

늦은 밤의 허기와 함께, 따뜻한 국물은 그들의 마음까지 데워 주는 듯했다.

라면을 먹다 말고 향란이 조용히 말했다.

"봉헌 씨는 꼭 대학 갈 거야. 그리고 그 다음엔, 네가 원하는 삶을 살 수 있을 거야. 지금 힘든 건… 나중에 다 너한테 힘이 되어 줄 거야."

그 순간, 봉헌은 마치 캄캄한 터널 끝에서 작은 불빛을 본 듯했다.

그에게 향란의 존재는 단순한 누나 같은 어른이 아니라, 외로움 속에서 다시 살아갈 용기를 주는 등불 같았다.

방 안에는 라면 냄새와 함께, 조심스레 피어오르는 두 사람의 따뜻한 공기가 감돌았다.

밤은 깊어갔지만, 봉헌은 오래간만에 외롭지 않았다.

밤을 꼬박 새워 가며 두 사람은 이야기를 이어 갔다.

처음엔 서로의 어린 시절을, 이어서는 학교와 친구들, 그리고 마음속 깊이 묻어 두었던 외로움까지 털어 놓았다.

불빛 하나 없는 마당은 달빛과 별빛에 잠겨 있었고, 어느새 동녘이 희미하게 밝아오기 시작했다.

멀리서 버스 지나는 소리가 들리자 향란이 자리에서 몸을 일으켰다.

"이제 가야겠네. 괜히 집에 늦게 들어가면 친구한데 눈치 보이니까."

그녀는 머리카락을 손가락으로 쓸어 넘기며 빙그레 웃었다.

"봉헌 씨는… 공부 열심히 해. 서울에 있는 대학에 꼭 붙었으면 좋겠다."

그 말에 봉헌은 고개를 숙이며 쓸쓸하게 웃었다.

"지 실력으로 서울은 못 갑미더."

향란은 그의 눈빛을 가만히 바라보다가, 조금 더 단단한 목소리로 말했다.

"서울에는 서울대, 연고대만 있는 게 아냐. 지방대보다 점수 조금만 더 나오면 들어갈 수 있는 대학 많아."

그녀는 몸을 돌려 나가려다가 다시 고개를 돌려 봉헌을 바라보았다.

"난 지금 명지대학교 다니고 있어. 기억해? 그때 상주 해수욕장에서… 내가 어느 대학 다니는지는 말했었나?"

봉헌은 잠시 머뭇거리다 웃음을 흘렸다.

여름바다의 햇살, 모래 위에 앉아 있던 그녀의 얼굴이 선명하게 떠올랐다.

"예…. 그때는 지가 고등학생이라, 향란 누나가 저보다 훨씬 어른 같아서…. 감히 물어보지도 못했미더."

그 말에 향란은 살짝 입술을 굳혔다가 이내 부드럽게 풀어졌다.

"이상하네. 지금은 '누나' 소리가 참…. 정겹게 들리네."

그녀는 그렇게 웃으며 방문을 나섰다.

봉헌은 그녀의 발소리가 계단을 내려가는 동안 숨조차 제대로 쉬지 못했다.

방 안에는 밤새 켜둔 전등빛이 희미하게 남아 있었고, 그 빛 속에서 봉헌은 혼잣말처럼 중얼거렸다.

"서울로… 꼭 가야것다."

향란이 떠난 뒤, 방 안은 갑자기 더 넓고 조용해진 듯했다.

문이 닫히는 소리와 함께 남겨진 것은 시계 초침 소리와 희미한 새벽의 바람뿐이었다.

봉헌은 멍하니 한동안 방문을 바라보다가, 이내 몸을 돌려 방 안을 천천히 둘러보았다.

책상 위에는 두터운 문제집과 낡은 노트, 구겨진 연습장이 어지럽게 쌓여 있었다.

그동안 몇 번이나 포기하고 싶어 내려놓았던 것들. 하지만 방금 전 향란의 말이 귓가에 맴돌았다.

"서울에는 서울대, 연고대만 있는 게 아냐. 조금만 더 하면 갈 수 있는 대학 많아."

그 말은 단순한 위로가 아니라, 어쩌면 자신을 믿어 주는 단단한 확신처럼 들렸다.

봉헌은 주먹을 꼭 쥐었다.

"그래…. 난 할 수 있다. 향란 누나 다니는 명지 대학에 꼭 붙자."

향란이 돌아간 뒤, 봉헌의 하루는 완전히 달라졌다. 그 전에는 고립과 외로움 속에서 무너질 듯 흔들리던 나날이었지만, 이제는 분명한 목표가 생겼다.

책상 위 스탠드 불빛은 밤새 꺼질 줄을 몰랐다.

새벽 3시, 4시가 되어도 봉헌의 손은 연필을 놓지 않았고, 가끔은 머리를 책상에 파묻은 채로 졸다가 다시 눈을 번쩍 떴다.

"조금만 더 보자. 이 문제 하나만 더 풀자."

그는 늘 그렇게 자신을 다그쳤다.

어느새 창밖에서는 골목에 사람들이 다니는 소리가 들렸다.

시계는 다섯 시를 가리켰다.

몸은 천근만근이었지만 그는 책을 덮으며 스스로에게 속삭였다.

"됐다. 오늘도 할 만큼 했다."

그제야 허리를 펴고 간이침대에 몸을 던졌다.

눈을 붙인 지 얼마 되지 않아, 알람 소리에 억지로 몸을 일으켜 세워야 했다.

아침 9시 학원 수업을 놓치지 않기 위해서였다.

피곤으로 눈은 충혈되고, 걸음은 비틀거렸지만, 그의 마음은 오히려 단단히 채워져 있었다. 강의실 칠판에 빽빽하게 적히는 공식과 문장들이 하나라도 더 머릿속에 남기를 바라는 마음으로 필기를 이어 갔다.

다시 밤이 오면 같은 싸움의 반복이었다. 책상 위를 지키는 불빛 아래, 봉헌은 펜을 움켜쥔 손끝에 온 생을 걸듯이 매달렸다.

학력고사 성적표를 받아든 순간, 봉헌은 눈을 의심했다. 서울대, 연고대는 바라볼 수 없었지만, 명지대와 백석대는 충분히 가능했다.

그의 가슴은 두근거렸다.

지난 몇 달 동안 자신을 버티게 만든 건 향란의 한마디, 그리고 짧지만 강렬했던 재회의 기억이었다.

그래서 망설일 이유가 없었다.

지원서에 또박또박 적은 글씨는 단 하나만 생각했다.

명지대학교 경영학과였다.

합격자 발표일. 봉헌은 사람들로 북적이는 교정으로 들어섰다.

커다란 게시판 앞에는 수험생과 부모들이 몰려 있었고, 눈길은 한 곳, 합격자 명단에 꽂혀 있었다.

손끝이 떨렸다.

조심스럽게 글자들을 훑다가, 드디어 "정봉헌"이라는 세 글자가 눈에 들어왔다.

순간 가슴이 벅차올랐지만, 그는 애써 표정을 감췄다.

부산에서 혼자 살아온 시간 때문일까, 기쁨조차 쉽게 밖으로 드러내지 못했다.

그저 속으로만 '됐다…. 나도 이제 서울 학생이다'라고 되뇌며 발걸음을 돌리려 했다.

그때였다.

"정봉헌! 축하해!"

낯익은 목소리. 그러나 서울에서 자기 이름을 알아 부를 이는 없을 거라 생각한 봉헌은 그냥 발걸음을 재촉했다.

하지만 다시 한번, 또렷하게 울려 퍼졌다.

"정봉헌!"

봉헌은 마치 발목을 잡힌 듯 걸음을 멈추고 뒤돌아섰다. 그리고 그곳에— 환하게 웃으며 손을 흔드는 향란이 서 있었다.

순간 그의 눈이 커졌다.

"향란이… 누나?"

향란은 익숙한 미소로 다가와 말했다.

"그래, 나야. 올 줄 알았다니까. 명지대 경영학과, 맞지?"

봉헌의 목은 뭉클하게 메어 올라 아무 말도 못 하고 고개만 끄덕였다. 서울 하늘 아래, 수많은 군중 속에서 단 하나의 목소리. 그것이 봉헌에게는 합격 그 자체보다 더 벅찬 순간이었다.